Susanne Kliem wurde 1965 am Niederrhein geboren. Sie arbeitete u. a. als Pressereferentin für Fernsehserien von ARD und ZDF und für das größte deutsche Theaterfestival »Theater der Welt«. Ihre Krimis wurden bereits mit mehreren Preisen ausgezeichnet, eine TV-Verfilmung von *Trügerische Nähe* ist in Vorbereitung. Im Frühjahr 2017 erschien ihr neuer Roman *Das Scherbenhaus* bei carl's books.

Trügerische Nähe in der Presse:

»Hintergründige Psychospannung.«

taz

»Kliem baut eine bedrohliche Atmosphäre auf und schildert eindrücklich, wie schnell aus Freundschaft Feindschaft werden kann.«

Hörzu

»Kliem erzählt *Trügerische Nähe* wie ein Kammerstück; das Böse erwächst aus der bürgerlichen Mitte. Charaktere, Naturbeschreibungen und Dialoge vermitteln ein äußerst alltagsnahes und atmosphärisch dichtes Bild über ein Milieu, das sich gerne auf der Siegerstraße wähnt.«

Märkische Allgemeine

»Meisterhaft beobachtet.«

TV-Movie

»*Trügerische Nähe* kommt ohne großes Gemetzel aus – Kliem erzeugt die Spannung im Zwischenmenschlichen. Wer Lust hat auf ein schnelles, fesselndes Buch, der wird es lieben.«

n-tv.de

»Fein abgründig.«

Format

»Susanne Kliem führt den Leser auf eine gnadenlose Achterbahn der Gefühle mit einem fulminanten und unvorhersehbaren Show-Down. Ein absolutes Highlight am Krimi-Himmel!«

mywoman.at

Außerdem von Susanne Kliem lieferbar:
Die Beschützerin · Das Scherbenhaus

Susanne Kliem

Trügerische Nähe

Kriminalroman

PENGUIN VERLAG

Der Verlag weist ausdrücklich darauf hin, dass im Text enthaltene externe Links vom Verlag nur bis zum Zeitpunkt der Buchveröffentlichung eingesehen werden konnten. Auf spätere Veränderungen hat der Verlag keinerlei Einfluss. Eine Haftung des Verlags ist daher ausgeschlossen.

MIX
Papier aus verantwortungsvollen Quellen
FSC® C014496

Verlagsgruppe Random House FSC® N001967

PENGUIN VERLAG

1. Auflage 2017

Umschlag: any.way, Hamburg
nach einem Entwurf von semper smile, München
Umschlagmotiv: © plainpicture
Satz: Uhl + Massopust, Aalen
Druck und Bindung: GGP Media GmbH, Pößneck
Printed in Germany
ISBN 978-3-328-10122-2
www.penguin-verlag.de

Dieses Buch ist auch als E-Book erhältlich.

Für Lenni

Prolog

Es riecht nach fauligem Holz. Das Moos atmet noch die Kälte der Nacht, doch in den Tautropfen spiegelt sich das blasse Licht der Morgendämmerung.

Eine Lichtung. Dahinter verändert sich der Wald. Die Bäume wirken wie mit Schimmel überzogen. Das Moos weicht einem undurchsichtigen Gestrüpp. Seine Dornen stechen. Es ist kaum ein Geräusch zu hören. Hier verläuft eine Grenze. Den »toten Streifen« nennt man den Abschnitt im Dorf. Nur morsche Birken stehen hier. Die Leute erzählen, dass sie alle in kurzer Zeit abgestorben sind. Fäulnispilze zersetzen die Stämme, Borkenkäfer bohren sich unter das Totholz, nisten dort. Niemand hat hier je wieder einen Steinpilz oder eine noch so kleine Marone gefunden. Und so wird das Waldstück gemieden.

Nicht weit entfernt liegt loses Gestrüpp. Vielleicht haben Tiere es ausgerissen. Aber diese Stelle wirkt gleichzeitig … aufgeräumt. Als wäre die Erde glatt geklopft, die Dornen darübergeschichtet worden, viel zu gleichmäßig. Es fällt leicht, sie zur Seite zu schieben, doch schon bohren sich nadeldünne Spitzen schmerzhaft in die Haut. Der Grund ist sandig, an der Oberfläche feucht, darunter ausgetrocknet. Die Schichten lassen sich gut abtragen. Ein Mistkäfer flüchtet in eine Spalte. Etwas Helles, Längliches ragt hervor. Eine Wurzel? Es ist schwer zu erkennen, Klumpen von Erde hängen daran. Eine sanfte Berührung, und sie fallen ab. Zum Wegsehen ist es jetzt zu spät. Ein Finger. Weiß erhebt er sich vor dem dunklen Grund. Daneben recken sich weitere Finger hoch.

Bleich und tot. Wie die Birken ringsum.

ERSTER TEIL

Nora

Sie saß an dem alten Holztisch im Hof unter der grüngoldenen Krone der Buche, die nur einzelne Sonnenstrahlen durch das dichte Laub dringen ließ. Sie lehnte sich zurück, saß einfach da, die Hände entspannt auf den Oberschenkeln, ihr Kopf war angenehm leer. Die Wärme auf ihrer Haut, Sonnentupfer hinter den geschlossenen Lidern, die Stille um sie herum, der prickelnde Geschmack auf ihrer Zunge … Zufrieden. Wann hatte sie das zum letzten Mal gedacht? Ich bin zufrieden. Sie nahm noch einen Schluck aus dem Sektglas, strich dann über das unbehandelte Holz des Tisches. Warm und rau fühlte es sich an. Die Äpfel in einem Korb vor ihr besaßen ein fast unwirkliches, knackig frisches Grün. Die Stühle ringsum waren Flohmarktfundstücke, bunt zusammengewürfelt, kirschrot, himmelblau und flaschengrün lackiert. Eine Idylle wie ein Postkartenmotiv. Sie stand auf, überlegte kurz, ob sie die neue Kamera holen sollte, machte dann nur einen Schnappschuss mit ihrem Handy.

Johannes kam aus dem Schuppen, trug eine Feuerschale und einen runden Rost, Marlis folgte ihm mit einem dreibeinigen Gestänge.

»Was habt ihr denn da?«, fragte Nora.

»Einen alten Grill. Muss nur sauber gemacht werden«, meinte er.

»Ich zieh mich noch schnell um, bin gleich wieder da.« Marlis warf ihrem Mann eine Kusshand zu und ging vergnügt ins Haus. Johannes holte eine Stahlbürste und einen Handfeger und machte sich ans Werk. Nora sah ihm zu. Er war vollkommen in seine Aufgabe vertieft, schien in sich hineinzulächeln. Das Leben auf dem Land tat ihm gut. Die Arbeit mit den eigenen Händen. Er hatte Nora erzählt, dass er das in seinem Architekturbüro am meisten vermisste.

Schon bald verteilte sich der Geruch nach brennender Holzkohle im Hof. Marlis kam zurück, eine Kette mit bunten Papierlampions in der Hand.

»Schau mal, was ich besorgt habe! Wie früher beim Kindergeburtstag.« Sie trug nun ein karamellfarbenes Wickelkleid. Um die Schultern hatte sie ein dunkelbraunes Webtuch geschlungen, das zu ihren Haaren passte.

»Hey, du siehst toll aus«, sagte Nora.

Marlis legte die Hände auf die Hüften. »Findest du? Ich war etwas unsicher, als ich es gekauft habe.«

»Nein, steht dir richtig gut.«

»Danke!«

Draußen hupte ein Wagen. Nora blickte durch das offene Hoftor. »Da kommt Alex.«

Er stieg aus und winkte ihnen zu. Es würde ihr erstes Grillfest werden, seit sie gemeinsam auf den Hof gezogen waren. Der Umbau des baufälligen Gebäudes unter Johannes' Regie war abgeschlossen, die Wohnungen waren eingerichtet. Er hatte den klotzigen Zaun um den Vorgarten entfernt und zu Kaminholz verarbeitet, Marlis ihren Traum vom romantischen Cottage-Garten umgesetzt und Lavendel, Katzenminze und Rosen angepflanzt. Zusammen waren sie und Nora über die

Trödelmärkte gezogen auf der Suche nach ein paar dekorativen Schmuckstücken. Das hölzerne Wagenrad. Eine Gießkanne mit Patina. Eine antike Zinkwanne, die Marlis bepflanzt hatte.

Alex öffnete den Kofferraum. »Gibt's hier einen starken Mann, der mir mal helfen kann?«, rief er.

»Warte!« Johannes ließ die Zeitung, mit der er Luft in die Glut gefächelt hatte, auf den Boden fallen und ging hinaus. Gemeinsam trugen sie einen sperrigen, offensichtlich schweren Karton in den Innenhof, setzten ihn vorsichtig ab.

»Was ist das, um Himmels willen?«, fragte Nora.

»Alexanders neuestes Geheimnis«, sagte Johannes.

»Ein Gasgrill.« Alexander strahlte. »Das Modernste, was du derzeit kriegen kannst.« Er wischte sich den Schweiß von der Stirn. »Und da wir ja öfter Leute einladen wollen, hab ich gleich das größere Modell genommen.«

»Du kommst leider zu spät, mein Lieber.« Johannes klopfte ihm auf den Rücken. »Riechst du nichts? Die Kohle glüht schon.«

Alexander blickte zu dem dreibeinigen Gestell. »Was ist das denn für ein vorsintflutliches Ungetüm?«

»Der lag doch hinten im Schuppen.«

»Egal, ich hab den Gasgrill extra besorgt, und nun will ich ihn auch ausprobieren.«

Auf Johannes' Stirn bildete sich eine senkrechte Falte.

»Wir könnten doch beide benutzen«, schlug Nora beschwichtigend vor.

»Genau.« Marlis nickte. »Fleisch und Würstchen haben wir genug.«

»Ich pack ihn mal aus. Du wirst vor Neid erblassen«, sagte Alex zu Johannes.

Der verzog den Mund. »Ach, darum geht's dir?«

»So ein Quatsch! Komm, du brauchst was zu trinken.«

Alexander goss ihm und sich ein Glas Prosecco ein. Sie stießen an. Johannes' Stirnfalte glättete sich, doch Nora sah, wie er die freie Hand zur Faust ballte, sie dann in die Hosentasche steckte.

Alexander vertiefte sich in die Bedienungsanleitung. Er runzelte die Stirn. »Wie soll das bitte gehen? Wohin gehören denn diese langen Schrauben hier?«

Johannes blickte ihm über die Schulter. »Vielleicht zur Sicherung hier an den Seiten. Ja, ich wette, das passt.«

»Stimmt. Du bist der Beste.« Alex nahm noch einen Schluck, sah Johannes an. »Sei mir nicht mehr böse. Und mach endlich deinen rostigen Schwenkgrill aus. Der räuchert uns hier ein.«

»Sorry, das ist wahr.«

Alexander zwinkerte ihm zu. »Weißt du noch? Im Tiergarten, mit den Mädels aus dem dritten Semester? Wir waren pleite, ich hatte die Idee, statt Steaks Maiskolben und Paprikaschoten mitzunehmen. Aber für das Essen hat sich sowieso niemand interessiert.«

»Du meine Güte, ja!« Johannes' Lächeln wirkte bemüht.

Während er sich abwandte und die Holzkohlenglut löschte, verschwand Marlis im Haus. Sie brachte Teelichte in bunten Gläsern und Servietten mit, verteilte sie auf dem Tisch. Dann inspizierte sie den Blätterhimmel der Buche. »Ich dachte, wir hängen die Lampionkette hierhin, das sieht sicher romantisch aus, wenn es dunkel wird.«

»Mach dir nicht so viel Arbeit. Wir sind doch unter uns«, meinte Nora. Wenn Marlis sich endlich mal hinsetzen würde! Mit ihrem Aktionismus machte sie die ganze Stimmung kaputt.

»Ich möchte aber, dass alles perfekt ist. Und außerdem bekommen wir gleich noch Besuch.«

»Wie meinst du das?«

»Ich hab Diana Wolf eingeladen. Und unseren Nachbarn.«

»Warum denn das? Wir hatten doch …« Nora suchte nach den richtigen Worten. »Wir wollten zusammen feiern, dass endlich alles fertig ist, nach den Monaten mit den Handwerkern, mit Staub und Dreck und Lärm auf der Baustelle. Es sollte unser Einweihungsfest sein.«

»Das ist es doch auch«, sagte Marlis.

»Aber warum hast du Fremde dazu eingeladen?« Nora gelang es nicht, den vorwurfsvollen Ton aus ihrer Stimme zu verbannen.

»Was heißt denn Fremde? Das sind unsere Nachbarn. Es ist nur höflich, sie zum Einstand auf ein Glas hereinzubitten.«

»Entschuldige. Du hast ja recht.« Nora gab sich einen Ruck. »Es wird bestimmt nett.« Sie wusste selbst nicht, warum sie so empfindlich reagiert hatte. Was sprach dagegen, ein paar Leute kennenzulernen? Früher hätte sie sich darauf gefreut, wäre neugierig gewesen, was das für Menschen waren. Zugezogene? Großstädter wie sie selbst? Oder alteingesessene Dorfbewohner? Doch im Moment war ihr alles zu viel. Wenn etwas nicht nach Plan verlief, fühlte sie sich gestresst.

»Du meine Güte, Nora, mach nicht so ein Gesicht.« Marlis hängte die Lichterkette kreisförmig in die Äste. »Vielleicht will ich ja ein bisschen angeben mit dem Hof. Ist das so schlimm?« Sie lachte fröhlich.

Nora ging zu Alexander. »Hast du gewusst, dass Leute aus dem Dorf kommen?«, fragte sie leise.

»Ja, Marlis hat es vorhin erwähnt. Wer denn eigentlich?«

»Die Ärztin von gegenüber, Diana Wolf. Und der Bauer vom Nachbarhof.«

»Dieser düstere Typ? Wie hat Marlis denn das geschafft? Mich hat er bisher kaum gegrüßt.«

»Mich auch nicht.«

Alexander legte seinen Arm um Noras Hüfte und zog sie an sich. Er berührte mit den Lippen ihr Haar und flüsterte in ihr Ohr: »Marlis hat eben ihren ganz eigenen Charme.«

Nora lächelte, dann kicherten sie beide gleichzeitig los wie zwei Kinder, die sich verschworen hatten.

Marlis brachte das Fleisch und die Würstchen auf einem Tablett. Alexander platzierte sorgfältig die ersten Stücke auf dem Grill.

Auch nach siebzehn Jahren noch liebte Nora sein feingeschnittenes Gesicht mit den Lachfältchen um die Augen, das gelockte Haar, das früher dunkelbraun gewesen, doch inzwischen mit silbergrauen Fäden durchzogen war. Im Vergleich zu Johannes, der kräftiger gebaut war und um die Hüften angesetzt hatte, wirkte Alexander fast hager.

»Hallo zusammen!« Diana Wolf stand im Eingangstor. Sie war eine sportliche Mittfünfzigerin und trug das graue Haar modisch und kurz geschnitten. In der Hand hielt sie einen bunten Strauß Dahlien.

Marlis strahlte. »Kommen Sie rein, die ersten Steaks sind gleich fertig.« Die Ärztin drückte ihnen nacheinander fest die Hand und gab Marlis die Blumen. »Noch mal vielen Dank für die Einladung.«

»Danke, die sind aber schön«, sagte Marlis, obwohl sie Nora einmal erzählt hatte, dass sie Dahlien geschmacklos finde.

Marlis machte kehrt und kam mit einer Vase und einer bauchigen Glaskaraffe zurück. »Bowle mit den letzten Erdbeeren für dieses Jahr.«

»Wunderbar«, sagte Nora. »Was kann ich denn noch tun? Soll ich Gläser holen?«

»Lass mal, ich kümmere mich darum. Und du sollst dich ja auch schonen.«

Warum musste Marlis sie behandeln wie eine Kranke? Aber

vielleicht war sie das in Johannes' und Marlis' Augen noch immer.

Inzwischen roch es verführerisch, und Alex verteilte die Steaks. Auf einen Klapptisch hatte Marlis Gläser, Getränke, Teller, Besteck und die Salate gestellt. Nun arrangierte sie dahinter Diana Wolfs Blumen.

»Wunderschön, Frau Wolf. Sind die aus Ihrem Garten?«

Die Ärztin nickte. »Diana reicht. Na, ihr habt ja selbst eine Pracht in eurem Vorgarten.«

Marlis lächelte. »Danke. Vorbild ist ein alter Cottage-Garten in Somerset, die berühmte Anlage von Stonebrook Manor, aber natürlich steckt noch fast alles in den Kinderschuhen, das ist ja unser erster Sommer hier. Wenn du magst, zeig ich dir nachher meine englischen Rosen.«

Nora schmunzelte innerlich über Dianas leicht entgeisterten Blick, den sie hinter einem interessierten Lächeln verbarg.

»Alles okay? Dein Fleisch wird ja kalt.« Johannes saß auf einmal neben Nora und berührte sie am Arm.

»Ich hab nur vor mich hin geträumt. Es ist so ein schöner Abend. Am liebsten möchte ich ihn festhalten, wie ein Standbild in einem Film, und jedes kleine Detail möglichst lange genießen.«

»Ich bin so froh, dass es dir wieder besser geht.« Johannes lächelte sie an, stand auf und nahm sich von den Salaten nach.

Nora goss sich ein Wasser ein. Die Bowle hatte es in sich. Gut, dass Alexander und Marlis mit Diana Wolf Small Talk machten. Sie spürte die Müdigkeit stärker werden, dieses dumpfe und gleichzeitig flirrende Gefühl im Kopf, das eine Folge ihrer durchwachten Nächte war.

»Warum seid ihr hierhergezogen?«

Nora hörte die Frage, bemerkte aber erst Sekunden später, dass sie ihr galt. Diana Wolf hatte sich zu ihr gesetzt.

Mein Job hat mich ausgelaugt bis zum Burn-out, und meine Ehe stand vor dem Aus.

Nein, so wollte sie sich im Dorf nicht präsentieren. Obwohl sie das Gefühl hatte, dass Diana Wolf sie verstanden hätte. Nora suchte nach einer positiver klingenden Antwort. Sie hatte gehofft, hier draußen glücklicher zu sein. Gehofft, dass Alexander zufriedener sein würde. Ruhiger. Sie wollten doch beide eine Veränderung, wieder zueinanderfinden. Da war auch eine verschwommene Vorstellung von Gerüchen und Farben gewesen. Der Duft nach Harz. Ein Teppich aus Moos unter den nackten Füßen. Ein Ineinanderfließen von blassem Blau und zartem Grün mit erdbraunen Sprenkeln. Nicht wie bei Marlis, die eine detaillierte Vorstellung vom Leben in der Natur besaß. Von Körben mit rotbackigen Äpfeln, Pullovern mit Zopfmuster aus dicker Wolle, einer Bauernanrichte in der Küche, einem Ohrensessel am Kamin vor dem Bücherregal …

»Mein Mann hat die Idee gehabt«, sagte Nora und lächelte Diana Wolf an. »Er und Johannes sind Studienfreunde. Sie hatten sich lange Zeit aus den Augen verloren und sind sich zufällig wiederbegegnet. Marlis hatte den Hof geerbt, und Johannes muss Alexander davon vorgeschwärmt haben. Anfangs war es nur Gedankenspielerei. Möchten wir auf ewig mitten in der Stadt leben? Wie wäre es mit Wald und See vor der Haustür? Die Vorstellung gefiel uns irgendwann so gut, dass die Entscheidung dafür gefallen ist.«

Diana nickte. »Ich kann das gut verstehen, wir haben mitten in Potsdam gewohnt, bevor wir hierherkamen.«

Nora musste daran denken, wie Alexander, nachdem er Johannes wiedergetroffen hatte, zu ihr in die Altbauwohnung mit den hohen, stuckverzierten Wänden und den edlen Parkettböden zurückgekommen war. Er war richtig beeindruckt gewesen. »Aufs Land ziehen! Eine echt verrückte Idee! Passt gar nicht zu Johannes, so entscheidungsfreudig war er früher nie. Aber ein kleines bisschen beneide ich ihn darum. Übrigens ist ein Golfclub in Fußnähe, und da spielt ein Kollege von mir.« Er hatte Nora in den Arm genommen. Dann sein ironischer Blick. »Eine Blumenwiese mit Zitronenfaltern vor deinem Fenster. Könntest du dir das vorstellen?«

»Ja. Du nicht?«, war Noras Antwort gewesen. Danach ging alles recht schnell. Sie trafen sich zu viert, Johannes schlug das Chez Madeleine vor, ein Restaurant, in dem Nora und Alexander noch nie gegessen hatten. Nora lernte Marlis kennen, rotbraune Lockenmähne, weit schwingendes, fliederfarbenes Wollkleid, ein Schal mit zarter Spitze umnäht. Sie küsste Nora zur Begrüßung auf beide Wangen und zeigte ihr eine Zeitschrift mit einem romantischen Bauerngarten auf dem Titelbild und mit Koch- und Backrezepten für die einfache, aber köstliche Landhausküche.

Man könne aus dem Hof ein Schmuckstück machen, hatte Johannes geschwärmt. Eine moderne Wohngemeinschaft, in der jeder seinen Freiraum habe. Der Innenhof als Treffpunkt für alle, hinter dem Haus ein Garten mit alten Obstbäumen …

»Ihr habt Glück gehabt.« Diana Wolfs Stimme riss Nora aus den Erinnerungen. »Ich hab gehört, solche Objekte gibt es auf dem Immobilienmarkt schon lange nicht mehr.«

Marlis gesellte sich zu ihnen, legte den Arm um Nora. »Du guckst schon wieder so ernst! Ich verordne dir noch ein Glas von meiner Zauberbowle. Euch beiden. Da sind magische Zutaten drin.« Marlis füllte drei Gläser mit der leicht trüben Flüssigkeit, Eiswürfeln und Erdbeeren. »Prost. Auf den Sommer. Unseren ersten in Seesendorf.«

Diana Wolf nippte daran. »Oh, gefährlich. Noch eins davon, und ich kann meine Schreibtischarbeit für heute vergessen.«

»Dann schiebst du die Schuld auf uns.« Marlis zwinkerte ihr zu. »Komisch, wo der Nachbar wohl bleibt?«

»Norbert?« Diana hob belustigt die Brauen. »Ihr habt ihn eingeladen?«

»Klar, spricht was dagegen?«, fragte Marlis.

Diana lächelte. »Der wird nicht auftauchen.«

»Das hab ich mir gedacht«, warf Alexander ein.

»Das hat aber nichts mit euch zu tun. Er geht allen im Dorf aus dem Weg.«

»Was ist denn los mit ihm?«, fragte Alexander.

»Er ist … sagen wir es so, er ist ein Einsiedler. Will keinen Kontakt. Schon gar nicht zu den neu Zugezogenen. Den ›Golfern‹, wie er sie nennt.« Diana Wolf hob die Schultern. »Nur einmal im Jahr kommt er in die Kneipe, an Fasching. Er hat so einen Spleen. Er will alte sorbische Bräuche wiederbeleben. Eigentlich eine Tradition aus der Cottbuser Gegend, aber es soll sie hier auch gegeben haben. Er baut Faschingsmasken, ziemlich gruselige Dinger sind das, ein Bärenkopf zum Beispiel oder eine Maske mit zwei Gesichtern, einem Lebenden und einem Toten. Es geht um Abwehrzauber, Austreibung böser Geister und so.« Sie rollte mit den Augen. »Und diese Masken sollen die Jungs aus unserem Faschingsverein dann beim Umzug durch das Dorf aufsetzen. Das gibt regelmäßig Zoff, wenn die sich weigern. Norbert beschwört großes Unheil, das über alle hereinbrechen wird, was sich übrigens noch nie bewahrheitet hat. Der Alkoholpegel ist immer ziemlich hoch. Er verschwindet dann beleidigt und lässt sich übers Jahr nicht mehr im Gasthaus blicken.«

»Na, da haben wir ja das große Los gezogen«, meinte Marlis. »Mir ist aufgefallen, dass da drüben alles ziemlich ungepflegt aussieht.«

»Verwahrlost, würde ich eher sagen. Der Hof verfällt zusehends. Seit Norberts Frau gestorben ist, scheint er jegliche

Energie verloren zu haben. Er hat übrigens eine Tochter. Hanna. Sie ist geistig zurückgeblieben. Auch um sie kümmert er sich nicht vernünftig«, sagte Diana. »Wo steckt denn euer Sohn eigentlich?« Sie kannte Lukas bereits, er war in der ersten Woche nach ihrem Einzug in der Praxis gewesen, weil er sich beim Aufstellen von Rattenfallen die Hand an einem rostigen Nagel aufgerissen hatte.

»Oben in seinem Zimmer, er schreibt am Montag irgendeine Arbeit. Ich hoffe, er übt dafür. Hast du auch Kinder?«

»Ja, zwei, schon aus dem Haus. Und ich bin geschieden.«

Sie erzählte das im Plauderton, nahm sich dabei noch einmal Kartoffelsalat.

»Lukas wirkt übrigens sehr reif für sein Alter«, fuhr Diana Wolf an Nora gewandt fort. »Vielleicht hat er ja Lust, in unserer Theatergruppe mitzumachen?«

»Hier im Dorf?«

»Ja, unter meiner Regie. Ich würde so gern die *Iphigenie* aufführen.«

Nora hörte kaum hin, was sie erzählte. Lukas würde niemals zu irgendwelchen Theaterproben gehen, er hatte kein Interesse, Leute kennenzulernen, nicht in Berlin und erst recht nicht hier auf dem Dorf.

»Da habt ihr euch aber was vorgenommen«, meinte Alexander.

Diana lächelte verschmitzt. »Ach, wir sind bescheiden. Ich habe das Stück gekürzt, auf die wesentlichen Rollen. Aber im Moment weiß ich noch nicht mal, wer die Hauptrolle übernehmen könnte.«

»Schade, dass Livia nicht hier ist. Die wäre die Richtige dafür.« Marlis zupfte Zitronenthymian von einem Sträußchen ab, zerrieb die Blättchen zwischen den Fingern und roch daran.

»Wer ist Livia?«, fragte Diana.

»Meine Tochter. Sie wird Schauspielerin.«

»Wirklich? Das ist ja toll.«

»Ja, sie hat einen der begehrten Plätze auf der staatlichen Schauspielschule …«

Musik dröhnte mitten in ihrem Satz los, sie kam aus Lukas' Zimmer in der ersten Etage der zur Maisonettewohnung ausgebauten Scheune, in der Nora und Alexander mit ihrem Sohn wohnten. Irgendein Rap, der Sprechgesang so laut, dass Nora die Ärztin kaum verstehen konnte.

Alexander hob die Achseln und grinste verlegen, dabei sah er für eine Sekunde selbst aus wie ein schlaksiger Junge. Johannes und Marlis warfen sich einen gequälten Blick zu.

»Lukas! Mach das aus!« Alexander stellte sich direkt unter das Fenster. »Lukas, hörst du mich?«

Keine Reaktion von oben.

»Nora! Kannst du bitte …?«, rief Alexander.

Nora ging ins Haus, nahm die Treppe nach oben. Lukas' Tür war abgeschlossen, Nora klopfte laut. Nichts. Sie hämmerte mit der Faust dagegen. Nach einer Weile öffnete er, nur mit Shorts bekleidet. Aus dem Zimmer schlug ihr muffige Luft entgegen.

»Bist du durchgedreht? Mach doch die Musik leiser!«

»Keinen Bock.«

Nicht reizen, nicht provozieren. Streit vermeiden, sonst würde er nur störrisch werden. »Wir können uns nicht mehr unterhalten.«

»Dann lasst es eben sein.« Er wollte die Tür schließen, doch Nora schob den Fuß dazwischen. Ruhig bleiben.

»Komm einfach mit runter, iss ein Steak mit Kartoffelsalat.« Sie sah ihm fest in die Augen. Er atmete genervt aus. War das noch ihr Lukas, der sich auf dem Spielplatz vor größeren Jungs gefürchtet hatte, der weinend Schutz bei ihr suchte, den sie nachts trösten musste, wenn er verschwitzt aus einem Albtraum hochgeschreckt war?

»Keinen Bock.«

»Mach doch, was du willst.« Sie zog den Fuß weg, er schloss die Tür.

Vor einem Jahr, vor ihrem Zusammenbruch, hätte sie weiter argumentiert, nichts erreicht, irgendwann einen Wutanfall bekommen, ihn angeschrien. Sich anschließend Vorwürfe gemacht, sich gefragt, was die anderen von ihr dachten. Sie hätte Lukas, ihrem Mann, Marlis, Johannes und Diana Wolf beweisen wollen, dass sie diese Situation, wie alles in ihrem Leben, im Griff hatte. Wie viel einfacher es geworden war, seit sie das Kämpfen aufgegeben hatte.

Sie ging langsam die Treppe hinunter, betrat den Hof. Der Rap dröhnte unvermindert laut aus Lukas' Zimmer. Nora ignorierte die Blicke von Marlis und Johannes: Konnte sie sich denn nicht durchsetzen?

Diana stand auf, ihr Teller und ihr Glas waren leer. Sie würde sich verabschieden, mit der Begründung, es sei spät geworden, nur raus aus der peinlichen Situation. Als Gast hätte Nora das Gleiche getan. Sie selbst spürte, wie sie von dem hämmernden Beat Kopfschmerzen bekam.

Alexander warf mit einem Scheppern das Grillbesteck auf einen Teller. Nora suchte seinen Blick, hoffte, er würde raufgehen und Lukas zur Vernunft bringen, doch er blieb hinter dem Grill stehen und presste die Lippen zusammen.

Diana füllte ihr Bowleglas auf. Auf einmal begann sie zu lachen. Fröhlich und ansteckend. »Los, ich mach mal ein Foto von euch! Stellt euch da vor den Tisch!« Sie zog ihr Handy aus der Tasche, wartete ab, bis alle beieinanderstanden. »Und nun lächeln, bitte! Ihr fangt ein neues Leben an! Im schönsten Dorf der Welt!« Sie musste fast brüllen, damit sie sie überhaupt verstanden.

Nora hörte nur Wortfetzen. »… Leben! … Welt!«

Diana hielt das Handy hoch und drückte mehrmals auf den Auslöser. Dann erregte irgendetwas ihre Aufmerksamkeit, sie wandte den Kopf zum Tor.

Nora folgte ihrem Blick. Dort stand eine junge Frau in einem luftigen, türkisfarbenen Sommerkleid. Sie hatte ein schmales, ebenmäßiges Gesicht und eine Haut wie blasses Porzellan. Ihr Erscheinen hatte etwas Theatralisches, als wäre das raue Hofpflaster eine Bühne. Mit einer Hand hielt sie sich an einem silbern glänzenden Rollkoffer fest.

»Livia!«, rief Marlis.

Sie alle sahen zu der Fremden, während Diana Wolf auf den Auslöser drückte. Ein merkwürdiges Foto, das würde Nora später immer wieder denken. Ihre Köpfe, synchron zur Seite gedreht. Sie waren Livias Publikum gewesen, von Anfang an. Bis zum fürchterlichen Ende. Doch niemand hätte sich an diesem Abend ausmalen können, dass ihr neues Leben im schönsten Dorf der Welt binnen weniger Wochen zerstört sein würde.

»Livia!« Marlis löste sich aus der Gruppe, lief ihr entgegen. »Was machst du denn hier?«

Die Musik stoppte mit einem Schlag. Die plötzliche Stille dröhnte in Noras Ohren weiter. Sie drehte sich um. Lukas tauchte mit nacktem Oberkörper am Fenster auf. Auch er starrte Livia an.

Nora schreckte aus dem Schlaf hoch. Draußen war es noch dunkel. Was hatte sie geweckt? Es war absolut still. Nicht mal Alexanders Atem war zu hören. Er schlief oft vollkommen lautlos, lag da wie ein Toter. Nora schob die Hand unter die Decke, bis sie die Wärme seines Körpers spürte.

Sie lauschte. In der Stadt hatte sie zu jeder Nachtzeit erraten können, wie spät es war. Das Rauschen des Verkehrs verriet es ihr. Auch hier gab es Geräusche in der Nacht, doch sie klangen noch fremd. Ein Rascheln, der Wind, Tierlaute.

Nora zog eine Strickjacke über und schlich leise aus dem Schlafzimmer, um Alexander nicht zu wecken. Sie machte Licht in der Küche und sah auf die Uhr. Es war halb vier. Ein paar Stunden hatte sie geschlafen. Vielleicht ging es endlich bergauf. Sie trank ein Glas Leitungswasser und sah durch die Terrassentür hinaus. Noch lagen die Schatten der Dämmerung über dem Garten. Nur Marlis' Rosen, weiß und rot, und die purpurfarbenen Blüten des Sonnenhuts tupften Farbe in die Ziersträucher. Obwohl der Garten an ihre Terrasse grenzte, hatte Nora nichts dagegen, dass Marlis ihn gestaltete und pflegte. Weiter hinten hatte sie angefangen, einen Kräutergarten und Gemüsebeete anzulegen. Marlis schien Energie ohne Ende zu besitzen.

Ihre Tochter hatte erschöpft ausgesehen, wie sie da mit ihrem Koffer im Tor stand. Sie hatte Würstchen und Salat gegessen und von der Bowle getrunken. Diana Wolf hatte sie auf die Schauspielschule angesprochen. Livia musste erzählen, was für Rollen sie schon gespielt hatte. Sie machte es ohne große Begeisterung. Vielleicht war sie einfach müde von der Reise. Auf jeden Fall war dieser Besuch nicht geplant gewesen. So sehr wie Marlis sonst von ihrer Tochter schwärmte, hätte sie ihr Kommen sicher groß angekündigt. Aber Marlis hatte ziemlich überrascht ausgesehen. Und auch erschrocken und irritiert.

Zwischen den Sträuchern bewegte sich etwas. Nora sah genauer hin, konnte aber nichts erkennen. Da war nur ein großer, dunkler Schatten. Zu groß für ein Tier. War das ein Mensch? Was es auch war, nun verharrte es auf der Stelle, verdeckt vom Laub der Büsche. Nora trat einen Schritt von der Scheibe zurück, starrte weiter hinaus in die Dämmerung. Nichts rührte sich mehr, aber sie war sich sicher, der Schatten war noch da. Ohne den Blick abzuwenden, ging Nora mit wackeligen Knien rückwärts bis zum Lichtschalter, löschte die Deckenlampe in der Küche. Sie verbarg sich in der dunkelsten Ecke und beobachtete das Gebüsch. Nichts. Sie wartete minutenlang. Keine Bewegung mehr. War wirklich jemand dort gewesen? Oder hatten sich nur die Blätter im Wind bewegt? Vielleicht lag es an ihrer Übermüdung und ihre Phantasie spielte ihr Streiche? Nora zog ihre Strickjacke enger um das Nachthemd. Ihre Füße auf dem Steinboden fühlten sich eisig an. Sie ging zurück ins Schlafzimmer, legte sich ins Bett und lauschte weiter in den Morgen. Der Wind war stärker geworden. Er rauschte in den Baumwipfeln. Ein Vogel schrie. Es klang wie ein Klagelaut.

Drei Stunden später saß Nora erneut in der Küche. Sie goss aufgeschäumte Milch in eine Kaffeetasse. Sie hatte sich im Bett hin- und hergewälzt, war aber nicht wieder eingeschlafen. Jetzt fühlte sie sich wie gerädert. Wenigstens war es inzwischen hell. Sie blickte über die Terrasse hinaus zu den Sträuchern, dahin, wo der Schatten gewesen war. Aus dem Frühnebel tauchte die Sonne hinter den Bäumen auf. Die Tautropfen auf den Blättern und Grashalmen glitzerten. Eine feenhafte Stimmung lag über dem Garten. Sie musste sich den nächtlichen Spuk eingebildet haben.

Marlis stapfte in Gummistiefeln heran, einen Spaten in der Hand. Sie begann, einen der Rosenstöcke auszugraben. Nora öffnete die Terrassentür. Marlis war so in ihre Arbeit vertieft, dass sie Nora nicht bemerkte.

»Erschrick nicht, ich bin's«, sagte Nora.

Marlis fuhr herum und fasste sich mit einer Hand an die Brust. »Du meine Güte. Willst du, dass ich einen Herzinfarkt bekomme?«

Nora lächelte. »Tut mir leid. Was machst du da mit der Rose?«

»Die wird hier nichts. Das kannst du an den Blättern sehen. Ich nehm alle drei raus.«

»Willst du sie in den Vorgarten umsetzen?«

Marlis betrachtete die Wurzeln der Pflanze. »Nein, ich glaube, ich schmeiße sie direkt auf den Kompost.«

»Gib ihnen doch noch eine Chance. Vorne ist es sonniger.«

»Da passen sie farblich nicht hin.«

Nora sah Marlis eine Weile beim Arbeiten zu. Sie grub die beiden anderen Rosenstöcke aus und schaufelte die Löcher wieder zu.

»Wie geht es denn Livia heute Morgen?«, fragte Nora.

»Sie schläft noch. Sie hatte gestern starke Kopfschmerzen. Darunter hat sie als Kind schon gelitten. Wir waren oft beim Arzt deswegen. Migräne ist es wohl nicht. Es tritt meist auf, wenn sie unter Stress steht.«

»Warum ist sie überhaupt hier?«

»Sie sagt, sie wollte mal raus aus München.«

»Fühlt sie sich da nicht wohl?«

»Eigentlich schon.«

Nora wartete ab, doch Marlis sprach nicht weiter. »Aber?«

»Was ›aber‹?«

»Steckt sie nicht mitten im Semester?«

»Doch, sicher. Sie hat wohl ein paar Tage freibekommen.«

»Das ist aber eine weite Fahrt für ein paar Tage.«

Marlis zog einen Fuß aus dem Gummistiefel und trat mit der nackten Fußsohle die Erde fest. Plötzlich hielt sie mitten in der Bewegung inne. »Starr mich doch nicht so an. Was hast du denn?«

Nora trat einen Schritt zurück. »Entschuldige. Ich finde nur, das klingt so merkwürdig.«

»Was denn? Sie wird es mir noch früh genug erzählen.« Marlis brach einen Zweig von der Rose ab. »Siehst du? Der ist abgestorben. Das hätte ich alles wegschneiden müssen.«

»Livia ist sehr hübsch«, meinte Nora, und dachte an ihre meergrünen Augen unter den dichten Wimpern. Marlis' Augen waren braun. Johannes war nicht Livias Vater. Über den leiblichen Vater wusste Nora nicht viel, nur dass sich Marlis schon vor Langem von ihm getrennt hatte. Von ihrer Mutter hatte Livia die feminine Ausstrahlung geerbt und den vollen, wohlgeformten Busen, doch davon abgesehen wirkte Livias Körper viel zarter als der von Marlis.

»Sie hätte auch Model werden können. Aber sie findet die Schauspielerei viel spannender.«

Nora nickte. »Will sie denn für länger bleiben?«

»Kann ich mir nicht vorstellen.« Marlis wischte mit einer Hand Erdklümpchen von ihren Zehen und schlüpfte wieder in den Stiefel. »Habt ihr schon gefrühstückt?«

»Nein, Alexander und Lukas schlafen noch.«

»Ich werd mal Kaffee aufsetzen. Johannes müsste im Hof sein. Er wollte die Grills abbauen.«

»Aber das kann Alexander doch …«

Marlis kniff die Augen zusammen und blinzelte in die Sonne. »Sag mal, wegen Lukas … Habt ihr ihn zur Rede gestellt?«

»Noch nicht. Ich hab ihn gestern nicht mehr zu Gesicht bekommen.«

»Ihr dürft ihm so was nicht durchgehen lassen. Ich meine, er wohnt ja hier nicht alleine. Und sag ihm auch, wenn er sich schon nützlich macht und den Müll rausträgt, warum stellt er die Kartons unzerkleinert in die Papiertonne? Die ist doch sofort voll.«

»Wenn ich nur wüsste, was ich tun soll.« Nora seufzte. Marlis hatte ja recht. »Er macht, was er will, egal, was ich sage. Ich kann ihn doch nicht rausschmeißen.«

Als sie sich noch in der Planungsphase für die Renovierung befanden, hatte Nora Marlis erzählt, dass Lukas noch immer in der Pubertät stecke und es sehr schwierig mit ihm sei. Aber Marlis hatte Noras Hinweise mit einer Handbewegung weggewischt. »Das hab ich doch selbst durchgemacht, mit Livia. Glaub mir, Mädchen sind noch schlimmer. Die reinste Zicke war sie.« Und da war noch ein Satz von Marlis gefallen, an den sich Nora erinnerte. »Mit mir kannst du immer darüber reden. Wir zwei halten zusammen, da draußen auf dem Land.«

Johannes

Er entdeckte sie erst auf dem Rückweg vom Schuppen zum Haus. Livia lag in einem der Liegestühle, die nackten Beine angewinkelt, die Augen geschlossen. Sie trug nur ein Sonnentop und eine knapp unter dem Po abgeschnittene, an den Rändern ausgefranste Jeans. Noch teilten sich Licht und Schatten den Hof. Livia hatte sich den Stuhl in die Sonne gezogen.

Johannes hätte plötzlich laut singen können vor Glück. Alles war so perfekt: das kräftige, saubere Beige der Hofmauern, der reizvolle Kontrast zu dem satten Grün der Fensterläden.

Der Traum eines Architekten. Sein Traum. Er hatte ihn verwirklicht. Er war so stolz auf das, was er erreicht hatte. Sicher, Alexander hatte einiges in die Renovierung investiert, ohne sein Geld wäre es nicht gegangen. Aber was bedeutete schon Geld … Johannes hatte ihren Lebensraum gestaltet.

Er bemerkte, dass Livia ihn ansah. »Hallo, gut geschlafen?«, fragte er.

Livia deutete ein Kopfschütteln an. Unter ihren Augen in den Wimpern klebten schwarze Tuscheklümpchen. Als sie gestern angekommen war, hatte ihr Haar glatt und glänzend auf ihren Schultern gelegen, nun sah es zerzaust aus, als hätte sie eine unruhige Nacht gehabt. Sie schien zu frieren, hielt die Arme vor der Brust verschränkt.

Starr sie doch nicht so an. Er lächelte, aber wandte den Blick nicht ab.

Wenn er Livia begegnete, riss ihn das aus seinem Trott. Dann spürte er, dass das Leben kurz war. Viel zu kurz, um es im täglichen Einerlei vorbeiziehen zu lassen. Sie weckte den Wunsch in ihm, etwas Verrücktes zu tun, etwas Unberechenbares. Einen Rucksack packen, Zelt, Gaskocher, das Nötigste an Kleidung und loswandern. Kanada. Patagonien. Irgendwohin ans Ende der Welt. Eine schroffe Felsküste, schwarze Kormorane mit gespreizten Flügeln in der Gischt, Livia in genau diesen abgerissenen Shorts, trampend am Straßenrand, braun gebrannte Beine, lachend und staubig, durstig nach Leben.

Er wurde nicht schlau aus ihr. Gestern hatte sie verstört ausgesehen. Jetzt ruhte sie in sich, wie eine Katze, die sich an ihrem Lieblingsplatz zusammenrollt. Die Ebenmäßigkeit ihrer Wangenknochen, der Augenbrauen, der Linie ihrer Nase und Lippen wurde durch eine kaum wahrnehmbare Asymmetrie gestört. Ihr rechtes Auge lag näher an der Nasenwurzel als das linke. Am liebsten hätte Johannes es mit einem Zentimetermaß nachgemessen. Als Architekt wusste er, dass Perfektion den Betrachter schnell langweilt. Diese kleine Unvollkommenheit in Livias Gesicht hob die Harmonie ihrer Gesichtszüge nur noch stärker hervor, sie machte es erst richtig reizvoll.

Livia schien sein Starren nicht zu bemerken. Oder sie überspielte es. »Die Kopfschmerzen sind etwas besser geworden.« Sie rieb über ihre nackten Arme.

»Das ist gut. Hast du ein paar Tage freibekommen?«

Sie zögerte. »Ja, ich wusste schon länger davon, aber ich hab vergessen, euch anzurufen.«

»Macht ja nichts, wir freuen uns immer, wenn du kommst.«

Sie schwieg.

»Und? Wie gefällt dir der Hof?«, fragte er.

Sie nickte. »Ist cool geworden.«

Er wartete, doch mehr kam nicht. Vielleicht sollte er sie auf ein paar Besonderheiten der Restaurierung aufmerksam machen? Die historische Sandsteintreppe des Gutshauses? Die Lichtbänder in den Dachfirsten? Die großen Rundbogenfenster? Er nahm sich vor, ihr später alles ausführlich zu zeigen. Später, wenn sie sich besser fühlte. »Möchtest du Kaffee?«

»Das wäre toll.« Sie schwang die Beine auf den Boden und stützte sich mit den Händen auf der Sitzfläche ab. Johannes vermied den Blick auf ihr dünnes Hemdchen, unter dem sich ihre Brüste abzeichneten.

»Wenn du mir zeigst, wie die Maschine funktioniert, mach ich mir selbst einen.«

»Bleib nur hier, ich wollte mir sowieso eine Tasse holen.«

Sie lächelte schüchtern. Er ging an ihr vorbei zum Haus. Ob sie ihm nachsah? Er setzte die Schritte bewusst, er wollte geschmeidig und dynamisch wirken, spürte einzelne Muskeln und Sehnen. Zwischen seinen Schulterblättern schmerzten Verhärtungen. Er saß zu viel am Schreibtisch. Er würde wieder regelmäßig joggen gehen. Und ins Fitnessstudio.

Kurz vor der Treppe zum Hauseingang drehte er sich um. Livia hatte den Kopf nach hinten gelegt, ihre Augen waren geschlossen.

Johannes bereitete den Kaffee zu, stellte ein Milchkännchen und den Zuckertopf zu den Tassen auf dem Tablett. Er legte noch ein Croissant auf einen kleinen Teller. Vielleicht hatte sie darauf Appetit.

Als er das Tablett nahm, um es hinauszutragen, sah er

Lukas durch das Küchenfenster. Der war an den Wochenenden noch nie vor Mittag aufgetaucht. Lukas schlenderte über den Hof, wandte sich Livia zu. Sie sprachen miteinander, dabei kickte er mit dem Fuß imaginäre Steinchen zur Seite.

Johannes ging nach draußen. »Na, Lukas? So früh auf den Beinen? Hast du was vor heute?«

Er hob die schmalen Schultern. »Nö. Vielleicht geh ich zum See.« Er stand unschlüssig herum und schlenkerte mit den Armen.

Johannes stellte das Tablett auf den Holztisch unter die Buche. »Wie war das noch? Milch, keinen Zucker?«

»Viel Milch bitte«, sagte Livia. Er brachte ihr die Tasse und beobachtete, wie sie sich in seine Richtung drehte. Ihre Bewegungen hatten etwas Elegantes, aber zugleich auch aufreizend Träges an sich. »Danke. Das ist fast so gut wie Kaffee ans Bett.«

»Ans Bett kostet extra.«

Sie lachte.

»So, dann bau ich das alte Ungetüm mal wieder ab. Eine Schande, wenn du mich fragst.« Er sah Livias fragenden Blick, und ihm fiel ein, dass sie die Diskussion um den Grill ja gar nicht mitbekommen hatte. Er trat zu dem Schwenkgrill und zerlegte ihn in seine Einzelteile. Er holte eine Schaufel, Handfeger und Kehrblech und schabte die verkohlte Asche in der Feuerschale zusammen, behielt Lukas dabei im Auge.

Der warf verstohlene Blicke auf Livia, tat aber so, als wäre sie nicht da. Wie er so dastand, linkisch und irgendwie fehl am Platz, hatte Johannes fast Mitleid mit ihm. Es erinnerte ihn an seine eigene Jugend. Das Gefühl, in seinem Körper fremd zu sein, eine Sehnsucht zu spüren, ohne zu wissen, wonach. Dazu eine diffuse, nagende Unruhe. Johannes war froh, diese Zeit lange hinter sich gelassen zu haben.

»Lukas? Holst du mir bitte den Ascheneimer aus der Scheune?«

Lukas zog die Mundwinkel nach unten, was Johannes sofort verärgerte. Diesen Blick hatte er von seinem Vater, genauso arrogant konnte Alexander einen auch ansehen.

»Sonst lass es. Ich hol ihn selbst«, sagte Johannes mit einem leicht scharfen Unterton.

»Nö, schon okay.« Lukas ging los zum Schuppen, er hob kaum die Füße in den Sneakers, erzeugte ein schlurfendes Geräusch.

Livia wirkte desinteressiert an ihnen beiden, sie blinzelte in den Himmel, trank mit kleinen Schlucken ihren Kaffee.

Johannes fegte den Rost ab, den er bereits gestern gesäubert hatte, aber er wollte sich gern noch weiter in Livias Nähe aufhalten.

Kurz darauf kam Lukas zurück. Johannes schabte und schaufelte die feine weiße Asche in den Eimer aus Emaille, den Lukas ihm hinhielt. Die Sonne gewann an Kraft, Johannes schwitzte.

Livia hatte sich wieder hingelegt, die Beine lang ausgestreckt, die Augen geschlossen.

»Das wird heiß heute!« Johannes wandte sich zu ihr um. »Wenn ich hier fertig bin, dreh ich 'ne Runde im See. Hast du Lust mitzukommen?« Er hatte Livia gemeint, doch Lukas fühlte sich angesprochen.

»Bin dabei«, sagte er. »Wohin mit dem Dreckszeug?«

»In die normale Mülltonne«, bestimmte Johannes. Lukas trug den halb vollen Eimer durch das Tor nach draußen.

Livia wandte langsam den Kopf, sie blinzelte ins Licht. »Ihr habt einen See in der Nähe?«

»Zweihundert Meter von hier. Man kann herrlich schwimmen. Morgens früh ist es noch ruhig, später fallen die Berliner und die Potsdamer hier ein.«

»Eine Abkühlung wäre nicht schlecht«, sagte Livia gedehnt. »Ich hab nur keinen Badeanzug dabei. Und ich steh nicht so auf Naturseen. Wenn der Grund schlammig ist oder da Wasserpflanzen wachsen ...«

Lukas war auf dem Rückweg, er hatte ihre letzten Worte gehört. »Da ist toller Sandboden. Keine Steine, keine Pflanzen.« Er sah Livia erwartungsvoll an. Sie reagierte nicht.

»Ich hol mir schnell ein Handtuch, okay?«, sagte Lukas zu Johannes.

Johannes überlegte, ob er einen Rückzieher machen konnte. Allein mit Lukas zu gehen, dazu hatte er nicht die geringste Lust.

Alexander betrat den Hof. Er trug ein verwaschenes hellblaues T-Shirt und eine weiße, lässig verknitterte Leinenhose. Er war barfuß, und sein lockiges braunes Haar sah zerwühlt aus, so als wäre er gerade erst aufgestanden. »Morgen zusammen. Wisst ihr, wo Nora ist?«

»Keine Ahnung«, meinte Johannes. »Marlis ist auch verschwunden.«

Livia hob kurz den Kopf, murmelte einen Gruß in Alexanders Richtung und sank zurück in die Liegeposition.

»Hast du den Gasgrill etwa schon abgebaut?«, fragte Alexander.

»Steht im Schuppen.«

»Aber das hätte ich doch gemacht.«

»Du hast gestern so ausgesehen, als solltest du mal ausschlafen.«

Alexander legte ihm die Hand auf die Schulter. »Nett von dir, Jo. Danke.« Er fuhr sich mit der Hand über die Augen. »Stimmt, die letzte Woche war hammerhart. Zwei Kongresse direkt hintereinander. In Hotelbetten schlaf ich nicht mehr gut. Und dann Freitag noch das Symposium bei uns in der Fakultät.«

»Ich dachte, das wäre erst nächste Woche?«

»Nein, da halte ich eine Vorlesung am Tropeninstitut in Basel.«

»Pass nur auf, dass du keinen Herzinfarkt bekommst.«

Alexander grinste. »Das Landleben soll doch so gesund sein.« Er nahm einen Apfel aus dem Korb auf dem Holztisch, warf ihn hoch, fing ihn auf und biss herzhaft hinein.

Lukas kam zurück, ein Handtuch über der Schulter.

»Schwimmen? Gute Idee«, meinte Alexander.

Livia setzte sich auf und fuhr sich mit beiden Händen durchs Haar. »Ich glaub, ich komm auch mit. Ich frag Mama, ob sie mir einen Badeanzug leiht. Wartet ihr kurz?«

»Klar«, sagten Johannes und Lukas gleichzeitig.

Livia

Sie kam mit einem Jutebeutel über der Schulter zurück in den Hof. Johannes lehnte am Hoftor und wartete.

»Wo ist denn Alexander?«, fragte sie. Dann fiel ihr auf, dass sie auch nach Lukas hätte fragen sollen.

»Schon vorgegangen«, sagte Johannes.

Sie machten sich auf den Weg, außerhalb der Hofmauern ging ein leichter, angenehmer Wind. Auf einer Koppel dösten drei Ponys unter einem Apfelbaum im Schatten, Livia schnalzte mit der Zunge, um sie zu locken, doch sie hoben nur träge die Köpfe und sahen ihnen nach. Am See waren wenige morgendliche Schwimmer unterwegs. Ein Windstoß kräuselte die Wasseroberfläche. Aus dem Schilf flog ein Silberreiher auf und verschwand in einem weiten Bogen über den Wald. An einem Ast in der Nähe hing ein strahlend weißes Handtuch.

Alexander kraulte mit kräftigen Bewegungen weg vom Ufer. Es war so still, dass Livia sein rhythmisches Luftholen hörte. Lukas saß auf einer schlichten Holzbank. Als er sie sah, verschwand er hinter einem Busch, um sich umzuziehen.

Livia streifte ihr Top über den Kopf, zog ein Badetuch aus

der Jutetasche, setzte sich darauf, tauschte ihren Slip gegen den Badeanzug.

»Bis gleich«, rief Johannes, lief einige Meter ins Wasser, tauchte mit einem Kopfsprung ein, machte ein paar Züge, kam an die Oberfläche, drehte sich und schwamm auf dem Rücken weiter. Livia ging zum Ufer. Marlis' Badeanzug warf unschöne Falten auf ihrem schlanken Körper. Sie tauchte einen Fuß in den See und zögerte. Kalt.

Hinter ihr ein Geräusch. Lukas kam, spurtete an ihr vorbei, warf sich mit einem Bauchplatscher ins Wasser und spritzte mit den Händen Fontänen auf Livia. Sie kreischte, lachte auf und verfolgte ihn. Er machte einen Satz nach vorn und kraulte davon. Sie versuchte, mit der Hand seinen Fuß zu erwischen. Lukas flüchtete kraulend. Sie war eine gute Schwimmerin, schnell holte sie ihn ein. Sie drückte ihn mit einem Arm nach unten.

Lukas tauchte wieder auf. »Hilfe!« Er prustete und lachte gleichzeitig, schlug um sich, Wasser spritzte in Livias Augen, sie ließ von ihm ab.

»Pass auf! Dich krieg ich noch!«, rief sie ihm fröhlich zu und schwamm mit schnellen Bruststößen in die Mitte des Sees. Von dort kam ihr Alexander entgegen.

Er kraulte nun langsamer, mit sparsamen Bewegungen, streckte sich lang und glitt widerstandslos durch den See. Sie schwammen direkt aufeinander zu. Das Wasser war herrlich, wie kühle Seide umspielte es Livias Körper. Anfangs war ihr kalt gewesen, aber nun hatte sie das Gefühl, stundenlang im See bleiben zu können.

Kurz bevor Alexander neben ihr war, drehte sie sich auf den Rücken, breitete die Arme aus und ließ sich treiben. Ihr Haar schwebte auf den Wellen. So musste es sich anfühlen, zu sterben. Ein kühles, schwereloses Gleiten.

Wie merkwürdig, ausgerechnet jetzt an den Tod zu denken, wo sie sich so lebendig fühlte! Jeder ihrer Sinne war geschärft und auf Alexander ausgerichtet. Nun spürte sie seinen Arm oder ein Bein ganz nah, das Wasser verwirbelte, kam ihr wärmer vor. Doch schon war er an ihr vorbei, kraulte weiter zum Strand.

Livia schwamm parallel zum Ufer und sah ihm nach. Er lief über den Sand, nahm das weiße Handtuch vom Ast und trocknete sich ab. Er war nackt. Sein Körper war schlank und durchtrainiert.

Livia war weit auf die andere Uferseite geraten. Hier schien der See flacher zu werden. Trotzdem konnte sie den Grund nicht sehen. Das Wasser war dunkelgrün und trüb. Etwas schlang sich um ihr Bein, klebte kalt und glitschig an ihrer Haut. Wasserpflanzen. Wie aus dem Nichts waren sie überall. Griffen nach ihr wie Fangarme. Sie schnappte nach Luft. Sie drehte sich um und wollte zurückschwimmen, doch das Gewimmel unter ihr wurde immer stärker. Sie stieß einen Schrei aus.

»Was ist los?«, rief jemand. Sie sah Johannes und Lukas im Wasser, ein ganzes Stück entfernt. Sie versuchte, die Beine nah an der Oberfläche zu halten, schwamm einen Zickzackkurs. Sie musste hier wegkommen! Wenn die kalten Schlingarme sie berührten, trat sie nach ihnen. Sie schluckte Wasser und hustete.

Jemand näherte sich ihr, kraulte auf sie zu, es war Johannes. Sie griff nach seiner ausgestreckten Hand. Die Stelle war gar nicht tief, er konnte mühelos stehen.

»Was hast du?«

»Ich muss hier weg!«

Er zog sie zu sich heran, fasste mit beiden Armen unter ihren Körper und ging auf direktem Weg zum Ufer. Das Wasser wurde klarer, Livia sah hellen Boden durchschimmern, ihre Angst ließ nach. »Ich glaube, es geht wieder.«

Johannes lachte. »Du hast uns vielleicht einen Schreck eingejagt.«

Er ließ sie herunter. Sie spürte den sauberen, festen Sand unter den Füßen. Sie kam sich lächerlich vor. Hatte Alexander ihren peinlichen Auftritt mitbekommen? Nein, er war nicht mehr da.

Mit etwas Abstand zu Johannes lief sie das letzte Stück aus dem Wasser, schlang sich das Tuch um ihren Körper und setzte sich. Sie zitterte.

Lukas hatte sich angezogen, er reichte ihr sein Handtuch. »Hier, du frierst ja.«

»Danke.«

»Was war denn los mit dir?«, fragte Johannes.

Livia versuchte zu lachen. »Da war alles voll mit ekligen Pflanzen! Ich kriege Panik, wenn mich unter Wasser etwas berührt. Wenn ich den Grund nicht sehen kann. Ich weiß, das klingt ziemlich verrückt.« Sie fror noch immer und wickelte sich Lukas' Handtuch zusätzlich um den Oberkörper. »In meinem Kopf setzt dann was aus. Mein Verstand weiß, dass Pflanzen nicht beißen und mich nicht unter Wasser ziehen können. Aber ich kann es einfach nicht kontrollieren. Seid mir nicht böse, ich wollte euch nicht erschrecken.«

»Das Grünzeug gibt es nur in der Ecke da hinten. Die hast du ja zielstrebig aufgespürt«, sagte Johannes grinsend.

Livia lachte wieder.

»Du musst dich aufwärmen. Gehen wir zurück. Oder wolltest du gern noch mal baden?«

»Nein, bloß nicht!«, rief Livia. »Das nächste Mal fahr ich irgendwo ins Freibad.«

Als Livia mit den anderen zurückkam, saßen Marlis und Nora im Hof und tranken Kaffee.

»Wie siehst du denn aus?«, fragte Marlis sofort.

»Wieso?«

»Du hast irgendwas Grünes im Haar kleben. Was machen deine Kopfschmerzen? Hast du eigentlich schon was gegessen?«

»Ein Kaffee wäre toll«, sagte Livia.

Lukas ließ sich auf einen Stuhl fallen. Johannes griff nach einem Brötchen. »Ich hab einen Bärenhunger. Schließlich musste ich Livia vor dem weißen Hai retten.«

»Wie bitte?« Marlis goss allen Kaffee ein.

»Ich dachte erst, sie ist einem dieser zwei Meter langen Welse begegnet, die da angeblich auf dem Grund leben, aber die hätten bei ihrem Gestrampel Reißaus genommen.«

Livia musste wieder lachen. Gleichzeitig schüttelte sie sich vor Ekel. »Das ist nicht wahr! Sag bitte, dass du die Welse erfunden hast!«

Lukas riss die Augen auf und spielte den Entsetzten. »Er hat recht. Angeblich schnappen die sich gern mal einen Hund. Oder kleine Kinder.«

»Also, Enten auf jeden Fall«, meinte Johannes.

»Jetzt hört auf, ihr Angst zu machen«, sagte Marlis. »Was war es denn nun wirklich?«

»Es waren nur Wasserpflanzen, Mama.«

Alexander kam über den Hof, er hatte sich umgezogen, trug eine dunkle Jeans und ein weißes Polohemd. Die kleinen Rollen seiner Golftasche ratterten über die Pflastersteine. »Also, bis später.«

»Viel Spaß. Mit wem bist du noch mal verabredet?«, fragte Nora.

»Mit Herbert. Er wollte noch Professor Lauer mitbringen.«

»Ist das der aus deinem Institut?«

»Von der Immunologie. Ich nehm den Wagen, bin spät dran. Was hast du vor?«

»Vielleicht geh ich los und mach ein paar Fotos.«

»Gute Idee, probier mal die Kamera aus.«

Nora nickte. Sie neigte anmutig den Kopf zur Seite, und Alexander küsste sie auf den Hals, direkt unterhalb ihres Ohrs. Livia prägte sich Noras Haltung genau ein.

Später blickte sie in den kleinen Wandspiegel im Gästezimmer. Marlis hatte recht gehabt, sie sah furchtbar aus. In ihrem Haar hingen schmierige grüne Partikel der Wasserpflanzen. Unter ihren Augen klebten Reste der Wimperntusche, und die Tränensäcke waren angeschwollen. Und noch viel elender, als sie aussah, fühlte sie sich. Sie brauchte eine Dusche, sofort. Und eine Kur ins Haar.

Doch das Bad war belegt, Johannes war drin und hatte die Tür abgeschlossen.

Livia ließ die Schlafzimmertür offen, damit sie hörte, wenn er herauskam, und legte sich aufs Bett. Sie sank in die federleichte Daunendecke, das Kissen duftete nach Lavendel. Auf der Bettwäsche waren winzige rosa Röschen. Romantische Landidylle. Verspielt und verschnörkelt. So was liebte ihre Mutter.

Livia schloss die Augen. Heute musste sie mit ihr reden. Vom Hof herauf hörte sie Geschirrklappern, Marlis und Nora räumten wohl den Frühstückstisch ab.

Nach ein paar Minuten kam Johannes aus dem Bad, eingehüllt in eine Duftwolke von Eau de Toilette. Livia stand auf, nahm ein frisches Handtuch aus Marlis' Schrank und ging zur Tür.

»Alles wieder gut?« Er blieb bei ihr stehen und rieb mit der Hand über seinen Dreitagebart.

Sie dachte daran, wie er sie aus dem Wasser getragen hatte. Sie war ihm immer noch dankbar. »Na klar.«

»Wirklich?« Er sah sie forschend an. »Du siehst irgendwie … traurig aus.«

»Das liegt an der verlaufenen Schminke. Ich brauch nur Wasser und Seife.«

»Na, dann viel Spaß.« Er trat zur Seite.

Livia ging an ihm vorbei und schloss die Badezimmertür hinter sich ab.

Auch das Bad wirkte wie aus *Schöner Wohnen* kopiert: Eine Wanne mit geschwungenen Füßen stand diagonal im Raum. Auf einem rustikalen Holztisch vor dem Fenster verströmten rosa Lilien in einer Steingutvase einen penetranten Duft. In der Dusche glänzten nostalgische Armaturen.

Livia duschte sehr heiß. Dann stellte sie sich auf die flauschige altrosa Badematte, kämmte und föhnte ihre Haare über einer Rundbürste, eine Prozedur von zwanzig Minuten. Sie cremte sich ein. An den Beinen spürte sie Härchen nachwachsen, fein und blond. Noch fielen sie nicht auf, aber in ein paar Tagen mussten sie weg. Sie durchsuchte Marlis' Schränke nach einem Rasierer und Schaum, ohne Erfolg. Gab es hier einen Drogeriemarkt? In dem blöden Dorf bestimmt nicht. Vermutlich lag der nächste in Potsdam oder Berlin. Sie wollte sowieso mal in die Stadt. Vielleicht konnte jemand sie mitnehmen. Lukas ging in Berlin zur Schule. Johannes arbeitete in Charlottenburg. Alexander war Professor an der Uni. Wo sein Institut lag, wusste sie nicht. Ob die beiden manchmal gemeinsam in die Stadt fuhren? Da war etwas Merkwürdiges zwischen ihnen … wie ein magnetisches Kraftfeld. Doch ob es sie zueinander hinzog oder voneinander abstieß, konnte Livia nicht sagen.

Wenn sie getrennt pendelten, wollte sie auf jeden Fall mit

Alexander fahren. Aber er würde sie nicht von allein fragen, ob sie mitfuhr. Er schien sie ja kaum wahrzunehmen.

Livia nahm das Badehandtuch und wickelte sich darin ein. Sie ging in Marlis' Schlafzimmer, stellte sich vor den großen Spiegel, der über einer antiken Holzkommode hing. Die schweren Leinenvorhänge waren zugezogen und dämpften das Sonnenlicht. Das halbblinde Glas zauberte einen Schleier vor ihr Spiegelbild. Sie ließ das Handtuch fallen und betrachtete sich.

Jede ihrer Freundinnen klagte über Problemzonen, hier die Hüften zu breit, da beginnende Orangenhaut, der Busen zu klein oder zu groß … Livia hörte immer von allen, ihr Körper sei perfekt. Sie wurde beneidet. Aber das wollte sie gar nicht. Manchmal kam sie sich selbst ganz fremd vor. Als wäre sie eine Schaufensterpuppe. Ihre Haut war blass und makellos. Sie ging selten direkt in die Sonne, wenn überhaupt, dann nur frühmorgens oder ab dem späten Nachmittag. Das hatte Marlis ihr von klein auf eingetrichtert: »Dein Aussehen ist dein Kapital, nichts bekommst du schneller als Falten.« Beim Rasieren hatte sie sich schon mal absichtlich geschnitten. Es war harmlos, winzige Wunden nur. Einfach, um zu spüren, dass es wehtat, dass sie lebendig war. Vielleicht war es leichter, sich selbst zu lieben, wenn man unvollkommen war?

Livia nahm einen aquamarinblauen Schal von Marlis, der über dem Stuhl neben der Kommode hing, und legte ihn sich um die Schultern. Er war aus federleichter, weicher Wolle, kratzte überhaupt nicht. Sie ließ Hals und Dekolleté frei, neigte den Kopf zur Seite, wie sie es bei Nora beobachtet hatte. Nein, das war es nicht … bei Nora hatte es nicht demütig ausgesehen, sondern selbstbewusst und gleichzeitig lockend.

Von ihrer Mutter hatte Livia gehört, dass Nora eine Galerie für zeitgenössische Kunst in Berlin leitete, die sogar international einen Ruf besaß. Sie sei längere Zeit krank gewesen. Ein Burn-out, hatte Marlis mit einem kleinen Augenrollen erzählt. Livia sah Nora vor sich, in einem strahlend weißen Raum, in dem Gemälde und Skulpturen in Szene gesetzt waren, Nora in einem dunklen, eleganten Anzug und Schuhen mit hohen Absätzen, ein Glas Sekt in der Hand. Sie war eine Frau, die es geschafft hatte. Karriere in der Kunstszene, Reisen um die ganze Welt, Treffen mit Kuratoren und Künstlern. Und zu Hause ein gut aussehender, erfolgreicher Mann, der auf sie wartete.

Wie lange Alexander wohl heute auf dem Golfplatz blieb?

Livia neigte noch einmal den Kopf zur Seite und stellte sich vor, Alexander würde sich zu ihr hinunterbeugen und sie küssen. Aber es wirkte immer noch falsch. Sie bekam es nicht hin. Wie sollte sie Theaterrollen spielen, komplexe Regieanweisungen umsetzen, wenn ihr nicht mal diese kleine, harmlose Geste gelang? Sie hörte Rafaels Stimme: »Zu brav! Du erfüllst das, was ich sage, aber darum geht es nicht! Vergiss meine Vorschläge. Lass dich in die Situation fallen. Was macht das mit dir? Mit deinem Körper? Lass es zu!« Verdammt, dieser Idiot! Was glaubte er denn, was sie die ganze Zeit versuchte? Aber nie war er zufrieden. Sie hatte sein ratloses Gesicht gesehen, während er wie ein eingesperrter Tiger durch die Zuschauerreihen gelaufen war. Hin und her. »Livia, soll ich es aufgeben? Du zwingst mich dazu. Was soll ich mit dir machen? Ich will nicht meine Regieanweisungen auf der Bühne sehen. Sondern dich. Dich, dich, dich!«

Aber da war nichts! Der Körper einer Schaufensterpuppe, nett anzusehen. Und ein paar Tricks, mit denen sie die anderen blendete. Aber sie durchschauten sie schnell.

Der Vorhang wehte auf, Sonnenstrahlen trafen den Spiegel und tauchten das Zimmer in milchiges Gold. Sie musste sich beruhigen. So konnte sie nicht mit Marlis reden. Und wenn sie noch wartete? Noch einen einzigen Tag? In dem Liegestuhl im Hof, irgendein Buch lesen, essen, trinken, schlafen. Sie war so erschöpft. Sie hatte sich einen Tag Aufschub und Erholung verdient. Aber die Angst ließ sich nicht bezwingen. Wie sollte es weitergehen? Die anderen würden beginnen, Fragen zu stellen. Marlis und Johannes auf jeden Fall, vielleicht sogar Nora und Alexander. Was tat sie hier mitten im Semester? Wie lange hatte sie vor zu bleiben? Hatte sie schon eine Rückfahrkarte gebucht?

Sie lief zurück ins Gästezimmer, wühlte in ihrem Koffer. Sie fand das schwarze Hemdblusenkleid ganz unten, zog es heraus, atmete tief durch. Das war das Richtige. Schwarz für eine Beerdigung. Schließlich würde sie den Lebenstraum ihrer Mutter zu Grabe tragen.

Sie zog das Kleid über, ging ins Bad, umrandete ihre Augen mit einem dramatischen dunklen Lidstrich und tuschte sich die Wimpern tiefschwarz. Auf dem Schminktisch standen Marlis' Parfümflakons. Livia schnupperte an jedem einzelnen. Sie entschied sich für Hermès. Es passte gar nicht zu ihrer Mutter. Es war ein Nora-Duft, teuer und elegant. Livia tupfte ihn sich hinter die Ohren, in die Armbeugen und zwischen ihre Brüste. Sie ließ sich viel Zeit dabei.

Als Livia herunterkam, lag der Hof verlassen da. Der Tisch war abgeräumt. Sie spähte durch das Fenster von Marlis' Werkstatt. Ein langer Arbeitstisch, auf dem ihre Mutter die Stoffe zuschnitt, im Hintergrund zwei Nähmaschinen. Regale voller Stoffballen in gedeckten Farben. Walk, aus denen sie Designermützen, Schals, Stulpen und spitz zulaufende, figurkaschierende Stoffgürtel herstellte. Stapelweise Kartons. Eine altertümliche Ankleidepuppe, bespannt mit ehemals weißem Stoff, nun schmuddelig und von Tausenden Nadeln zerstochen. Marlis war nicht da, die Tür war abgeschlossen. Lukas hatte seine Rollläden heruntergelassen, aus seinem Zimmer im ersten Stock klang Musik.

Livia ging zurück zum Haus. Sie hörte ein Geräusch. Es kam aus dem Keller. »Mama? Bist du da unten?«

Sie stieg die Treppe hinunter. Gedämpftes Licht empfing sie. In der mit Holz verkleideten Decke schimmerten Halogenstrahler. Kerzen auf einem massiven Standleuchter brannten. Es war der Vorraum zu einer Sauna. Livia sah zwei Liegen, in einer gekachelten Nische verbarg sich eine Dusche.

Marlis stand auf einem Stuhl und hielt eine Stoffbahn in die Höhe. »Wie findest du das Muster? Ich dachte, ein Vorhang macht den Raum gemütlicher, die Wand ist sonst so kahl.« Sie ließ den Arm sinken. »Aber ich bin nicht sicher mit der Farbe. Ich hab extra das Licht mal so gedimmt, wie es ist, wenn wir die Sauna nutzen. Der Raum soll nicht zu düster wirken.«

Der Stoff war beige und besaß ein Muster aus weißen Ornamenten. Wie sollte ein derart helles Design düster wirken? Ist doch okay, hätte Livia am liebsten gesagt, aber sie wusste, dass ihre Mutter mehr von ihr erwartete. Dinge zu arrangieren und Räume zu dekorieren war Marlis' Lebensinhalt. »Ich würde ihn ein kleines Stück höher hängen. Ja, so! Er wirkt gut. Die Farben passen sehr schön zum Braun der Liegen.«

»Ja, das dachte ich auch.« Marlis lächelte und stieg vom Stuhl herunter. »Wie geht es dir? Noch Kopfschmerzen?«

»Ein bisschen.«

»Ich koche gleich was Schönes, dann essen wir zusammen zu Mittag.« Marlis legte den Stoff auf den Boden und faltete ihn. »Jo sitzt oben am Computer. Seit er den Preis gewonnen hat, arbeitet er oft am Wochenende. Er hat jetzt doppelt so viele Aufträge.«

»Welchen Preis?«

»Das hatte ich dir doch erzählt. Den Preis für zeitgenössische Architektur.«

»Doch, ja, jetzt erinnere ich mich.« Es fiel ihr leicht zu lügen. Marlis' überschwängliche Worte waren wie ein endloser Strom aus dem Hörer geflossen, und Livia hatte parallel auf Facebook gechattet.

Marlis pustete die Kerzen aus und ging zur Tür.

»Hast du Lust, ein Stück am See entlangzugehen?«, fragte Livia.

»Du willst freiwillig einen Spaziergang machen?« Marlis sah sie erstaunt an.

»Ich würde gern mit dir reden.«

»Natürlich, mein Liebling. Bin sofort da.«

Sie liefen denselben Weg, den Livia morgens mit Johannes und Lukas gegangen war, doch jetzt waren hier viele Menschen unterwegs. Mütter mit Strandmatten unter dem Arm, Väter mit Kühltaschen. Kinder, Spaziergänger, Radfahrer. An der Weide blieb Marlis stehen. Die Ponys dösten noch immer im Schatten, nur inzwischen auf der anderen Seite des Baums.

»Sind die nicht süß?«, meinte sie. »Früher warst du ganz wild auf Pferde. Du wolltest unbedingt Reitunterricht nehmen, weißt du noch?«

Livia betrachtete die Tiere. Ihre Augenränder waren von irgendeinem Sekret verklebt, Fliegen krochen darin herum. Um sie zu verscheuchen, schüttelten die Ponys ihre zottigen Mähnen. »Ich durfte nicht, weil es zu gefährlich war. Und weil du Angst hattest, ich könnte O-Beine kriegen.« Sie zog die Zigarettenpackung aus der Hemdblusentasche und zündete sich eine an.

»Du solltest nicht rauchen, das ist schlecht für die Haut.«

Livia nickte.

»Aber du machst es trotzdem.«

»Es ist ganz anders in München, als ich es mir vorgestellt habe.«

Marlis warf ihr einen Seitenblick zu. »Hab ein bisschen Geduld, du bist doch erst ein halbes Jahr da.«

Livia pustete Rauch aus. »Es ist … anstrengend. Ich fühl mich oft überfordert.«

»Du wolltest unbedingt Schauspielerin werden. Es ist ein schwieriger Beruf, das war uns doch immer klar.«

Livia schüttelte den Kopf. »Ich weiß nicht mehr, ob ich es war, die sich das gewünscht hat, oder ob …« Sie zögerte.

Marlis lächelte zärtlich. »Und wie du es dir erträumt hast! Schon als Kind hast du dich mit meinen Sachen verkleidet und vor dem Spiegel Szenen geprobt. Du warst so ein hübsches kleines Ding. Und so glücklich, wenn du viel Aufmerksamkeit bekommen hast. Das hast du genossen.« Marlis stieß sich von dem Holzzaun ab. »Komm, gehen wir weiter zum See.«

Livia blieb stehen, blickte zu Boden. »Auf der Schule interessiert sich niemand für mein Aussehen. In meiner Klasse ist eine, die ist fast eins achtzig groß. Sie hat fette Arme und klobige Knie. Wie ein Ackergaul, verstehst du?«

Marlis war weitergegangen, Livia folgte ihr. Jeder Schritt wirbelte Staub auf, ihre Füße in den Sandaletten waren dreckig. »Aber wenn Sina spielt, verwandelt sie sich. In wen sie will. Sie wirkt dann anders. Zart zum Beispiel. Verletzlich und sanft. Es kommt aus ihrem Inneren.«

Marlis schüttelte den Kopf.

»Aber hat so jemand denn Erfolgschancen? Die ist doch schon körperlich für viele Rollen komplett ungeeignet!«

Livia zog heftig an der Zigarette. »Das kannst du nicht wissen. Der Scheinwerfer geht an, und sie erstrahlt. Und Elena aus meiner Klasse hat sogar einen Sprachfehler. Sie stößt mit der Zunge an, und sie redet viel zu langsam. Und trotzdem kann sie mich zu Tränen rühren, wenn sie die Antigone spricht. Daran merkt man, dass die beiden richtig begabt sind, Mama.«

»Genauso wie du. Und du bist dazu noch schön und hast eine perfekte Aussprache. Warum denkst du über die anderen nach? Die können mit dir sowieso nicht mithalten.«

»Ich glaube eher, die Lehrer haben etwas in mir gesehen, was ich nicht bin.«

Marlis blieb stehen und blickte ihr mitfühlend ins Gesicht. »Das sind deine dummen Selbstzweifel. Die musst du nicht haben! Ich lobe dich doch in einem fort. Wenn du mir nur glauben würdest! Was soll ich denn noch machen?«

»Nein! Mama, du verstehst mich nicht. Mir geht es nicht um Komplimente.«

Livia wäre am liebsten losgelaufen. Weg von ihrer Mutter. Sie spürte eine Spannung im Körper, die sich entladen musste.

»Warum rennst du so? Warte doch mal.«

Livia zwang sich dazu, langsamer zu gehen.

Marlis holte auf. Sie hakte sich bei Livia ein. »Na, komm. Halt erst mal durch. Du hast dir einen sehr schweren Beruf ausgesucht. Aber später, wenn du im Rampenlicht stehst, wirst du froh sein über eine gute Ausbildung. Du bist auf der besten Schule, die es gibt.«

Livia warf den Zigarettenstummel zu Boden und zerquetschte ihn mit der Schuhsohle. Ein Pärchen auf Rädern näherte sich mit Geklingel, fuhr vorbei.

Jetzt sag es ihr. Sag es endlich. Sie musste es schonend formulieren. So, dass Marlis es nach und nach verarbeiten konnte. Aber wie? Wie nur?

»Kopf hoch. Immer positiv denken.« Marlis drückte ihren Arm.

Livia schluckte. Sie schaffte es nicht, den Satz auszusprechen.

»Nun komm, Livia, was ist los mit dir? Worüber wolltest du mit mir sprechen?«

Irgendwas musste sie sagen. »Kannst du mir etwas Geld zusätzlich geben?«, brachte sie heraus.

Marlis verzog das Gesicht. »Würde ich gern machen, aber bei mir sieht es nicht so rosig aus. Die Renovierung hat viel mehr Geld verschlungen, als wir dachten, und mit meinem Shop läuft es nicht doll. Außerdem hatte ich gerade eine größere Ausgabe.«

»Wofür?«

Marlis lächelte. »Geheimnis.« Sie stieß Luft durch die Nase aus. »Gut, ausnahmsweise. Ich bezahl dir die Rückfahrt obendrauf. Okay? Aber ich verstehe ehrlich gesagt nicht, wieso du mitten im Semester die weite Fahrt machst, wenn du nicht mal …«. Sie stockte, etwas lenkte sie ab. »Da, sieh mal, auf dem Waldweg, ist das nicht Diana? Hallo! Diana!«

Die Ärztin winkte und joggte auf sie zu. Sie trug eine Stretchhose und ein ärmelloses, enges Sportshirt. Keuchend stoppte sie. »Hallo! Es ist schon viel zu warm. Ich hätte früher loslaufen sollen.«

Ein Radfahrer klingelte erst knapp vor ihnen, sie wichen zur Seite aus, er sauste dicht vorbei.

»Am Sonntag muss man den Weg hier meiden, sonst wird man glatt überfahren.« Diana lächelte. »Wollt ihr zwei baden?«

»Nein. Wir haben geplaudert. Livia erzählt mir von der Schauspielschule.«

Diana Wolf beugte sich vor und stützte die Arme auf den Knien ab. Sie holte kurz Luft und atmete tief und lange aus. »Ich beneide dich so um diese Chance. Ich darf doch Du sagen?« Livia nickte.

»Schauspielerin wäre mein Traumberuf gewesen. Aber ich hatte die Möglichkeit, Medizin zu studieren. Diese Chance wegzuwerfen für ein Leben am Theater, das hätte meine Familie nicht verstanden.«

Marlis lächelte. »Livia kann ihren Traum zum Glück wahrmachen.«

Livia presste die Lippen zusammen, blickte zum Ufer, wo Kinder Steine ins Wasser warfen.

»Wie schade, dass du nicht in Berlin studierst«, sagte Diana Wolf freundlich. »Dann hättest du einmal zu unseren Proben rauskommen können. Wir sind natürlich nur ambitionierte Laien. Aber ich würde zu gern mal mit jemandem sprechen, der Ahnung hat.«

»Ja, das ist schade«, murmelte Livia trocken.

Nora

Sie hatte das Schlafzimmer abgedunkelt und sich aufs Bett gelegt. Die Kamera lag auf dem Nachttisch, das Objektiv blickte sie an, als wollte es ihr einen Vorwurf machen. Lieg hier nicht herum. Geh raus und nimm mich mit!

Ihr Handy gab ein melodisches »Pling« von sich. Eine Nachricht von Gisa, ihrer Junior-Partnerin:

Ich hab Gao gekriegt!!! Sitze im Flieger nach Shanghai! Aufgeregt! Gisa.

Das war großartig. Ein Riesenerfolg für die Galerie. Nun nahmen sie also Gao Song, den Shootingstar aus Shanghai, unter Vertrag. Auf dieses Ziel hatten sie lange hingearbeitet. Es war verständlich, dass Gisa das schrieb. Obwohl es eigentlich eine Abmachung gab, Nora aus allem Geschäftlichen rauszuhalten.

Die ersten Wochen hatte Gisa Nora ständig darüber informiert, was in der Galerie passierte, und Nora konnte dabei nicht abschalten. Ihr Arzt hatte ihr dringend geraten, sich komplett auszuklinken. Für ein halbes Jahr.

Nora schrieb: *Glückwunsch! Ich freue mich sehr!!* Sie legte das Handy weg und drehte sich auf die Seite. Früher, auf den großen Messen, hielt Gisa sich im Hintergrund. Jetzt blühte sie auf. Sie war nicht so wählerisch wie Nora. Gisa besaß ein Gespür für Trends auf dem Markt, sie kaufte Künstler ein, die schon entdeckt, aber noch bezahlbar waren. Es ging um Wertanlagen, für eine bestimmte Klientel lief Kunst besser als Aktien. Ihren persönlichen Geschmack stellte Gisa hintan, sie musste nicht an jemanden glauben, wie es für Nora Voraussetzung gewesen war.

Die SMS hatte Gisa bestimmt ganz spontan geschrieben, ohne nachzudenken, einfach um ihre Begeisterung mit Nora zu teilen. Aber gerade dadurch schmerzte sie umso mehr. Gisa hatte ihren Platz gefunden. Und sie?

Sie stand auf, ging ins Arbeitszimmer und schaltete ihren Computer ein. Fotos. Erinnerungen. An Messen, Vernissagen, Gemälde, Skulpturen. Künstler mit Sektkelchen. Wie hübsch das aussah, viele bunte Bildchen, als wäre das Leben ein Mosaik aus Farben und glücklichen Momenten.

Sie klickte auf eines der letzten Bilder, es nahm nun den ganzen Bildschirm ein. Kronos und sein fetter, struppiger Hund in der Nachmittagssonne vor Kronos' Haus am Ende einer Sackgasse. Und davor, im Staub zu seinen Füßen, Noras Schatten.

»Du hast ein Faible für Verrückte«, hatte Gisa zu ihr gesagt. Einmal hatte es ja schiefgehen müssen.

Nora klickte Kronos weg und zog die Vorhänge auf. Sie hatte den Neuanfang gewollt. Bitte schön, hier war er und wartete auf sie. Ihr neues Leben war ein Garten mit blühenden Rosen und duftendem Ginster, der Waldrand dahinter ein dunkles Geheimnis. So viele Möglichkeiten. Sie musste nur etwas daraus machen.

Nora stand auf, hängte sich die Kamera über die Schulter und ging hinaus. Von den anderen war niemand zu sehen, die Fenster waren geschlossen, die sandgestrahlten Mauern spiegelten sich darin. Trotzdem kam sie sich beobachtet vor, während sie den Hof überquerte. Sie trat auf die Straße. Hoch über ihr zogen Mauersegler ihre Kreise wie kleine, unbeschwerte Könige. Der Himmel war unendlich weit und die Erde eine Kugel, die durch das Weltall flog, ohne Verankerung, ohne Halt. Es war ein Gefühl, das sie in der Stadt nicht gekannt hatte. Ungeahnte Möglichkeiten, aber auch beängstigend.

Sie blickte die Straße hinunter. Viele Autos mit Berliner und Potsdamer Kennzeichen. Leute, die den Sonntagnachmittag am Badesee verbrachten. Ein kräftig gebautes Mädchen näherte sich auf der gegenüberliegenden Straßenseite. Sie trug eine Kittelschürze und Gummistiefel an den nackten Beinen und trotz der Wärme eine dicke, unmodische Strickjacke. Ihr feines, helles Haar leuchtete im Gegenlicht wie ein Kranz. Sie war älter, als Nora auf den ersten Blick gedacht hatte, vielleicht siebzehn. Sie hob kaum die Füße, so als hätte sie Angst, die Stiefel zu verlieren. Nun schlurfte sie über die Straße, auf Nora zu, ohne nach rechts oder links zu schauen. Ein Cabriolet bog an der Kirche um die Ecke, es fuhr viel schneller als erlaubt.

»Vorsicht!«, schrie Nora. Das Mädchen hob den Kopf, aber statt auf das Auto zu achten, sah sie Nora an. Ihre Augen weiteten sich, als sähe sie einen Geist. Das Cabrio hupte lang und aggressiv. Zweimal. Dreimal.

Der Fahrer bremste extra knapp vor ihr ab. »Hey! Lebensmüde oder was?!«, brüllte er.

Das Mädchen reagierte nicht, blieb auf der Straße stehen. Ohne Nora aus den Augen zu lassen, streckte sie einen Arm aus und zeigte dann auf den Nachbarhof. Dann schlurfte sie langsam in diese Richtung, sah dabei immer wieder zu Nora hinüber. Das musste die Tochter von Norbert Dierks sein. Hanna. Warum hatte sie sie so angesehen? Mit einem beklommenen Gefühl lief Nora an dem Nachbargebäude vorbei und spähte durch das Tor, das so stark von Knöterich überwuchert war, dass es sich nicht mehr schließen ließ. Hanna stand mitten im Hof, neben einem Haufen blauer Müllsäcke. Ihre Blicke begegneten sich noch einmal kurz, dann lief Nora schnell weiter.

Sie wäre gern zum See gegangen, aber das Ufer war voller Menschen, und sie sehnte sich vor allem nach Ruhe, deshalb folgte sie dem Weg in den Wald. Hier war sie allein. Ein luftiger Saal, gestützt von Säulen aus Kiefernstämmen, so umfing er sie. Die Bäume bildeten ein Dach aus Zweigen mit weichen, grünen Nadeln daran, weiter unten waren die Stämme kahl. Moos bedeckte den Waldboden. Nora zog die Schuhe aus. Neben dem Weg federte die Erde wie ein Kissen. Pilze, die sie noch nie gesehen hatte, wuchsen hier, aber sie entdeckte auch bekannte Sorten, Maronen, Butterpilze oder Boviste. Bei jedem Schritt, kurz bevor ihre nackten Fußsohlen in das samtige Moos einsanken, knackten und knisterten trockene Ästchen und Kiefernnadeln. Weit entfernt fuhr ein Auto. Die Stämme ächzten in der Sonnenwärme, Äste knarrten im Wind. Es roch nach modrigem Holz. Vereinzelte Sonnenstrahlen trafen den Boden, in ihrem Schein tanzten winzige Insekten. Sie ging weiter, atmete tief und lauschte.

Als sich die Umgebung veränderte, wusste sie nicht, wie lange sie schon so gelaufen war. Sie betrat eine kleine Lichtung, nur ein paar Meter trennten sie von einem neuen Waldstück. Dort standen Birken. Die Stämme und Äste waren kahl. Sie erinnerten Nora an dürre, bleiche Finger, die in den Himmel ragten. Der Boden war überwuchert von hellen, vertrockneten Gräsern und einem dornigen Dickicht. An einem Baumstumpf wuchsen schwefelgelbe Pilze wie kleine Dachziegel übereinander. Nora war stehen geblieben. Eine innere Stimme warnte sie. *Dreh um. Geh nicht weiter.* Nora nahm die

Kamera und drückte auf den Auslöser, nur um die Stille zu zerreißen.

Sie drehte sich um. Wo lag der Weg? Hinter ihr sah der Wald überall gleich aus. Ein unendliches Heer von Kiefern. Sie konnte nicht mehr sagen, ob sie geradeaus oder einen Bogen gelaufen war. Es war kein Mensch zu sehen, trotzdem fühlte sie sich beobachtet. Da war niemand, nicht einmal ein Tier. Sie blickte nach oben. Grauer Dunst hatte sich über die Baumkronen gelegt.

Sie zog die Schuhe wieder an. Einfach loslaufen, irgendwann musste sie ja auf den Weg treffen. Etwas berührte sie im Gesicht, blieb an ihrer Wange kleben. Sie hob die Hand und wischte darüber. Ein langer, silberner Faden schwebte in der Luft, haftete nun an ihrem Arm und legte eine Fährte von ihrem Körper zu einem der Birkenstämme. Dort hing ein Spinnennetz, es spannte sich von dort weiter bis zu der bleichen Rinde des nächsten Baums. Nora zog erschrocken den Arm zurück, sodass der Riemen von ihrer Schulter rutschte und die Kamera an ihrem Arm baumelte. Nora zerriss den Spinnenfaden, wischte immer wieder über ihren Arm und schüttelte sich. Das war ekelhaft! Das Spinnennetz hing noch am Baum, aber es vibrierte in der Luft, von Nora in Schwingung versetzt.

Da hörte sie das Geräusch. Es klang verzerrt, wie ein Jaulen oder Heulen. Sie sah niemanden. Das Jaulen hallte ihr entgegen, sprang wie ein Echo zwischen den Bäumen hin und her.

Da war doch jemand! Kam durch den Birkenwald näher, gelb leuchtete ein Kleidungsstück. Der Kopf der Person war dunkel und viel zu groß für einen Menschen. Nora hörte nun auch Schritte, schlurfend, sie raschelten im Gras, zerrissen das Dornengestrüpp. Nora presste sich an den nächsten Baumstamm, dabei zerstörte sie das Spinnennetz, und die Fäden klebten an ihrem Gesicht und ihrem Hals, aber sie nahm es kaum wahr. Die Person trug einen Bärenkopf mit einer braunen, weit hervorstehenden Schnauze. Sie hatte eine gelbe Strickjacke und dunkelgrüne Gummistiefel an und schlurfte. Das Mädchen vom Nachbarhof! Hanna. Und was Nora für ein Jaulen gehalten hatte, war eine Art Gesang, Nora erkannte vage die Melodie. *Hey, hey, Baby … I wanna know … If you'll be my girl …*

Hanna ging mit einer Bärenmaske durch den Wald und grölte einen Schlager. Sie hatte Nora angestarrt. War sie ihr dann gefolgt? Was wollte sie von ihr?

Doch Hanna kam nicht näher, sie zog einen Bogen um Nora. Hatte sie sie überhaupt gesehen? Sie verließ den fahlen Birkenhain und entfernte sich. Immer weiter.

Nora lief ein paar Schritte. Sie blickte sich um. Überall die dürren, rostroten Kiefern. Die Stämme warfen ein Gitternetz aus Schatten auf den Boden. Wie ein Gefängnis.

Und wenn Hanna zurück zum Dorf ging?

Nora wartete, bis das Gelb der Strickjacke nur noch blass zwischen den Bäumen schimmerte, dann folgte sie dem Mädchen, obwohl sie Angst vor ihm hatte. Wo führte sie sie hin? Aber hatte sie eine andere Wahl?

Wenige Minuten später öffnete Nora das Tor und lief über den Hof. Dank Hanna war sie zurück zum Seeufer gelangt. Sie hatte unter ihrer Maske weitergesungen, immer dieselbe Liedzeile, und sich nicht ein einziges Mal umgedreht.

Johannes kam aus dem Schuppen, eine Bohrmaschine in der Hand. »Hallo, Nora. Na, wo warst du?«

»Im Wald. Ich bin ein bisschen herumgelaufen.«

»Hast du Fotos gemacht?«

Sie zögerte. »Nein.«

Er blickte auf die Kamera am Riemen über ihrer Schulter. Wie merkwürdig musste das für ihn klingen. Seit sie gemeinsam hier draußen wohnten, hieß es immer wieder, Nora freue sich so auf ihr neues Hobby, endlich habe sie Zeit dafür. Es war so oft erwähnt worden, besonders von Alexander und Johannes, dass es für Nora schon wie eine Beschwörung klang. Genauso wie alle immer wieder beiläufig in die Gespräche einfließen ließen, wie sehr sich ihr Zustand gebessert hatte. Und nun war sie mit der Kamera losgezogen, aber sie hatte die Fotos vollkommen vergessen.

Johannes forschte in ihrem Gesicht. »Alles in Ordnung?«

Nora atmete tief ein. Die anderen hielten sie immer noch für labil, vor allem Johannes bekam gleich diesen besorgten Blick, wenn er sie nur von Weitem sah. Und wenn er recht hatte? Der Birkenwald. Das Mädchen mit der Maske. Es kam ihr nun so unwirklich vor. Ein Traum am helllichten Tag. Funktionierte ihre Wahrnehmung wirklich normal?

Sie wollte nicht die labile Nora sein, um die sich alle sorgten, die geschont werden musste. Sondern eine gesunde und stabile Nora, eine Frau, die ihren Spaziergang genoss und künstlerisch wertvolle Fotos machte.

»Doch, ein sehr interessantes Foto hab ich gemacht«, sagte sie fast trotzig. »Von einem Birkenwald.«

»Birken? Ich dachte, hier gibt es weit und breit nur Kiefern.«

Nora schluckte ihren aufsteigenden Ärger hinunter. Wollte er andeuten, dass sie sich die Birken nur eingebildet hatte? Nein, bremste sie sich selbst. Das hatte er nicht gesagt. Und sicher nicht gemeint. Sie durfte nicht so empfindlich sein.

»Es war merkwürdig«, sagte sie betont unbekümmert. »Ich hatte mich verlaufen. Es kam mir so vor, als wäre ich weit entfernt vom Dorf, doch dann …« Sie unterbrach sich, betrachtete die Kamera in ihrer Hand. »Ich war in Wirklichkeit ziemlich nah am Seeufer. Ich muss vorher einen Bogen gelaufen sein, ohne es zu merken.« Sie sah ihm direkt in die Augen. »Aber das Wetter ist herrlich. Und was machst du heute so?«

»Ich überlege gerade, wie ich den Stromanschluss in den Hof verlege. Das WLAN müsste übrigens jetzt gehen. Kannst du das bitte noch mal ausprobieren?«

»Mache ich gleich. Danke, Jo.«

Nora ging in ihre Wohnung und lief nach oben ins Schlafzimmer zu ihrem Laptop auf dem Schreibtisch. Doch statt ihn einzuschalten, legte sie sich im Halbdunkel der Vorhänge aufs Bett. Nur kurz entspannen … Sie schloss die Augen.

Johannes gab sich so viel Mühe, dass alles auf dem Hof funktionierte. Er war ein netter Kerl. Mehr als das. Er war ein Freund.

Anfangs hatte sie das so leichthin gesagt: Wir ziehen aufs Land, mit Freunden. Aber inzwischen hatte sie begriffen, dass es wirklich stimmte. Wenn Befreundetsein bedeutete, aufeinander achtzugeben … Würde sich Alex nur ein Scheibchen von ihm abschneiden.

Schon bei der ersten Begegnung war Jo sehr aufmerksam gewesen, in diesem teuren, überkandidelten Restaurant, das er ausgesucht hatte. Sie waren zu spät gekommen. Alexander hatte Nora auf dem Rückweg von der Uni zu Hause abholen wollen, doch er kam nicht pünktlich. Als sie im Auto saßen und Nora sich beklagte, wie peinlich ihr die Verspätung sei, tat er ihre Sorge ab. Johannes könne ihm niemals böse sein.

Als sie endlich im Restaurant eintrafen, tranken die beiden bereits Rotwein. Marlis umarmte Nora und küsste sie auf beide Wangen. Sie war gleich so herzlich gewesen. Ihre spontane Zuneigung streichelte Nora wie eine Sommerbrise. Und dazu Johannes' Feinfühligkeit. Nicht nur ihr, auch Alexander gegenüber. Es schien ihm wichtig zu sein, dass sein alter Freund sich wohlfühlte. Der Wein hatte Alex nicht geschmeckt. Er war zu taktvoll, das laut zu äußern, denn Johannes hatte ihn ja bestellt. Doch Alex hielt beim ersten Nachschenken die Hand über das Glas.

»Ist der Syrah nicht dein Fall?«, fragte Johannes.

»Doch, doch, er ist gut. Ich hab nur seit heute Nachmittag leichte Kopfschmerzen, ich bleib lieber beim Wasser.«

»Er ist nicht dein Fall. Ich hätte es wissen müssen.« Johannes hatte gelächelt, aber es lag etwas anderes darunter. Verunsicherung? Ärger?

Nora konnte nicht durchschauen, wie gut sich die beiden Männer eigentlich kannten. Sie hatten unterschiedliche Studienfächer belegt, aber über ein Jahr in einer WG zusammengelebt. Kam ihr das nur so vor, oder lag da eine Spannung in der Luft, die alles mit einer unguten Bedeutung auflud? Ein Blick zwischen ihnen war mehr als ein Blick, eine Geste wie eine versteckte Botschaft. Selbst unter harmlosen Bemerkungen schwang etwas mit, das Nora nicht entschlüsseln konnte.

»Und, wie findest du sie?«, hatte Alexander gefragt, als sie wieder zu Hause waren.

»Sehr sympathisch.« Das entsprach der Wahrheit. Es gefiel Nora auch, wie unterschiedlich die beiden wirkten: Marlis impulsiv und übersprudelnd fröhlich, Johannes ruhig und überlegt. Sie ergänzten sich. Und sie ergänzen uns, dachte sie. Sie selbst könnte gut etwas von Marlis' Fröhlichkeit gebrauchen und Alex etwas von Johannes' Sensibilität.

»Wie war das früher mit Johannes? Wart ihr eng befreundet? Ich finde, ihr seid so unterschiedlich.«

Alexander grinste. »Er kam mir manchmal vor wie ein kleiner Bruder. Eine Zeit lang hat er mir alles nachgemacht. Klamotten, Frisur, Vorlieben … Ich hatte angefangen, mich für französische Weine zu interessieren, und auf einmal faszinierte ihn das auch. Er hat vorher nur Bier getrunken. Er war wirklich süß damals.«

»Hattet ihr Freundinnen?«

Alexander zog seine Hose aus und legte sie auf den Korbsessel neben dem Bett. »Klar. Johannes behauptet immer, dass die Frauen nur mir nachgelaufen seien, während er nie eine abgekriegt habe, aber ausgerechnet die allerschärfste Frau an der ganzen Uni, Viola, hatte es auf ihn abgesehen. Er konnte das gar nicht glauben, der Gute! Ich fand sie auch toll, aber sie hatte kein Interesse. Sie wollte Johannes. Ihm war das fast unheimlich, er ist ihr sogar aus dem Weg gegangen, was ihre Verliebtheit aber noch verstärkt hat.« Er lächelte und schüttelte den Kopf.

»Und was dann?«

»Sie waren sogar zusammen. Bestimmt ein paar Monate. Dann ging es auseinander.«

»Und warum?«

»Ich weiß es nicht, Jo hat es mir nie so richtig erzählt.« Er wandte den Blick ab, und sie spürte, dass er log.

Vermutlich hatte Alex nicht lockergelassen, bis er Jo diese Viola ausgespannt hatte.

Alexander zog sein T-Shirt aus und zielte damit auf den Korbsessel. Es blieb an der Lehne hängen. Dann lagen sie im Bett, er drehte sich von ihr weg auf die Seite. Auch Nora war müde. Am nächsten Morgen mussten sie beide früh los zum Flughafen. Nora flog zu einer Kunstmesse nach Antwerpen, Alexander zu einer Fachtagung nach Zürich.

»Willst du wirklich noch einmal mit Johannes zusammenwohnen?« Nora legte die Hand auf seinen Rücken. »Ist das eine gute Idee, was wir da vorhaben?«

Alexander atmete regelmäßig, und Nora dachte fast schon, er wäre eingeschlafen. Als er sprach, klang seine Stimme rau und unfreundlich: »Ich versteh dich einfach nicht, Nora. Wenn du immer an allem zweifelst, wirst du nie glücklich sein. Wir machen es, oder wir lassen es. Triff eine Entscheidung. Und dann steh dazu.«

Nora wachte auf. Ihr T-Shirt war feucht, die Haut zwischen ihren Brüsten und auf dem Bauch schweißnass. Sie war einfach eingeschlafen. Wie spät war es? War es morgens oder abends?

Sie hob den Kopf, um den Wecker sehen zu können. Fünf Uhr. Es war Sonntagnachmittag. Alex war auf den Golfplatz gegangen.

Sie sank zurück ins Kissen. Seit sie nachts so wenig schlief, passierte ihr das immer wieder, dass sie sich tagsüber vor Erschöpfung hinlegen musste und in eine Art Koma fiel. Schlaf, der ihr fehlte und den sich ihr Körper dann holte, aber ohne erholsam oder wohltuend zu sein. Es war ein Schlaf, der sie wirr träumen ließ und gerädert und verstört in den Tag zurückschickte.

Sie stand auf, ging ins Bad und warf sich eine Hand voll kaltes Wasser ins Gesicht. Aus dem Hof drangen Stimmen herauf. Sie sah aus dem Fenster. Lukas rollte sein Fahrrad in den Schuppen. Johannes, Marlis und Alex saßen am Tisch, vor sich Bier und Weißwein, Livia lag im Schatten des Baums im Liegestuhl und blätterte in einer Zeitschrift. Alex trug noch die Golfklamotten, und seine Tasche mit der Ausrüstung stand an die Hofmauer gelehnt.

Nora ging langsam die Treppe hinunter und hinaus auf den Hof. Johannes' Blick, da war er wieder, prüfend, dazu die feine, senkrechte Falte auf seiner Stirn. Ging es ihr gut? Sie lächelte ihn an. Die Falte verschwand.

»Möchtest du ein Bier oder Wein?«, fragte er.

»Nein, lieber ein Wasser.«

Alex machte Anstalten aufzustehen, doch Johannes kam ihm zuvor. »Ich geh schon.« Er lief zum Kühlschrank in der Scheune und kam mit einer Flasche zurück, goss ihr ein Glas ein.

»Ich wollte mich nur kurz hinlegen, und da bin ich wohl eingeschlafen«, sagte sie.

»Hat dir bestimmt gutgetan. Ich hab gerade erzählt, dass du dich fast verlaufen hättest.«

»Waren denn da sonst keine Leute unterwegs?«, wollte Marlis wissen.

»Eben nicht.« Johannes sprach mit den anderen, als wäre Nora nicht anwesend. »Bei der Hitze wollten halt alle zum See.«

»Nimm besser dein Handy mit, wenn du allein spazieren gehst«, sagte Alex. »Dann hast du die GPS-Ortung.«

Livia klappte die Zeitschrift zu, setzte sich auf. Erst jetzt sah Nora, dass sie stark geschminkt war. Das schwarze Kleid und die tiefschwarz umrandeten Augen verliehen ihrer Schönheit einen düsteren und destruktiven Zug. Sie rieb sich mit beiden Händen die Schläfen, wirkte müde und gelangweilt.

Alexander nahm den letzten Schluck aus der Bierflasche und stellte sie auf den Tisch. »Ich glaube, ich übernachte heute in der Stadt. Ich muss morgen richtig früh in der Uni sein, vor der Vorlesung hab ich ein Gespräch mit einem Privatdozenten, den wir vielleicht in die Fakultät holen wollen.«

Nora sah ihn erstaunt an. »Dann schläfst du in Jos Apartment?«

»Wenn ich darf? Jo?«

»Selbstverständlich, jederzeit, ich hab's dir doch angeboten«, gab er zurück.

Es war das erste Mal, seit sie hier draußen wohnten, dass

Alex schon am Vorabend nach Berlin wollte, und diese Neuerung gefiel Nora überhaupt nicht. Seit ihrem großen Streit, der fast zur Trennung geführt hatte, und der anschließenden Versöhnung hatte Alex sich ins Zeug gelegt, ihr Vertrauen zurückzugewinnen. Seine Affären hatten offensichtlich aufgehört. Ständig bekam sie Anrufe und Nachrichten von ihm, wo und mit wem er gerade zusammen war, sodass sie das Gefühl haben konnte, lückenlos an seinem Leben teilzuhaben. Und reichte jetzt die bloße Ankündigung einer Übernachtung in der Stadt schon aus, um ihr Misstrauen wiederzubeleben? Nein, Nora verbot sich jeden Gedanken in diese Richtung. Sie wollte ihr Verhältnis nicht gefährden. Sie war doch glücklich, so, wie es nun zwischen ihnen lief.

»Worüber hältst du die Vorlesung?«, fragte Livia.

Er sah sie an, als bemerkte er ihre Anwesenheit erst jetzt. »Über Mind Controlling.«

Lukas kam aus dem Schuppen und setzte sich dazu. Sein Blick hing an Livia.

»Du bist Biologe, oder?«, fragte sie weiter.

»Parasitologe, genau gesagt. Meine Vorlesungen drehen sich immer um das Gleiche. Die Beziehung zwischen Parasit und Wirt.«

Lukas verzog spöttisch den Mund. »Papa ist der Experte für verwegene Fortpflanzungsstrategien der Evolution.«

Livia lächelte. »Das klingt ja spannend.«

»Ja, mindestens so aufregend wie Theater«, entgegnete Alex. »Unsere Bühne ist das Labor. Wir schauen zu, wie der Parasit die Kontrolle über seinen Wirt gewinnt, ihn zwingt, sich wider seine Natur zu verhalten und so den eigenen Untergang herbeizuführen.« Er deutete eine Verbeugung an.

»Und wie kann der Parasit sein Opfer kontrollieren?«, fragte Livia.

»Das ist kompliziert. Hirnchemie. Vereinfacht ausgedrückt: Nervenzellen des Wirts werden durch die Infektion mit dem Parasiten inaktiv, und da Neurone extrem untereinander vernetzt sind, kann schon der Ausfall weniger Neurone zu Verhaltensänderungen führen. Mäuse, die mit dem Toxoplasmose-Erreger infiziert sind, fürchten sich nicht mehr vor dem Geruch von Katzenurin. Im Gegenteil, sie suchen Stellen mit diesem Duftstoff aktiv auf.«

»Das klingt beängstigend.« Livias Augen strahlten. »Funktioniert das auch mit dem menschlichen Gehirn?«

Lukas machte sich ein Bier auf. Nora gefiel es nicht, dass er Alkohol trank, und schon gar nicht am Nachmittag. Sie überlegte, es ihm zu verbieten. Andererseits waren Alex und Johannes schon bei der zweiten Flasche und Marlis sogar beim Weißwein. Leuchtende Vorbilder. Nora schluckte ihre Ermahnung hinunter. Außerdem hatte Lukas schon wieder diesen trotzigen Blick aufgesetzt. Er wollte von Livia wahrgenommen werden, doch die hing an Alex' Lippen. Hatte Lukas sich ein bisschen verliebt? Es wirkte fast so. Aber ausgerechnet in Livia? Sie sah nicht so aus, als würde sie sich mit Sechzehnjährigen abgeben.

»Das menschliche Gehirn ist ein spannendes Forschungsgebiet«, erklärte Alex ihr. »Aber damit sind andere, glücklichere Kollegen beschäftigt. Bei mir geht's morgen früh um den Hustenschleim von Schnecken, durch dessen Verzehr sich Ameisen in willenlose Zombies verwandeln.«

»Nein! Das erfindest du gerade, gib es zu!«

Nora unterdrückte ein genervtes Ausatmen. Langsam reichte es ihr. Wie durchschaubar Livia das naive kleine Mädchen gab!

»Wenn's dich interessiert, komm mal in meine Vorlesung.« Alex stand auf, wandte sich Nora zu. »Ich geh vor dem Essen noch schnell duschen und pack meine Tasche.«

Eine halbe Stunde später saßen sie wieder gemeinsam am Tisch. Alexander kam aus dem Haus, in eine Duftwolke seines Duschgels gehüllt. Er brachte eine Flasche Wein und zwei bauchige Weingläser mit. »Hier, Jo, *das* ist ein Syrah, den du probieren musst.« Er drehte das Etikett in Johannes' Richtung. »Weingut Glenelly. Südafrika. Ich hab davon noch drei Flaschen unten.« Er stellte alles auf dem Tisch ab. »Wenn die Damen auch ein Schlückchen möchten …?«

»Warum nicht?«, sagte Marlis. Auch Livia und Nora nickten.

Alexander kam mit drei neuen Gläsern und einer zweiten Flasche zurück und goss ein. Als Livia ihm ihr Glas hinstreckte, warf sie ihm einen langen, intensiven Blick zu. »Trinkst du nichts?«

Alex räusperte sich. »Ich nehm nur noch einen kleinen Schluck zum Probieren, ich muss ja noch fahren.«

»Den Schlüssel zum Apartment hast du?«, fragte Johannes.

Alex nickte.

Livia ließ den Wein im Glas kreisen und schnupperte daran. »Ich hatte auch überlegt, noch in die Stadt zu fahren. Könntest du mich mitnehmen?«

»Am Sonntagabend? Was willst du denn jetzt in Berlin?«, fragte Marlis.

»Ich hatte Yvonne versprochen vorbeizukommen.«

»Wo musst du denn hin?«, wollte Alexander wissen.

»Nach Kreuzberg.«

»Das ist so gar nicht meine Richtung.«

»Du kannst mich irgendwo rauslassen, ich steig dann einfach in die U-Bahn«, sagte Livia.

»Aber wie willst du zurückkommen?«, fragte Marlis. »Alex bleibt doch da.«

Sie hob die Schultern. »Es gibt doch einen Regiozug hier raus, oder?«

»Aber ich weiß nicht, wie lang der abends fährt«, sagte Marlis. »Und wie kommst du vom Bahnhof in Michendorf dann hierher? Das sind auch noch mal drei Kilometer.«

Livia seufzte. »Und ihr seid freiwillig in diese Einöde gezogen?« Sie suchte Lukas' Blick und verdrehte die Augen, doch der wandte sich ab.

»Ruf mich an, dann hol ich dich am Bahnhof ab. Ich bin eh lange wach«, sagte Johannes.

Nachdem der Tisch abgeräumt war, stand Nora am Fenster und beobachtete, wie Alexander und Livia über den Hof gingen. Er hatte seine Tasche aus weichem Leder über die Schulter geworfen. Livia trug Sandaletten, hatte die langen Riemchen mehrmals um die Fesseln geschlungen. Die Absätze besaßen eine stattliche Höhe, und sie stakste etwas unsicher über die Pflastersteine. Ihre Beine waren schlank, und gleich würde sie auf dem Beifahrersitz neben ihm sitzen, in diesem kurzen Kleidchen.

Livia

Das war ein unglaublicher Wagen. Sie sank in den Sitz, streichelte über das Leder. Wie tief unten man hier saß. Das Verdeck war leider zu, und Alexander wollte es auch nicht öffnen. Dabei wäre sie so gern einmal Cabrio gefahren.

»Nicht auf der Autobahn«, hatte er gesagt. »Ich kann mir keine Erkältung leisten.«

Sie fuhren schweigend. Livia traute sich nicht, ein Gespräch anzufangen. Es war viel Verkehr, die Ausflügler kehrten zurück nach Berlin. Im Auto war es warm, sie blickte auf ihre nackten Knie, schlug die Beine übereinander. Der Saum des Kleides rutschte noch höher. Sie warf Alexander einen kurzen Blick zu. Er wechselte häufig die Spur, überholte auch mal rechts, nur um ein paar Meter voranzukommen. Seine Hände umfassten fest das Lenkrad, auf seinen braunen Unterarmen zeichneten sich die Adern ab.

Mochte er sie nicht? Aber warum? Jeder mochte sie.

»Du bist vollkommen«, hatte Rafael zu ihr gesagt. »Ich muss mich zwingen, auch auf die anderen zu achten. Von mir aus können die auf der Bühne Purzelbäume schlagen.« Sie hatte lachen müssen, aber Rafael hatte sie ernst angesehen. Verliebt. In eine Idee von ihr, in eine Livia, die sie nicht war.

Aber zu Beginn bewunderten sie alle, sie musste nichts dafür tun. Sie hätte auch nichts dagegen tun können. Alexander jedoch schien sie kaum wahrzunehmen. Vielleicht blickte er auch tiefer und durchschaute sie.

Aus dem Augenwinkel betrachtete sie sein braunes Haar, das weich und widerspenstig zugleich aussah und an den Schläfen mit Silberfäden durchzogen war, seine glatte Stirn, die blaugrauen Augen mit den Lachfältchen. Was sie sich immer einbildete! Warum sollte Alexander sich Gedanken um ihr Innenleben machen? Sie war ihm einfach nur egal. Er hatte eine Frau wie Nora!

Sie fuhren nun langsamer, der Funkturm kam in Sicht, links zogen die Tribünen der Avus vorbei.

»Ich fahr die Kantstraße runter. Wo soll ich dich rauslassen?«

»Egal. Irgendwo an der U-Bahn.« Livia wählte Yvonnes Nummer, sie meldete sich. »Hallo, ich bin so in zwanzig Minuten bei dir.«

Yvonne klang abgehetzt. »Ach so, Mist, bist du schon losgefahren? Du, es klappt leider nicht. Die aus meiner Klasse wollen sich mit mir treffen. Wir müssen eine Szene noch mal durchsprechen. Wir haben morgen eine Aufführung vor den Prüfern. Sind alle tierisch nervös.«

Yvonne war auf der Ernst-Busch-Schauspielschule, wo auch Livia gern hingegangen wäre, aber nicht genommen worden war. Sie hatten sich beim Auswahlverfahren kennengelernt. Yvonne trug einen rot gefärbten Pagenkopf, und ihr herzförmiges Gesicht war übersät von Sommersprossen. Livia fand sie auf Anhieb sympathisch, vor allem deshalb, weil sie noch nervöser war als Livia selbst.

»Okay, und später?«

Yvonne zögerte. »Ich geh mit denen noch auf ein Bier. Was machst du überhaupt in Berlin?«

»Eine Familienfeier. Ich hab ein paar Tage freigekriegt.«

»Ich muss los. Meld dich auf jeden Fall noch mal. Bussi.«

»Okay. Und toi, toi, toi für morgen.«

Livia steckte das Handy in ihre Umhängetasche. Für Yvonne gab es gerade nur eines auf der Welt: ihre Schauspielklasse. Das konnte ein Außenstehender niemals nachvollziehen. Aber Livia verstand es. Bei ihr war es genauso gewesen. Sie waren zu siebt und probten jeden Tag zusammen, erfuhren alles übereinander. Beim Spielen sahen sie einander in die Seelen. Die anderen zumindest.

»Willst du hier raus?«, fragte Alexander. Sie sah aus dem Fenster, da war ein U-Bahn-Eingang.

»Ja, danke.«

Er hielt in der zweiten Reihe. Ein Wagen hinter ihm hupte. Als Livia sich bewegte, roch sie an sich selbst den Duft von Marlis' Parfüm, dem, das zu Nora passte. Ob Alexander es bemerkte?

»Danke fürs Mitnehmen.«

»Gern.« Er checkte sein Handy. Als sie sich nicht rührte, sah er kurz auf.

»Meine Freundin kann doch nicht.«

»Und jetzt?«

Livia blickte unschlüssig zu dem U-Bahn-Schild hinüber. »Weiß noch nicht. Vielleicht fahr ich trotzdem nach Kreuzberg. Da wohnen noch mehr Freunde von mir. Ich geh mal in meine alte Stammkneipe.« Sie musterte ihn. »Und du?«

Alexander holte Luft. »Noch ein paar Fachzeitschriften lesen. Und Unmengen E-Mails beantworten. Früh ins Bett gehen.«

»Hört sich wahnsinnig spannend an!« Livia lachte.

»Glaubst du, in deiner Stammkneipe ist es spannender?«

Steig endlich aus, warnte ihre innere Stimme. *Lass ihn in Ruhe!*

Und eine weitere Stimme flüsterte: *Nur eine einzige Reaktion von ihm.*

Sie strich ihr Haar hinters Ohr. »Komm doch mit, dann erfährst du es.«

Alexander sah auf sein Handydisplay, legte das Gerät in die Ablage zwischen den Sitzen. »Besser nicht.« Er lehnte sich zurück, verschränkte die Hände im Nacken, atmete tief durch, wandte sich dann zu ihr um. »Ein anderes Mal, okay?«

»Okay.«

Er startete den Motor. Livia wollte die Wagentür öffnen, doch seine Stimme stoppte sie.

»Sag mir, wo das ist. Ich bring dich noch schnell hin.«

Livia aß ihr Chili con Carne, Alexander sah ihr dabei zu. Es fühlte sich merkwürdig an, beobachtet zu werden. Sie nahm nur kleine Portionen auf die Gabel, tupfte sich häufig den Mund ab. Nur keine Reste von Sauce in den Mundwinkeln. Schließlich schob sie den noch halb vollen Teller weg.

»Schmeckt es dir nicht?«

»Doch, ist mir nur zu viel.«

Er hatte beide Hände um den schlanken Stil seines Weinglases gelegt, das noch fast voll war. Er hatte nur einmal daran genippt. Warum war er ausgestiegen und mit hineingekommen? »Auf ein Glas«, hatte er gesagt. Sie war erfreut und überrascht gewesen, aber nun fürchtete sie, dass ihm die Kneipe nicht gefiel, der Wein zu schlicht war, und vor allem, dass er sich langweilte.

Es waren nur wenige Leute da, die meisten standen am Tresen. Livia kannte hier fast jeden, zumindest vom Sehen. Musikstudenten, Typen aus der freien Theaterszene, aber auch junge Schauspieler von den etablierten Bühnen oder Schauspielschüler waren hier Stammgäste. Schwarz war die angesagte Klamottenfarbe, getrunken wurde Bier aus der Flasche. Alexanders Porsche stand vor der Tür, ein silbern schimmernder Fremdkörper in der Graffiti-besprayten Straße. Livia hoffte, dass der Wagen den Abend heil überstand. Alexander schien sich da keine Sorgen zu machen. Auch dass er angegafft wurde wie ein Alien, zwanzig bis dreißig Jahre älter als die anderen Leute im Raum, in dem weißen Marken-Polohemd und in Designerjeans, störte ihn offensichtlich nicht.

»Und was soll hier nun so aufregend sein?« Alexander musterte sie.

»Das Chili. Möchtest du noch probieren?«

Er schüttelte den Kopf.

»Richtig voll wird es erst später, so ab elf.«

Zwei Bekannte kamen herein, Herb und Kai, sie winkten Livia zu, und sie grüßte zurück. Sie setzten sich an den Tresen, bestellten, sahen abwechselnd zu ihr hinüber.

»Fans von dir?«, fragte Alexander mit hochgezogener Augenbraue.

Livia schob ihren Teller noch weiter in die Mitte des Tisches. »Regisseur und Bühnenbildner einer freien Gruppe. Herb, der Blonde, hat mich mal in einem Stück besetzen wollen, aber ich hab abgelehnt.«

»Nicht dein Typ?«

Livia lächelte. »Ich steh nicht so auf diese experimentellen Theaterformen.«

Herb war natürlich scharf auf sie gewesen. War er immer noch. Er kippelte mit seinem Hocker herum. Bestimmt fragte er sich, wen sie da angeschleppt hatte. Den Regisseur eines Staatstheaters? Verglichen mit Alex wirkte Herb wie ein pubertierender Jüngling.

»Was gefällt dir dann? Unter welcher Regie möchtest du mal arbeiten?«

Livia rückte ihren Stuhl näher zu ihm, die Musik war laut geworden, es war anstrengend, so brüllen zu müssen. Ihr Knie unter dem Tisch berührte kurz sein Bein. »Ich geh eigentlich selten ins Theater. Meine Ziele sind eher Film und Fernsehen.«

»Du liebe Zeit. In München sitzt du doch an der Quelle. Und vorher, in Berlin? Hast du nicht die berühmten Inszenierungen von Castorf gesehen? Die *Dämonen* damals oder *Das Duell* von Tschechow?« Und als sie den Kopf schüttelte: »Aber im Deutschen Theater warst du doch hoffentlich schon mal?«

»Den *Woyzeck* hab ich gesehen.«

»Hartmann. Auch nicht schlecht.«

Livia nickte. Die Eintrittskarten an den großen Bühnen waren teuer, und oft hatte sie es dann auch noch langweilig gefunden. Sie ging lieber ins Kino, um Liebesfilme zu sehen, doch das traute sie sich nicht zuzugeben. Alexander schien sich sowieso schon über sie zu amüsieren, über ihre Welt, ihre Ansichten, ihre Bekannten.

»Hier ist wirklich nicht viel los heute. Lass uns woanders hingehen«, schlug sie vor.

»Gut«, sagte Alexander und zahlte. Würde er sich jetzt verabschieden? Nein, er ließ sein Auto stehen, und sie bogen zu Fuß in eine Seitenstraße, die zur Spree führte. Das Wasser murmelte schlaftrunken.

Livia nahm ihn mit in einen Club, in den sie selten ging, er war angesagt und teuer. Es gab Sessel, in die man tief einsank, schummriges, rotes Licht aus asiatischen Lampions. Die Cocktailgläser waren riesig, der Alkoholanteil hoch, hierher kamen Kreative, vor allem aus Werbeagenturen, zur After-Work-Lounge. Viel gesprochen wurde nicht, ein DJ legte auf. Lässiges Chillen war angesagt.

Sie setzten sich. »Was trinkst du?«, fragte Alexander, und

während sie noch unschlüssig durch die Cocktailkarte blätterte, bestellte er eine Flasche Sekt.

Ein junger, schwarzhaariger Mann kam eilig auf sie zu. »Herr Professor, guten Abend, das ist ja eine Überraschung.«

Alexander beugte sich vor und gab ihm die Hand. »Hallo, Herr Wittmann.«

»Sind Sie öfter hier?«

»Nein, bestimmt nicht.«

Der Jüngere blickte an Alexander vorbei zu Livia, Neugier in seinem Blick. Alexander machte keine Anstalten, sie vorzustellen. Er stand auf. »Und, wie läuft es bei Ihnen? Wie kommen Sie voran mit dem Konzept für die Drittmitteleinwerbung?«

»Ganz gut. Mir haben Ihre Ausführungen beim letzten Journal Club sehr geholfen, aber der Punkt, bei dem ich unsicher bin, ist …«

Die beiden begannen eine Fachsimpelei, und Livia verzichtete auf die Anstrengung, etwas verstehen zu wollen. Sie lehnte sich zurück und trank, der kalte Sekt perlte durch ihre Kehle. Sie legte den Kopf nach hinten und genoss ihren leichten Schwips, die Dunkelheit, die Musik.

München, ihre Mutter, der Zug nach Seesendorf, die Realität draußen, alles driftete in die Ferne.

Sie stand auf und ging auf die Tanzfläche, wo ein Mann und eine Frau sich zur Musik bewegten, nah beieinander, aber ohne sich zu berühren. Livia nahm den Rhythmus in den Körper auf und tanzte. Die Loungemusik war eher sphärisch und langsam, aber das störte sie nicht. Im Gegenteil, ihr Körper wurde weich und biegsam im Strom der Töne. Sie hielt die Augen fast geschlossen, spürte, wie sie Blicke auf sich zog. »Wenn du tanzt, siehst du aus, als würdest du Sex haben«, hatte Rafael ihr ins Ohr geflüstert, sehr betrunken, auf einer Premierenfeier im Prinzregententheater. Der Rhythmus lief ewig so weiter, ein Stück ging ohne Übergang ins nächste über, oder der DJ verwob die Musik so geschickt ineinander, dass sie zu einem unendlichen Klangteppich wurde.

Als Livia aufsah, war der dunkelhaarige Bekannte verschwunden. Alexander saß da, die langen Beine ausgestreckt und beobachtete sie. Als sie zurückkam, richtete er sich auf. »Ich hab schon bezahlt. Wollen wir?«

Draußen war es frisch, Livia fröstelte ohne Jacke, so weit hatte sie nicht gedacht. Als sie sich die Arme rieb, gab er ihr sein Jackett. Sie zog es an, das Futter glitt kühl und seidig über ihre Haut. Bestimmt sah sie albern darin aus mit den ausgestellten Schultern. Sie stiegen ins Auto, und er brachte sie zum Bahnhof Zoo, hielt hinter dem Taxistand an. »Kommst du zurecht?«

»Na klar.«

Sie stieg aus, streifte das Jackett ab und legte es auf den Vordersitz. »Bis dann.«

»Wir sehen uns.«

Sie warf die Tür zu. Er fuhr sofort los, ohne zu winken, ohne einen Blick in den Rückspiegel, da war sie sicher.

Johannes

Von der obersten Saunabank aus sah er zu, wie die Sterne die Farbe wechselten. Rot, Rotgelb, Gelb, Gelbweiß, Weiß, Weißblau, Blau, Blaurot … Und wieder von vorn. Heute fand er sie hektisch.

»Hast du was verstellt?«

»Hm?« Marlis lag eine Stufe unter ihm, der Schweiß glitzerte auf ihrer Haut. Sie hatte die Beine angewinkelt. Zwischen ihren Schenkeln schimmerte dunkel ihr Schamhaar. Ihre Brüste wirkten flach, wenn sie auf dem Rücken lag.

»Hast du die Sterne anders eingestellt?«

Marlis hob leicht den Kopf an, um ihn sehen zu können. »Nein, wieso?«

Als er nicht antwortete, sank sie zurück auf die Bank, schloss die Augen. Die Sterne interessierten sie nicht. Dabei hatte er den Schnickschnack nur ihretwegen eingebaut. Dimmbares Licht und Musikbeschallung. Er selbst wollte in der Sauna nur schwitzen. Mehr nicht.

»Machst du noch einen Aufguss?«, murmelte sie.

Johannes kletterte von der Bank, goss eine Kelle aus dem Holzeimer auf die erhitzten Steine des Ofens. Es zischte und verdampfte, kurz darauf stieg Eukalyptusduft nach oben.

Sie atmeten beide tief ein und aus.

»Ich kann mir gar nicht mehr vorstellen, in der Stadt zu wohnen«, sagte Marlis. »Es ist einfach traumhaft hier.«

Er setzte sich, konzentrierte sich wieder auf den hölzernen Himmel. Weiß. Weißgelb. Gelb. Trotzdem sah er Livia und Alexander vor sich, nebeneinander im teuren Wagen. Er kannte seinen Freund. Sie war eine Verlockung. Aber sie war Marlis' Tochter. Und Alex hatte Nora ein Versprechen gegeben …

Er schüttete noch eine Kelle auf den Ofen. »Wann fährt Livia eigentlich zurück?«, fragte er, als das Knistern verklungen war.

Marlis setzte sich auf. Ihr Gesicht war gerötet, der Schweiß lief an ihr herab. »Ich glaub nicht, dass sie noch lange bleibt.«

»Hast du mit ihr gesprochen? Sie kommt mir irgendwie bedrückt vor.«

»Ich weiß nicht … Ich hab versucht, mit ihr zu reden, aber sie ist wie immer ziemlich verschlossen. Ihre ewigen Selbstzweifel, du kennst sie ja.« Sie stieg von der Bank und nahm ihr Handtuch. »Ich muss raus.«

»Ich komm mit.«

Sie duschten sich eiskalt ab und liefen, nur ein Handtuch um die Hüften geschlungen, die Kellertreppe hinauf in den Hof. Ihre Körper dampften in der kühlen Abendluft.

»Ah … ist das herrlich!« Marlis griff nach Johannes' Handtuch, zog es weg und warf es über das Treppengeländer, dann drehte sie sich zu ihm und umarmte ihn. Johannes legte die Arme um sie. Er spürte keine Erregung. Er küsste Marlis auf den Mund, ließ sie dann los und wickelte sich sein Handtuch wieder um die Hüfte.

»Machst du gleich noch einen Gang mit?«, fragte sie.

»Morgen ist Montag, ich muss langsam ins Bett.«

Marlis fuhr mit dem Finger über seine Brust und abwärts über seinen Bauch. »Wirklich?«

Laute Musik brach los, ohne jede Vorwarnung. Sie erschraken beide. Das ganze Dorf hörte mit, da war Johannes sicher. »Hey!«, brüllte er über den Hof. In Lukas' Zimmer war alles dunkel. »Lukas!«

»Komm.« Marlis ging ins Haus, er folgte ihr, sie schlossen die Tür. Die Musik dröhnte trotzdem.

»Ich geh rüber. Das kann er nicht bringen.« Johannes zog sich ein T-Shirt über.

»Lass doch. Nicht jetzt. Ich wollte sowieso noch nicht schlafen.« Marlis schob den Saum seines Shirts nach oben und küsste ihn auf die Brust. Sie nahm seine Hand, zog ihn zum Sofa hinüber. Sie legte sich hin und streckte die Arme nach ihm aus. Er kniete sich vor sie, drückte ihre Schenkel auseinander, beugte sich vor und öffnete sanft mit der Zunge die Hautfalte unter ihrem Schamhaar. Sie stöhnte leise. Er küsste sie, leckte sie mit kreisenden Bewegungen. Er achtete auf ihre Atemstöße, der Rhythmus wurde schneller, und als sie sich dem Höhepunkt näherte, legte er sich auf sie und drang in sie ein. Marlis schrie kurz auf und biss ihn in die Schulter, doch das war gespielte Leidenschaft. Er kannte sie.

Hinterher lagen sie eng umschlungen, Marlis halb auf ihm, weil das Sofa zu schmal war. Johannes kraulte ihr Haar. Es fühlte sich gut an, diese Nähe. Aber war das genug? Vertraute Nähe?

Alexander hatte nie den leisesten Ansatz gezeigt, mit Marlis zu flirten. Er fand sie wohl nicht attraktiv. Johannes wollte nicht darüber nachdenken, er war erschöpft. Trotzdem, von Anfang an hatte ihn das geärgert. Seine Frau war in Alexanders Augen nur zweite Wahl.

Aus dem Keller hörte er Gitarrenriffs – sein Handy. Er schob Marlis zur Seite und lief die Treppe hinunter. Er kam zu spät, gerade hatte die Musik aufgehört. Anruf von Unbekannt. Er ging wieder nach oben. Marlis blickte ihm träge entgegen.

»Hast du mal Livias Handynummer? Ich glaube, das war sie. Nummer unterdrückt.«

»Auswendig nicht. In meinem Handy.«

»Wo liegt das?«

»In der Küche, glaub ich.« Marlis seufzte und drehte sich auf die Seite.

Wozu zurückrufen? Wer sonst außer Livia sollte das gewesen sein, und er konnte in wenigen Minuten bei ihr sein. Johannes zog sich an, schlüpfte in die Sneakers.. »Ich fahr zum Bahnhof. Bis gleich.«

Marlis antwortete nicht, vermutlich war sie eingenickt. Auch auf dem Hof war es ruhig. Lukas hatte die Musik abgedreht.

Johannes durchquerte mit maximaler Geschwindigkeit das Dorf, dunkle Fenster überall, manchmal der bläulich flackernde Lichtschein eines Bildschirms. Er fuhr weiter auf die Landstraße. Kurz vor Michendorf kam ihm jemand zu Fuß entgegen; beinahe hätte er Livia in ihrem schwarzen Kleid im Dunkeln übersehen. Er hielt und ließ sie einsteigen.

Sie ließ sich in den Sitz fallen, rubbelte sich über Arme und Beine. »Gott, ist das kalt. Ich dachte schon, ich muss bis Seesendorf laufen.«

Johannes legte seine Hand auf ihren Arm. »Ich hab leider keine Jacke mit.« Er sah sich auf der Rückbank um. Nichts, womit sie sich hätte wärmen können. Ihm selbst war immer noch heiß vom letzten Saunagang. »Ich hab mein Handy zu spät gefunden, aber ich dachte mir schon, dass du es bist.«

Sie fuhren schweigend. »Willst du ein Kaugummi?«, fragte er in die Stille.

Er hielt ihr eines hin, und sie nahm es.

»Wie war's in der Stadt?«

»Ganz nett.«

»Warst du bei deiner Freundin?«

»Nein, sie konnte doch nicht.«

Da sie von sich aus nicht weitersprach, verzichtete er auf weitere Fragen, konzentrierte sich aufs Fahren. Die Scheinwerfer streiften den Waldrand zu beiden Seiten der Straße.

»Ich war mit Alexander in einer Bar. Ich hab getanzt, und er hat mir zugesehen.«

Jetzt war er hellwach, trotz der Sauna und zwei Bieren. Der Wald endete. Er bog ins Dorf ein, parkte, sie stiegen aus, er öffnete das Tor einen Spalt, sie gingen hinein. Das Mondlicht erhellte den Hof wie eine Bühne.

Warum musste sie ihm das erzählen? Sie stand da und fror, mit diesen bleichen, nackten Beinen, in diesen blödsinnigen Sandaletten, mit denen sie auf dem Pflaster nicht laufen konnte. Hatte sie keine vernünftigen Schuhe, keine Jacke, dachte sie überhaupt über irgendetwas nach?

Sie schlenderte zum Tisch unter der Buche. »Geh ruhig schon rein. Ich rauch noch eine.«

»Dann schlaf gut.« Er stieg die Treppe zur Küche hoch, bis ihre Stimme ihn stoppte.

»Johannes? Danke fürs Abholen.«

Er nickte nur, ging wortlos hinein.

Das Sofa war leer. Er legte sich neben Marlis ins Bett. Sie schlief. Er hörte ihrem gleichmäßigen Atem zu, starrte nach oben in die Dunkelheit. Livia tanzte allein auf einer Bühne, er sah sie vor sich, ein Scheinwerferspot folgte ihr, versuchte sie einzufangen, doch sie drehte sich zu schnell, entwischte in die Schatten.

Johannes drehte sich auf die Seite, presste die Augen zu. Er wollte sie nicht mehr sehen. Ihr albernes Gewirbel. Doch er konnte nicht schlafen. Warum hatte sie ihm davon erzählt?

Livia

Sie wartete, bis Johannes im Haus verschwunden war. Dann steckte sie sich eine Zigarette an und inhalierte tief. Sie ärgerte sich über sich selbst. Es war überflüssig gewesen, ihm von ihrem Abend mit Alexander zu erzählen. Warum plapperte sie vor sich hin, ohne nachzudenken? Er hatte fast ein wenig wütend gewirkt.

Ach, und wenn schon …! Er war ja nicht ihr Vater. Aber er kümmerte sich sehr um sie. Stieg mitten in der Nacht ins Auto, um sie abzuholen. Es tat ihr gut, dass sich jemand um sie sorgte. Nur fühlte es sich bei Johannes komisch an. Nicht berechnend, nein … Doch schon so, als ob er dafür etwas von ihr erwarten würde.

Die Riemchen ihrer Sandaletten drückten schmerzhaft, sie löste sie und streifte die Schuhe trotz ihrer eiskalten Füße ab. Im Haus hinter ihr war alles dunkel und still. Johannes lag bestimmt schon im Bett neben ihrer Mutter.

Sie setzte sich in den Liegestuhl, lehnte sich zurück und sog das Nikotin tief in ihre Lungen. Das Mondlicht hüllte sie ein. Mit jedem Atemzug nahm sie die silberne Luft in sich auf. Sie hielt immer noch das unausgepackte Kaugummi in der Hand, ließ es auf den Boden fallen.

Als ihr Vater noch da war, ihr wirklicher Vater, hatten sie eine Reise auf die Kanaren gemacht, da war sie vier oder fünf gewesen. Es war ihr erster Flug, und während der Landung hatte sie geweint, weil ihre Ohren so wehtaten. Ihr Vater hatte ihr ein Kaugummi gegeben, es schmeckte scharf und nach Minze. Sie kaute darauf herum, schluckte immer wieder, und kurz darauf hatte der schmerzhafte Druck nachgelassen. Nicht lange danach hatte er Marlis verlassen, einen Job in der Schweiz und später eine neue Frau gefunden. Livia war wütend auf ihn gewesen, aber heute war ihr bewusst, dass sie nichts darüber wusste, wie diese Trennung zustande gekommen war, und dass Marlis sie in ihrer Wut immer kräftig bestärkt hatte. Bevor sie nach München gezogen war, hatte Livia ihn selbst fragen wollen, hatte sich mit ihm getroffen, in Zürich, wo er arbeitete. Ihr Vater hatte ihr ein luxuriöses Hotelzimmer bezahlt. Er war nett. Unverbindlich. Und das, was von ihrer Wut übrig war, prallte ab an seiner glatten Fassade, seinem Desinteresse. Seit damals hasste sie Minzkaugummi.

»Hey.«

Livia fuhr herum. Da stand Lukas, in zerknitterten Shorts und T-Shirt, die Haare zerwühlt. Er sah aus, als hätte er schon im Bett gelegen.

»Hast du eine für mich?«

Sie hielt ihm die Packung hin, er nahm eine Zigarette heraus und beugte sich zu ihr, damit sie ihm Feuer geben konnte.

»Schweinekalt, oder?«

Livia nickte. Sie richtete sich auf, winkelte die Beine an und klopfte auf die Liege. »Du musst nicht da rumstehen.«

Lukas setzte sich und sah sie von der Seite an. »Warum bist du eigentlich hier? Ich meine, auf dem Hof?«

Livia hob die Schultern. »Wollte mal sehen, mit wem meine Mama eine WG gegründet hat.«

»Mich würden hier freiwillig keine zehn Pferde hinkriegen. Noch eineinhalb Jahre, dann hab ich Abi. Dann zieh ich aus.«

Sie verzog den Mund. »Wo das Landleben doch so ein Traum ist!«

»Deine Mutter ist okay. Aber Johannes nervt echt. Hat ständig was zu meckern. Müll falsch sortiert, Musik zu laut, mein Fahrrad steht im Weg. Ätzend.«

»Ich find ihn ganz nett.«

»Letzte Woche hat er mich gezwungen, überall auf dem Hof Rattenfallen aufzustellen. Ich bin in den übelsten Ecken rumgekrochen.«

»Und? Hast du schon ein Viech gefangen?«

»Bisher nicht. Ich wette sowieso, die Biester bauen ihre Nester drüben bei Dierks in diesem Drecksloch, da kannst du hier so viele Fallen aufstellen, wie du willst. Die vermehren sich immer weiter, bis wir hier in Ratten ersticken.«

Livia fand es mühsam, mit ihm Small Talk zu machen, das Thema war ekelhaft, und überhaupt wollte sie lieber allein sein. Nachdenken.

Er drückte die Kippe auf dem Boden aus, warf ihr wieder einen Blick zu. »Willst du … was anderes rauchen?«

Das hörte sich schon besser an. »Hast du was hier?«

Er klopfte mit der Hand auf seinen Gürtel.

»Aber nicht auf dem Hof, oder?«

»Never.« Er gab einen kleinen amüsierten Schnaufer von sich. »Komm.«

Er stand auf und lief zum Tor. Er hatte den gleichen Gang wie Alexander. Lange, raumgreifende Schritte. Er öffnete es, ohne ein Geräusch zu machen. Sie folgte ihm. Draußen schlug er den Weg zum See ein.

»Woher hast du das Zeug?«

»Direkt neben meiner Schule ist so ein kleiner Park. Da steht meistens einer.«

Sie liefen schweigend ein Stück. Am See steuerte Lukas auf die Holzbank zu, öffnete seinen Gürtel und zog ein schmales, durchsichtiges Tütchen hervor. Aus der Hosentasche kramte er eine Packung Tabak, die extra langen Blättchen, die Mine eines Kugelschreibers und ein Stückchen Pappe. Er legte alles auf die runde, glatte Holzscheibe. »Hast du mal Licht?«

Livia beleuchtete seine Hände mit der Taschenlampenfunktion ihres Smartphones. Er baute gekonnt den Joint. Sie setzten sich nebeneinander auf die Wiese am Ufer. Er zündete die Tüte an, reichte sie ihr. Sie inhalierte tief, gab sie an ihn weiter.

»Das Zeug ist gut. Wenn du willst, kann ich dir was abgeben.«

Sie murmelte zustimmend.

»Bist du eigentlich mit jemandem zusammen?«

Livia lächelte. »Ich weiß nicht genau.«

»Stehst du auf ältere Typen?«

»Wieso?«

»Mir ist aufgefallen, wie du meinen Vater angestarrt hast. Und der ist Gammelfleisch.«

Livia strich ihr Haar in den Nacken. »Ich finde seinen Beruf spannend.«

»Im Ernst?« Lukas legte den Kopf schräg. In dieser Haltung, im Halbdunkel, sah er fast aus wie Alexander. Er besaß das gleiche braune, kräftige Haar. Und er würde ihm später noch ähnlicher werden. Wenn sein Körper das Jungenhafte verlor und er zum Mann wurde.

»Glaub mir, mein Dad ist ein Blender«, sagte er leise. »Der interessiert sich nur für sich selbst. Sieht einen gar nicht richtig. Na ja, dich vielleicht schon. So wie du aussiehst.« Er inhalierte. »Aber wenn du einen Rat willst, lass ihn besser in Ruhe.«

Livia schlief schlecht, wie immer, wenn sie gekifft hatte, und wachte gerädert auf. Schon beim ersten Schlucken spürte sie den Schmerz, ihr Hals war wund. Bestimmt hatte sie sich verkühlt. Sie ging in die Küche, machte sich Tee und löffelte Honig hinein. Sie fühlte sich schwach und elend.

Marlis kam von draußen, einen Korb voller Pflaumen in der Hand. Sie stellte ihn auf die Arbeitsfläche und sah Livia prüfend an.

»Wie hast du geschlafen? Du siehst blass aus.«

»Ich glaub, ich hab mich erkältet.«

»Man hört es an deiner Stimme, du krächzt ja richtig.«

»Ich leg mich vielleicht noch mal hin.«

»Mach das. Ich bring dir gleich frischen Tee.« Marlis öffnete das Fenster und zupfte welke Blüten aus einem Blumengesteck auf der Fensterbank. »Vorhin hab ich Diana Wolf getroffen. Sie hat nach dir gefragt. Ob du noch da bist. Ihre Theaterproben sollen bald losgehen. Sie träumt ja davon, dass du die Iphigenie spielst. Ich hab ihr gesagt, dass du leider bald zurückmusst. Richtig schade, oder?«

Livia setzte sich und legte die Hand über die Augen. »Du möchtest ja wohl nicht, dass ich mich krank in den Zug setze.«

»Nein, um Gottes willen.«

»Mama …« Livia richtete sich auf. »Es gibt etwas, was ich dir sagen muss.«

»Was denn?« Marlis fischte einzelne Pflaumen aus dem Korb und warf sie in den Mülleimer. »Ich hör dir zu, ich sortier die nur schnell aus, sonst werden mir alle matschig.«

»Ich kann nicht zurückfahren.«

»Willst du zu Diana in die Praxis gehen? Sie kann dir was verschreiben. Ich hol es dir aus der Apotheke in Michendorf.«

»Es ist wegen … Rafael.«

»Deinem Lehrer? Was ist mit ihm?«

Als Livia nicht antwortete, hielt Marlis mitten in der Bewegung inne und sah sie an. »Livia?«

»Es ist schwer zu erklären.«

Marlis setzte sich ihr gegenüber an den kleinen Küchentisch. »Livia, du sagst mir jetzt sofort, was los ist.«

»Na ja … Er will … Er hat mich …« Livia atmete heftig ein und aus. Sie nahm die Hände vors Gesicht.

Marlis war blass geworden. »Das darf doch nicht wahr sein. Ist es das, was ich jetzt denke?«

»Mama, nein …«

Marlis nickte langsam. »Er hat dich angefasst. Er zwingt dich, mit ihm … Das ist es, nicht?«

Livia schluckte, es brannte im Hals. Sie flüsterte fast. »Er hat sich wohl in mich verliebt. Ich hatte es von Anfang an gespürt, so wie er mich ansah. Und die anderen haben es auch gemerkt. Weil er bei den Proben nur Augen für mich hatte.«

»Und dann hat er … einfach …?«

Livia legte die Hand auf ihre und drückte sie. »Es ist alles okay. Wirklich. Aber … ich kann jetzt nicht zurückfahren, verstehst du?«

Marlis kam zu ihr und nahm sie in den Arm. »Mein Liebling. Es tut mir so leid. Nicht weinen. Nicht weinen.»

Livia weinte nicht, aber die Idee war gar nicht schlecht. Sie drückte ihr Gesicht an Marlis' Bauch und schluchzte. Ihr ganzer Körper bebte.

Ihre Mutter hielt sie fest. »Mein Schatz, mein armer Schatz.«

Sie trat einen Schritt zurück und nahm Livias Hände in ihre. »Du musst ihn anzeigen.«

»Nein, das geht nicht.«

»Natürlich musst du! Dieses Schwein. Mit einer Schülerin! Du gehst zur Polizei.«

»Nein.«

»Damit darf er nicht durchkommen.«

»Mama, hör mir zu!« Livia zwang ihre Mutter, sie anzusehen. »Ich kläre das. Lass mir nur etwas Zeit.«

Marlis atmete heftig und schüttelte den Kopf. »Das darf doch alles nicht wahr sein!«

Jetzt nahm Livia sie in den Arm.

»Was machen wir denn nur?«, flüsterte Marlis.

»Erst mal gar nichts. Ich hab mich bei der Schule krankgemeldet.«

»Gut. Du bleibst schön bei mir.« Marlis lächelte Livia tapfer an, dann bildete sich eine Sorgenfalte auf ihrer Stirn. »Deine Augen sind so glasig.« Sie legte ihre Finger auf Livias Stirn, wie sie es zuletzt getan hatte, als Livia ein kleines Mädchen gewesen war. Die Hand war angenehm kühl. »Ich fürchte, du hast Fieber.«

Livia ließ sich von Marlis nach oben ins Bett bringen. Ihre Mutter zog das Rollo herunter und streichelte über ihren Arm auf der Bettdecke. »Geht es so? Schlaf ein bisschen.«

»Mama? Bitte erzähl niemandem etwas davon. Auch nicht Johannes. Versprich es mir.«

»Ist schon gut.« Marlis nickte ihr von der Tür aus zu. »Ich schau später noch mal nach dir. Ruh dich aus.«

Livia schloss die Augen. Ihre Glieder taten weh, ihr Hals brannte, sie fühlte sich wie betäubt. Sie wollte so schnell wie möglich einschlafen. Nicht mehr daran denken, dass ihre Mutter nun ihretwegen krank vor Sorge war.

Johannes

Den ganzen Tag über war es ihm schwergefallen, sich auf die Arbeit zu konzentrieren. Deshalb war er früher nach Hause gefahren. Er war der Chef und musste niemandem Rechenschaft ablegen.

Nun klopfte er an die Tür von Noras und Alexanders Wohnung. Drinnen blieb alles still. Johannes legte eine Hand auf den Magen. Seit gestern spürte er dort einen Schmerz, so, als drückten schwere Steine auf seine Eingeweide. Er klopfte noch mal. Es schien wirklich niemand da zu sein. Er ging in die Küche. Es roch gut. Ein zarter Duft nach Zimt. Auf der Arbeitsplatte stand ein Blech Pflaumenkuchen.

»Nora?«

Stille. Er ging die Treppe hinauf, betrat zögernd Noras und Alex' Schlafzimmer. Er setzte sich an Noras Schreibtisch, schaltete ihren Computer ein. Sie hatte ihm gesagt, dass das WLAN immer noch nicht funktionierte. Jetzt hatte er Zeit, sich noch mal dahinterzuklemmen. Sie würde sich freuen, wenn endlich alles reibungslos lief und sie nicht mehr an Alex' Computer gehen musste, wenn sie ins Netz wollte.

Während er wartete, bis der Rechner hochgefahren war, betrachtete er ein gerahmtes Foto von Nora an der Wand über dem Tisch. Es musste schon älter sein, sie sah darauf ganz anders aus. Ihr Gesicht war voller, das Haar länger, mit einem konventionelleren Schnitt. Auf dem Bild trug sie ein blaues, sehr elegantes Kleid, wirkte entspannt und glücklich. So kannte er sie gar nicht.

Er wusste von Marlis, die es wiederum von Nora erzählt bekommen hatte, dass Nora und Alexander eine heftige Ehekrise hinter sich hatten. Das musste kurz vor dem Zeitpunkt gewesen sein, als er und Alexander sich wiederbegegnet waren. Johannes hatte nicht erfahren, worum es dabei ging, aber das konnte er sich denken. Alex und seine Affären. Fing er nun wieder damit an? Für ihn war es leicht, Abendtermine vorzuschieben, um einen Grund zu haben, in der Stadt zu übernachten. Vielleicht war genau das sein Plan gewesen. Er war aufs Land gezogen, um in Berlin erst recht seine Freiheiten genießen zu können.

Aber nicht mit Livia. Nein, so leichtsinnig konnte Alex nicht sein. Livia war nicht irgendeine Fremde, eine seiner Studentinnen oder Doktorandinnen. Sie war Marlis' Tochter, und sie wohnte bei ihnen auf dem Hof.

Sein Blick fiel wieder auf Noras Foto. Seit er sie kannte, sorgte er sich um sie. Schon bei ihrem Kennenlernen zu viert hatte er gespürt, dass sie nicht glücklich war. Kein Wunder, sie war mit Alex verheiratet. Er hatte sich kurz für den Gedanken geschämt. Alex und er waren sich fünfzehn Jahre nicht begegnet, in einer so langen Zeit passiert viel mit einem Menschen. Alex war sesshaft geworden, er hatte eine Familie gegründet. Sich für eine Frau entschieden. Nachdem er während des Studiums von einer Affäre zur nächsten gestolpert war. Immer in dem Gefühl, gerade woanders das Beste zu verpassen.

Nein. Alexander war nie *gestolpert*. Er war stolziert.

Und Nora? Warum sie? Was hatte sie, was die anderen nicht

gehabt hatten? Welche unsichtbaren Fäden spann sie um Alex, um ihn zu halten? Johannes beobachtete sie genau bei diesem ersten Treffen in diesem teuren Restaurant. Sie beide. Alex redete viel. Gestikulierte. Lachte laut. Es störte ihn nicht, dass die Leute an den Nebentischen zuhörten. Im Gegenteil. Er war es gewöhnt, im Mittelpunkt zu sein. Und Nora hielt sich im Hintergrund. Es schien ihr nichts auszumachen.

Johannes mochte Nora auf den ersten Blick. Ihre Schönheit war nicht aufdringlich. Sie erinnerte ihn an ein modernes Haus mit viel Glas, minimalistisch und klar. Das dunkle Haar trug sie damals schon kurz, ein aparter Kontrast zu ihrer hellen Haut. Sie hörte Johannes zu, wie er über den Hof sprach, über die Umbaumaßnahmen, über Gutachten, Statik, über die Kosten. Er wollte den anderen ein Bild davon vermitteln, wie der Hof nachher aussehen würde. Manchmal schien Nora zu träumen. Wenn sie aber etwas einwarf oder fragte, war sie sehr präsent und selbstbewusst.

Sie trafen sich immer wieder in den darauffolgenden Monaten, meist auf dem Hof, um Materialien auszusuchen, Entscheidungen zu treffen, und Nora wirkte bei jedem Mal bedrückter. Irgendwann hatte Johannes Alexander darauf angesprochen. »Ist eigentlich was mit Nora? Sie kommt mir so traurig vor.« Alexander hatte belustigt die Brauen gehoben. »Johannes, der Frauenversteher!« Er hatte ihm erzählt, bei Nora im Job sei etwas schiefgelaufen. Alex hatte keine Lust gehabt, mehr davon zu erzählen, obwohl Johannes zweimal nachhakte. »Die überspannten Künstler, na, du weißt schon. Ich halt mich da raus!« Ein Blick von Kumpel zu Kumpel.

Die Startseite von Noras Computer hatte sich längst aufgebaut. Johannes klickte auf das WLAN-Symbol und wartete, während die Maschine nach einem Netzwerk suchte. Da erschien es, er hatte ihm den Namen »Hof2« gegeben. Doch die Verbindung kam wieder nicht zustande. Der Router befand sich unten im Wohnzimmer, die Antennen waren eher für eine horizontale Ausrichtung eingestellt als für eine vertikale. Trotzdem funktionierte das Signal direkt nebenan, in Alexanders Büro, optimal. Also lief auch der Adapter. Nur bei Nora ging es nicht. Gab es irgendwo Störquellen? War die Bauweise der Wand schuld? Der Warmwasserspeicher im Bad?

Johannes lehnte sich zurück und verschränkte die Arme im Nacken, dehnte seine Schultern. Er hatte keine Idee, woran es noch liegen konnte. Er fuhr mit dem Cursor auf dem Bildschirm herum. Da war ein Ordner »Privat«. Er umkreiste ihn. Nein, das durfte er nicht. Nora vertraute ihm, ließ ihn an ihren Computer, um das WLAN ins Laufen zu bringen.

Da war auch ihr Fotoprogramm. Sie hatte ein paarmal angedeutet, wie sehr sie sich darauf freue, endlich Zeit für ihr Hobby zu haben. Aber er hatte nicht den Eindruck, dass sie sich viel mit der neuen Kamera beschäftigte.

Johannes drehte sich kurz zur Tür um, sie war angelehnt. Im Haus war alles still, Nora war bestimmt zum Supermarkt nach Potsdam gefahren. Er öffnete das Fotoarchiv. Fotos von Noras Künstlern, eine Menge Gemälde und Skulpturen. Er scrollte nach unten. Nichts Aktuelles … doch, ein einziges Foto. Darauf waren nur Bäume zu sehen. Er vergrößerte das Bild. Eine Lichtung, dahinter Birken. Das musste auf ihrem Spaziergang gestern gewesen sein. Stimmt, sie hatte Birken erwähnt. Etwas an dem Foto berührte ihn unangenehm. Das sah nicht aus wie die Wälder ringsherum, die er kannte. Die Bäume wirkten abgestorben. Die Gegend sah unwirtlich und abweisend aus.

Johannes hörte, wie unten die Tür zufiel. Er schloss das Fotoarchiv. »Hallo, nicht erschrecken!«, rief er laut. »Ich bin hier oben!«

»Johannes? Alles klar.«

Es war Nora. Sie stellte etwas in der Küche ab, er hörte sie räumen, dann kam sie die Treppe herauf.

»Und? Hast du es hinbekommen?«, fragte sie im Türrahmen.

»Immer noch nicht.« Johannes verzog den Mund. »Bei Alex im Büro geht es, bei dir nicht. Ich versteh es nicht. Das sind nur zehn Meter Abstand. Offenbar schafft der Router genau diese Entfernung nicht mehr.«

Nora setzte sich aufs Bett. »Ist doch nicht schlimm. Ich kann an Alex' Computer gehen, wenn ich ins Internet muss. Mach dir nicht so viel Mühe.«

Er schlug mit der flachen Hand auf den Schreibtisch. »Ich will aber, dass es überall auf dem Hof funktioniert.«

Nora sah ihn erstaunt an. Er erschrak selbst über die Wut in seiner Stimme.

»Hast du irgendwas?«, fragte sie.

Er atmete geräuschvoll aus. »Nein, entschuldige. Ist nur gerade ein bisschen viel. Alles.«

»Im Büro?«

Er nickte, warf noch einen Blick auf den Computer, um vom Thema abzulenken.

»Wie geht es dir denn heute?«, fragte er dann. »Hast du etwas besser geschlafen?«

Nora hob die Schultern. »Nein. Auch so ein Rätsel.«

»Wir haben so lange nicht in Ruhe gesprochen. Dabei hätten wir doch genug Gelegenheiten jetzt …«

Nora sah ihn nur an. In ihren Augen lag Schmerz.

»Wie fühlt ihr euch? Ich meine, hier draußen? Ist es so, wie ihr es euch vorgestellt habt?«

»Wieso?« Nora lächelte. »Wirken wir unzufrieden?«

»Nein, nein, entschuldige. Ich bin einfach neugierig. Heute

im Büro hab ich an den Hof gedacht, und das erste Mal war das Wort ›Zuhause‹ in meinem Kopf. Ich fühl mich wohl hier.«

»Ich mich auch.« Nora sah weg zum Fenster, und er wusste, dass sie log.

»Alex ist ja kaum hier«, meinte er. »Seit er auch noch golfen geht.«

»Ich bin froh, dass er damit angefangen hat. Es macht ihm Spaß. Er braucht einen Ausgleich zum Job.«

Johannes fragte sich, ob Alexanders Seitensprünge ein Thema zwischen den beiden waren. Beunruhigte es sie, dass er in der Stadt übernachtete? Oder vertraute sie ihm einfach? Weil es keine Affären mehr gab?

Warum war Alexander mit Livia in dieser Bar gewesen? Ausgerechnet mit ihr. Die Wut stieg wieder in ihm hoch. Doch falls Nora irgendeinen Verdacht in der Richtung hegte, ließ sie es sich nicht anmerken. Und er konnte sie ja schlecht direkt fragen.

Unten wurde die Tür geöffnet und geschlossen. »Nora?« Alexanders Stimme.

»Hier oben«, rief sie.

Alexander kam herauf. Er hob belustigt die Augenbrauen. »Na, wen erwische ich da im Schlafzimmer meiner Frau?« Er lachte, trat dann zu Nora und gab ihr einen Kuss auf den Mund.

»Wie war dein Tag?«, fragte sie.

»Ach, stressig, wie immer. Eine Absage der Deutschen Forschungsgemeinschaft zur Mitfinanzierung eines Verbundprojekts, Katastrophe für uns. Ich erspar euch die Details. Jo, trinkst du ein Bier mit mir?«

»Ich hab noch mal versucht, das Netz in Gang zu bringen, aber im Moment scheitere ich an dem Mist. Ich begreif es einfach nicht!«

Die dezent gehobene Augenbraue, Alex amüsierte sich wohl über sein Bedürfnis, die Situation zu erklären. Fast wünschte sich Johannes, Alex hätte ihn mit Nora im Bett erwischt, dann würde er jetzt nicht so süffisant dreinschauen, sondern wäre wütend und bestürzt. Seine glatte Oberfläche bekäme endlich mal einen Riss.

»Ein Bier wäre super«, meinte er und folgte Alex nach unten in die Küche.

Marlis kam über den Hof und trat ein. »Hier seid ihr alle.« Sie blieb in der Tür stehen. »Livia hat Fieber. Gebrochen hat sie auch vorhin. Hast du zufällig etwas, das ich ihr geben könnte?«, wandte sie sich an Nora.

»Nur normale Schmerzmittel, glaub ich.« Nora öffnete eine Schublade und kramte darin herum. »Aspirin. Erkältungstee. Oder Kamillentee.« Sie sah auf. »Und wenn du zu Diana Wolf rübergehst?«

»Da war ich. Sie ist nicht da. In der Praxis auch nicht.«

»Ich komm mal mit rüber.« Nora folgte Marlis zum Haupthaus.

»Das ist bestimmt gestern Abend passiert«, sagte Johannes. »Als ich sie nachts vom Bahnhof abgeholt habe, hat sie gefroren. Sie hatte nicht mal eine Jacke dabei.«

Alexander nahm die Tageszeitung auf dem Sofatisch, schlug sie auf. Seine Augen huschten über die Schlagzeilen. Er schien sich nicht im Mindesten für Livia zu interessieren.

Hinter Johannes' Schläfen pochte das Blut. »Wie war's denn in der Stadt?«

Alexander sah nur kurz hoch. »Wieso fragst du?«

»Ihr wart in einer Bar, hat sie erzählt.« Er lachte kurz auf. »Wolltest du noch was erleben auf deine alten Tage?«

Alexander legte die Zeitung auf den Tisch. »Das war nett. Ich hab so was ewig nicht gemacht.«

»Wie bist du denn auf die Idee gekommen? Ich meine, wieso mit Livia …?« Johannes verschränkte die Arme.

Alex hob die Flasche und grinste. »Das Leben ist kurz, mein Alterchen!«

»Das ist wahr.«

So einfach war das. Kein Zögern, keine Skrupel, nicht einmal ein Gedanke, dass etwas falsch daran sein könnte. Bewundernswert.

»Warum schüttelst du den Kopf?«, fragte Alexander.

»Was? War mir gar nicht bewusst gewesen.« Johannes stand auf. »Ich geh mal rüber. Danke für das Bier.«

Livia

Als sie am nächsten Morgen die Treppe ins Wohnzimmer herunterkam, stand Marlis über den Esstisch gebeugt. Nun fuhr sie herum.

»Wie geht es dir? Besser?«

»Ja, danke, ich hab geschlafen wie ein Stein.«

Livia sah ihrer Mutter über die Schulter. Da lagen Gräser, Farnblätter und zarte Zweige. Marlis presste sie einzeln zwischen zwei Glasscheiben, eine aufgeschlagene Zeitschrift neben sich.

Livia wunderte sich. Ein schlichter Zweig hinter Glas? Sehr ungewöhnlich für Marlis, die sonst in Materialien und Farben schwelgte und der die Dekorationen nicht üppig genug sein konnten. »Das sieht hübsch aus. Woher hast du diese Gräser?«

»Am Straßenrand gesammelt. Man nennt es ›zufällige Begleitvegetation‹. Das ist der neueste Trend. Ein Unkraut wird so inszeniert, dass es ein Hingucker ist. ›Shaded modesty‹. Das Einfache, Alltägliche wird in seiner Schönheit zelebriert. Gefällt es dir wirklich?«

»Ja.« Livia nahm eine Tasse aus dem Schrank und stellte sie in den Kaffeeautomaten. »Aber es passt so gar nicht zu deinem Stil.«

Marlis verzog den Mund. »Nora hat mir die Zeitschrift mitgebracht. Bei ihr in der Wohnung sieht so etwas edel und passend aus, aber hier … Ich weiß nicht, ich finde es eher langweilig.« Sie blickte Livia an. »Und nun? Legst du dich gleich wieder hin?«

»Nein, ich kann aufbleiben.«

»Was willst du denn machen?«

Livia zuckte mit den Schultern.

»Wenn du magst, kannst du mir helfen. Ich muss einen Berg Walkstoffe zuschneiden, für Stulpen und Gürtel.«

Livia wartete, bis der Kaffee in die Tasse gelaufen war, und gab dann einen Schuss Milch dazu. »Eigentlich wollte ich noch in die Stadt.«

»Das würde ich an deiner Stelle lassen. Du hattest gestern noch Fieber.«

Livia sah nach draußen, wo die Sonne die lila Blüten der Clematis an der Hausmauer zum Leuchten brachte. »Das geht schon. Mir fällt hier die Decke auf den Kopf.«

Marlis runzelte die Stirn. »Wie du willst. Übrigens war Diana Wolf gestern Abend kurz hier. Sie hatte meine Nachricht auf dem Band abgehört, dass du krank bist, und wollte nach dir sehen. Ist das nicht nett?«

»Ja.« Livia lächelte.

»Aber du hast tief und fest geschlafen.« Marlis hielt ein Glasbild, in dem ein zartes Farnblatt gefangen war, gegen das Licht. »Ich hab ihr gesagt, dass du noch länger hier sein wirst. Und dass du bestimmt gern die Iphigenie spielst.«

»Du hast … was? Wie kommst du dazu?« Livia starrte ihre Mutter an, gleich würde Marlis sagen, dass es nur ein Scherz gewesen war! Aber sie schüttelte nur nachsichtig den Kopf, und Livia verstand. Sie meinte das in vollem Ernst.

»Warum hast du mich nicht zuerst gefragt? Du kannst doch

nicht über meinen Kopf hinweg so was entscheiden! Ich will überhaupt nicht Theater spielen. Schon gar nicht in einer Laienspielgruppe.«

Marlis verschob ein Farnblatt in einem weiteren Glasrahmen, sodass es diagonal von einer Ecke zur anderen reichte, dann zog sie es seufzend heraus. »Warum regst du dich denn so auf? Livia?«

Livia wandte sich ab und stellte die Tasse mit einem Knall auf die Spüle. »Weil ich nicht mehr drei bin! Ich kann selbst entscheiden, was ich tun möchte und was nicht.«

»Aber ich hab es doch nur gut gemeint.«

»Das sagst du immer, aber ich will es trotzdem nicht! Hast du verstanden? Lass mich in Ruhe damit!«

Livia ließ ihre Mutter stehen, lief nach oben, holte ihre Handtasche und verließ das Haus, ohne sich von Marlis zu verabschieden. Am Ortsausgang stellte sie sich an die Straße nach Michendorf und reckte den Daumen hoch. Gleich der erste Wagen hielt, ein älterer Mann, der aussah wie ein Bauer und auf der kurzen Fahrt immer wieder auf ihre Beine starrte. Am Bahnhof ließ er sie raus. Im Zug nach Berlin legte sie ihre Stirn gegen die kühle Fensterscheibe und atmete durch.

Ihre heftige Reaktion tat ihr nun leid. Natürlich meinte Marlis es gut. Aber dieser ständige Druck! Livia, tu dies, Livia tu das! Dieser Erfolgsdruck … Manchmal wollte sie nur noch schreien!

Draußen flog der Wald vorbei, dann abgeerntete Felder. Später Lagerhallen, Firmengebäude, schließlich Wohnhäuser. Am Zoo stieg sie aus und lief in Richtung Ku'damm. Sie musste sich beruhigen, überlegen, wie es nun weitergehen konnte.

Um sich abzulenken, blickte sie in die schick dekorierten Schaufenster, doch ihre Wut auf Marlis beherrschte sie vollkommen, und statt zu schlendern, rannte sie fast. Sie zwang sich dazu, in Läden hineinzugehen, nahm Kleider und Pullis in die Hand, probierte sogar etwas an. Hinterher wusste sie nicht mehr, was es gewesen war. Ihr Mund war ausgetrocknet, und ihre Beine fühlten sich zittrig an. Vermutlich war auch das Fieber wieder gestiegen. Am liebsten hätte sie sich für ein paar Minuten irgendwo hingelegt. Sie musste auch dringend etwas trinken, überlegte, sich in ein Café zu setzen, aber sie wollte ihr restliches Geld nicht ausgeben. Da fiel ihr ein, dass Johannes nur ein paar Straßen entfernt arbeitete.

Eine Frau mit einer weißblonden Kurzhaarfrisur, blauen Augen und blitzenden Ohrringen empfing sie am Eingang des Architekturbüros. Livia fragte nach Johannes.

»Der ist hinten, in seinem Büro. Ich bringe Sie hin.«

Sie führte Livia durch einen Raum mit mehreren Schreibtischen. Unterwegs stieß Livia fast mit einem Mann zusammen, der in dem Moment aufstand und auf den Gang trat, als sie neben seinem Tisch vorbeiging. »Das ist es! Du darfst mich Genie nennen«, rief er einem Kollegen zu.

Livia stoppte, kurz bevor sie zusammenprallten.

»Hoppla! Haben wir Besuch?« Er musterte sie. »Simon Bergmann.«

»Guten Tag.« Livia stellte sich ihm nicht vor, sondern schob sich an ihm vorbei. Johannes' Bürotür war offen. Er hatte sie schon entdeckt und erwartete sie.

»Livia. Was machst du denn hier?«

Sie erzählte ihm, sie sei auf dem Weg zu einem Treffen mit Freundinnen, aber sie sei zu früh dran und habe mal sein Büro sehen wollen.

Johannes bot ihr Kaffee an, den sie dankend annahm, dazu bat sie ihn um ein Glas Wasser. Er ging aus dem Raum, um ihr die Getränke zu holen.

Livia lehnte sich auf dem bequemen Besuchersessel zurück und schloss die Augen. Sofort begann der Raum sich zu drehen.

»Du bist ziemlich blass, geht's dir wirklich gut?« Johannes stellte ihr eine Tasse und ein Glas Wasser hin.

»Ich wäre wohl besser noch einen Tag im Bett geblieben. Wenn ich ehrlich bin, hatte ich gehofft, dass ich mich hier vielleicht einen Moment ausruhen kann.«

»Aber sicher, du kannst dich sogar hinlegen. Ich bring dich nach nebenan, da steht ein Schlafsofa.«

Er geleitete sie aus dem Büro in einen winzigen Flur, von dem zwei weitere Türen abgingen. Eine führte vermutlich zu den vorderen Büroräumen. Er öffnete die andere, sie war nicht abgeschlossen. Das Apartment war sparsam, aber geschmackvoll eingerichtet. Ein Sofa, ein Sessel, dazwischen ein niedriger, runder Tisch, darüber eine silberne orientalische Lampe mit Tausenden winzigen Löchlein. Bestimmt gab sie ein romantisches Licht, wenn es dunkel war. Tausendundeine Nacht. Neben der Tür eine Küchenzeile mit Schrank und Spüle.

»Ruh dich aus. Bleib, so lange du willst.« Er runzelte zweifelnd die Stirn. »Ich kann dich aber auch nach Hause fahren.«

»Es geht bestimmt gleich wieder.«

In der Tür drehte er sich um. »Wenn du irgendwas brauchst, sag Bescheid.«

»Danke, Johannes.«

Sie wartete, bis er die Tür hinter sich geschlossen hatte. Das Zimmer lag nach Norden zur Hinterhofseite, es drang kaum Lärm von der Straße bis hierher. Hier schlief also Alexander, wenn er in der Stadt übernachtete.

Sie öffnete den Schrank an der Kochzeile. Mehrere Flaschen stilles Wasser lagen hier und eine Weinflasche. Ein Brunello di Montalcino von 1992. So alt. Der war bestimmt wertvoll.

Sie streckte sich auf dem Sofa aus, doch es war zu kühl im Zimmer. In der Ecke stand ein Schlafsack, sie ging hin, rollte ihn auf und deckte sich damit zu. Der federleicht gefüllte Stoff roch nach Alexander. Zumindest bildete sie sich das ein.

Als es klopfte und die Tür geöffnet wurde, schreckte sie hoch. Sie musste eingenickt sein.

»Zimmerservice!« Es war dieser Simon aus dem Büro. »Frischer Kaffee? Laugenbrezel gefällig?«

»Nein, vielen Dank.«

Er hatte weder das eine noch das andere dabei, lehnte im Türrahmen. Livia setzte sich auf.

Er hatte ein markantes Gesicht mit einem fast eckigen Kinn und betrachtete sie neugierig. »Urlaub? Oder noch Studentin?«

»Weder noch.«

Hinter ihm erschien Johannes. »Simon, kommst du mal?« Er klang verärgert.

»Aber klar, Boss.« Simon grinste und zog sich zurück.

Johannes schüttelte den Kopf in ihre Richtung. »Entschuldige.«

Sie legte sich wieder hin.

Zwei Stunden später stand Livia vor der Tür zu Alexanders Hörsaal.

Sie hatte geschlafen und war mit Kopfschmerzen aufgewacht. Dank zwei Aspirin von Johannes hatte sie sich schließlich stabil genug gefühlt, um sich auf den Weg zur Uni zu machen. Ihm hatte sie erzählt, sie habe noch ein paar Besorgungen zu erledigen.

Nun öffnete sie leise die Tür. Der Hörsaal sah anders aus, als sie sich ihn vorgestellt hatte: kein Trichter, in dem die Studenten in steil nach unten abfallenden Stuhlreihen auf den Professor an seinem Pult im Zentrum blickten, sondern ein Arbeitsraum mit unzähligen Tischen, die in mehreren parallelen Reihen aufgestellt waren. Darauf Mikroskope, über die sich Studenten beugten.

Die Längsseite des Raums bestand aus einer riesigen Glasfront, doch die Aussicht wurde von weißen Stoffrollos verhüllt, die den Raum in ein milchiges Licht tauchten. Auf einem Tisch in einer Petrischale lag ein dunkelrotes, fast bräunliches Stück Fleisch. Es sah aus wie ein Organ.

Jeder der Anwesenden trug einen weißen Kittel, Leute bewegten sich zwischen den Arbeitsflächen hin und her und sprachen mit den Studenten. Erst auf den dritten Blick entdeckte Livia Alexander. Er stand hinter einem länglichen Tisch an der Stirnseite, über ihm lief eine PowerPoint-Präsentation auf Großleinwand.

Livia fühlte sich unbehaglich. Noch hatte niemand Notiz von ihr genommen, aber sie konnte hier auf keinen Fall länger an der Tür herumstehen. Da entdeckte sie einen freien Stuhl in der Nähe. Ein Kittel hing über der Lehne. Sie setzte sich.

»Da ist besetzt«, sagte ihre Sitznachbarin, ohne vom Mikroskop aufzusehen.

Als Livia sich nicht rührte, wandte sie sich zu ihr um. Ihr Blick streifte Livias Kleid und ihre nackten Beine in den Sandaletten. »Lange Hose, feste Schuhe. Nie gehört?«, bemerkte sie und grinste auf einmal.

»Ich weiß. Hatte keine Zeit mehr, mich umzuziehen«, sagte Livia und lächelte zurück.

»Ist sowieso gleich Schluss.«

Einer der Weißkittel näherte sich ihnen. Livia nahm den Kleidungsschutz von der Stuhllehne und zog ihn über.

Sie hörte Alexanders Stimme, verstärkt durch ein Mikrofon. »Wir sehen uns dazu eine mit Dicrocoelium dendriticum befallene Schafleber näher an.«

Er wechselte zu dem Tisch am Fenster, und Livia entdeckte seine Hände in Großaufnahme auf einer weiteren Leinwand. Er hielt ein Messer, setzte es an und durchtrennte die Leber mit einem gezielten Schnitt.

»Der kleine Leberegel misst fünf bis fünfzehn Millimeter. Dieser Saugwurm legt seine Eier, in denen bereits voll entwickelte Larven stecken, sogenannte Mirazidien, in die …«

Livia hatte keine Vorstellung davon, was ein Leberegel war. Sie versuchte, Alexanders Worten zu folgen, doch die Fachbegriffe rauschten zu schnell an ihr vorbei. Und sie konnte den Blick nicht von seiner Hand auf der Leinwand abwenden, die die Leber in hauchdünne Streifen schnitt wie ein Fernsehkoch, der ein Rindercarpaccio vorbereitet. Sein Einweghandschuh war blutverschmiert.

Alexander gehörte die gesamte Aufmerksamkeit. Als wären unsichtbare Fäden von jeder Person im Saal zu ihm gespannt wie zu einer Spinne im Zentrum ihres Netzes.

Auf einmal verschwanden die Hände und die Leber, die Leinwand wurde leer und weiß. Unruhe, Stimmengewirr, Geraschel. Alexander hatte den Vortrag beendet. Die Studenten standen auf, packten ihre Mikroskope in Schränke unter den Tischen, klappten ihre Mappen zu und drängten zum Ausgang. Livia blieb sitzen. Alexander wurde von mehreren Studierenden umringt.

Sie wartete, bis der Großteil der Leute gegangen war, dann stand sie auf und näherte sich ihm. Er blickte nicht in ihre Richtung, war immer noch in ein Gespräch mit zwei Studentinnen vertieft. Schließlich reichte ihm die eine einen Stapel Papiere, Alexander nickte. Die jungen Frauen verabschiedeten sich, er nahm die Unterlagen und ging durch eine Tür in einen angrenzenden Raum. Er hatte sie nicht entdeckt.

Livia folgte ihm. »Alexander?«

In seinem Gesicht war nicht zu erkennen, ob er sich freute, sie zu sehen, oder nur überrascht war.

Der Raum war klein und vollgestellt mit Schränken, in denen sich Glasbehälter mit verschiedenfarbigen Flüssigkeiten befanden. Darin schwammen Füllungen, die aussahen wie Würmer. Dunkle, dickere Exemplare und daneben lange, hellgelbe, die an Sojabohnenkeimlinge erinnerten.

»Was ist das?«, fragte sie.

»Spulwürmer. Und andere Parasiten. Was machst du hier?«

Livia trat näher zu ihm. »Du hast mich doch in deine Vorlesung eingeladen. Vergessen?«

Nun lächelte er. »Und jetzt? Sattelst du um auf Verhaltensbiologie? Der Kittel steht dir jedenfalls gut.«

Livia nahm all ihren Mut zusammen. »Wenn du mit mir was essen gehst, überleg ich es mir.«

Er sah sie erstaunt an. »Ich hab keine Zeit. Ich muss zurück ins Büro.«

»Dann vielleicht später?«

Eine Frau kam herein. Sie hielt die Schale mit der zerschnittenen Leber in den Händen. »Entschuldigung.« Ihr Blick ging von Alexander zu Livia, blieb an Livias Beinen hängen.

»Danke, Frau Becker, einen kleinen Moment noch.«

Sie stellte die Schale auf eine Arbeitsfläche. Als sie den Raum verlassen hatte, blickte Alexander auf die Uhr, zögerte. »Ich könnte frühestens in einer Stunde.«

»Für mich kein Problem.«

Sie verabredeten sich in einem italienischen Restaurant in der Nähe, das Livia nicht kannte.

Sie verließ das Unigebäude, vertrieb sich die Zeit in den Straßen, betrachtete Schaufensterauslagen und beobachtete Passanten. Neben den Touristen waren viele Leute unterwegs, die hier in Agenturen arbeiteten, stylish gekleidet, einen Coffee to Go in der Hand, Headphones am Ohr. Wir haben es geschafft, strahlten sie aus. Wir sind genau da, wo wir sein wollen. Livia beneidete sie, um ihre Markenklamotten und noch mehr um ihr Selbstbewusstsein.

Warum verging die letzte halbe Stunde wie in Zeitlupe? Sie wollte nicht überpünktlich sein. Sie drehte noch eine weitere Runde um den Block, setzte sich auf eine Bank in einem winzigen, verdreckten Park. Acht Minuten nach der verabredeten Zeit betrat sie das Restaurant. Ein schicker Laden. Das Mobiliar war in Schwarz gehalten, und in der Mitte des Raums hing ein Kronleuchter mit unzähligen schimmernden Tropfen aus geschliffenem Glas. Die Wand, auf die sie vom Eingang aus blickte, war mit einer Stofftapete bespannt, anthrazitfarbene Ranken und Ornamente auf taubenblauem Hintergrund, davor hingen breite, rechteckige Spiegel. Obwohl es noch früh am Abend war, gab es nur wenige freie Plätze. An einem Tisch saß ein Moderator, den Livia aus dem Fernsehen kannte, dessen Name ihr aber nicht einfiel. Alexander war nicht zu sehen.

Am besten ging sie noch mal nach draußen. Oder sollte sie sich an einen der letzten Tische setzen? Aber dann musste sie etwas bestellen, und wenn er nicht kam, hatte sie ein Problem. Ihr Geld würde kaum reichen.

Eine Frau kam zielstrebig auf sie zu. Sie trug ein graues seidenes Kleid und dezenten Silberschmuck. Sie musterte Livia abschätzend aus kühlen, grünen Augen. »Sie hatten reserviert?«

Ob das die Inhaberin war? Livia fühlte sich eingeschüchtert. Wenn sie nur schon eine bekannte Schauspielerin wäre, deren Gesicht jeder kannte! Dann müsste diese Frau mit ihrem arroganten Getue sie nun lächelnd zu einem Tisch führen, stolz, weil Livia ihr Restaurant beehrte.

»Nein, leider nicht.« Livia versuchte es selbst mit einem

selbstbewussten und gleichzeitig gewinnenden Lächeln. »Aber ich warte auf jemanden, der vielleicht reserviert hat.«

»Auf welchen Namen?«

»Bernsdorf.«

Jetzt streifte die Frau sie mit einem neugierigen Blick. Sie trat zu einem Buch, das auf einem Stehpult aufgeschlagen lag. »Warten Sie, ich glaube, nicht. Nein, leider.«

»Aber du hast doch noch ein Tischchen für mich und meine zauberhafte Begleitung, Chiara?«

Livia wandte sich um. Alexander stand direkt hinter ihr.

»Professor Bernsdorf!« Die Frau strahlte ihn an. »Selbstverständlich. Das bekomme ich sicher hin. Nur einen kleinen Augenblick.« Sie fuhr mit dem Finger über Einträge in dem Buch, warf Alexander mehrmals ein Lächeln zu.

»Chiara, du bist wunderbar, danke.«

Livia fühlte sich überflüssig und unbedeutend. So, wie die beiden sich ansahen, hatten sie was miteinander, oder, falls nicht, würde es sehr bald so weit sein.

Oder brachte Alexander sie deshalb hierher? Damit sie sah, mit was für eleganten und schönen Frauen er sich umgab?

Chiara führte sie zu dem Tisch neben dem Fernsehmoderator und seiner Begleitung, dabei tat sie so, als wäre Livia nicht anwesend. »Ist es Ihnen hier angenehm?«

»Perfekt«, sagte Alexander. Er streifte mit der Hand den Rücken der Inhaberin, leicht und wie zufällig.

Sie setzten sich, sofort stand ein Kellner neben dem Tisch, er entzündete die Kerzen.

»Bring uns zwei Prosecco, Claudio«, sagte Alexander.

»*Certo, professore, subito.*«

Die Blicke der Gäste an den anderen Tischen wanderten zu Alexander, aber auch zu Livia. Ein auffälliges Paar, wegen des Altersunterschieds, aber auch weil sie beide attraktiv waren.

Das war ein unbekanntes Gefühl. Livia war daran gewöhnt, für ihr Aussehen beachtet zu werden, aber nicht, diese Aufmerksamkeit mit einem anderen Menschen teilen zu müssen.

Der Sekt kam, sie stießen an. Alexanders Lächeln wirkte wie immer leicht spöttisch. »Merkst du, wie alle dich ansehen? Du bist eine Schönheit.«

Livia wusste nicht, was sie sagen sollte.

»Warum machst du so ein Gesicht? Das war ein Kompliment.«

»Danke.«

»Wozu sind wir beide hier? Du, eine attraktive Frau Anfang zwanzig, ich, ein Mann Ende vierzig. Was glauben wohl die Leute hier im Raum, die uns beobachten?«

»Ich weiß es nicht.«

»Sie denken, ich will dich verführen, was sonst?« Er warf ihr einen Blick zu, der ihr das Blut ins Gesicht trieb. Jetzt wurde sie auch noch rot, ausgerechnet vor ihm!

»Tja, wie man sich irren kann.« Alexander nahm die Speisekarte und schlug sie auf. »Du bist die Tochter einer guten Freundin, mit der ich zusammenwohne. Ich kenne dich kaum.« Er sah auf. »Trotzdem wolltest du mit mir essen gehen. Also, warum sitzen wir hier? Was erwartest du von mir?

»Ich? Gar nichts.«

»Ach so?« Seine Lippen kräuselten sich wieder spöttisch. »Livia, das wandelnde Geheimnis. Die alle im Dunkeln tappen lässt. Deine Mutter, Johannes, Nora … und natürlich auch mich. Was hat Livia wohl vor? Warum ist sie hier, mitten im Semester? Wieso bekommt sie einen hysterischen Anfall im Badesee? Um sich von Johannes' starken Armen retten zu lassen? Wozu holt sie Alexander von der Uni ab? Wieso tanzt sie vor seinen Augen in einer Bar? Fragen über Fragen …«

Livia blätterte in ihrer Karte, ohne die Angebote wirklich

zu sehen. Er hatte ihr Gezappel im See also doch mitbekommen. Wie peinlich ihr das jetzt war! »So geheimnisvoll bin ich gar nicht.«

Alexander klappte seine Karte zu. »Hast du mir eben zugehört? Als ich über die Egel gesprochen habe?«

»Über diese Larven in deinem Vortrag? Ich bin erst gegen Schluss gekommen.«

»Sie haben eine geniale Überlebensstrategie. Die Egel nisten sich bei Wirten ein, in der Leber von Weidetieren, zum Beispiel von Schafen. Sie legen ihre Eier ab. Doch ein einziger Wirt genügt ihnen nicht. Die Larven gehen auf Wanderschaft.« Alexander blickte auf. Der Kellner stand neben ihrem Tisch.

»Haben Sie schon gewählt?«

»Was möchtest du, Livia? Ich kann dir die Tagliatelle mit Trüffeln empfehlen, die sind hervorragend.«

»Dann nehm ich die.« Sie legte ihre Karte weg, froh, sich nicht selbst entscheiden zu müssen. Alexander bestellte ein Entrecote mit Salat und eine Karaffe Rotwein.

»Wie geht es weiter mit den Larven?«, fragte sie.

»Du wirst staunen. Die Larveneier gelangen mit dem Kot der Schafe nach draußen. Schnecken, die diesen Kot fressen, dienen als Zwischenwirt, in ihnen reifen die Larven des Egels heran, wandern bis in die Atemwege und werden, in Schleimbrocken gehüllt, von der Schnecke ausgehustet.«

»Iiih«, machte Livia.

Er ignorierte sie. »Den Schleim wiederum fressen Ameisen, die zweiten Zwischenwirte des Parasiten. Und jetzt wird es richtig spannend.« Er nahm einen Schluck Prosecco. »Kaum haben die Ameisen die Larven gefressen, sind sie dem Tode geweiht. Sie verhalten sich wider ihre Natur. Normalerweise verstecken sie sich in ihrem Nest, wenn es Nacht wird. Aber diese befallenen Ameisen klettern auf Grashalme. Sie exponieren sich. Warum tun sie das? Der Leberegel ist in ihr Gehirn vorgedrungen und steuert ihr Verhalten. Sie sind so was wie Zombies.«

»Und auf den Grashalmen werden sie von den Schafen gefressen? Und der Zyklus geht von vorne los?«

»Du bist eine kluge Schülerin.« Alexander hob sein Glas und prostete ihr zu, seine blauen Augen leuchteten voller Spott.

Nora

Sie stellte die Flamme des Gasherds aus. Die Hähnchenfilets in der Pfanne waren längst durchgebraten und kühlten mit der Sauce ab, auf der sich eine glasige Haut bildete. Wo blieb nur Alexander?

Sie klopfte an Lukas' Zimmertür. »Lukas? Komm, das Essen ist fertig.«

»Keinen Hunger.«

»Ach, komm, ich hab Hähnchen mit Estragon gemacht, extra für dich.«

»Ich bin am Programmieren.«

»Du kannst doch nicht den ganzen Tag am Computer sitzen.«

Sie hörte, wie er den Schlüssel herumdrehte. Die Tür ging auf.

»Mama, du nervst echt. Ich muss das bis morgen fertig haben.«

»Machen wir einen Kompromiss, okay? Wir spielen eine Runde Tischtennis, damit du mal an die Luft kommst, bis dahin ist Papa hoffentlich da, und wir essen zusammen. Danach kannst du dich den Rest des Abends hinter dem Bildschirm vergraben.«

»Es ist stockdunkel draußen.«

»Wir machen den Fluter an.«

Er sah sie an, mit müden, glasigen Augen, und seufzte.

Schließlich schlug er gelangweilt den Ball über das Netz. Er gewann immer gegen sie. Auch Nora machte das Spiel wenig Spaß. Als sie wieder einen Ball verpasste, der bis in die hinterste Hofecke sprang, legte Lukas die Kelle ab. »Zehn zu eins. Du bist echt lahm, Mama.«

Nora hörte ein Auto heranfahren und bremsen. Das Hoftor öffnete sich, Alexander kam herein. Er war nicht allein. Livia war bei ihm.

»Hallo, Schatz.« Er kam und küsste Nora auf die Wange. Livia war stehen geblieben.

»Ich hatte früher mit dir gerechnet. Wir können gleich essen.«

»Danke, aber … ich hatte schon was.«

»Spielen wir 'ne Partie?«, fragte Lukas Livia.

»Okay, von mir aus«, gab sie nicht eben begeistert zurück.

»Livia hat mich abgeholt«, meinte Alexander zu Nora. »Und da ihr Magen so laut knurrte, waren wir noch schnell beim Italiener.«

»Ich hatte in der Nähe der Uni zu tun«, erklärte Livia und schob ihr Haar hinters Ohr, »und da dachte ich, ich schau mal, ob ich vielleicht Alexander finde und er mich mit zurücknehmen kann.«

»Ach so. Na, das hat dann ja prima geklappt.« Nora drehte sich um und ging ins Haus.

Zurück in der Küche, packte sie die Pfanne, öffnete mit dem Fuß den Mülleimer und wollte das Fleisch hineinkippen. Dann dachte sie an Lukas. Vielleicht würde er ja noch essen … Von draußen hörte sie seine und Livias Stimmen.

Alexander kam herein. Sie stellte die Pfanne mit einem Knall auf den Herd zurück. Sauce spritzte an den Küchenschrank.

»Du bist sauer.«

»Rate mal.« Sie wandte sich um und sah ihm in die Augen. Das Blau wirkte so klar wie ein Bergsee, bei dem man bis auf den Grund zu blicken meinte.

Ein ganzes Jahr lang war es gut gegangen. Sie hatten wieder mehr miteinander unternommen, waren in der Oper gewesen, im Kino, in Restaurants. Falls es Affären gegeben haben sollte, hatte sie nichts davon gespürt.

Er seufzte, nahm die Grappaflasche aus dem Schrank und goss sich ein Glas ein. »Möchtest du auch?«

»Nein, danke.«

»Im Moment rennt Livia mir nach wie ein Hündchen. Ich weiß wirklich nicht, was ich mit ihr machen soll.«

»Offenbar ist dir ja schnell was eingefallen.« Nora nahm die unbenutzten Teller vom Tisch und stellte sie in den Schrank zurück. Durchs Fenster wehte Livias Lachen herein. »Okay, drei zu eins für dich!«, rief Lukas.

Alexander lehnte an der Anrichte und ließ den Grappa im Glas kreisen.

Nora räumte einen Topf und Geschirr in die Spülmaschine und stellte sie an. In einem Rohr in der Mauer rauschte Wasser. Es kam im Verborgenen und verschwand nach dem Spülgang genauso ungesehen. Dinge spielten sich im Hintergrund ab, die Nora einfach nicht beachtete. Automatismen. Mit Alexanders Leben war es nicht anders. Sie bekam nur einen Bruchteil davon mit, und vor dem Rest verschloss sie die Augen. Und redete sich ein, dass alles in ihrer Ehe wieder in Ordnung war. Wie naiv sie sein musste.

Alexander kam näher, streckte den Arm nach ihr aus. »Was ist los, Nora?«

»Ich fühle mich eingesperrt hier auf dem Hof. Ich wünschte, ich wäre in der Stadt geblieben.«

»Das meinst du nicht ernst. Lass uns reden, ich kann dir alles erklären.«

»Ich möchte erst nachdenken.«

»Wie du meinst.«

Sie ging zum Fenster. »Vergiss nicht, dass morgen Marlis' Geburtstagsfeier ist. Das Essen beginnt um sieben. Falls du das einrichten kannst.«

Er lächelte müde. »Am späten Nachmittag habe ich Journal Club mit meinen Doktoranden. Aber das müsste klappen. Soll ich was besorgen, oder haben wir schon ein Geschenk?«

»Einen Vogelpavillon aus Akazienholz.«

»Tolle Idee.« Alexander stellte sein Glas in die Spüle. »Kommst du ins Bett?«

»Später.«

Nora blieb in der Küche und blickte hinaus in den Hof. Drüben bei Jo und Marlis war alles dunkel, aber der Fluter brannte noch, sie musste ihn ausschalten.

Plötzlich flog die Tür von Marlis' Küche auf, und Livia kam heraus, nur in T-Shirt und Slip. Ihr Haar war zerwühlt. Sie hievte ihren Aluminiumkoffer auf die Treppe und trat mit dem nackten Fuß nach ihm, sodass er die Stufen hinunterpolterte und liegen blieb. Sie beugte sich über das Geländer und erbrach sich auf Marlis' Schale mit Stiefmütterchen.

Nora lief hinaus. Livia starrte auf den Koffer, als wäre er mit Sprengstoff gefüllt.

»Was hast du? Was ist mit dem Koffer?«, fragte Nora. Sie nahm jetzt einen widerlichen Geruch wahr, der von ihm aufstieg.

Livia schüttelte sich vor Ekel. »Mach ihn nicht auf.«

»Was ist da drin?« Nora überwand ihren Widerwillen, klappte den Verschluss nach oben und hob den silberfarbenen Deckel.

Oben auf Livias weißer Unterwäsche, die zerwühlt und durcheinander war, lag eine Ratte. Ihre Augen waren grau und eingefallen, das Fell stumpf. Der Gestank nach Verwesung nahm Nora schlagartig den Atem. Übelkeit stieg in ihr hoch, sodass sie würgen musste. Sie trat ein paar Schritte zurück. »Wie kommt die da rein?«, fragte sie durch ihre Finger, mit denen sie sich die Nase zuhielt.

Livia schluchzte. Sie schien unter Schock zu stehen, außerstande, etwas zu sagen.

Nora streckte den Arm weit vor und ließ den Deckel zufallen. Die Ratte musste weg. Weg aus dem Koffer und weg vom Hof. Wo waren Johannes und Marlis? Warum sollte ausgerechnet sie das Problem lösen? Sie wollte sich nicht um Livia kümmern.

Trotzdem lief sie zum Schuppen, holte eine Handschaufel und einen Müllsack. Als sie zurückkam, stand Alexander da.

»Was ist los? Was riecht hier so?«

Livia schüttelte nur den Kopf, ihre Schultern bebten.

»Im Koffer liegt eine tote Ratte«, sagte Nora.

»Was?« Alexander nahm ihr die Schaufel aus der Hand. »Lass, ich mach das.«

»Alles stinkt danach. Das ganze Haus. Meine Sachen«, brach es aus Livia heraus. Sie begann wieder zu schluchzen.

»Bring sie ins Haus, gib ihr einen Schnaps«, sagte Alexander.

Nora nahm Livia mit in ihre Küche, goss ihr und sich selbst ein Glas Grappa ein. »Trink das.«

Livia kippte das Getränk mit einem Schluck hinunter und schüttelte sich.

Nora beobachtete durchs Fenster, wie Alexander den Koffer öffnete, die Hand vor Mund und Nase hielt. Er stülpte den Müllsack über die Ratte, ließ sie hineingleiten, knotete ihn fest zu und lief damit in Richtung der Mülltonnen.

Livia

Sie sah vom Gästezimmer auf den Hof hinunter. Auf der Wäscheleine trockneten bunt aufgereiht ihre Sachen. Sie hatte das Programm der Waschmaschine dreimal hintereinander laufen lassen, durch das runde Glasfenster auf die rotierende Trommel gestarrt. Dahinter weißer Schaum. Sie hatte den Dosierer überfüllt, alles roch nach Waschpulver und Weichspüler. Aber nur, solange sie in der Waschküche blieb. Sobald sie ins Haus oder nach draußen in die Wärme kam, hatte sie den Verwesungsgestank wieder in der Nase. Marlis und Johannes waren entsetzt gewesen, als sie am Morgen von der Ratte gehört hatten.

In Marlis' Schrank fand Livia eine Jeans, die ihr einigermaßen passte, und ein schlichtes T-Shirt, das einzige ohne Blümchen, Rüschen oder Spitzenapplikation. Zum Schminken oder Kämmen hatte sie keine Lust. Die Vorstellung, mit allen am Tisch zu sitzen und zu essen, war unerträglich. Diese Ratte hatte nicht zufällig auf ihrer Wäsche gelegen. Jemand hatte sie in ihren Koffer getan, um sie zu erschrecken. Jemand, der auf dem Hof wohnte.

Wer? Wer wollte ihr so etwas antun?

Sie sah Diana Wolf durch das Hoftor kommen, und der

Ärger über ihre Mutter stieg wieder in ihr hoch. Wie sollte sie reagieren, wenn die Nachbarin sie auf das Theaterprojekt ansprach? Diana Wolf wurde von einem fremden Mann begleitet. Er war älter als die Ärztin, etwas kleiner als sie, kräftig gebaut. Dunkelblondes, sehr kurzes Haar, ausgeprägte Geheimratsecken, die die hohe Stirn betonten. Dianas Freund? Livia sah die beiden nur für einen Moment, dann erreichten sie die Treppe zur Küche und verschwanden aus ihrem Sichtfeld. Am liebsten wäre Livia abgehauen, hätte sich irgendwo versteckt, weit weg vom Hof. Doch die Geburtstagsfeier ihrer Mutter konnte sie schlecht schwänzen.

»Livia!« Marlis rief schon nach ihr. Es ging los.

Ihre besorgte Stimme machte Livia noch wütender. Sie ging wieder zum Schrank und zerrte von ganz unten Marlis' alten grauen Trainingsanzug hervor. Er sah zerschlissen aus, der Stoff war ausgebeult und flusig. Sie zog ihn an. Sie hatte keine Lust mehr, Marlis' Vorzeigepüppchen zu spielen.

Sie warf einen Blick in den Spiegel, das hässliche Grau erinnerte sie an das Fell der toten Ratte. Ihre Haut wirkte fahl ohne Make-up, und auf der Jacke des Trainingsanzugs war ein Fleck. Der innen angeraute Stoff trug auf, richtig fett sah sie darin aus.

Draußen klapperten Absätze. Nora kam über den Hof, sie trug einen schwarzen, lässigen Hosenanzug und darunter eine pistazienfarbene Bluse.

Als Livia das Schlafzimmer verließ, traf sie Johannes im Flur. Erstaunt sah er sie an, von oben bis unten. »Kommst du nicht mit nach unten?«

»Doch, wieso?« Sie hörte selbst, wie schnippisch ihre Stimme klang. »Meine eigenen Sachen sind noch nass.«

»Das muss so schrecklich für dich gewesen sein. Aber wir finden raus, wer dir das angetan hat. Das verspreche ich dir.«

Johannes hatte ein Geschenk in der Hand, in knisterndes Seidenpapier eingeschlagen.

»Was ist das?«, fragte Livia.

»Eine Kette aus Aventurin-Steinen. Verleiht seinem Träger Mut, Ehrgeiz und Optimismus. Und hat angeblich eine beruhigende Wirkung. Marlis glaubt an so was.« Er grinste.

Livia war gespannt auf das Gesicht ihrer Mutter, wenn sie sie in dem Trainingsanzug sehen würde. Da konnte sie die beruhigende Wirkung der Steine gleich mal testen.

Gemeinsam mit Johannes ging Livia die Treppe hinunter. Marlis legte gerade letzte Hand an den festlich dekorierten Tisch, auf dem die Vorspeisen, Lachsquiche und Feldsalat, bereitstanden. Als Marlis ihre Tochter sah, wanderte ihr Blick an Livias Outfit herab, und sie sah genauso perplex aus, wie Livia es sich vorgestellt hatte, aber sie schwieg.

Johannes küsste Marlis und überreichte ihr das Geschenk.

»Was ist das? Ich bin so gespannt! Danke, mein Liebster.« Sie legte das Päckchen auf das Sideboard.

Livia goss sich und Johannes Sekt ein. »Stoßen wir an? Auf dich, Mama. Herzlichen Glückwunsch.«

Die anderen kamen dazu, die Gläser klangen aneinander.

»Das ist übrigens Boris Schmidt«, sagte Diana Wolf zu Livia.

Sie stellten sich vor. Livia hatte ihn schon in die Kategorie »Opa« abgespeichert. Nun betrachtete sie ihn aus der Nähe. Obwohl er bisher kaum etwas gesagt hatte, besaß er eine erstaunliche Präsenz. Rafael hatte sie geschult, körperliche und geistige Präsenz im Raum wahrzunehmen.

Boris wirkte verschlossen, aber eigentlich nicht schüchtern. Das Sektglas sah in seinen großen, kräftigen Händen sehr zerbrechlich aus. Seine Augen waren hellwach. Er beobachtete alles.

»Ich habe Boris überzeugt, den König Thoas zu spielen«, erklärte Diana Wolf. »Ihr beide werdet ja viel miteinander proben, deshalb dachte ich, ich bringe ihn mit, damit du ihn kennenlernst. Schließlich bekommst du im Stück einen Antrag von ihm.«

»Den sie aber leider ablehnt«, sagte Boris mit einem verschmitzten Lächeln. Es veränderte seine gesamte Ausstrahlung, das Distanzierte verschwand, außerdem löste er seine starre Haltung auf und lehnte sich lässig an den Kühlschrank. Ein anderer Typ stand nun da, er sah viel jünger aus.

Livia räusperte sich. »Da ist wohl leider ein Missverständnis passiert, ich kann bei den Proben gar nicht mitmachen.«

»Nicht? Ich dachte …« Diana Wolf blickte von Livia zu Marlis.

Marlis, die gerade eine neue Flasche Sekt öffnete, drehte sich zu ihnen um. »Livia, könntest du schnell ein Sixpack Bier aus dem Kühlschrank im Schuppen holen? Für die Männer.« Sie wandte sich Diana und Nora zu. »Für uns habe ich einen schönen Rosé zum Essen kalt gestellt.«

Livia schaltete den Fluter ein und ging über den Hof. Als sie auf dem Rückweg war, kam ihr Marlis entgegen und stoppte sie. »Tu mir das nicht an. Nicht heute, an meinem Geburtstag. Und dann noch vor Diana und diesem Boris.«

Livia zuckte mit den Achseln, doch es fiel ihr schwer, nach außen gleichgültig zu tun. »Da musst du durch. Du hast gegen meinen Willen zugesagt, dass ich da mitmache.«

»Aber ich wäre doch nie darauf gekommen, dass du das ablehnst. Ich kann es auch nicht verstehen. Du möchtest doch spielen. Du bist begabt. Das ist ein Klacks für dich. Ein Triumphzug.«

»Ich möchte nichts spielen.«

»Schau dir doch erst mal an, was die vorhaben. Gib ihnen eine Chance.« Marlis zog die Augenbrauen zusammen. »Du bist dir doch nicht etwa zu fein für eine Laiengruppe? Ist es das? Meinst du, du kannst dort nicht profitieren?«

»Mama, darum geht es mir nicht. Ich möchte nicht spielen, weil … weil ich Angst habe, dass ich es nicht kann. Erst recht nicht eine solche Hauptrolle.«

Marlis blickte sie fassungslos an. »Dieser Rafael ist schuld! Der hat dich total verunsichert. Statt dir die Selbstzweifel zu nehmen, wie es sich für einen guten Lehrer gehört, hat er sie noch verstärkt. Nun glaubst du gar nicht mehr an dich.« Sie stemmte die Hände in die Hüften. »Livia, mein Liebling, du hast das Talent. Vertrau mir doch bitte. Ich kenne dich. Du wirst die beste Iphigenie der Welt sein. Und wenn nicht, ist es doch nicht schlimm. Wer kriegt es denn schon mit? Die Leutchen aus Seesendorf. Du kannst es als Fingerübung betrachten, es ganz locker sehen.« Sie nahm Livia das Sixpack aus der Hand und sah sie beschwörend an. »Stell mich nicht vor denen bloß. Diana kennt jeden hier im Dorf. Sonst bin ich vor allen blamiert.«

Boris Schmidt trat hinaus auf die Treppe und zündete sich eine Zigarette an. Er blickte auf, entdeckte sie und winkte ihnen zu.

»Komm, lass uns reingehen.« Marlis sah noch mal an ihr herab. »Und kannst du nicht diesen grauen Lappen ausziehen?«

»Meine Sachen sind nass.«

»Dann nimm dir irgendwas aus meinem Schrank.«

»Hab ich doch gemacht.«

Marlis schüttelte den Kopf. »Was ist bloß mit dir los?«

»Mit mir? Gar nichts. Außer, dass mir jemand eine verweste Ratte in den Koffer gelegt hat.«

»Mein Armes, ich weiß ja, was für ein Schock das für dich war. Aber daran hab ich doch keine Schuld, also lass deine Laune nicht an mir aus.«

Livia folgte ihrer Mutter widerstrebend ins Haus. Lukas und Alexander waren inzwischen gemeinsam aus der Stadt angekommen.

»Hallo, Alex, hallo, Lukas. Setzt euch doch, ihr alle. Wir können essen.« Marlis rückte mit ihrem Stuhl an den Tisch.

Lukas lächelte Livia schüchtern an. Sie sah weg. Er hatte überall die Schlagfallen gegen Ratten aufgestellt. Hatte er ein totes Tier aus einer der Fallen geholt? Aber warum sollte er das machen? Niemand hatte einen Grund, ihr so etwas Gemeines anzutun.

Auch Diana Wolf suchte beim Essen ab und zu Livias Blick. Sie war feinfühlig genug, die Theaterproduktion nicht erneut zu erwähnen. Es war wieder Marlis, die darauf zu sprechen kam.

»Wann soll denn die Premiere von deiner Inszenierung sein, Diana? Ich bin schon jetzt so gespannt.«

»Am zwanzigsten September. Ich habe den Saal reserviert. Die Zeit ist recht knapp, aber ich hoffe, wir können manche Szenen auch tagsüber proben. Boris, geht das bei dir eigentlich an jedem Tag?«

»Ich bin flexibel.«

»Toll, dass du das so einrichten kannst.«

»Was machst du denn beruflich, Boris?«, wollte Marlis wissen.

»Zurzeit habe ich frei.« Er blickte sie abweisend an. »Ich bin für eine Weile beurlaubt.«

»Ah so«, meinte Marlis, sichtlich irritiert, fragte aber nicht weiter.

Livia hatte keine Idee, was sich hinter der kryptischen Antwort verbergen könnte. Es fiel ihr schwer, sich seinen Beruf vorzustellen. Er sah nicht aus, als würde er irgendwas Langweiliges machen.

Nora stand auf und sammelte die Vorspeisenteller ein. Livia half ihr. Gemeinsam trugen sie das Geschirr um die Ecke in die Küche. Marlis folgte ihnen.

»Bleib du doch sitzen«, sagte Nora, »wir schaffen das schon.«

»Wie lieb von euch. Passt auf, für den Hauptgang möchte ich diese Teller hier nehmen.« Marlis öffnete einen Schrank und holte einen Stapel heraus.

»Dieser Boris tut ja sehr geheimnisvoll«, raunte sie dann. »Angeblich ist er Schriftsteller. Das hat mir die Postbotin erzählt. Sie sagt, er bestellt sich bergeweise Bücher und lässt sich besonderes Papier liefern. Na ja, bei Gelegenheit werde ich Diana mal ausquetschen. Ich muss doch wissen, mit wem meine Kleine es da zu tun haben wird.«

»Ich habe keinen Deut mit ihm zu tun«, entfuhr es Livia. Wenn sich ihre Mutter etwas in den Kopf gesetzt hatte, ging sie über Leichen. Sie sah Marlis wütend an. »Wie neugierig du immer bist. Das geht dich doch überhaupt nichts an.«

»Ich bin meiner Tochter peinlich, musst du wissen«, sagte Marlis zu Nora.

»Wie wär's, wenn ihr versucht, euren Streit auf später zu verschieben?« Nora hatte die Teller nebeneinandergestellt und auf jeden ein Lammfilet und einen Löffel voll Kartoffelgratin verteilt. »Wo soll die Sauce hin, Marlis? Nur über das Lamm oder auch auf das Gratin?«

»Nur auf das Fleisch, bitte. Livia, leg überall etwas von den glasierten Möhren dazu, als Farbtupfer.«

Einen Moment hantierten sie schweigend, und Marlis dekorierte noch jeden Tellerrand mit Petersilie und gehackten Pistazienkernen.

Livia hatte unbändige Lust, irgendetwas an die Wand zu schmeißen. Etwas kaputt zu machen. Diese Selbstgefälligkeit! Sie kannte ihre Mutter. Sie gab keine Ruhe. Weil sie davon ausging, dass Livia es nicht wagte, sich gegen sie aufzulehnen. Aber heute würde sie sich noch wundern. Livia ließ den leeren Gemüsetopf mit einem Knall in die Spüle fallen.

Marlis warf ihr nur einen stummen Blick zu: *Reiß dich zusammen.* Sie nahm zwei Teller und ging in Richtung Esstisch. Nora folgte ihr mit zwei weiteren Portionen. Livia stellte die zwei, die sie schon in die Hände genommen hatte, wieder ab. Sie konnte nicht zurück an den Tisch. Jeder würde ihr ansehen, wie wütend sie war.

Es dauerte nur einige Augenblicke, bis Marlis rief. »Livia, komm doch endlich!«

Sie starrte auf die Teller, die sie schief gehalten hatte, Sauce war quer über den Rand gelaufen. Das sah nicht schön aus. Das würde ihre Mutter nicht akzeptieren. Livia nahm den Servierlöffel und zermatschte das Gratin und die Möhren zu einem unansehnlichen Brei. So! Das war ihr persönlicher Kommentar zum Inszenierungswahn ihrer Mutter.

Nora

Zwei Teller fehlten noch. Was machte Livia so lange in der Küche?

»Fangt an, es wird doch kalt.« Nora stand auf und ging zurück zu ihr. Sie lehnte am Kühlschrank. In dem ausgebeulten Trainingsanzug, die Flasche Bier in der Hand, die sie jetzt an den Mund setzte, ungeschminkt und mit diesem düsterem Gesicht wäre sie unter Obdachlosen auf irgendeiner Parkbank nicht weiter aufgefallen. Wie verwandlungsfähig sie war. Von der Diva mit wilder Langhaarmähne und minikurzem Rock zur hoffnungslosen Existenz. Waren das alles nur Rollen, die sie spielte?

Livia sah nicht auf, als Nora hereinkam.

»Was ist los?«

Livia schüttelte nur den Kopf und verschränkte die Arme, die Bierflasche presste sie gegen ihre Brust.

Noras Blick fiel auf die Teller. Ein Haufen gelbbrauner unansehnlicher Matsch. »Bist du verrückt? Was hast du gemacht?« Livia war egoistisch und verzogen. Jetzt überspannte sie den Bogen. Warum ließ sich Alexander auf so jemanden ein? Beinahe hätte Nora laut aufgelacht. So ein Gör konnte nicht ernsthaft eine Gefahr für ihre Ehe sein. »Hol neue Teller aus dem Schrank.«

Livia machte keine Anstalten, sich zu bewegen.

»Warum bist du so bockig? Wegen Marlis? Wegen dieser Theatersache?«

Livia nickte mit zusammengekniffenen Augen.

Nora seufzte. Ein wenig konnte sie sie sogar verstehen. Sie selbst fühlte sich von Marlis auch oft überrumpelt. Da halfen nur klare Ansagen. *Das will ich. Das will ich nicht.* Aber wie sollte Livia sich wehren können, wenn sie das nie gelernt hatte? Wenn sie von klein auf von Marlis manipuliert worden war?

Livia warf den Kopf in den Nacken. »Sagst du jetzt auch, ich soll mich zusammenreißen? *Sei ein braves Mädchen, Livia, hör auf deine Mutter, verdirb ihr nicht den schönen Abend!* Das willst du sagen, oder?«

Nora schloss die Küchentür. Dann sah sie Livia an. »Das sage ich nicht. Aber es ist nicht der richtige Moment für ein Mutter-Tochter-Drama.«

»Immer bestimmt sie, wo es langgeht. Über meinen Kopf hinweg. Ich will die Iphigenie nicht spielen. Interessiert das hier jemanden? Nein. Ich soll gute Miene machen und charmant lächeln. *Meine reizende kleine Tochter. So schön und begabt.* Ich könnte kotzen.«

Die Tür öffnete sich, und Johannes steckte den Kopf herein. Irritiert blickte er von Nora zu Livia. »Was ist? Kommt ihr?«

Nora nickte. »Sofort. Wir sind gleich da.«

Er zog die Tür wieder zu.

»Mach ihr deinen Standpunkt klar. Aber später. Wenn ihr allein seid.«

Livia stellte mit einer trägen Bewegung die Flasche auf den Küchenschrank, schob sie dann hin und her, als wäre sie eine Schachfigur. Sie blickte an sich hinunter und verzog den Mund. »Ich komm mir vor wie eine Pennerin.«

»Ehrlich gesagt, siehst du auch so aus.«

»Kann ich mir von dir was leihen?«

Nora zögerte. »Wir müssten ungefähr eine Größe haben.« Sie bereute den Satz schon, während sie ihn aussprach. Sie mochte die Vorstellung nicht, dass Livia ihr Schlafzimmer betrat. Da, wo sie neben Alexander schlief. Dass Livia in ihren Sachen herumstöberte. »Ich geh rüber und hol dir was.«

»Danke, das ist so nett von dir«, sagte Livia.

Nora lief in ihre Wohnung, die Treppe hoch und ins Schlafzimmer, schaltete die Deckenlampe ein. Sie öffnete die beiden Schranktüren, schob die Bügel mit ihren teuren Anzügen, die sie früher auf Geschäftsreisen getragen hatte, beiseite, auf der Suche nach irgendeinem Sommeroutfit, das Livia anziehen konnte.

Sie strich kurz mit den Fingern über die kühle Seide ihres Lieblingskleides. Sie hatte es lange nicht angefasst. Hatte sogar vermieden, es anzusehen. Sie zog den Bügel heraus. Der blaue Stoff schimmerte edel. Sie hatte es an dem Abend getragen, als sie Alexander zum ersten Mal begegnet war. Es war auf einer Vernissage in einer renommierten Galerie gewesen, in der Nora damals gejobbt hatte, noch während des Studiums. Eine gemeinsame Bekannte hatte Alexander mitgebracht. Wie er sie angesehen hatte …

»Das ist ja traumhaft schön.«

Nora erschrak und fuhr herum.

Livia stand in der Schlafzimmertür. »Entschuldige, ich wollte dich nicht erschrecken. Was ist das für ein tolles Kleid?«

»Das ist schon alt.« Noras Stimme klang belegt.

»Aber es ist zeitlos schön. Ist das ein Designerstück?«

»Jil Sander.«

Livia nickte bewundernd. »Du siehst bestimmt toll darin aus.«

»Früher … ja.« Nora hängte das Kleid zurück und schloss hastig die Schrankseite.

Livia beobachtete sie, etwas Lauerndes im Blick. »Hab ich was Falsches gesagt?«

»Nein, keine Sorge.« Nora wollte, dass Livia wieder verschwand. Sie zog aus der anderen Schrankhälfte ein paar Sommerkleider heraus und warf sie aufs Bett. »Hier, die könnten dir passen. Oder einer der Röcke hier … oder sonst … ach, nimm, was dir gefällt. Da oben liegen noch Pullover.«

»Nora?« Livia nahm eins der Kleider, trat vor den Spiegel und hielt es vor sich. »Warum arbeitest du eigentlich nicht mehr in deiner Galerie?«

Nora drehte sich zu ihr um. »Ich muss eine Weile pausieren.«

»Mama sagte, du seist krank geworden?«

Nora wich Livias Blick nicht aus. »Das stimmt.«

»Ich hoffe, dass du bald wieder einsteigen kannst«, meinte Livia, und es klang aufrichtig. »Du hast so einen spannenden Beruf.«

Nora sah zum Fenster, suchte einen Punkt in der Ferne, an dem ihre Augen Halt fanden, aber die Wolken verformten sich, und die Baumwipfel schwankten im Wind.

Kronos … Ein Bild in ihrem Kopf, Kronos in irgendeinem Kaff in Südfrankreich, in seinem Atelier, das sie ihm bezahlt hatte, damit er weitermalte und nicht in den Bars herumhing. Zunächst sah alles so gut aus. Er arbeitete, es existierten über zwanzig Bilder, die Nora für das Beste hielt, was der Markt seit Jahrzehnten zu sehen bekommen hatte. Sie buchte einen Stand auf der Biennale de Lyon, sie lud den Großsammler Alejandro Serrat ein, es kostete unendliche Geduld, unzählige E-Mails und Telefonate mit seiner persönlichen Assistentin. Schließlich siegte Nora. Serrat willigte ein, wegen Kronos nach Lyon zu fliegen. Nora feierte innerlich schon den größten Coup, den sie je gelandet hatte. Serrat würde ihren Künstler entdecken. Der Beginn einer wahnsinnigen Karriere. Unter ihrer Obhut. Dann kam der Schock. Kronos weigerte sich, ins Flugzeug zu steigen. Und er lehnte es ab, auch nur ein einziges Bild auszustellen.

Sie flog zu ihm. Er hockte in seinem Steinhaus, selbst unbeweglich und grau wie ein Felsbrocken. Versteinert aus Angst vor dem Erfolg. Nora reiste zu Serrat nach Madrid, telefonierte, erklärte, gab Versprechungen ab, an die sie selbst nicht mehr glaubte. Abends wollten sie zusammen essen, er sagte kurzfristig ab. Und Nora wusste, dass sie ihm nie mehr jemanden zu empfehlen brauchte.

Eine Blamage, eine Demütigung. Irreparabel. Sie konnte nicht mehr schlafen. Gisa zweifelte an ihr, das war deutlich zu spüren. »Hoffentlich bist du schnell wieder auf dem Damm.« Ihre Stimme war voller Mitgefühl. Doch ihr Blick verriet sie. *Mir wäre das nicht passiert.*

»Steht mir die hier?«, fragte Livia. Sie hatte eine schwarze, enge Bluse von Nora angezogen und drehte sich vor dem Spiegel.

Noras Wut flammte wieder auf. Livias makelloses Gesicht, diese glatte Fassade, diese Naivität! Als ob es irgendwen auf dieser Welt interessieren würde, was Prinzessin Livia heute Abend anzog! Sie war nur auf sich selbst fixiert. Ob sie eine Vorstellung davon hatte, wie hart das Leben in einem künstlerischen Beruf sein konnte? Wie viele Enttäuschungen auf sie zukamen? Welche Erniedrigungen?

»Warum willst du eigentlich auf die Bühne?«, fragte Nora, und ihre Stimme klang härter, als sie es beabsichtigt hatte. »Was denkst du, was dich erwartet? Glamour, rote Teppiche, die sich vor dir ausrollen? Glaub mir, die Realität sieht anders aus.«

»Ich weiß das!«

Nora entdeckte, dass Livias Augen glitzerten. Waren das etwa Tränen? O nein, nicht auch noch das.

»Ich kann nicht zurück nach München«, stieß Livia hervor.

Nora war alarmiert. Was sollte das bedeuten? Sie war davon ausgegangen, dass Livia bald wieder abreiste. »Wie meinst du das?«

Livia warf ihr Haar nach hinten. Falls da Tränen gewesen waren, hatte sie sie verschwinden lassen. »Nicht so wichtig.«

»Hast du Probleme?«

»Vergiss es. Du hältst mich ja sowieso für naiv.« Ihr Gesicht war wieder verschlossen, die Risse in der Fassade geglättet, die makellose, perfekte Oberfläche wiederhergestellt. »Du musst nicht auf mich warten. Geh ruhig schon vor. Ich zieh rasch noch einen Rock über und komme nach.«

»Gut.« Nora wandte sich endgültig ab. »Dann bis gleich.«

Als Nora zurück an den Esstisch kam, hatten die anderen längst aufgegessen. Der Hauptgang war abgeräumt.

Nora setzte sich auf ihren alten Platz neben Marlis und nahm ihr Weinglas.

»Wo warst du so ewig?«, fragte Marlis. »Wo steckt Livia?«

»Sie zieht sich um.«

»Das wurde allerdings Zeit. Aber euer Essen ist kalt!«

»Das kann man ja gleich noch aufwärmen.«

Alexander stand auf, ging zur Anlage und legte eine neue Musik auf. Es war eine von Johannes' modernen Jazz-CDs, Töne purzelten aus den Boxen wie aus einem Wasserfall. Ein Saxofon schraubte sich in kleinen Kapriolen hoch, atemlos. Nora wurde ganz nervös davon.

Die Küchentür flog auf, schlug gegen die Wand, ein Windstoß drang ins Esszimmer.

Alexander blickte zum Fenster. »Gleich gibt's 'n Gewitter.«

»Die Tür zum Hof muss aufgegangen sein«, sagte Marlis.

»Ich seh mal nach.« Nora stand auf und ging in die Küche. Marlis hatte richtig vermutet. Es stürmte. Nora zog die Tür fest zu und sah durchs Fenster nach draußen.

Über den Hof, der von dem kühlen Licht des Fluters erleuchtet war, schob sich eine dunkle Wolkenwand. Ein Stück Zeitung wehte vorbei, an Marlis Werkstatt klapperten die Fensterläden, und ein Kissen fiel von der Sonnenliege auf den Boden.

Schräg gegenüber öffnete sich ihre eigene Haustür, und Livia trat heraus. Sie trug das blaue Kleid. Nora spürte ihren Herzschlag, schnell und hart.

Wie konnte sie …!

Das Kleid sah aus, als wäre es für Livia geschneidert worden. Nora hatte es früher mit Silberschmuck kombiniert und dazu hohe, silberne Pumps getragen. Livia wirkte darin wie eine Elbenkönigin aus einem Fantasyfilm. Der Wind zerrte an dem leichten Rock, während sie, mit kleinen weichen Schritten, auf Ballerinas näher kam. Sie hatte ihr Haar hochgesteckt. Kein Schmuck, keine Schminke, nur ihre blasse Haut und der kalt schimmernde Stoff.

Noras Wut wurde immer heftiger. Irgendeine Bluse, irgendein Kleid, Livia hätte sich alles aussuchen dürfen, aber nicht dieses!

Es ist nur ein Kleid, mach doch kein Drama daraus! Woher soll Livia denn wissen, was es dir bedeutet?, flüsterte eine andere, vernünftige Stimme in ihrem Kopf.

Sie weiß es! Ganz genau!

Du bist hysterisch. Beruhige dich doch. So kannst du ihr nicht begegnen.

Nora stürzte aus der Küche, kurz bevor Livia hereinkam, lief durch den Hausflur und schloss sich in der Gästetoilette ein. Sie versuchte, ruhig zu atmen. Es war unverschämt und übergriffig von Livia, aber, nein, ein Drama war es nicht. Sie war ein verwöhntes Mädchen, das sich einfach nahm, was ihm gefiel. Das war alles. Sie war nicht bösartig, sondern einfach nur gedankenlos.

Nora wartete, bis sie spürte, dass sie sich wieder im Griff hatte. Als sie ins Esszimmer zurückkam, saß Livia am Tisch. Johannes und Lukas verfolgten jede ihrer Bewegungen. Nora nahm ihren Platz wieder ein, trank Wein und beobachtete Alexander. Dachte er an den Abend, als er sich in Nora verliebt hatte? Oder würde seine Erinnerung von jetzt an von Livias Anblick überlagert sein?

Er öffnete gerade eine neue Flasche, konzentriert auf das, was er tat, schnupperte an dem Korken, goss sich einen Probierschluck ein.

»Da hast du dich aber hübsch gemacht, Liebes.« Marlis wirkte etwas perplex. Sie kniff die Augen zusammen.

Livia drehte grazil den Kopf zu ihr. »Danke.« Sie trat hinter Johannes und legte ihm eine Hand auf die Schulter. »Möchtest du noch ein Bier?« Ihre Stimme klang verändert. Dunkler.

»Gern … warum nicht.«

»Ich hol dir eins.« Livia berührte auch mit der anderen Hand seine Schultern, dann drückte sie sanft zu, als würde sie ihn massieren. Johannes legte den Kopf ein wenig in den Nacken.

»Noch jemand was aus der Küche? Alexander?«

Alexander blickte nur kurz auf. »Nein, danke, ich bleib beim Wein.«

»Gut.« Sie drehte ab in die Küche, setzte jeden Schritt bewusst, mit einem dezenten, eleganten Hüftschwung. Was auch immer sie da lernte auf dieser Schauspielschule, diese Lektion hatte sie begriffen. An der Tür angekommen, warf sie einen Blick zurück, als überprüfte sie die Wirkung ihres Abgangs. Doch außer Nora blickte nur Lukas ihr noch immer hinterher. Boris Schmidt unterhielt sich mit Diana und Johannes. Marlis saß mit starrer Miene da.

Livia kam mit zwei Bierflaschen zurück, stellte eine vor Johannes auf den Tisch. Dann setzte sie sich neben ihn.

»Ist das nicht Noras Kleid?«, fragte Alexander.

»Ja. Meine Sachen sind ja noch nass.«

»Du siehst jedenfalls umwerfend aus«, sagte Johannes.

»Danke. Findest du wirklich?« Livia schenkte ihm ein schüchternes Lächeln.

Nora war sicher, dass sie es genau für solche Momente vor dem Spiegel einstudiert hatte. Bevor Johannes antworten konnte, schlug Marlis mit dem Ende ihrer Gabel gegen ihr Glas. Alle wandten sich ihr zu. »Es gibt etwas, was ich euch erzählen möchte. Eine Überraschung. Ich habe mir einen Kindertraum erfüllt und mir selbst ein Geburtstagsgeschenk gemacht.« Sie legte eine Spannungspause ein.

»Nun sag schon«, warf Johannes ein.

»Ich habe mir ein Pferd gekauft.«

Alle sahen sie überrascht an.

»Seit ich wusste, dass wir aufs Land ziehen, hat mich die Idee nicht mehr losgelassen. Es ist eine vierjährige dunkelbraune Stute, sie heißt Circe.«

»Ja, aber kannst du denn reiten?«, fragte Johannes.

Marlis strahlte. »Ein bisschen, von früher. Aber jetzt lerne ich es richtig. Ich nehme Unterricht.«

»Herzlichen Glückwunsch, das sind ja Neuigkeiten«, sagte Nora. »Wo bringst du es denn unter?«

»Nebenan, bei Dierks. Ich hab ihn gefragt, und er hat nichts dagegen.«

Alexander runzelte die Stirn. »In diesem Chaos da drüben? Na, ich weiß nicht. Nicht, dass du deine Circe irgendwann in Beutel verpackt in seiner Gefriertruhe findest.«

»Alexander!« Marlis goss sich Rosé nach.

Doch Nora pflichtete ihm innerlich bei, sie wäre ebenso wenig auf die Idee mit Dierks' Hof gekommen, er war ein so düsterer Typ. Und dann dieses gestörte Mädchen …

Auch Diana Wolf sah skeptisch aus. »Norbert hat die meisten Tiere abgeschafft, als seine Frau starb. Bis auf die Hühner und ein paar Schweine. Er wirkt auf mich ganz schön überfordert.«

»Das Füttern und Pflegen werde ich selbstverständlich selbst übernehmen«, sagte Marlis. »Ich brauch ja bloß die Box. Und ein Stück Weide hinter dem Hof.«

Livia und Lukas waren die Einzigen, die bisher nichts zu dem Thema gesagt hatten. Lukas tippte etwas in sein Smartphone.

Kurz danach machte es »Pling«, irgendwo in der Nähe. Livia griff nach ihrem Handy, blickte kurz darauf. Sie warf Lukas einen irritierten Blick zu. Das konnte kein Zufall sein. Lukas hatte *ihr* geschrieben. Nora schaute schnell wieder weg, um nicht als Beobachterin erkannt zu werden.

»Wann willst du mit den Proben starten, Diana?« Livia legte eine Extraportion Rauch auf ihre Stimmbänder. »Kann ich den Text möglichst schnell von dir bekommen?«

Nora sah, wie Marlis sich umwandte, eine Mischung aus Erstaunen und Missbilligung im Blick. Das war eine interessante Entwicklung. Eigentlich musste sich Marlis freuen, dass Livia nun so bereitwillig in die Theaterproduktion einstieg. Aber jetzt stahl Livia ihr die Show, und das war ihr sicher auch nicht recht.

»Du hast es dir überlegt?« Diana Wolf strahlte. »Na, sobald die Besetzung feststeht, können wir anfangen. Von mir aus gleich morgen.«

Boris Schmidt nickte. »Fehlt nur noch Orest.«

»Den könnte ich übernehmen«, sagte Lukas.

Livias Kopf fuhr zu ihm herum.

»Du?« Nora sah ihn überrascht an. Ihr Sohn, der sich ausschließlich für Computersoftware begeisterte, wollte freiwillig in einer Theatergruppe spielen? Er musste sich ernsthaft verliebt haben.

»Das ist ja großartig. Eine tolle Idee. Danke, Lukas«, sagte Diana. »Damit sind wir komplett.«

Sie verabredeten sich zu einer ersten Besprechung für den nächsten Nachmittag, Lukas sollte nach Schulschluss dazustoßen.

»Komm doch nachher kurz mit in die Praxis, Livia, dann mache ich eine Textkopie für dich«, schlug Diana vor. »Ich freu mich wirklich, dass du mitmachst.«

Livia neigte den Kopf, huldvoll wie eine Königin. »Sehr gern.« Sie stand auf, nahm ihre Zigaretten, streifte mit dem Arm im Vorbeigehen Johannes' Rücken.

»Du willst raus?«, fragte er. »Es regnet doch.«

»Ich stell mich ja unter.«

»Los, setzen wir uns doch rüber ins Wohnzimmer, da ist es bequemer«, sagte er in die Runde. Er trat neben Marlis, die das Geschirr aufeinanderstapelte, um es in die Küche zu tragen. »Warte, ich helf dir.«

Sie sah ihn nicht an, ihr Gesicht war angespannt.

Lukas setzte sich breitbeinig in einen Sessel. Nora überließ Diana und Boris Schmidt das Sofa, sie zog sich einen Stuhl vom Esstisch herüber. Alexander nahm auf dem zweiten Sessel Platz.

Nora hörte Marlis' und Johannes' Stimmen aus der Küche. Sie verstand nicht, was sie sagten, aber sie klangen verärgert. Johannes kam zurück, er lächelte, doch das fröhliche Gesicht wirkte aufgesetzt.

»Pass ich noch neben euch?«, fragte er Diana, die daraufhin ein bisschen näher zu Boris Schmidt rückte, sodass Jo in der Sofaecke Platz fand.

Livia kam zurück, schlenderte zu Johannes, hockte sich auf die Lehne des Sofas. »Geht das, oder störe ich dich?«

»Kein Problem.»

Sie ging auf Tuchfühlung, ihre Schulter an seiner. Sie beugte sich seitlich über ihn zu Boris.

»Hast du dich mit deiner Rolle schon beschäftigt?«, fragte sie.

Er grinste. »Ich hab angefangen, den Text zu lernen. Das wird ein harter Brocken für einen alten Kerl wie mich.«

»Es gibt Techniken, mit denen es leichter fällt. Ich bring sie dir gern bei.«

»Engagiert doch eine Souffleuse«, warf Alexander ein. »Da müsste sich im Dorf doch jemand auftreiben lassen.«

»Wir sind bisher immer ohne klargekommen«, sagte Diana. »Was mir mehr Sorgen macht, ist die Bühne. So, wie es mir vorschwebt, brauchen wir fast keine Ausstattung, allenfalls ein paar Requisiten, aber die Podeste, auf denen wir spielen, sind ziemlich wackelig. Eines ist sogar kaputt.«

»Da kann ich sicher helfen«, sagte Johannes. »Ich hab Werkzeug im Schuppen, und mit Holz kann ich umgehen. Du musst nur Bescheid sagen.«

Nora beherrschte sich, um nicht laut loszulachen. Nun reichte es langsam mit dem Theaterengagement auf dem Hof. »Alex, willst du nicht auch noch mitmachen? Soweit ich weiß, gibt es noch mehr Rollen in der *Iphigenie*.«

Diana blickte sie irritiert an.

Alex lächelte spöttisch. »Nora, ich hatte ganz vergessen, dass du da bist. Hast du heute schon irgendwas gesagt?«

»Mir genügt es, euch zuzuhören. Das ist ziemlich amüsant.«

»Nora hat recht, und ich hab auch schon ein ganz schlechtes Gewissen«, meinte Diana. »Ich kann hier nicht alle einspannen. Und du hast doch sicher viel Stress im Job, Johannes.«

»Ist völlig okay. Wenn ich den ganzen Tag am Schreibtisch gesessen habe, packe ich gern abends mal mit an.«

Nora spürte, dass er es vermied, sie anzusehen.

Mit einer grazilen Bewegung verlagerte Livia ihr nacktes Bein so, dass es Johannes' Jeans berührte. Er griff nach seinem Bier und trank einen großen Schluck.

Nora hatte auch Lukas beobachtet. Sein Blick klebte an Livia, sein Gesicht war gerötet. Nora kannte ihn gut genug. Er stand unter Hochspannung. Warum zog Livia diese Show mit Johannes ab? Wen wollte sie damit beeindrucken?

Nun tat Lukas so, als müsste er gähnen. »Ich geh ins Bett.«

»Lukas?« Nora hätte gern etwas gesagt, ihm gezeigt, dass sie ihn verstand, aber das ging nicht vor allen anderen. »Schon gut. Bis morgen.«

»Klar, gute Nacht.« Beim Rausgehen schwankte er leicht.

Marlis übernahm seinen Sessel. Sie saß Livia nun genau gegenüber. Nora bemerkte, dass sie ihre Tochter keine Sekunde aus den Augen ließ. »Morgen kann ich Circe endlich abholen, Johannes, dann brauch ich dein Auto, um den Transporter zu ziehen. Kannst du früher Schluss machen und mit mir hinfahren? Circe steht nördlich von Potsdam auf einem Reiterhof.«

Livia streifte mit ihrem Unterschenkel an Johannes' Bein entlang und zog sich zurück. Sie schlug die Beine übereinander.

»Johannes?« Marlis' Stimme war scharf. »Ich hab dich was gefragt.«

»Das Auto? Klar, wenn du willst, kannst du es morgen nehmen.«

Marlis warf ihm einen wütenden Blick zu.

Nora nahm die Packung mit Schlaftabletten aus dem Apothekenschränkchen an der Küchenwand und spülte eine Kapsel mit einem Schluck Wasser hinunter. Ohne Tablette brauchte sie sich erst gar nicht hinzulegen. Sie war gerade auf dem Weg nach oben, als Alexander hereinkam, sie hörte, wie er den Kühlschrank öffnete.

»Nora?«, rief er.

Sie blieb stehen, einen Fuß auf der Treppe.

Er kam um die Ecke. »Willst du schon ins Bett?«

»Ich bin müde. Und froh, dass der Abend vorbei ist.«

»Läufst du vor mir weg?« Alexander zog einen Korken aus einer Flasche, Nora hörte die Schranktür, Gläser klangen aneinander.

»Das ist schwierig, wenn man unter einem Dach lebt.«

»Gib mir eine Chance. Ein Glas Sauternes.«

»Wozu? Wir haben eine Menge getrunken.«

»Nicht genug. Komm her, bitte.«

Sie ging langsam zurück ins Wohnzimmer. Er reichte ihr ein Glas, setzte sich. Nora blieb stehen, lehnte sich an den Kamin.

Er nahm genussvoll einen Schluck und betrachtete sie aufmerksam. »Was war das für eine Vorstellung, die Livia da vorhin gegeben hat? Warum hast du ihr dein Lieblingskleid geliehen?« Er zündete die Kerze auf dem Tisch an. Ihr Schein erhellte den Radius, in dem er saß. Die Schatten ringsum verdichteten sich, saugten alles Dunkel in sich auf.

Nora stieß Luft durch die Nase aus. »Sie hat es sich einfach genommen. Sie wusste genau, dass es mir nicht recht war, aber das war ihr egal.«

»Tja, man darf sie nicht unterschätzen. In Wirklichkeit ist Livia niemals etwas egal.« Alexander lehnte sich zurück. »Sie wollte heute Abend etwas demonstrieren. Sie hat Botschaften verteilt. An dich, an Marlis. An Johannes und an mich. Sie nistet sich in unseren Köpfen ein.«

Nora schüttelte langsam den Kopf. Das hörte sich krank an. Gestört. Vielleicht war Livia ja gestört. Nora wollte sich nicht in sie hineindenken. Und schon gar nicht mochte sie sich vorstellen, dass Alexander so etwas gefiel.

»Diese Ratte in ihrem Koffer ist ihr nicht gut bekommen«, sagte er.

Nora zögerte. »Lukas hat die Fallen aufgestellt. Aber er würde doch niemals …« Ihr fiel die Nachricht ein, die er an Livia geschrieben hatte. »Oder was denkst du?«

Alexander schwieg.

»Ich finde, er ist besonders schräg drauf, seit er bei diesem Computerkunstprojekt mitmacht und nur noch programmiert«, sagte sie. »Ich glaub, er raucht auch wieder Hasch.«

Sie ärgerte sich, dass Alex nicht reagierte. Um Probleme mit Lukas durfte sie sich allein kümmern. »Und jetzt dieses Theaterstück. Da macht er nur wegen Livia mit.«

»Ist mir klar.«

Nora verkrampfte sich. Alles auf diesem Hof drehte sich um Livia. Alexander schien sie zu durchschauen, aber um das zu können, musste er sich in sie eingefühlt haben. Marlis war sowieso auf ihre Tochter fixiert, Johannes' Blicke klebten an ihr, Lukas schwärmte für sie. Diana Wolf und ihr Theaterfreund sahen in ihr schon die Hauptdarstellerin.

Alexander verzog den Mund. »Dass Jo sich von ihr vorführen lässt wie ein Bär an der Kette! Sie will nicht das Geringste von ihm. Das macht sie nur, damit ihre Mutter eifersüchtig wird.«

»Oder Lukas. Oder dich.« Nora stellte ihr Glas ab. »Weißt du, was ich glaube?«

»Was?«

»Dass sie erst wieder verschwindet, wenn wir uns alle ihretwegen an die Kehle gehen.«

»Nora, hör auf damit!« Er stand auf und war mit einem Schritt nah bei ihr. »Livia hat nur so viel Macht, wie wir ihr zugestehen. Und etwas kaputt machen kann sie nur, wenn wir sie lassen.« Er nahm ihr Gesicht in beide Hände, küsste ihre Stirn. »Lass es nicht zu. Um unseretwillen.«

»Ich? Du bist derjenige, der sich von ihr um den Finger wickeln lässt.«

»Sie spielt Parasit.« Alexander nahm einen Schluck, schloss kurz die Augen. »Sie will, dass wir uns mit ihr beschäftigen. Wir sollen willenlose Zombies sein, die nach ihrer Pfeife tanzen.«

»Dein Spezialgebiet.«

Alexander verzog spöttisch den Mund. »Ja! Ihre Überlebensstrategie interessiert mich, ungefähr so wie die einer Leberegellarve.«

Es klopfte an der Hoftür.

»Ich geh schon«, sagte er.

Von draußen hörte Nora Livias Stimme, den rauchigen Unterton. Er brachte sie mit ins Zimmer.

»Nora? Livia möchte dich sprechen.«

Sie hatte sich wieder den Jogginganzug übergezogen und war barfuß. Ihre Augen wirkten verquollen. Hatte sie geweint? Sie hielt das blaue Kleid auf einem Bügel in der Hand. »Es tut mir leid, dass ich es angezogen habe. Ich hab nicht nachgedacht. Ich fand es einfach so wunderschön.«

»Ich glaube schon, dass du nachgedacht hast«, sagte Nora kühl.

Livia wich ihrem Blick aus. »Ich … ich könnte es auf jeden Fall noch reinigen lassen.«

Sicher hing ihr Geruch in dem Kleid. Der würde bei der Reinigung verfliegen. Was aber nicht wieder verschwand, waren die Bilder von diesem Abend, die sich in Noras Kopf festgesetzt hatten. »Du kannst es behalten.«

»Wie bitte? Nein, das geht doch nicht.«

»Warum nicht?« Nora fühlte sich wie gelähmt vor Müdigkeit.

Alexander stand etwas abseits, die Arme verschränkt und beobachtete sie und Livia.

»Aber es ist doch … Du hängst daran.«

»Ich zieh es sowieso nicht mehr an. Und nun Schluss damit«, sagte Nora.

Livia betrachtete das Kleid, noch immer zögernd. »Danke, Nora.«

»Gute Nacht.« Nora ließ Livia und Alexander stehen und ging nach oben.

ZWEITER TEIL

Zwei Wochen später

Livia

Die perfekte Gelegenheit ergab sich gleich am Morgen. Livia hatte sich extra früh aus dem Bett gequält. Geduscht und geschminkt hockte sie auf der Küchentreppe und rauchte die erste Zigarette, als Alexander durch den Hof kam. Livia konnte ihr Glück kaum fassen, sie waren wirklich allein.

»Alexander? Willst du mitkommen in *Wer hat Angst vor Virginia Woolf?* Ich hätte eine Karte übrig. Für heute Abend. Im Deutschen Theater.«

Er zögerte. Sofort ärgerte sie sich über sich selbst. Wie war sie nur auf den Gedanken gekommen, er würde zusagen? Es war keine Einbildung, dass er ihr aus dem Weg ging. Gut, zweimal in den letzten beiden Wochen war er auf Dienstreisen gewesen. Aber wenn sie sich mal sahen, immer auf dem Hof und natürlich nie unter vier Augen, spürte sie die Distanz, die von ihm ausging. Selbst schuld. Sie hatte alles falsch gemacht. In dem Restaurant von dieser arroganten, eleganten Chiara hatte sie selbst ein jämmerliches Bild abgegeben. Alexander hatte sich mit ihr gelangweilt. Dann die Sache mit Noras Kleid auf Marlis' Feier. Da war sie zu weit gegangen. Damit hatte sie sich nur Ärger eingebrockt. Mehr als das. Johannes und Lukas waren seitdem noch mehr auf sie fixiert. Es war so anstrengend!

Alexander lehnte sich an das Treppengeländer, setzte seinen amüsierten Blick auf. »Du stehst auf spontane Aktionen, oder?«

»Es war immer ausverkauft, und plötzlich gab es online ein paar Restkarten, da hab ich sofort zugegriffen.«

Alexander verzog den Mund. »Verstehe. Aber ich kann wirklich nicht. Du findest sicher noch jemanden, der mitgeht.«

Das hatte sie nun davon. Sie hatte die Karten im Internet gekauft und heimlich mit Marlis' Kreditkarte bezahlt, sie waren teuer gewesen. Neuer Ärger, den sie sich hätte sparen können.

»Klar.« Livia stand auf und lächelte ihn an.

Marlis öffnete die Küchentür in ihrem Rücken. »Okay, Livia, wir sind weg. Jo setzt mich beim Stoffhändler ab, und ich komm mit dem Zug zurück. Ich ruf an, dann kannst du mich schnell abholen.«

Johannes blickte über Marlis' Schulter, sein wachsamer Blick wanderte von Livia zu Alexander.

Livia nickte. »Geht klar. Bis später.«

Sie wartete, bis alle gegangen waren. Was nun? Sie sah sich lustlos im Hof um. Alles hier ging ihr auf die Nerven. Die hohen Mauern, und vor allem diese Ruhe. Sie war hier eingesperrt, lebendig begraben. Diese Langeweile …

Sie machte sich einen Milchkaffee und legte sich mit einem Buch und einer leichten Decke auf die Liege im Hof. Ihr Handy meldete den Eingang einer Nachricht. Lukas war sogar präsent, wenn er in der Schule war, denn er schrieb ihr eine WhatsApp-Nachricht nach der anderen. Livia las das pubertäre Verliebtheitsgefasel schon gar nicht mehr. Manchmal verstieg er sich auch zu merkwürdig verschlüsselten Drohungen. Was glaubte er, wer er war! Wieder machte es »Pling«. Ohne hinzusehen, drückte sie die Löschtaste.

Schon nach einer halben Stunde wurde es so warm, dass sie die Zudecke weglegte. Sie warf einen Blick zu Noras und Alexanders Wohnung. Sie und Nora waren allein auf dem Hof, wie schon oft in den letzten zwei Wochen. Ob Nora auch vor Langeweile durchdrehte in dieser Einöde? Aber Nora legte keinen Wert auf ihre Gesellschaft, sie sprach nur das Nötigste mit ihr.

Livia wurde nicht schlau aus ihr. Was ging in ihrem Kopf vor, was beschäftigte sie? Sie war ein wandelndes Geheimnis, kühl, verschlossen und schön.

Livia schlug erneut das Buch auf, das sie aus Johannes' Bücherregal genommen hatte. Irgendein Thriller, in dem nichts Geringeres als die Vernichtung der Erde drohte. Und wenn schon. Eine Weile starrte sie auf die Buchstaben, ohne sich darauf zu konzentrieren.

Sie hatte noch immer nicht verstanden, warum Nora ihr das Kleid überlassen hatte. Im ersten Moment war Livia begeistert gewesen. Es tragen zu können, wann sie wollte. Damit im Mittelpunkt zu stehen. Auf Marlis' Geburtstag hatten alle Augen an ihr gehangen, sie hatte sich so lebendig gefühlt, sie hatte Macht über alle gehabt. Doch nach einigen Tagen hatte das Geschenk angefangen, sie zu beunruhigen. Sie war einen Schritt zu weit gegangen. Wurde Nora dadurch jetzt zu ihrer Feindin?

Von dem Abend in der Bar konnte sie nichts erfahren haben. Oder doch? Hatte Alexander ihr davon erzählt? Sich lustig gemacht über Livia und ihre schmuddelige Stammkneipe? Darüber, dass man sich mit ihr nicht unterhalten konnte? Vermutlich nahm Nora sie überhaupt nicht ernst. Obwohl … Als Alex mit ihr in dem Restaurant gewesen war, da war Nora verärgert gewesen, Livia hatte es ihr deutlich angemerkt, obwohl sie versucht hatte, souverän darüber hinwegzugehen.

Livia schloss die Augen. Es gab gar keinen Grund, beunruhigt zu sein. Es lief nichts zwischen Alexander und ihr. Weniger als nichts. Nein, nie im Leben war Nora eifersüchtig auf sie. Nora fühlte sich Frauen wie Marlis und ihr um Welten überlegen.

Livia ärgerte sich immer mehr, das Kleid angenommen zu haben wie ein Almosen. Irgendetwas Fieses, Verletzendes hätte sie sagen sollen.

Wie lieb von dir, aber danke, Nora. Für eine Party auf dem Hof ist es okay, aber ich würde es nicht in der Öffentlichkeit tragen wollen.

Dann hätte Nora das Kleid zurück in den Schrank packen und mit Mottenkugeln zuhängen können, bis sie irgendwann zwischen diesen Misthaufen hier begraben wurde!

Ein Schatten fiel auf die Buchseiten. Livia fuhr herum. Hinter ihr stand Nora, ein Tablett in der Hand, auf dem eine Thermoskanne, zwei Tassen, ein Korb mit Brötchen, Butter, Marmelade und zwei Gläser Orangensaft standen. »Hast du schon gefrühstückt?«

Livia setzte sich auf und klappte das Buch zu. »Nein, ich hatte nur einen Kaffee.«

»Möchtest du?« Ohne ihre Antwort abzuwarten, trat Nora zum Tisch, stellte die Sachen darauf und lehnte das Tablett gegen den Baumstamm. Sie trug ein luftiges, cremefarbenes Sommerkleid, dazu Flip-Flops. »Ich hab schon etwas Milch zum Kaffee getan, ich hoffe, du magst es so?«

»Perfekt.« Livia setzte sich zu ihr an den Tisch.

Nora lächelte. »Haben wir es nicht gut? Alle sind ausgeflogen, müssen lernen oder arbeiten, und wir zwei können hier draußen den Tag genießen.«

»Ja, es ist wirklich herrlich heute.« Livia forschte in Noras Gesicht. Warum war sie auf einmal so freundlich? Sie wirkte entspannt. Und sehr selbstbewusst.

»Pass auf, dass du dir keinen Sonnenbrand holst. Deine Haut wird schon ganz rot.« Nora wies auf Livias Ausschnitt.

»Oh, Mist. Dabei hab ich mich extra dick eingecremt.« Livia rückte ihren Stuhl weiter unter die Buche in den Schatten.

Nora goss Kaffee ein. »Nun bist du schon so lange hier, und wir haben uns kaum in Ruhe unterhalten. Wo wohnst du eigentlich in München? Hast du eine schöne Wohnung?«

Kaum in Ruhe unterhalten? Noch nie, fuhr es Livia durch den Kopf. »Leider nur ein Zimmer in einer WG. Es ist winzig, nur ein Bett und ein Schreibtisch. Mehr kann ich mir im Moment nicht leisten. Nicht sehr zentral. Ich wohne da mit zwei Studentinnen zusammen. Aber wir haben eine ziemlich große Wohnküche mit Balkon.«

»Schön, wenn man noch so ungebunden ist«, sagte Nora. »Genieß diese Freiheit. Glaub mir, das Leben ändert sich schneller, als es dir lieb ist. Ehe du dich versiehst, ist alles festgelegt.«

Livia nickte. Inzwischen war sie sicher, dass Nora irgendetwas vorhatte. Sie saß nicht zufällig hier und tat so, als würde sie sich für Livias Leben interessieren.

»Was macht die *Iphigenie*? Wie laufen die Proben? Lukas erzählt mir so wenig.«

»Es ist faszinierend, wie Diana das Stück interpretiert. Sie sieht Iphigenie nicht als Opfer.«

»Interessant. Aber wie regelst du das eigentlich mit deiner Schule? Musst du nicht längst zurück sein?«

»Ach, das ist kein so großes Problem.«

»Das verstehe ich nicht. Ihr habt doch jetzt keine Ferien?«

Livia hatte das Gefühl, von Noras Blick durchbohrt zu werden. Wie viel wusste sie? Marlis und Nora waren Freundinnen. Marlis hatte ihr bestimmt etwas erzählt. Von Rafael.

Sie blinzelte, und wieder klappte es auf Anhieb. In ihren

Augen standen erste Tränen. Eine rollte ihre Wange hinab bis in den Mundwinkel. Sie schmeckte salzig und irgendwie ehrlich. »Es gibt ein Problem. Mit meinem Lehrer.«

»Wieso? Was ist los mit ihm?« Noras Blick wurde härter.

Livia schluckte. Mehr Tränen perlten hervor. Nora schien das nicht zu beeindrucken, sie schüttelte nur den Kopf.

»Wir alle hier unterstützen dich, jeder will dein Bestes. Aber hör auf mit dem Theater.«

»Das Ganze ist nicht meine Schuld gewesen, das musst du mir glauben. Schon bei dem Aufnahmetest habe ich gemerkt, dass einer der Prüfer mich so anstarrte. Sie waren sich in meiner Beurteilung nicht einig, aber sein Votum gab den Ausschlag, dass sie mich genommen haben. Rafael war begeistert. Und er ist mein Schauspiellehrer, das heißt, die Klasse ist fast immer mit ihm zusammen. Sogar im Tanz- oder Gesangsunterricht ist er oft dabei.« Sie blickte an Nora vorbei, der Hof verschwamm hinter feuchten Tränenschleiern.

»Und?

»Er will was von mir. Von Anfang an wollte er das. Und jetzt ist er sauer.«

»Moment. Das heißt, er hat dich gedrängt, mit ihm ins Bett zu gehen? Und du hast abgelehnt?«

»Ich bin von ihm abhängig, verstehst du? Er entscheidet, wer von uns die Probezeit übersteht. Deshalb hab ich …« Livias Stimme kippte, sie musste kaum nachhelfen. Sie verkrampfte die Hände ineinander und zog die Schultern hoch, als würde sie frieren. »Ich konnte doch nichts machen!»

Noras Gesichtsausdruck hatte sich verändert. Sie runzelte die Stirn, aber ihr Blick schien jetzt weicher zu sein. »Das ist eine üble Sache. Aber es hilft nichts, sich hier zu vergraben, du musst mit der Situation irgendwie umgehen. Du musst dich wehren.«

Livia funkelte sie wütend an. »Wie denn! Er schmeißt mich raus.«

»So einfach ist das nicht. Jemand sollte mit diesem Rafael reden. Marlis muss …«

Livia winkte ab. »Nein, um Gottes willen, nicht Mama. Sie ist viel zu emotional. Sie bricht in Tränen aus oder schreit ihn an.«

Warum sah Nora sie die ganze Zeit so an? So durchdringend, als könnte sie auf den Grund ihrer Gedanken sehen? Nun setzte Nora entschlossen die Tasse ab. »Dann rede ich mit ihm.«

Für einen Augenblick war Livia sprachlos. Nora wollte sich für sie einsetzen? Ausgerechnet sie? Dann begriff sie. Es geschah nicht aus Zuneigung zu ihr, sondern aus Kalkül. Nora suchte nach einem Weg, sie loszuwerden.

Livia musste unbedingt verhindern, dass Nora bei der Schule anrief.

»Nein, das kann ich nicht von dir verlangen«, sagte sie und legte einen warmen, dankbaren Ton in ihre Stimme.

»Du verlangst es ja nicht, ich mache es freiwillig.«

»Das ist wirklich lieb von dir, aber … ich glaube, am besten rede ich selbst mit Rafael.« Livia nickte tapfer. »Ja, genau das tue ich. Sehr bald sogar.«

Nora zögerte. Sie glaubte ihr nicht, das war deutlich zu spüren. »Überleg es dir und sag Bescheid, wenn du mich brauchst. Nur, ich an deiner Stelle würde nicht zu lange damit warten.«

»Danke, Nora.« Livia wischte über ihre Augen, zog die Nase hoch. »Und noch etwas. Wegen deines Kleides … Ich mag es lieber doch nicht behalten. Es gehört zu dir.«

Nora lächelte kühl. »Wie du meinst.« Sie stellte ihre Tasse auf das Tablett und stand auf. »So. Ich lasse dir das Frühstück hier stehen, nimm doch bitte ein Brötchen. Ich geh ein bisschen spazieren, solange es noch nicht so heiß ist. Vielleicht finde ich ein paar Steinpilze.«

»Viel Glück. Ich warte hier, bis Mama anruft.«

Nora nickte. »Bis später dann.«

Livia sah ihr nach, wie sie in der Wohnung verschwand. Wenige Minuten später kehrte sie zurück, die Kamera über der Schulter, und überquerte den Hof, mit einem dünnen Lächeln in Livias Richtung.

Jetzt war sie allein. Sie stellte sich vor, wie es wäre, jemanden wie Nora an ihrer Seite zu haben. Eine Freundin wie sie. Tough und intelligent. Ihr hätte sie erklären können, was wirklich in der Schule abgelaufen war. Sie hätte es verstanden. Nicht wie Marlis, die alles immer nur schönredete und in eine Nebelwolke aus Illusionen hüllte.

Einen Moment lang war Livia kurz davor, Nora nachzulaufen, ihr zu sagen, dass sie ehrlich zu ihr sein wolle. Wenn sie nur nicht mehr allein sein musste.

Aber dafür war es zu spät. Sie hatte Noras Vertrauen längst verspielt.

Ihr Handy machte »pling«. Verdammt, wann würde Lukas es endlich kapieren! Ihr Finger lag schon auf der Löschtaste, als sie sah, dass die Nachricht gar nicht von ihm kam. *Hab einen Termin verschoben. Theater wäre möglich. Wann, wo? Alexander*

Livia schrieb: *Soll ich dich am Institut abholen? Gegen sieben?*

Besser, wir treffen uns direkt vor dem Theater.

Livia starrte auf das *Okay*, das sie abgeschickt hatte. War es okay? Nein, ganz und gar nicht.

Es war dumm und falsch gewesen, Alexander die Theaterkarte anzubieten. Das Zusammensein mit ihm führte nur zu Komplikationen. Bestenfalls genoss er es, sich in der Öffentlichkeit mit einer jungen, schönen Frau zu zeigen. Für ihn war sie nur ein glitzerndes Schmuckstück, das man trägt, um seine Wirkung zu testen, und dann in die Schublade wirft, weil es zu aufdringlich erscheint.

Was, wenn Nora davon erfuhr? Livia richtete sich auf. Und wenn schon, das machte nun auch nichts mehr aus. Nora wollte sie loswerden!

Ob Nora ihr die Ratte in den Koffer gelegt hatte?

Vielleicht wäre es wirklich das Beste, zu gehen. Marlis und Johannes mussten ihr Geld leihen. Doch wohin? Mit welchem Ziel?

Was nun an ihren Wangen herablief, waren echte Tränen. Warum gehörte sie nicht dazu? Sie war am Ende und wusste nicht, wohin. Und niemanden kümmerte das.

Wut stieg in ihr hoch. Wie immer sollte sie alles allein ausbaden. Weil sie mal wieder störte. Weil der liebe Friede auf dem Hof wichtiger war als sie. Lös dich doch einfach in Luft auf, Livia! Klar, das wäre für alle das Bequemste! Aber so leicht würde sie es ihnen nicht machen!

Sie drehte eine Haarsträhne um ihren Finger, zog daran, bis es weh tat. Sie hatte auch Macht. Und sie würden sich alle noch umschauen, wenn sie die mal richtig einsetzte.

Nora

Sie hatte Respekt vor dem Pferd. Auf der Fahrt war es unruhig gewesen, ein paarmal hörten sie einen Schlag, so als hätte es mit dem Huf gegen die Wand getreten. Doch Marlis meinte, es sei in Ordnung, deshalb müssten sie nicht anhalten. Johannes war nicht gekommen, um Marlis zu helfen, angeblich hatte er wichtige Termine im Büro.

Jetzt stand Nora ein paar Meter entfernt, während Marlis die Rückklappe des Pferdetransporters öffnete, und blickte auf Circes glänzendes Fell, auf den braunen Schweif, der sanft hin- und herschaukelte. Das Pferd schnaubte, wandte den Kopf. Die Augen waren dunkelbraun, darüber dichte schwarze Wimpern.

Nora warf einen Blick ins Innere von Dierks' Hof. Das Tor ließ sich nicht mehr verschließen, die Flügel verschwanden unter wild wucherndem Knöterich. Manchmal, wenn die Hühner frei liefen, schob er halbhohe, verrostete Wellblechwände vor die Toröffnung.

Geradeaus lag die Scheune. Zur Heuluke oben führte eine Leiter, an der mehrere Trittstufen fehlten. Bretterstapel lehnten daneben an der Wand. Rechts befand sich das einstöckige Stallgebäude, die Fenster blind vor Dreck. Davor, wie achtlos weggeworfen, eine Schaufel. Der Boden war nicht gepflastert wie bei ihnen zu Hause, sondern bestand aus nackter, unebener Erde. Schlammiges Wasser stand in den Senken. Nah am Tor lagen blaue, prall gefüllte Mülltüten. Was hatte er da wohl drin? Vielleicht Mist?

Ein unangenehmer Geruch drang zu Nora heraus. Das war das echte Landleben, nicht die dekorierte Scheinwelt wie bei ihnen drüben.

Neben der Leiter stand auf einmal Hanna, reglos, als wäre sie ein Teil der Ausstattung. Nora winkte ihr zu. Das Mädchen löste sich aus seiner Starre und zog sich ins Dunkel der Scheune zurück. Dort blieb sie, ein Schatten, der das Geschehen beobachtete.

Marlis öffnete die Tür an der Vorderseite des Transporters. »Ich binde sie jetzt los und führe sie raus, das kennt sie schon. Hey, Circe, hey … ganz ruhig.«

»Was soll ich machen?«, fragte Nora.

»Erst mal nichts. Geh ein Stück weiter zur Seite, sonst erschreckst du sie.«

Begleitet von Marlis' gurrender Stimme, setzte Circe den ersten, dann den zweiten Hinterhuf auf die Rampe. Etwas krachte laut. Circe riss den Kopf hoch, die Augen weit aufgerissen. Der Stapel Holz von der Scheunenwand war umgekippt, und die Bretter lagen auf dem Boden. Circe zerrte am Strick, brach nach hinten aus und schlingerte die Rampe hinunter. Marlis konnte sie kaum halten. »Hooo, hooo, ruhig!«

Das Pferd drängte weiter rückwärts, bis es die Knöterichhecke berührte und darüber in neue Panik ausbrach. »Ruhig, ruhig! Verdammt!« Marlis umklammerte den Strick, blickte Hilfe suchend um sich. Nora hatte keine Ahnung, was sie machen sollte. Das Pferd jagte ihr Angst ein, es kam ihr riesig vor, ein Kraftpaket außer Kontrolle.

Dierks trat aus dem Wohnhaus. Er trug zwei mit Flüssigkeit gefüllte und offenbar schwere Plastikbehälter. Seine spärlichen Haare klebten an seiner Kopfhaut. Er hatte ein weißes, sauberes Hemd an, dazu eine Cordweste, eine ausgebeulte Hose von undefinierbarer dunkler Farbe und Lederstiefel. Sein Körper wirkte auf ungesunde Weise mager.

Ohne dem Tumult draußen vor seinem Tor Aufmerksamkeit zu schenken, ging er weiter zur Scheune. Auch die Wasserlachen ignorierte er, lief, ohne Rücksicht auf seine Lederschuhe, mitten hindurch. Er stellte die Behälter im Eingang ab. Hanna war nicht mehr zu sehen.

»Herr Dierks!«, rief Nora. Er sah zu ihr herüber. Dann setzte er sich langsam in Bewegung, betrachtete Marlis' Kampf. Er machte einen angespannten, aggressiven Eindruck. Nora bereute es, ihn gerufen zu haben. Einen tollen Nachbarn hatten sie da erwischt.

Ohne Marlis anzusprechen, ging er zu ihr, nahm ihr den Strick aus der Hand, näherte sich seitlich dem Pferd. Aus der Nähe kam er Nora noch schmächtiger vor. Nun gab er schnalzende Laute von sich. Circe spitzte die Ohren. Er holte etwas aus seiner Hosentasche, es war ein Stück Würfelzucker, hielt es ihr entgegen. Sie grub ihre Nüstern in seine Handfläche und fraß. »Brav«, murmelte er, drehte sich um und führte die plötzlich lammfromme Circe quer über den Hof in das Stallgebäude.

Marlis warf Nora einen Blick zu und hob die Schultern. Sie folgten Dierks. Er brachte Circe in eine Box, kam heraus und legte einen Riegel vor. Das Pferd blickte durch die Gitterstäbe und schien erst mal zufrieden mit seinem Schicksal. Es war nicht das einzige Tier im Stall. In einer weiteren Box lagen reglos zwei Schweine. Zuerst dachte Nora, sie wären vielleicht tot, doch dann zuckte eines der Tiere mit den Ohren. Auf dem

Boden war frisches Heu aufgeschüttet. Dennoch lag ein fauliger Geruch in der Luft, und überall hingen Spinnweben.

»Danke, das war … puh, ich wusste wirklich nicht weiter mit ihr«, sagte Marlis.

Er nickte, doch sein Gesichtsausdruck war immer noch abweisend. Wie alt er wohl sein mochte? Fünfzig? Oder sechzig? Es war unmöglich, ihn einzuschätzen. Allerdings war die Haut an seinem Hals und seinen Händen faltig.

»Das hier ist keine Partymeile«, sagte er.

»Was meinen Sie?«, fragte Marlis.

Er warf einen Blick zu Noras und Marlis' Hof hinüber. »Nachts die Musik. Hanna wacht davon auf.«

Er konnte nur Lukas' Gedröhne bei offenem Fenster meinen.

»Da haben Sie absolut recht«, sagte Marlis. »Uns stört es selbst ja auch.«

Nora ärgerte sich kurz über sie. Sicherlich hatte sich Lukas danebenbenommen, aber musste sie sich gleich offen mit Dierks solidarisieren? Überhaupt klang sie meist, als wäre Lukas irgendein Fremder, ein störendes Objekt. Was bedeutete ein bisschen zu laute Musik, verglichen mit dem, was ihre Tochter alles trieb?

Dierks blickte Marlis an. »Monatelang der Krach von der Baustelle. Alles wird umgebaut. Man erkennt das Dorf nicht wieder. Ihre Tante ist daran zugrunde gegangen.»

Marlis hob das Kinn. »Ich kann Sie verstehen, Herr Dierks, Sie leben hier schon so lange, und nun verändert sich alles um Sie herum, aber versuchen Sie doch auch mal die positiven Aspekte zu sehen. Sie müssen zugeben, dass die restaurierten Höfe viel gepflegter aussehen. Und die Zugezogenen bringen Geld ins Dorf, die Infrastruktur ist besser geworden, die Straßen wurden gemacht, es gibt den Supermarkt, die neue Schule. Und dem Tourismus kommt das auch alles zugute.«

Dierks spuckte auf den Boden. »Nicht mal mehr zu Berti in die Kneipe kann man gehen. Früher gab's da ein anständiges Sauerfleisch mit Bratkartoffeln, heute setzen sie den Golfern irgendein modisches Edelzeugs vor. Kapatschio oder Mackiato, ich weiß nicht mal, wie man das ausspricht.«

»Wann ist Ihre Frau gestorben?«, fragte Nora.

»Vor drei Jahren.«

»Das tut mir sehr leid.« Nora blickte kurz zum Scheunentor. Das Mädchen war immer noch verschwunden. Warum versteckte sie sich? Nora atmete durch. »Wir würden uns freuen, wenn wir doch noch gute Nachbarn werden. Und wegen der Musik rede ich mit meinem Sohn.«

Dierks nickte, drehte sich um und ging aus dem Stall.

Marlis und Nora wechselten wieder einen Blick, und Marlis rollte mit den Augen. »Da prallen Welten aufeinander, was soll man machen?« Sie grinste. »Na, das Raubtier ist jedenfalls hinter Schloss und Riegel, und ich brauch jetzt erst mal einen Kaffee.«

»Marlis?« Nora wartete, bis ihre Freundin sie ansah. »Wie lange bleibt Livia noch hier?«

»Keine Ahnung. Wieso?«

Nora zögerte.

»Hast du ein Problem damit?«

»Ja.«

»Und warum?«

»Es tut uns allen nicht gut, dass sie da ist.«

»Ach ja? Was genau meinst du?«

»Reden wir drüben bei einem Kaffee weiter.«

Marlis' Lippen wurden schmal. »Nora, ich sag dir das ungern, aber mit deinem Selbstmitleid verscherzt du es dir langsam mit allen, die dich mögen.«

»Ich will nicht über mich reden, sondern über Livia.«

»Klar, du bist immer gern das Opfer. Deine Freunde entsprechen nicht deinen Erwartungen, dieser Künstler hat dich hängenlassen, dein Ehemann hat dich betrogen. Und nun ist Livia dran. Ich bin gespannt, was sie verbrochen hat.«

»Gut, zu erfahren, wie du über mich denkst«, sagte Nora. »Wobei das ja schon länger zu spüren ist. Dass du aber überhaupt nicht merkst, was Livia für ein Spiel treibt!« Nora atmete flach, der Gestank von Dierks Hof drang bis in ihre Lungen. »Was für eine Show war das auf deinem Geburtstag? Der Auftritt in meinem Kleid? Seitdem flirtet sie mit Johannes und schielt dabei zu dir rüber. Sie will dich eifersüchtig machen, das musst du doch merken!«

»Stopp mal! Die Einzige, die ein Problem hat, bist du. In Wirklichkeit geht's hier um Alex, stimmt's?«

Nora schüttelte den Kopf. »Es geht um uns alle.«

»Du hast gesagt, ihr habt euch versöhnt, Alex und du. Ihr habt euch beide für eure Ehe entschieden. Du hast ihm verziehen, und er hat versprochen, sich zu ändern. Und in meinen Augen hat er das. Und nun bricht deine Eifersucht wieder aus, dein notorisches Misstrauen.« Sie stieß Luft durch die Nase. »Was soll denn Livia mit Jo oder Alex anfangen? Sie könnte ihre Tochter sein. Klar ist sie sehr hübsch, und welchem Mann willst du es verdenken, dass er sie gern mal anschaut. Aber sie will nicht das Geringste von Alex. Und Johannes ist so was wie ein Vaterersatz für sie. Wenn sie ihm mal den Nacken massiert, dann ist das noch längst keine Sexattacke, verdammt noch mal.«

»Marlis!« Am liebsten hätte Nora sie geschüttelt. Sie konnte doch nicht ernsthaft glauben, was sie da redete.

Marlis machte eine abwehrende Geste. »Es tut mir leid, aber …«

»Mir auch. Du bist auf beiden Augen blind, wenn es um Livia geht. Du willst die Realität nicht wahrhaben. Ich kann das nicht ändern. Ich möchte nur einfach gern wissen, wie lange sie zu bleiben gedenkt. Für immer?«

»Deinen Sarkasmus kannst du dir sparen. Livia studiert Schauspiel, wie du weißt. Sie hat gerade ein paar Probleme auf der Schule. Deshalb ist sie hier.«

»Kannst du ihr da helfen? Gibt es eine Lösung? Ich möchte einfach eine Aussage, wie es weitergehen wird.«

Marlis schwieg. Nora beobachtete Circe, die ihre Nüstern blähte und in den leeren Futtertrog steckte. In der Nähe raschelte etwas am Boden. Ob hier Ratten herumliefen?

»Livia hat es nicht leicht«, sagte Marlis. »Offenbar ist sie ihrem Schauspiellehrer … besonders aufgefallen. Das ist einerseits natürlich erfreulich, aber es geht so weit, dass er sich in sie verliebt hat. Und er hat wohl seine Machtposition ausgenutzt. Offenbar hat er sie gezwungen, mit ihm zu schlafen.«

Nora nickte. »Sie hat mir gegenüber auch so etwas angedeutet. Klingt ziemlich abenteuerlich.«

»Ich habe keinen Grund, meiner Tochter nicht zu glauben.« Marlis verschränkte die Arme. »Ich will, dass wir ihn anzeigen. Aber sie hat Angst, dass er sich rächt und sie rausschmeißt.«

»Das dürfte nicht so ganz einfach sein, wenn er erst mal angeklagt ist.«

Marlis kniff die Lippen zusammen. »Das sag ich auch. Aber sie will es nicht.«

»Und was jetzt?«, fragte Nora.

Marlis hob die Schultern. »Sie wird zurückfahren und mit ihm reden. Aber sie braucht noch Zeit. Sie leidet sehr darunter. Ich kann sie in dem Zustand ja wohl schlecht rausschmeißen. Oder verlangst du das etwa?«

»Nein. Aber ich erwarte, dass du dich um eine Lösung kümmerst.«

Livia

Es ging auf zehn Uhr abends zu, als sie mit Alexander das Theater verließ. Sie schwebte an seiner Seite über den Vorplatz.

Noch auf dem Hof hatte sie sich mit einem winzigen Bröckchen von Lukas' Piece einen Joint gebaut und ihn geraucht, während sie zu Fuß durch den Wald zum Bahnhof gelaufen war. Nicht zu viel, nur ein Hauch, um von ihrer depressiven Stimmung runterzukommen. Aber das Zeug war wirklich gut, es wirkte stärker, als sie erwartet hatte. Während der Vorstellung war sie unkontrolliert albern gewesen und hatte sich beherrschen müssen, nicht dauernd zu kichern. Aber jetzt hatte sie alles im Griff, sie fühlte sich glücklich und auf verrückte Art schwerelos. Sie hängte sich bei Alexander ein, war stolz auf ihn, er war so attraktiv heute Abend, trug ein schwarzes Hemd und ein elegant geschnittenes schwarzes Jackett. Wie ein Theaterintendant sah er aus, und sie war die schöne Bühnennovizin an seiner Seite. Zumindest würde jeder, der sie beobachtete, so denken. Livia entdeckte eine Bekannte, sie war Kostümbildnerin bei einer freien Gruppe. Livia winkte ihr zu, doch sie hob nur kurz die Hand zum Gruß und verschwand zu ihrem Fahrrad. Normalerweise wäre sie auf einen Schwatz zu Livia gekommen, aber offenbar schüchterte Alexander sie ein, was Livia noch stolzer machte.

Die meisten Zuschauer strömten in Richtung des S-Bahnhofs Friedrichstraße oder in die umliegenden Kneipen und Restaurants. Es war warm genug, um draußen zu sitzen.

»Das war eine interessante Inszenierung. Sag mir noch, was du bezahlt hast. Für beide Karten.«

Livia drückte seinen Arm. »Du musst mich nicht einladen. Aber ich danke dir.«

»Ich danke *dir* fürs Mitnehmen.« Er blieb stehen. »Mein Auto steht da drüben. Am besten mach ich mich auf den Weg. Ich bin ziemlich müde. Du willst ja sicher noch um die Häuser ziehen?«

Livia hatte das Gefühl, auf dem Boden aufzuschlagen. Er wollte sofort zurück? Und ohne sie? Bestimmt, um zu vermeiden, dass Nora sie schon wieder zusammen zurückkommen sah. »Hast du denn was gegessen?«, fragte sie ohne große Hoffnung.

»Heute Mittag.«

»Ich noch nichts. Mir knurrt ziemlich der Magen.«

»Du willst irgendwo einkehren?«

Lehn es ab! Lass ihn nach Hause fahren! Livias innere Stimme tönte laut und klar, trotz des Joints. Er hatte doch nicht die geringste Lust mitzugehen. Wenn er es tat, dann aus reiner Höflichkeit. Oder aus Mitleid, was noch schlimmer war. Sie liefen mit dem Strom der anderen Zuschauer die Albrechtstraße hinunter, hier reihte sich ein Restaurant an das nächste. Alexander warf ab und zu einen flüchtigen Blick auf die Aufsteller, auf denen Spezialitäten angepriesen wurden, machte aber keine Anstalten sich zu entscheiden. Er runzelte die Stirn. »Wäre ja schön, wenn man irgendwo einen ordentlichen Rotwein bekäme.«

»Da wüsste ich was«, sagte Livia. »Eine Flasche Brunello di Montalcino, 1992. Im Schrank in Johannes' Apartment.«

Er blieb stehen. Ihre Blicke begegneten sich kurz.

»Ach ja?«, sagte er.

Livia war ein bisschen schwindlig vor Aufregung. Adrenalin schoss durch ihren Körper, es war, als würde die Wirkung der Droge wieder stärker. Gefahr. Sie brachte sie beide in Gefahr. Ihre Gedanken verwirrten sich wie bunte Fäden, und das reizte sie zum Lachen.

Er sah sie befremdet an. »Was ist so lustig?«

»Nichts«, prustete sie. »Ich dachte nur gerade … gehört die Flasche dir oder Johannes?«

Er betrachtete sie wie ein Forscher ein fremdartiges Insekt. Er sah so ernst aus. Sein Adamsapfel hüpfte auf und ab, wenn er schluckte. Livia versuchte, sich würdevoll zu benehmen, aber immer wieder brach ein Kichern aus ihr heraus.

»Sie gehört Johannes«, sagte er. »Aber alles ist ersetzbar. Oder nicht?«

Wie komisch er war. Warum hörte er nicht auf, sie zum Lachen zu bringen! »Wenn du es sagst.«

»Komm.« Er drehte sich um und ging. Sie lief hinter ihm her, zurück in Richtung des Theaters. Er blieb stehen, hob die Hand, ein »Plopp« ertönte, Lichter blitzten auf. Da stand sein Cabriolet, schimmerte im Schein der Straßenlaterne.

Sie fuhren schweigend, Livia lehnte den Kopf nach hinten, schloss die Augen. Sie wollte nicht darüber nachdenken, was sie gerade tat. Das war leicht, wenn der warme Wind ihr Haar so durcheinanderwirbelte.

Als Alexander die Tür zu Johannes' Apartment aufschloss, wehte ihnen ein Luftzug entgegen. Sie gingen hinein. In dem Altbau war es kühl, das Fenster war geöffnet. Das Schlafsofa stand ausgeklappt, ein paar Laken lagen zerwühlt darauf.

»Was soll das denn?«, sagte Alexander, mehr zu sich selbst. »Ist jemand hier?«

Er trat zurück in den kleinen Flur und klopfte an Johannes' Bürotür. Er drückte die Klinke herunter, die Tür war nicht abgeschlossen. »Johannes?«

Livia war ihm gefolgt und warf einen Blick hinein. Hier waren die Fenster zu, die Rollos heruntergelassen, aber nicht ganz geschlossen, sodass scharfkantige Streifen von Licht hereinfielen und wie Strichcodes die Wand strukturierten. Der Raum war leer. Alexander öffnete auch die Verbindungstür zu den Büros der Angestellten, sie lagen im Dunkeln. »Hallo? Ist da jemand?« Er drehte sich zu Livia um. »Wie leichtsinnig von Johannes, nirgendwo abzuschließen.«

Sie verschränkte die Arme vor der Brust. Ihre Albernheit war wie weggeblasen. Sie fühlte sich ernüchtert. »Lass uns lieber gehen.«

»Ach, auf einmal bist du so ein Angsthase?« Alexander lächelte. Merkwürdigerweise schien ihm die Situation zu gefallen. »Vielleicht kommt er ja gleich zurück, während du mich verführst. Das ist doch dein Plan, oder? Wo hättest du es gern? Auf seinem Schreibtisch?« Jetzt lachte er. Lachte er sie aus?

Livia wandte sich ab. Dann ging sie eben allein.

»Das gefällt dir doch. Andere eifersüchtig machen. Deine Spielchen beim Fest deiner Mutter waren nicht zu übersehen.«

Sie blieb stehen. »Ich weiß nicht, was du meinst.«

Er kam zu ihr und war auf einmal mit seinem Gesicht nah vor ihrem. »Du kannst machen, was du willst. Aber einen Rat gebe ich dir. Pass auf mit Johannes. Er hat nicht viel Humor. Nicht so wie ich.«

Irgendetwas lief falsch, so hatte sie sich den Abend nicht vorgestellt. Überhaupt nicht. Es war kalt und gruselig hier, und Alexanders Stimme klang verächtlich. Sie wusste genau, wenn sie sich nun zur Tür wandte, würde er sie gehen lassen. Einfach so, ohne Bedauern. Es sich mit einem Glas Wein und einer Fachzeitschrift auf dem Sofa bequem machen. Sie nicht eine Sekunde vermissen. Die Einsamkeit, dieser eisige Splitter in ihrer Brust, kam so schlagartig zurück, wie sie beim Rauchen des Joints verschwunden war. Sie hielt das nicht aus.

Sie nahm seine Hand, legte sie auf ihre Brust und schloss die Augen. Er war so dicht vor ihr, sie spürte seinen Atem.

Würde er sie küssen? Livia hatte Angst davor. Aber noch mehr, dass er seine Hand wegzog, sich abwandte und sie einfach hier stehen ließ. Das wäre noch schlimmer. Er bewegte seine Finger nicht, doch sie fühlte, wie sich ihre Brustwarze unter seiner Berührung aufrichtete. Sie hob den Kopf, wartete auf seine Lippen. Ein paar Sekunden lang passierte nichts. Dann schob er seine Hüfte vor, sodass sich ihre Unterkörper berührten, und sie fühlte seine Erektion. Sein Kuss kam heftig und überraschend, als wäre etwas in ihm explodiert. Seine Hände griffen nach ihr, knöpften ihr Kleid auf und streiften es von ihren Schultern. Sie trug keinen BH. Er sah sie an, ihren Körper, küsste sie auf den Hals, auf ihre Brüste. Er nahm ihre Hand und legte sie auf sein Glied, presste ihre Finger darauf, doch sie ließ gleich wieder los. Sie wollte es nicht so schnell. Sie streichelte seinen Rücken, seine Schultern und seine Arme. Was sie fühlte, gefiel ihr. Aber sie konnte sich nicht hingeben, ihr Kopf lief auf Hochtouren. Was war sie für ihn? Irgendein junger, attraktiver Körper. Austauschbar. Vielleicht jünger als die, die er sonst hatte, vielleicht hübscher. *Biete ihm was, Schaufensterpuppe, sei nicht so steif,* höhnte ihre innere Stimme. *Aber beeil dich, er langweilt sich schon mit dir.*

Alexander schob sie zum Schreibtisch, hob sie hoch und setzte sie auf die Tischplatte. Er holte etwas aus seiner Hosentasche, es war ein Kondom. Er zog seine Hose und die Unterhose nach unten, streifte sich das Gummi über. Seine Bewegungen waren schnell und kontrolliert. Dabei sah er sie immer wieder an, nicht ihr Gesicht, nur ihren Körper, der im Halbdunkel weiß schimmerte, nackt bis auf den Slip, den er nun herunterzog. Er schob ihr Becken weiter zurück, sie legte sich hin. Hinter ihr gingen Johannes' Aktenordner polternd zu Boden. Alexander beugte sich über sie, drang in sie ein.

Sie schloss die Augen, öffnete sie wieder, tastete über sein Gesicht, fühlte die Lachfältchen, die markante Nase, die Lippen. Er biss in ihren Zeigefinger, stöhnte voller Genuss. Da sah Livia den Schatten. An der Wand, vor dem Strichcode aus feinen Lichtstreifen zeichnete er sich dunkel ab. Sie schrie auf. Sofort verschwand der Schatten wieder. Alexander hatte den Kopf in den Nacken gelegt, er konzentrierte sich auf seine Bewegungen in ihr, sie wurden schneller und heftiger. Livia drückte seinen Oberkörper mit beiden Armen weg und rief seinen Namen, doch das schien ihn nur noch mehr anzuheizen. »Da ist jemand!«

Erst jetzt sah er sie an. »Was sagst du?«

»Da war jemand, im Zimmer. Irgendwer ist hier drin«, flüsterte Livia. Alexander wandte sich um. Nichts war zu hören. Er richtete seine Kleidung. Livia nahm ihr Kleid vom Boden, streifte es über den Kopf, zog das Höschen an. Sie zitterte.

Alexander betrat das Nachbarbüro. Er blieb stehen und lauschte. Er ging weiter bis zu dem Schreibtisch, an dem Johannes' Sekretärin gesessen hatte. Er kam zurück, legte seine Hand auf ihr Haar, zog sie zu sich und küsste sie auf den Mund. »Kein Mensch weit und breit, da ist wohl die Fantasie mit dir durchgegangen.«

»Lass uns bitte gehen.«

»Okay.« Alexander ging voraus durch den Flur in das Apartment, wartete, bis sie da war, und schloss die Tür. Sie fror.

Er nahm die Weinflasche aus dem Schrank, kramte in einer Schublade herum, fand einen Korkenzieher.

»Ich möchte nach Hause.« Livia behielt die Tür im Blick. Gleich würde jemand hereinkommen.

»Jetzt, wo es gemütlich wird?« Er zog den Korken aus der Flasche.

»Bitte, lass uns nach Hause fahren.«

Er schüttelte den Kopf. »Wir können nicht um diese Zeit zusammen auf dem Hof aufkreuzen.«

»Aber …«

Er öffnete die andere Schrankhälfte. »Na, bitte. Weingläser! Auf Jo ist immer Verlass.« Er goss sich einen Schluck ein, probierte, schnalzte mit der Zunge. »Wunderbar. Das ist mal ein Tropfen. Komm her.« Er wollte auch ihr etwas eingießen.

»Ich möchte nicht.«

Er setzte sich in den Sessel vors Fenster, nahm sein Handy und tippte etwas, ab und zu nahm er genussvoll einen Schluck. So als hätte er Livia vergessen. Die orientalische Lampe drehte sich im Luftzug, und Hunderte funkelnder Sterne wanderten über ihn hinweg. Sein Hemd war offen, seine Haut schimmerte. Er streckte die Beine aus und bettete seinen Kopf bequem auf der Lehne.

Livia ging zu ihm, in die Hocke, und schmiegte sich an seinen Oberkörper. Er legte das Handy weg, streichelte ihr Haar. Dann beugte er den Kopf zu ihr und küsste sie auf die Stirn. »Kleiner Angsthase. Ich möchte dich wiedersehen.«

Nora

Die Nachricht von Alexander traf ein, als sie gerade ins Bett gehen wollte. *War mit einem Gastwissenschaftler essen. Finanzierung eines Projekts mit seinem Institut steht jetzt, das mussten wir feiern, habe zu viel Wein getrunken. Bleibe in der Stadt. Küsse dich, Al.*

Nora deponierte das Handy auf ihrem Nachttisch. Sie zog sich aus, legte sich ins Bett, horchte in sich hinein. Sie spürte keine Wut. Nur eine große Müdigkeit in ihrem Kopf. Resignation. Hatte sie wirklich gedacht, dass Menschen sich ändern, nur weil sie die feste Absicht dazu haben? Jeder von ihnen steckte fest in seinem Verhaltensmuster, ob man es nun wollte oder nicht. Und ihre Ehe ließ sich auch nicht verwandeln, nur weil sie es sich wünschte oder weil sie nun im Grünen wohnten. Auch wenn sie eine Zeit lang gedacht hatte, sie würde Nachrichten dieser Art nie mehr bekommen.

Essen mit einem Gastwissenschaftler. Und dazu noch an ihrem Hochzeitstag. Alex hatte ihn vergessen.

Ob Livia in der Stadt war? Es war nicht schwer, das herauszufinden. Nora musste nur zu Marlis hinübergehen. *Und nun bricht deine Eifersucht wieder aus, dein notorisches Misstrauen.* Wollte sie sich das wirklich erneut von Marlis anhören?

Nora setzte sich auf, ihre Glieder fühlten sich kalt und taub an, so konnte sie niemals einschlafen. Sie stand auf, zog Jeans und T-Shirt wieder an.

Sie ging über den Hof zur Nachbarwohnung. Dass sie Schlafstörungen hatte, wussten Marlis und Johannes ja, sie würden sich nicht wundern. In der Küche und dahinter im Wohnzimmer brannte noch Licht, das konnte Nora von draußen erkennen. Marlis stand neben dem Herd und schnitt an etwas herum, es sah aus wie Kräuterzweige, die sie in eine dekorative Flasche, vermutlich mit Essig gefüllt, steckte. Dabei nahm sie ab und zu einen Schluck Weißwein. Johannes kam kurz in die Küche, füllte sein Weinglas und ging zurück ins Wohnzimmer, ohne etwas zu sagen oder Marlis auch nur eines Blickes zu würdigen. Livia war nicht zu sehen, vielleicht saß sie bei Johannes, oder war sie oben im Bett?

Nora klopfte an die Tür und öffnete sie. Marlis wandte sich um, stützte sich mit einer Hand an der Arbeitsfläche ab. Ihre Augenlider hingen schwer herunter.

Nora trat ein. »Entschuldige, es ist schon spät, aber ich hab gesehen, dass bei euch Licht ist.«

»Kein Problem, setz dich.« Marlis verwischte leicht die Konsonanten beim Sprechen. Das war auf keinen Fall ihr erstes Glas Wein. »Ich mache Kräuteressig.«

Johannes erschien im Türrahmen. »Hallo, Nora. Noch nicht müde?«

Sie lächelte munter, ein Reflex auf Johannes' ewig besorgte Miene. »Nein. Aber falls ihr gerade ins Bett wollt …?«

»Magst du ein Glas?« Marlis wartete ihre Antwort nicht ab, sondern nahm eines aus dem Schrank und füllte es bis zum Rand mit Wein.

»Danke.« Nora nahm es. Johannes zog sich ins Wohnzimmer zurück.

»Nora.« Marlis sah sie mit einem verschwommenen, unsteten Blick an. »Es tut mir leid, was ich zu dir gesagt habe. Im Stall bei Dierks. Das mit deinem Selbstmitleid und dass du alle vertreibst. Ich hab es nicht so gemeint.«

»Ich weiß«, sagte Nora. »Schwamm drüber.«

»Nein, komm her. Komm.« Marlis öffnete die Arme. Nora stand zögernd auf und ging zu ihr, ließ sich fest von Marlis drücken, roch den Wein in ihrem Atem. »Ich möchte, dass wir es schön haben, hier auf dem Hof. Ich mag euch so gern, Alex und dich. Könnt ihr euch nicht vertragen …«, sie bekam einen Schluckauf, »… ich meinte, euch vertrauen? So wie Jo und ich? Auch wenn er mich nicht mehr anfassen will?« Sie lachte auf. »Du darfst von Alex nicht zu viel erwarten. Nora, wir sind alt, fett und hässlich.« Sie blickte auf. »Nein, Blödsinn, du bist natürlich nicht fett. Nur ich.« Sie lachte wieder und schenkte sich nach.

Johannes stand im Türrahmen, wie lange schon? »Komm, das reicht. Du hast genug getrunken.«

Marlis ignorierte ihn, sank mit dem vollen Glas auf einen Küchenstuhl. »Setz dich doch, Nora. Wie findest du das? Man darf nicht die Wahrheit sagen. Das hören sie nicht gern.«

»Halt doch Nora da raus.«

Nora überlegte, wie sie aus der Situation möglichst schnell herauskam. Sie hatte nicht damit gerechnet, mitten in einen Ehestreit zu geraten. Gerade wollte sie nach Livia fragen und sich dann verabschieden, als Johannes' Handy klingelte.

»Ja?« Er lauschte konzentriert. »Na, sicher. Kein Problem. Gib mir fünf Minuten.« Er steckte das Handy in die Hosentasche. »Livia. Sie ist am Bahnhof.«

»Los, dann beeil dich!« Marlis' Stimme klang schrill. »Darauf wartest du doch seit Stunden!«

»Im Gegensatz zu dir kann ich noch fahren und dafür sorgen, dass deine Tochter wohlbehalten nach Hause kommt.« Johannes schnappte sich den Autoschlüssel aus einer Schale.

»Im Gegensatz zu dir mach ich mich nicht lächerlich!«, schrie Marlis ihm hinterher.

Am nächsten Morgen saß Nora in Gedanken versunken am Frühstückstisch. Ihr Blick fiel auf die Uhr. Was war mit Lukas? Sie klopfte an seine Tür. »Lukas! Was machst du? Du musst doch los.«

»Ich bin krank«, drang matt seine Stimme nach draußen.

Nora öffnete die Tür und trat in sein Zimmer. Er lag im Bett, das Haar zerwühlt, seinen Tablet neben dem Kopfkissen.

»Was ist los?«

»Kopfschmerzen. Ich fahr nicht in die Schule.«

»Dann hör vor allem auf, auf den Bildschirm zu starren.«

»Ich nehm zwei Aspirin.«

»Aber nicht auf nüchternen Magen. Du musst was frühstücken.«

»Keinen Hunger. Lass mich.«

Nora ging in die Küche, machte ihm einen Tee und ein Toastbrot mit Honig, löste die Tabletten in lauwarmem Wasser auf und stellte alles auf einem Tablett neben sein Bett auf den Boden. Er hatte sich ins Kissen vergraben.

»Hier ist Aspirin.« Keine Reaktion. »Ich ruf Diana an und sag Bescheid, dass du heute nicht zur Probe kommen kannst.«

Sein Kopf tauchte auf. »Klar kann ich. Mir geht es bestimmt gleich besser.«

Nora zog seine Tür zu, stieg die Treppe hinunter, lief zwischen Küche und Wohnzimmer hin und her. Sie war zu unruhig, um sich zu setzen. So ging es nicht weiter. Nun schwänzte

Lukas schon die Schule, um mit Livia zusammen sein zu können. Und was war mit Alex los? Er hatte sich nicht noch mal gemeldet.

Sie lief nach oben, in sein Arbeitszimmer. Sein Computer war eingeschaltet. Sie fand die Webseite, dann die Münchener Telefonnummer, vermutlich die Zentrale oder die Schulsekretärin. Nora nahm das Telefon, hielt inne. Konnte sie das wirklich riskieren? Was würde passieren, wenn jemand es herausfand, durch irgendeinen dummen Zufall?

Marlis steckte einfach den Kopf in den Sand und tat so, als wäre sie nicht betroffen. Dabei ging es um ihre Tochter. Und Livia? Wenn sie es erfuhr? Nora zögerte, sie handelte selbst egoistisch, das war ihr bewusst. Je eher sie Livia dazu brachte, in ihrem Leben wieder Fuß zu fassen, desto eher würde sie den Hof verlassen. Und das half ihnen allen.

Nora wählte die Münchener Vorwahl, dann die Telefonnummer. Eine Frauenstimme meldete sich mit ihrem Namen und dem der Schule.

»Hier ist Marlis Werle, ich bin die Mutter einer Schülerin, Livia Werle, mit wem spreche ich? Mit dem Sekretariat?«

»Nein, ich bin die künstlerische Mitarbeiterin oder auch ›Mädchen für alles‹. Was kann ich für Sie tun?«

»Livia ist hier bei mir zu Hause, sie ist krank. Ich wollte nur Bescheid sagen. Es wird leider noch etwas dauern, bis sie zurück nach München fahren kann. Ich würde gern kurz mit ihrem Lehrer sprechen und sie entschuldigen. Mit Rafael … Ich weiß seinen Nachnamen nicht.«

»Livia Werle?« Die Frau klang erstaunt. »Wer sind Sie? Ihre Mutter?«

»Genau.«

»Aber dann sind Sie doch sicher informiert?« Sie zögerte. »Livia kommt doch gar nicht zurück.«

»Wie meinen Sie das?«, fragte Nora.

»Sie hat ihre … aber das müssten Sie doch wissen, Frau Werle. Ihre Tochter hat die Probezeit nicht geschafft. Sie wurde aus der Schauspielklasse entlassen.«

»Wie bitte? Was sagen Sie da?« Nora holte Luft. »Aber warum denn? Wie kann das sein?«

»Dazu kann ich Ihnen keine Auskunft geben. Livia hat auf jeden Fall eine schriftliche Begründung bekommen.«

»Das ist ja …« Nora suchte nach Worten. »Entschuldigen Sie, ich bin vollkommen überrascht. Ich möchte mit Livias Lehrer sprechen.«

»Er ist selbst krankgeschrieben. Er kommt erst ab nächsten Montag wieder in die Schule. Und es ist kompliziert, ihn zu erreichen, weil er fast durchgehend Unterricht hat. Wir könnten einen telefonischen Termin ausmachen, und ich sage ihm Bescheid, wenn er zurück ist.«

»Nein«, unterbrach sie Nora. »Nein, vielen Dank. Das dauert ja viel zu lange. Auf Wiederhören.«

Nora legte auf. Sie klickte auf der Webseite der Schauspielschule herum, bis sie seinen Namen fand. Rafael Bajan, Lehrer für Schauspiel, ein Pole, fünfunddreißig Jahre alt. Da war auch ein Foto. Nora hatte ihn sich vollkommen anders vorgestellt. Groß und strahlend, schön wie Livia. Rafael hatte ein längliches Gesicht, ernst und sanft zugleich, dunkle Augen, braunes Haar, einen schlanken, drahtigen Körper. Ein unauffälliger Typ. Er wirkte nicht wie jemand, der Schülerinnen anmachte, sie zwang, mit ihnen ins Bett zu gehen. Aber was konnte man auf einem Foto schon über einen Menschen erfahren?

Sie rief noch mal das Telefonbuch auf, fand keinen Eintrag unter seinem Namen. Sie googelte ihn und entdeckte nach längerem Herumstöbern in einem Münchener Forum der Freien Tanzszene einen Chatbeitrag von ihm, sie erkannte ihn auf dem winzigen Porträtfoto. Sie schrieb an die dort angezeigte E-Mail-Adresse, dass sie Livias Mutter sei und ihn dringend sprechen müsse. Sie hinterließ ihre Handynummer.

Und wenn die Adresse veraltet war? Oder er keine Lust hatte zu antworten? Außerdem war er ja krank. Dann fiel ihr auf, dass er an ihrem Absender erkennen konnte, dass sie nicht Marlis Werle hieß. Worauf hatte sie sich da nur eingelassen! Sie bereute die ganze Aktion bereits.

Sie ging wieder hinunter, setzte sich auf die Terrasse. Livia war rausgeflogen. Stimmte ihre Geschichte mit dem verliebten Lehrer? Hatte er sie für die Zurückweisung bestraft? Dann musste dieser Rafael Ärger bekommen. Am liebsten wäre Nora nach München gefahren und hätte ihn zur Rede gestellt. Oder steckte etwas ganz anderes dahinter? Nora traute Livia zu, dass sie log, bis sich die Balken bogen.

Du hast nichts damit zu tun. Halt dich da raus. Sie stand auf. Es war Marlis' Angelegenheit. Und deswegen musste sie sie informieren. Zugeben, dass sie in der Schule angerufen hatte. Und dann musste Marlis … Eine schöne Theorie.

Als ihr Handy in der Stille der Wohnung klingelte, erschrak sie. Konnte er es sein? Mit welchem Namen sollte sie sich melden? »Hallo?«

»Hier ist Rafael Bajan. Sind Sie das, die mir geschrieben hatte? Die Mutter von Livia?«

»Ja, vom Computer einer Freundin aus. Danke, dass Sie sich so schnell melden. Es klingt vielleicht etwas merkwürdig, aber ich habe erst heute durch einen Anruf bei der Sekretärin erfahren, dass meine Tochter die Schule verlassen musste. Sie können sich vorstellen, dass ich entsetzt bin. Ich frage mich, wie das möglich sein kann.«

Am anderen Ende der Leitung hörte sie ihn durchatmen. »Frau Werle, das tut mir leid. Also, dass Sie es auf diese Weise erfahren mussten. Bei Livia ist etwas passiert, was wir hier eigentlich selten erleben.«

Nora spürte, wie behutsam er die Worte wählte. »Was ist denn passiert?«

»Wir waren bei allen Bewerbern in der Aufnahmeprüfung uneinig, da wurde unter den Juroren gekämpft, um jeden Einzelnen. Anders bei Livia, da fiel die Entscheidung leicht. Ihre Ausstrahlung war sehr besonders. Und sie ist auch optisch ein ungewöhnlicher Typ. Beim Vorsprechen war sie zwar nicht wirklich gut oder aufregend, aber es war okay, solide gearbeitet. Wir haben darauf vertraut, dass …« Er räusperte sich.

Nora war verwirrt. Livia hatte doch erzählt, ihre Aufnahmeprüfung sei nur knapp gut gegangen und nur weil Rafael sie gegen alle Widerstände der anderen Juroren durchgesetzt hatte. Was stimmte nun? Ihre oder seine Version?

»Ich hab viel darüber gegrübelt, das müssen Sie mir glauben. Wir haben diskutiert, niemandem hier ist die Entscheidung leichtgefallen. Aber inzwischen denke ich, dass wir vieles in Livia hineinprojiziert haben, was sie gar nicht ist. Ich fürchte, sie wurde von uns überschätzt.«

»Überschätzt?« Noras Gedanken überschlugen sich. Das war der wahre Grund? Livia hatte versagt? Dieser Rafael nahm die Verantwortung auf sich. Eine Fehleinschätzung. Und er klang nicht wie jemand, der sich rechtfertigen will. Eher bedrückt. Aber was war mit seiner angeblichen Verliebtheit? Mit dem Druck, unter den er sie gesetzt hatte?

»Livia hat mir was ganz anderes erzählt. Sie sagt, Sie wollten mehr von ihr.« Nora suchte nach der richtigen Formulierung. »Und hätten es ihr übel genommen, dass sie darauf nicht eingeht.«

Schweigen am anderen Ende der Leitung.

»War vielleicht *das* Livias ›fehlende Begabung‹? Hat ihr das den Hals gebrochen?«

»Einen Moment.« Rafaels Stimme klang bestimmt, aber nicht aufgebracht. »Haben Sie mal daran gedacht, dass Livia auch lügen könnte?«

Allerdings hatte sie das. Aber das sagte sie ihm nicht.

Als Nora aufgelegt hatte, nahm sie hinter sich eine Bewegung wahr und drehte den Kopf. Lukas kam die Treppe herunter. Hatte er etwas gehört? Sein Gesicht war angespannt.

»Mit wem hast du telefoniert?«

»Nichts Wichtiges. Wie geht es dir jetzt?«

»Aber du hast etwas über Livia gesagt. Wer war da dran?«

»Ihr Schauspiellehrer.«

»Wieso sprichst du mit dem?«

Nora atmete durch. Sie wollte Lukas nicht erzählen, dass Livia die Schule verlassen musste. Und auch nicht von den Vorwürfen, die sie gegen Rafael vorgebracht hatte.

»Du hast gesagt, etwas habe ihr ›den Hals gebrochen‹. Was hast du gemeint?«

»Nichts. Da hab ich mich einfach zu dramatisch ausgedrückt. Sie hatte ein paar Probleme mit einer Prüfung, hat mir davon erzählt, und ich wollte ihr helfen, indem ich versuche zu vermitteln.«

Lukas' Augen wurden schmal. »Du lügst. Du hast was gegen sie. Wegen Papa. Aber sie ist nicht schuld. Er lässt sie einfach nicht in Ruhe. Dabei will er ihr nur wehtun. Er macht alles kaputt!«

»Lukas!« «

»Ich hasse ihn!« Er drehte sich um und lief aus dem Haus.

Nora war aufgestanden und umklammerte die Stuhllehne. Jetzt war sie froh, dass sie Rafael angerufen hatte. Etwas musste geschehen mit Livia, eine Lösung gefunden werden. Nora konnte und wollte nicht länger zusehen, wie ihr eigenes Leben, und alles um sie herum, in Scherben zerfiel.

Als sie die Werkstatt betrat, legte Marlis gerade einen Streifen Walk als einen breiten Gürtel über die Hüfte der Schneiderpuppe und steckte ihn mit ein paar Nadeln fest. Die beiden Enden überlappten sich, Marlis hatte sie zurechtgeschnitten, sodass sie Dreiecke bildeten. Sie wandte den Kopf. »Wie findest du das? Es macht optisch eine schmale Taille, oder?«

Nora nickte. »Sieht gut aus. Kann ich kurz mit dir reden?«

Marlis seufzte und zeigte auf Hunderte von Stoffstreifen in allen Farben, die auf ihrem Werktisch lagen. »Die muss ich alle bis Mitte der Woche fertig nähen. Für den Markt in Potsdam.«

»Es ist wegen Livia.«

Marlis zog die Nadeln aus dem Stoff. »Wieso? Was ist denn?«

»Ich habe mit ihrem Schauspiellehrer telefoniert.«

»Du hast … was?« Marlis starrte sie an.

»Er sagt, sie würde lügen. Diese Sache mit ihm und irgendwelchem Sex habe sie erfunden, um nicht zugeben zu müssen, dass sie die Probezeit nicht geschafft hat.«

»So ein Blödsinn.«

»Marlis, sie ist nicht mehr auf der Schule. Sie haben sie entlassen.«

Marlis warf den Stofflappen auf den Tisch und stach die Nadeln in den Hals der Puppe. »So ein mieses Dreckschwein.«

Nora setzte sich auf den Drehstuhl und wartete, dass sich Marlis' Wutanfall entlud. Doch es kam nichts weiter. Sie schwieg. Mit hektischen Bewegungen sortierte sie die Stoffstreifen nach den Farben, legte sie übereinander, packte sie dann in Kisten. Als einziges Anzeichen ihrer Anspannung zeichneten sich rote Flecken in ihrem Gesicht ab.

»Marlis. Du musst mit Livia reden.«

»Natürlich.« Marlis wandte sich heftig zu ihr um. »Wir brauchen einen Anwalt. Diesen Rafael mache ich fertig.«

»Und wenn er die Wahrheit sagt? Er klang bedrückt und besorgt. Er sagt, sie hätten Livia falsch eingeschätzt, sie besitze nicht die Begabung … «

»Er klingt besorgt, weil er weiß, dass er jetzt richtig Ärger bekommt.« In Marlis' Augen funkelte Wut. »Du glaubst ihm, nicht wahr? Sie soll nicht begabt genug sein? Du nimmst ihm diesen Schwachsinn ab, oder?«

Nora schüttelte den Kopf. »Ich kann das doch gar nicht beurteilen. Ich sag ja nur, er hörte sich aufrichtig an. Am besten sprichst du selbst mit ihm.«

»Im Leben nicht. Wie kommst du überhaupt dazu, dich da einzumischen? Da anzurufen, als wärst du …« Ihre Augen weiteten sich. »Hast du dich etwa als ihre Mutter ausgegeben?«

Nora hob die Hände. »Marlis, bitte hör auf. Sei doch froh, dass ich das herausgefunden habe.«

Marlis richtete sich auf, ihr Gesicht war verzerrt. »Wie es meiner Tochter geht, ist dir doch völlig egal. Du willst nur eines. Dass Livia so schnell wie möglich von hier verschwindet.«

Johannes

Die Teambesprechung war beendet. Dorrit räumte die Kaffeetassen vom Konferenztisch ab, und die Kollegen standen auf, um zu ihren Schreibtischen zurückzukehren. Johannes schob seine Unterlagen zusammen. »Simon, warte mal kurz«, sagte er.

Simon stoppte im Türrahmen und kam zurück. Er hockte sich auf die Schreibtischkante. Als sie allein waren, schloss Johannes die Tür.

»Hast du letzte Nacht hier übernachtet?«

»Wo *hier?*«

»Tu nicht so, du weißt, was ich meine. Im Apartment.«

»Hui, wird das ein Verhör?«

Die Ader an Johannes' Schläfe begann zu pochen. »Es ist eine einfache Frage, auf die ich eine Antwort erwarte.«

Simon grinste. »Nein, ich habe nicht hier übernachtet. Warum ist das wichtig?«

Johannes setzte sich hinter seinen Schreibtisch. »Jemand war in der Nacht in meinem Büro.«

Für einen Augenblick sah Simon wirklich verdutzt aus. »Schließt du denn nicht ab?«

»Immer. Das weißt du genau. Aber heute früh war die Tür

offen. Und hier war ein ziemliches Chaos. Meine Pläne und Aktenordner lagen auf dem Boden.«

»Vielleicht ein Windstoß?«

Johannes sprang auf und war mit zwei Schritten bei ihm. »Pass auf, Simon, sonst …!«

»Sonst was? Schmeißt du mich raus? Du hast den Architekturpreis nur mir zu verdanken. Deinem genialen Mitarbeiter Simon Bergmann.«

Johannes ballte die Fäuste, trat aber einen halben Schritt zurück. »Geh nicht zu weit, ich warne dich.«

Simon legte ihm eine Hand auf die Schulter. »Schön cool bleiben, Boss.«

Johannes schlug sie weg. »Du hast also im Apartment geschlafen. Den Wein ausgetrunken.«

»Moment. So weit waren wir noch nicht. Ich kann mich nicht erinnern, ein Geständnis abgelegt zu haben. Aber warte mal, ja, stimmt …! Jetzt, wo du es erwähnst … Ich hab da ein paar Geräusche gehört, als ich gestern Überstunden geschoben habe, um deine Firma noch erfolgreicher zu machen. Hast du mal deinen Freund Alexander gefragt?« Er rutschte mit dem Po weiter auf die Tischplatte und schlug die Beine übereinander. »Wenn ich es recht überlege, es könnte Alexander Bernsdorf gewesen sein. Ich hätte gern kurz mit ihm geplaudert, aber stören wollte ich den Herrn Professor dann doch nicht. Er war nicht allein, und na ja«, Simon betrachtete seine Fingernägel, »… ziemlich beschäftigt. Auf deinem Schreibtisch. Und zwar nicht mit den Bauplänen.« Er kicherte.

Johannes' Arme schmerzten von der Anstrengung, ihm nicht ins Gesicht zu schlagen.

»Und nun möchtest du wissen, mit wem dein Freund hier war?«, fragte Simon mit sanfter Stimme.

Johannes' Nacken verkrampfte sich.

»Na, du darfst raten. Es war eine Frau. Warte, ich beschreibe sie dir. Dunkelblonde Mähne, grüne Klunkeraugen, Brüste wie zwei saftige Äpfelchen und Beine bis unter die Achseln. Na, rätst du's? Sie ist erst kürzlich mittags hier hereingeschneit. Zum Probeliegen.« Simon grinste wieder, schlenderte zur Tür, drehte sich noch einmal um. »So langsam versteh ich euch, dich und diesen Alexander. Je weiter man raus aufs Land zieht, desto mehr Freiheiten hat man anschließend in der Stadt.« Er nickte Jo freundlich zu und ging aus dem Raum.

Johannes ließ sich auf seinen Chefsessel fallen. Simons letzter Satz hallte in seinem Kopf nach. Genau das war es. Nora vierzig Kilometer weit weg auf dem Hof, jede Menge »Überstunden« und »Abendtermine« und ein Schlafsofa zur ständigen Verfügung. Bei der Vorstellung, dass Alexander mit Livia hier gewesen war und *wer weiß was* auf seinem Schreibtisch getrieben hatte, krampfte sich sein Magen vor Wut zusammen.

Er schaltete seinen Computer ein und rief seinen Kalender auf. Das Feld mit dem Titel »Heute« hob sich schweinchenrosa von den anderen Tagen ab. Er starrte darauf, ohne die Einträge wahrzunehmen.

Dorrit steckte den Kopf zur Tür herein. »Du denkst an deinen Termin beim Tiefbauamt um zwei?«

Er schreckte hoch. »Es geht nicht. Ruf an und sag ab.«

Dorrit verzog den Mund. »Dann kannst du aber davon ausgehen, dass es Monate dauert, bis du einen neuen …«

»Verdammt, Dorrit, ich habe gesagt, ich kann nicht!«

»Warum schreist du mich denn an?« Sie schüttelte den Kopf. »Was ist los mit dir?«

Johannes stand auf. »Ich fahr nach Hause. Mir ist nicht gut. Offenbar hab ich mir irgendwas eingefangen.«

Am Hoftor traf Johannes auf Nora, die gerade herauskam. Sie hatte ihre Kamera über die Schulter gehängt. Überrascht sah sie ihn an. »Was machst du denn schon hier?«

»Mein Magen spinnt. Mir ist übel.« Das war nicht einmal gelogen, die Wut steckte in ihm wie ein riesiger, unverdaulicher Klumpen.

»Das tut mir leid. Brauchst du was? Ich glaub, Marlis ist weggefahren. Sie wollte nach Potsdam.«

»Danke, geht schon.« Er zögerte kurz. »Hat Alexander eigentlich in der Stadt übernachtet?«

Ihr Gesicht wurde verschlossen. »Ja. Kam wohl etwas überraschend. Hat er dir nicht Bescheid gesagt?«

»Nein.«

»Er war essen mit einem Gastwissenschaftler.«

Sie wechselten einen Blick, nun sah er deutlich den Schmerz in ihren Augen. »Und hast du eine Ahnung, wo Livia jetzt ist?«

»Bei Diana. Sie proben. Lukas ist auch da.«

»Hat der keine Schule?«

»Heute früh war er angeblich krank. Aber das war nur vorgeschoben. Er wollte hierbleiben, um mit Livia zusammen zu sein. Er himmelt sie an.«

»Oh. Wirklich?«

»Ja.« Nora verzog den Mund. »Gar nicht gut, oder? Ich glaube, er ist zum ersten Mal richtig verliebt.«

»Wie kommt er nur auf die Idee, Livia würde sich für ihn interessieren? Ich meine, der Altersunterschied ist viel zu groß.«

»Frag mich bitte nicht. Er ist natürlich todunglücklich.« Sie wich seinem Blick aus, sah die Straße hinunter. »Ich geh mal los. Ein paar Fotos machen.«

Johannes nickte. »Bis später.... Ach, Nora?«

Er wartete, bis sie sich noch mal umwandte. »Wenn du mal reden möchtest, dann sag einfach Bescheid.«

Sie lächelte. »Ich weiß, Jo. Danke.«

Johannes klingelte bei Diana, ging dann um das Haus herum in den Garten. Hier war niemand. Dann fiel ihm ein, dass die Proben ja nicht bei ihr zu Hause stattfanden. Er ging die Dorfstraße hinunter und fand die Truppe im Gemeindesaal. An der Tür hing ein Schild: *Bitte nicht stören – Theaterprobe.*

Er hörte, wie Livia und Boris abwechselnd ihren Text sprachen. Konnte er einfach so hineinplatzen? Als Diana unterbrach, öffnete er behutsam die Tür. Sofort spürte er die gereizte Stimmung im Raum. Niemand nahm Notiz von ihm. Livia trug ein weißes, dünnes Kleid ohne Ärmel, es wirkte fast wie ein Nachthemd, im Gegenlicht sah er den Umriss ihrer Taille und ihrer Hüften. Er räusperte sich. Diana fuhr herum. Ihr Gesicht entspannte sich, als sie ihn sah. »Ach, du bist das, Johannes.«

»Ich hatte doch versprochen, diese Podeste zu reparieren.«

»Stimmt, die stehen da, hinter dem Vorhang. Wir brauchen sie aber nicht so dringend.«

Johannes trat näher und sah sich die Bühnenteile genauer an. »Das sollte gar kein Problem sein«, sagte er dann. »Ich hol sie mir in den nächsten Tagen und mach das abends, bei mir in der Werkstatt. Okay, dann lasst euch nicht stören.« Er lächelte. »Oder darf ich noch ein bisschen hierbleiben und zuschauen?«

Boris sah nicht begeistert aus. Livia lehnte an der Wand und blickte zu Boden, sie wirkte nicht so, als hätte sie von Johannes' Anwesenheit, geschweige denn von seiner Frage irgendetwas mitbekommen.

»Klar, wenn du möchtest, du gehörst schließlich dazu«, sagte Diana.

Johannes setzte sich hinter Lukas, der, sein Textbuch auf dem Schoß, auf seinem Smartphone spielte.

»Okay, noch mal die Stelle.« Sie wandte sich an Boris. »Ich bitte dich nur, es mal auszuprobieren. Wenn es nicht funktioniert, lassen wir es. Mir ist es nur sonst zu steif. Ihr steht da und sagt den Text auf. Das ist langweilig.«

Boris runzelte die Stirn, als wollte er noch einmal unterstreichen, was er von dem Regieeinfall hielt. Er stützte beide Hände seitlich von Livias Kopf an die Wand, ohne ihren Körper zu berühren.

»Und los«, gab Diana das Startzeichen.

»›Wenn du nach Hause Rückkehr hoffen kannst, so sprech ich dich von aller Fordrung los‹«, begann Boris.

»Jetzt bedräng sie!«, rief Diana dazwischen.

Boris umarmte Livia und presste sich an sie. »›Doch ist der Weg auf ewig dir versperrt, so bist du mein, durch mehr als ein Gesetz.‹«

»Mehr! Sei wütend!«, rief Diana.

Livia drehte den Kopf zur Seite: »›Vom alten Bande ungern löset sich die Zunge los, ein lang verschwiegenes … ein lang verschwiegenes Geheimnis endlich zu entdecken. Denn …‹«

Johannes ertappte sich dabei, dass er noch immer fasziniert Boris' Gesichtsausdruck betrachtete, obwohl längst Livia sprach. Johannes verstand nicht viel von Theater, aber das hier war merkwürdig. Livia verblasste neben Boris. Bei ihm wechselten sich Gefühle ab, Wut, Freude, Begehren, aber auch Scham. Es war spannend, das zu verfolgen. Wenn Livia spielte, fesselte es Johannes nicht. Wie konnte das sein? Sie war doch ein Profi.

Sie stemmte sich mit beiden Armen gegen Boris' Brust, der immer näher kam. »Einmal vertraut, verlässt es ohne Rückkehr, des tiefen Herzens sichere Wohnung, schadet, wie es die Götter wollen, oder nützt. Vernimm!«

»Stopp!« Diana stand auf und ging zu den beiden. Livia schüttelte ihre Hände aus.

»Boris, hast du gemerkt, wie viel lebendiger es wird, wenn du nicht an den Text denkst, sondern dich auf das Körperliche konzentrierst?«

Boris nickte, wenn auch widerwillig. »Ich weiß jetzt, was du meinst. Aber würde sich ein König so verhalten? Gegenüber einer heiligen Priesterin?«

Diana seufzte. »Das ist mir erst mal egal. Ich will eine spannende Szene zwischen euch beiden. Lass es uns noch mal probieren.«

»Okay.« Boris ging in Position vor Livia. Sie ließ die Arme hängen und blickte zur Seite.

»›Wenn du nach Hause Rückkehr hoffen kannst, so sprech ich dich von aller Fordrung los.‹« Boris unterbrach, trat einen Schritt zurück. »Ach, ich hab keine Lust mehr. Jetzt ist sie wieder beleidigt.«

Diana atmete durch. »Was ist? Was stört dich, Livia?«

»Warum tust du so, als wäre ich Luft? Du gibst Boris eine Regieanweisung nach der anderen, und mich lässt du hier verhungern. Von Anfang an war das so! Warum hilfst du mir nicht?«

Diana lief zur ersten Stuhlreihe und setzte sich, direkt vor Livia. »Weil du es nicht brauchst. Es ist alles in dir.«

»Ich versteh aber nicht, was du meinst!«

Livia tat Johannes sofort leid. Warum war Diana so hart zu ihr?

Lukas hatte sein Smartphone eingesteckt und beobachtete, was vor sich ging.

Diana drückte die Fingerspitzen beider Hände gegeneinander. »Du musst in die Rolle finden. Sieh mich nicht an, während du spielst, schiel nicht auf Reaktionen, lass dich ein auf das, was zwischen Thoas und dir passiert. Lass dich fallen.

Das ist der erste Schritt. Den gehst du allein. Dabei kann ich dir nicht helfen.«

Livia schien bei ihren Worten zu erstarren, sie krallte ihre Hände in den Stoff des Kleides. Plötzlich lief sie zum Ausgang. »Ich brauch eine Pause.« Sie warf die Tür hinter sich zu.

Alle im Raum schwiegen betreten. Lukas stand abrupt auf und ging Livia nach.

Diana und Boris wechselten einen Blick.

»Okay«, sagte Diana. »Machen wir um drei weiter. Bis dahin haben sich alle hoffentlich wieder beruhigt.«

Johannes nahm sich vor, mit Livia zu sprechen. Er musste herausfinden, was sie bedrückte und ob er sie unterstützen konnte. Wenn sie das wünschte, würde er mit Diana ein deutliches Wort reden. So durfte sie nicht mit ihr umgehen. Und, was noch viel wichtiger war, er musste Livia vor Alex warnen. Leider hatte er keine Ahnung, wie er das anstellen sollte.

Johannes verabschiedete sich. Er trat vor die Tür und sah, wie Lukas gestikulierend neben Livia die Dorfstraße hinunterlief. Sie schleuderte wütend ihr Haar in den Nacken. Sie entfernten sich, verschwanden hinter einer Biegung. Ausgerechnet Lukas war nun bei ihr. Dieser Chaot, gerade mal der Pubertät entwachsen. Wie sollte der Livia helfen?

Eine halbe Stunde später setzte sich Johannes neben Marlis auf das kleine Stück Wiese am Seeufer. Er hatte sie überredet, noch eine Runde zu schwimmen. Sie musste mal raus aus dem Hof, sonst begann sie schon vor dem Abendessen mit dem Weintrinken.

Die Intensität der Farben schmerzte fast in den Augen. Das tiefe Blau des Himmels, das sich im See spiegelte, das rostbraun gefärbte Laub. Die Oberfläche des Wassers war rau, kleine, hektische Wellen mit weißen Schaumschlieren.

»Der Wind ist kalt geworden.« Marlis legte das Handtuch um ihre Schultern. »Ich glaub, ich geh doch nicht ins Wasser.«

»Ich auch nicht.« Sie schwiegen und blickten auf den See.

»Das Licht ist wunderschön, nicht?«, begann Johannes von Neuem.

Marlis antwortete nicht. Sie hatte auch den ganzen Weg kaum etwas gesagt.

»Was ist nun schon wieder?«

Sie schüttelte unwillig den Kopf.

Johannes legte seine Hand in ihren Nacken. »Marlis, komm, rede mit mir.«

»Mir geht einfach alles auf die Nerven.«

Er warf ihr einen Blick zu. »Vielleicht etwas konkreter?«

»Nora.

»Wieso?«

»Sie mischt sich überall ein.«

»In was denn? Meine Güte, nun lass dir nicht jedes Wort aus der Nase ziehen.«

Marlis sah ihn an. »Sie hat bei Livias Schule angerufen. Angeblich ist Livia rausgeflogen.«

»Wie bitte?«

»Ihr Lehrer hat sich in sie verliebt, sie hat ihn abgewiesen, und jetzt behauptet er, sie sei unbegabt.« Marlis schlang die Arme um die Knie. Sie hatte eine Gänsehaut. »Es ist wirklich eine Katastrophe. Ich muss einen Anwalt …«

Sie unterbrach sich, als Alexander am Ende des Weges auftauchte. Er hatte nur seine Badehose an und ein Handtuch über der Schulter.

»Wart ihr schon drin?«, fragte er.

»Wir hatten es uns wärmer vorgestellt«, sagte Marlis.

Johannes schwieg. Er vermied es, Alexander direkt anzusehen, er war nicht sicher, ob es ihm gelang, seine Wut zu verbergen.

Alexander warf das Frotteetuch über einen Ast. »Los, komm, sei ein Mann.«

»Nein, danke.«

Alexander grinste. »Du kneifst?«

Johannes stand auf, ging ohne ein Wort an ihm vorbei zum See. Er watete hinein, bis seine Hüften bedeckt waren. Das Wasser war wärmer als die Luft. Alexander war ihm gefolgt, Johannes spürte seinen Blick von der Seite.

»Du bist gut in Form. Machst du Krafttraining, so wie früher?«

Johannes spannte die Bauchmuskeln an. »Seit Kurzem erst wieder.«

»Na, man sieht schon was.« Alexander tauchte auf einmal unter, schnellte hoch und bespritzte Johannes mit Wasser.

Johannes warf sich hinein. Sie schwammen mit ruhigen Stößen vom Ufer weg. Als er sich umblickte, sah er, dass Marlis aufstand und ging.

»Und, wie läuft's so bei dir?«, fragte Alexander.

»Gut. Bei dir?«

»Bestens.«

»Du hast gestern in der Stadt übernachtet? So viel Arbeit?«

»Ja, ich wollte dich noch anrufen und dir Bescheid sagen, hab es aber nicht mehr geschafft. Ich hatte einen ewig langen Termin.«

»Simon hat es erwähnt. Hoffentlich hast du dich nicht überanstrengt.«

Sein Blick wurde wachsamer. »Lass gut sein, Jo. Du denkst in die falsche Richtung.«

»Ach ja? Seine Anspielungen waren recht deutlich.«

Alexander tauchte und schwamm zwei lange Züge unter Wasser. Johannes musste sein Tempo beschleunigen, um mitzuhalten.

Alexander kam an die Oberfläche, holte Luft. »Kann ich dir davon erzählen?«

»Warum mir?«

»Weil du mein bester Freund bist?«

Johannes vermied es, Alex anzusehen. Er wusste nicht, ob sie noch Freunde waren. Es je gewesen waren. Hatte es sich früher anders angefühlt? Im Studium hatte er Alex bewundert. Ihn nachgeahmt. Und auch heute noch spürte er das Bedürfnis, in seiner Nähe zu sein. Alex war wie ein Motor, der auch ihn antrieb, sich schneller zu bewegen. Höher, schneller, weiter. Aber er wusste bereits, dass er das, was nun kam, nicht hören wollte.

»Niemand kann behaupten, ich hätte Livia in irgendeiner Weise ermuntert. Sie versucht es halt bei mir. Absurd, oder? Wir wohnen hier zusammen. Und ich bin verheiratet.«

»Solche Kleinigkeiten haben dich früher nicht gestört.«

»Aber jetzt stören sie mich.«

Natürlich. Johannes' Kiefer schmerzte vor Anspannung. Wie konnte er auch so dumm sein! Was gestern galt, musste heute längst nichts mehr heißen. Alex' Welt drehte sich schneller als seine, Alex legte fest, was moralisch korrekt war und was nicht. *Friss oder stirb, Johannes!*

Sie waren jetzt weit weg vom Ufer, in der Mitte des Sees. Alexander drehte sich auf den Rücken, breitete die Arme aus und schloss die Augen. Johannes wartete. Er streckte seinen Arm aus. Fast berührte er Alexanders Stirn. Der lag entspannt da, die Lider noch immer geschlossen. Die Abendsonne tauchte das Wasser in goldenes Licht. Johannes fühlte eine große Zuversicht in sich wachsen. Er holte Schwung und warf sich auf Alexander, drückte ihn unter Wasser. Alexanders

Körper sank in die Tiefe, doch er kam mit schnellen, kraftvollen Bewegungen zurück an die Oberfläche. Johannes ließ ihn nicht auftauchen, presste seinen Kopf nach unten. Alexander ruderte mit den Armen, trat nach ihm. Panisch, unkontrolliert schlug er um sich, bäumte sich auf. Als seine Kraft spürbar erlahmte, ließ Johannes ihn los.

Alexanders Kopf schoss aus dem Wasser, er riss Augen und Mund weit auf, sog Sauerstoff in seine Lungen.

Johannes schwamm ein Stück Richtung Ufer, hielt Abstand, ohne ihn aus dem Blick zu lassen. Sein Kopf war leer. Da war nichts, kein Gefühl, kein Bedauern. Nur eine kalte, klare Wachsamkeit.

»Bist du bescheuert?!«, stieß Alexander fast unverständlich hervor. Sein Gesicht war verzerrt. »Hast du sie nicht mehr alle?«

Johannes hörte sich lachen, ohne etwas dabei zu empfinden. »Hey, war doch nur Spaß! Du tauchst doch so gern.«

»Sehr witzig!« Alexanders panischer Atem beruhigte sich nur langsam. Er sah Johannes ungläubig an, da war Wut, aber auch Angst in seinem Blick. Und noch etwas. Respekt. Das war neu.

Alexander schwamm zurück zum Ufer, Johannes folgte mit ein paar Metern Abstand. Stumm und voneinander abgewandt trockneten sie sich ab.

Johannes suchte nach Worten, um sich zu entschuldigen. Es war ein Reflex, nichts, was ihm jetzt ein Bedürfnis war. Er wusste nicht mal, was da gerade eben passiert war. In seinem Kopf hatte etwas ausgesetzt.

»Alex, bitte, ich … Es tut mir leid.« Er spannte jeden Muskel an. Wenn Alexander sich auf ihn stürzen würde, war er vorbereitet.

Alexander hielt in seiner Bewegung inne. »Weißt du, was ich komisch finde, Jo? Seit wir hier zusammenwohnen, reden wir nicht mehr. Früher hatten wir mehr Kontakt.«

Johannes hob die Schultern, er war so verspannt, dass die kleinste Bewegung schmerzte. Er trat näher zu Alexander. »Ich weiß nicht, was da eben über mich gekommen ist. Es tut mir leid. Wirklich.«

»*Mir* tut es leid.« Alexander blickte auf den See hinaus. »Das mit Livia. Ich wusste nicht, dass dich das so aufregt.«

»Tut es nicht. Von mir aus mach, was du willst. Ich bin nicht ihr Vater. Und selbst wenn! Sie ist volljährig. Sie macht sowieso ihr Ding.«

Alexander lächelte abwesend. Wie konnte er so entspannt sein?

»Verflucht, was mach ich nur mit ihr?«, sagte er. »Sie könnte meine Tochter sein. Und ich find sie nicht mal so richtig scharf.«

Johannes atmete schnell und flach. »Sie ist gerade mal zwanzig. Da sind sie doch alle scharf.«

Alexander kniff die Augen zusammen und blickte einem Silberreiher nach, der sich über den Waldrand in die Luft schwang. »Ich musste es einfach ausprobieren. Aber jetzt ärger ich mich.«

Johannes fühlte eine heftige Wut in sich aufsteigen. Er konnte kein einziges Wort mehr ertragen. »Ich hau ab.«

»Jo, warte doch mal.«

»Mir wird kalt hier!«

Johannes rannte fast. Warum war Alexander nicht mehr wütend? Er selbst war noch immer auf der Hut, er wurde das Gefühl nicht los, Alexander könnte ihn verfolgen und von hinten anspringen. Gehetzt blickte er sich um.

Alex saß auf dem Baumstumpf, den Blick abgewandt, das blütenweiße Handtuch lässig um die Schultern gelegt. Er hatte keinen Freund nötig, er brauchte niemanden.

Gerade eben hatte er Alex fast getötet. Es hatte nichts an ihrer Beziehung verändert. Das tat am meisten weh.

Nora

Die Steine im Hof speicherten die Wärme des Tages. Nora fühlte sie an den nackten Fußsohlen. Die Kamera lag vor ihr auf dem Holztisch, unbenutzt, aber ein Requisit, das ihr vor den anderen die Berechtigung verschaffte, einfach dazusitzen.

Zwei Wespen surrten taumelnd heran, umschwirrten sich, stießen gegeneinander. Sie landeten auf dem Boden zu Noras Füßen. Eine thronte nun auf der anderen, umklammerte die zarte Taille. Die untere bäumte sich auf, wurde zu Boden gedrückt. Der Kampf war wild und leidenschaftlich, Nora sah fasziniert zu, so liebten sich also Insekten. Plötzlich verstummte das Surren. Die obere Wespe bewegte sich ein Stück zur Seite. Die Taille der unteren war durchtrennt. Die zwei Hälften des Tieres zuckten. Die Siegerin umschlang den Unterleib und flog mit ihm davon. Der Kopf und der Oberkörper erlahmten. Bevor die mattschwarzen Augen erblindeten, drückte Nora auf den Auslöser.

Marlis kam durchs Tor, ein Handtuch in der Hand. Als sie Nora sah, presste sie die Lippen zusammen. Nach dem Streit waren sie sich den ganzen Tag aus dem Weg gegangen, und Nora wollte auch jetzt nicht mit ihr sprechen. Die Idee einer Wohngemeinschaft war genau so lange schön, wie sich alle gut verstanden. Doch wenn ernsthafte Zerwürfnisse entstanden, wurde sie zur Qual.

Nora fand das Schweigen auf einmal unerträglich. »Wie war das Schwimmen?«, fragte sie.

»Nur die Männer sind im Wasser, mir war es zu kalt. Sorry, aber ich muss noch nähen.« Marlis ging zügig in die Werkstatt und schloss die Tür.

Ihre Kälte traf Nora wie ein Schlag in den Magen, aber einer, mit dem sie gerechnet hatte. Sie goss sich in der Küche ein Glas Weißwein ein und setzte sich ins Wohnzimmer. Marlis nähte wie besessen, das hektische Surren ihrer Maschine drang durchs offene Fenster, Alex und Jo waren beim Schwimmen, Lukas hing den ganzen Tag schon bei Diana herum. Gemeinsam mit Livia natürlich. Nora konnte sich keinen anderen Grund dafür vorstellen, dass er so begeistert von der Theatergruppe war.

Sie versuchte, ein Buch weiterzulesen, aber es packte sie nicht. Nicht genug, um sie von ihren Gedanken abzulenken. Auch dieser Stillstand war unerträglich. Alle um sie herum bewegten sich, verfolgten ihre Ziele. Sogar Hanna in ihrer geistigen Verwirrtheit war rastlos unterwegs.

Und Alexander? Welches Ziel verfolgte er? Warum brach er sein Versprechen? Er musste doch wissen, dass ihr Vertrauen damit endgültig zerstört war.

Lukas kam über den Hof. Sie stand auf und traf ihn in der Küche. »Na, wie läuft es bei dir? Wie war's denn bei der Probe?«

»Beschissen.« Er kramte im Kühlschrank herum. »Gibt's hier irgendwas zu essen?«

Er klang gereizt. Anfangs war er nach den Proben bestens gelaunt gewesen. Aber in den letzten zwei Wochen hatte sich einiges verändert. Etwas lief schief dort, das war offensichtlich.

Nora trat hinter ihn und legte ihm eine Hand auf die Schulter. »Komm, setz dich zu mir, erzähl mir ein bisschen.«

Lukas hielt noch immer die Kühlschranktür geöffnet. »Ich hab Hunger.«

Nora ließ ihn los. »Mach dir ein Brot. Da ist Mortadella in der flachen Dose.«

Er öffnete sie. »Igitt, die stinkt ja schon! Da ist Schimmel drauf!«

»Dann schmeiß sie gleich weg.«

Er donnerte die Kühlschranktür so heftig zu, dass es im Inneren schepperte und klirrte. »Und nicht mal 'ne Pizza kann man sich hier bestellen, in eurem bescheuerten Dorf.«

»Lukas, es reicht!«

»Ich geh wieder zu Diana. Sie macht mir bestimmt was zu essen.«

»Du bleibst hier. Ich möchte mit dir reden. Dabei kann ich dir gern was kochen.«

»Was denn bitte? Der Kühlschrank ist leer!«

Er machte Anstalten, zu gehen, doch sie trat ihm in den Weg.

»Hör zu, ich freue mich ja, wie begeistert du bei dem Theaterprojekt mitmachst und wie gut du dich mit Diana verstehst. Aber du kannst nicht bei ihr einziehen. Deine Familie sind wir. Auch wenn wir es gerade schwer miteinander haben.«

»Ihr kotzt mich an mit eurer Verlogenheit.«

Nora trat dicht vor ihn, hielt ihn fest. »Warum bist du so aggressiv? Was ist los mit dir?«

»Seit wann interessierst du dich dafür, was los ist? Du willst doch gar nicht sehen, was hier läuft! Deshalb geh ich zu Diana. Weil sie mir wirklich zuhört. Mit ihr kann ich über Livia reden. Und über Papa. Was er mit ihr macht, und mit dir!«

Diana wusste also über alles Bescheid, was hier auf dem Hof ablief. Sie war informiert, dass Noras Ehe im Begriff war zu scheitern. Und sie sprach nicht mit ihr darüber, sondern mit ihrem Sohn. Er hatte das erreicht, was sie sich gewünscht hatte. Er hatte Diana als Freundin gewonnen. Sie war sensibel und klug, hatte diese beruhigende Art … Nora konnte ihn so gut verstehen. Sie beneidete ihn um diese Freundschaft.

»Lukas, es tut mir leid.«

Er riss sich los, lief an ihr vorbei aus der Küche und nach oben, knallte seine Zimmertür zu, sie hörte, wie er den Schlüssel im Schloss herumdrehte. Kurz darauf dröhnte Musik los, so laut, dass die Wände vibrierten.

Es war nicht auszuhalten. Nora ging hinterher, klopfte, hämmerte an seine Tür, doch er reagierte nicht. Vermutlich hörte er sie gar nicht.

Jemand musste mit ihm reden. Am besten Alex. Sollte er doch seinem verliebten Sohn erklären, dass er selbst nichts von Livia wollte.

Die Musik stoppte. Aber ein neues Geräusch durchbrach die Stille. Jemand schrie, aber es hörte sich nicht menschlich an. Es klang zu hoch, zu schrill. Was war das? Ein Tier? Es musste ganz in der Nähe sein.

Nora folgte den merkwürdigen Lauten, trat auf die Straße. Es gab keinen Zweifel, sie kamen aus Dierks' Hof. Die letzten paar Schritte rannte sie. Der Lärm kam aus dem Stall. Das Pferd wieherte laut. Ein Scheppern, harte, metallene Schläge, Poltern und vor allem das Geschrei. Alles gleichzeitig. Nora zog die Tür auf.

Dierks stand in der Box der beiden Schweine, er trieb eines der Tiere vor sich her. Das, was Nora für Schreie gehalten hatte, war das Quieken des Schweins, das panisch versuchte, nach links und rechts auszubrechen.

Und Hanna war auch da! Sie schlug mit einem Metalleimer gegen die Gitterstäbe einer Box, immer wieder. Sie schien wie von Sinnen. Circe sprang panisch in ihrer Box herum, das Weiße ihrer Augäpfel leuchtete in der Dunkelheit. Sie trat mit den Hinterbeinen gegen die Holzwand.

Nora zog die Stalltür zu und lief ins Freie. Die beiden schienen sie nicht gesehen zu haben. Oder doch? Machten sie Krach, um sich für Lukas' Lärm zu rächen?

Streit hin oder her, Nora musste Marlis Bescheid sagen. Sie durfte Circe nicht dort lassen. Doch Marlis war weder in der Werkstatt noch im Haus.

Nora ging zu ihrer eigenen Wohnung. Lukas' Zimmer war leer. Wo war er? In der Schlafzimmertür blieb sie erstaunt stehen. Alexanders Anziehsachen lagen auf dem Bett. Er musste zurückgekommen sein, während sie draußen gewesen war. Hatte er mit Lukas geredet? Hatten sie sich gestritten? Oder war Lukas schon wieder zu Diana verschwunden?

Sie hörte ein Plätschern aus dem Bad, die Tür war angelehnt. Sie blickte hinein. Alex lag in der Wanne. Der Raum duftete nach Jasminblüten.

Er entdeckte sie. »Na, du?«

Die Farben verblassten im schwindenden Licht, das durchs offene Fenster fiel, nur die Keramikschüsseln leuchteten weiß auf dem Waschtisch aus Granit. Ein zarter Glanz lag auf der elfenbeinfarbenen Tapete, auf ihren graubeigen Streifen. »Greige« hatte Johannes die Farbe genannt. Wie exklusiv, hatte Nora damals gedacht. Aus einer schlanken Vase reckte sich eine bizarr geformte Distel in die Höhe, und am Spiegel lehnte ein Bild, auf dem »Amore« stand, weiß auf schwarzem Grund.

Nora nahm den Raum wahr wie ein Stillleben, mit Alexander darin, seine feuchten Locken im gleichen Braunton wie die Farbe des Holzbodens, die sehnigen Arme entspannt auf dem Wannenrand. Ein Glas Weißwein stand neben zwei mintfarbenen chinesischen Schalen, beschienen von einer Kerze in einem antiken Halter. Das Ganze wirkte wie eine Fotografie aus einer Zeitschrift für stilvolles Wohnen.

Einen Stein schmeißen, den Spiegel einschlagen, die Baumwolltücher von den Stangen reißen! Irgendwas in dieses Bild hineinschleudern, um alles kaputt zu machen. Und dann diese Stimme in ihr, ein giftiges, höhnisches Flüstern: *Das ist dein Leben. Alles auf Hochglanz poliert. Eine edel glänzende Kulisse, aber dahinter nichts als ein armseliger Scherbenhaufen.*

»Warum starrst du mich so an? Was ist?«, fragte Alexander.

Nora hörte sofort an seiner Stimme, dass es ihm nicht gut ging. Es fehlte der amüsierte Unterton. Er klang erschöpft.

»Nichts.«

»Wie war dein Tag?« Er richtete sich auf, sodass sein Oberkörper bis zum Bauchnabel aus dem Wasser ragte, nahm einen Schluck Wein, sah sie abwartend an. »Vergiss die Frage. Du musst ja nicht mit mir reden.«

Nora atmete langsam aus. »Bist du eigentlich glücklich hier?«

»Wo?«

»Auf dem Hof.«

Er stellte das Glas ab. »Ich bin da glücklich, wo du bist.« Er streckte einen Arm nach ihr aus. »Komm her.«

»Nein.«

Er schüttelte den Kopf. »Sind wir schon wieder an dem Punkt? Ist es wegen gestern Abend?«

Nora nickte. Sie hatte keine Lust auf das Spiel, das nun begann. Das Theater, bei dem ihr die Rolle der misstrauischen, ungerechten, kleinlichen Ehefrau zugedacht war.

Er sank wieder ins Wasser, legte den Kopf nach hinten. »Jo hat versucht, mich umzubringen.«

Der Satz schwebte an Nora vorbei, kehrte zurück und detonierte in ihrer Ohrmuschel. »Was sagst du?«

»Vorhin beim Schwimmen. Ich lag auf dem Rücken, hatte die Augen zu. Er hat mich runtergedrückt. Wir haben gekämpft, er hat meinen Kopf mit beiden Händen unter Wasser gehalten. Ich dachte wirklich, das war's jetzt.«

»Du spinnst!« Nora drehte sich um und ging. Sie setzte sich im Schlafzimmer aufs Bett, spürte die flauschige Wolle des Teppichs an den nackten Fußsohlen. Die schmeichelnde Berührung machte sie noch wütender. Sie lief zurück ins Bad.

»Du bist krank, weißt du das eigentlich?«, schrie sie.

Alexander war inzwischen aus der Wanne gestiegen, er trocknete sich ab, ohne sie anzusehen.

»Johannes ist der Einzige hier, dem ich noch vertraue. Er versucht, hier alles zusammenzuhalten. Wie kannst du so was von ihm behaupten?«

Alexander warf das Handtuch in den Wäschekorb. »Du warst nicht dabei.« Er ließ das Badewasser ablaufen, es rauschte durch Rohre davon, ab und zu gluckerte es. »Er hat im letzten Moment Schiss bekommen. Nur deshalb hat er mich losgelassen.« Er sprach vollkommen ruhig und emotionslos.

Nora sah ihn fassungslos an. Er meinte es ernst.

»Und warum sollte er dich umbringen wollen?« Sie gab ihrer Stimme einen sarkastischen Klang, doch was herauskam, hörte sich ängstlich an.

Alexander ging nackt an ihr vorbei, er roch nach Jasminblüten. Sie folgte ihm zögernd ins Schlafzimmer. Im hellen Licht der Deckenlampe sah Nora, wie bleich sein Gesicht war. Unter seinen Augen lagen dunkle Schatten.

»Wenn man seinen einzigen Freund töten will, dann kommen wohl nur die großen Gefühle infrage. Neid, Eifersucht, Rache. Liebe und Hass. Such dir was aus oder nimm alle zusammen.« Er zog seinen Morgenmantel über und trat zur Tür. »Ich brauch noch was zu trinken.«

Nora fror. Sie stand mit nackten Füßen in einer Wasserlache auf Dierks' Hof. Die metallischen Schläge dröhnten in ihren Ohren. Unerbittlich. Warum hörte Hanna nicht auf damit? Warum schlug sie immer weiter den Eimer gegen die Gitterstäbe? Lukas war doch längst ruhig. Nora musste es ihr sagen. Lukas war nicht mehr da. Er war einfach verschwunden.

Auf einmal wurde es still. Eine falsche, trügerische, gefährliche Stille.

Nora hörte ein dumpfes Geräusch aus dem Stall, als ob etwas Schweres zu Boden fiel. Eine Stimme in ihrem Kopf warnte sie, die Stalltür erneut zu öffnen. Aber ihre Hand tat es einfach, ihre Beine traten näher, sie sah hinein.

Unter einer nackten Glühbirne, die hin und her schwang, stand Dierks in einer Gummischürze. Vor ihm lag ein grauer Körper. Eine der beiden Sauen. Hanna zog jetzt den Eimer über die Stäbe, immer schneller, wie ein Trommelwirbel.

Dierks kniete sich auf die Schulter des Tieres, setzte einen Fuß vor sein Maul und zog den Kopf mit seinem Stiefel so weit zurück, dass der Hals sich spannte. Dann packte er den Vorderlauf und spreizte ihn zur Seite weg. Erst jetzt sah Nora das Messer in seiner Hand. Er setzte es an die Gurgel der Sau. Einen Augenblick lang hielten alle inne, wie in einem Standbild. Das Pferd drückte sich an die Rückwand der Box. Hanna starrte ihren Vater an. Dierks stach zu, zog das Messer heraus, und ein Schwall Blut schoss aus dem Hals des Schweines. Es zuckte mit den Läufen, sein Maul klappte auf und zu, die Augen irrten suchend umher. Unaufhörlich lief nun Blut aus der

Halswunde. Bald glänzte der Boden rot. Nora wurde übel. Es roch nach dem Blut, aber auch nach Urin und Schweiß.

Dierks' Hände hinterließen dunkelrote Schlieren auf der Gummischürze. Er kam auf Nora zu. »Was wollen Sie hier?«

»Nichts!« Nora wich durch die Stalltür zurück, ohne ihn aus den Augen zu lassen. Das Blut hatte längst den Hof erreicht. Das Wasser in den Pfützen färbte sich rot.

Nora schreckte hoch, legte die Hände auf die Brust, atmete heftig ein und aus. Bilder fluteten durch ihren Kopf. Das Gefühl der Beklemmung, der Panik, als Dierks auf sie zukam ... Sie wollte schreien. Das Blut auf dem Boden ...

Nein, sie war in ihrem Schlafzimmer. In ihrem Bett. Es musste schon Morgen sein, draußen war es hell. Dort stand ihr Schreibtisch. Darüber das Bild, auf dem sie das blaue Kleid trug. Ihr Computer und der Sessel mit ihren Anziehsachen ... Sie blickte neben sich. Alex' Bettseite war leer.

Sie stand auf, um den beklemmenden Traum schnell zu vertreiben, ging nach unten. Die Wohnung war leer. Sie lauschte in den Hof. Ein Vogel sang in der Buche. Und Marlis' Nähmaschine surrte schon wieder.

Sie überwand ihre Wut auf Marlis, machte zwei Tassen Kaffee und klopfte an das Werkstattfenster. Marlis kam zur Tür.

»Magst du?«, fragte Nora.

»Oh, kannst du hellsehen?« Marlis nahm den Kaffee entgegen. Sie hatte rote Flecken auf den Wangen.

»Du bist aber früh dran heute.«

»Am Wochenende ist Mittelaltermarkt in Vechta. Da gehen diese Gürtelschärpen immer ganz gut. Ich wäre schon fertig damit, aber meine Maschine spinnt. Jetzt näh ich alles auf der alten, aber das dauert viel länger, weil ich die Spulen dauernd wechseln muss.«

Sie setzten sich an den Tisch unter der Buche, vermieden es aber beide, sich in die Augen zu sehen. Eine unverfängliche Unterhaltung, die sich anfühlte wie ein fragiler Waffenstillstand.

»Das tut mir leid, wann kannst du sie reparieren lassen?«

»Ach, erst mal muss ich jemanden finden, der das kann. Und das wird bestimmt verdammt teuer.«

Ein Pferd wieherte. Nora und Marlis wandten beide den Kopf in die Richtung. Das musste Circe sein.

»An deiner Stelle würde ich sie nicht bei Dierks lassen«, sagte Nora. »Gestern ist sie fast durchgedreht.« Sie erzählte Marlis von dem Krach im Stall, ihren Traum erwähnte sie lieber nicht.

»Sie kommt ja heute auf die Weide. Ich möchte sie in der Nähe haben, verstehst du?«

»Du musst es wissen, aber ...«

Marlis stellte die Tasse mit lautem Geräusch auf den Tisch. »Meine Güte, Nora. Langsam hab ich das Gefühl, du bist nur noch damit beschäftigt, uns zu beobachten und zu kritisieren. Ich freue mich natürlich, wenn du an meinem Leben Anteil nimmst, aber hör auf, dich in irgendwelche Dinge hineinzusteigern. Ich krieg meine Sachen schon hin. Ich bin schließlich erwachsen.«

»Ich habe nicht das Gefühl, dass du irgendwas hinkriegst. Du interessierst dich vor allem für dein Pferd und deine Gürtelschärpen. Du wärst nicht auf die Idee gekommen, in München anzurufen und mit diesem Rafael zu sprechen. Du redest auch nicht offen mit Livia. Du hältst dich aus allem raus und hoffst offenbar, dass sich die Dinge von selbst lösen. Aber das werden sie nicht.«

Marlis sah sie stumm an.

»Und hier geht alles den Bach runter. Merkst du das eigentlich nicht?«

»Was meinst du?«

»Ich glaube, dass Livia mit Alexander geschlafen hat. Alex und Jo hatten Streit. Ich wette, deswegen. Alex sagt, Jo habe ihn unter Wasser gedrückt. Bis er fast ertrunken ist.«

»Das denkst du dir aus, oder? Um mich auch noch verrückt zu machen.« Marlis' Hand zitterte, als sie die Tasse nahm, sie trank einen Schluck. »Das müssen diese Medikamente sein, die du nimmst. Die verzerren deine Wahrnehmung.«

Nora stand auf und umklammerte die Stuhllehne. »Du bist gemein. Und ungerecht. Meine Wahrnehmung funktioniert sehr gut. Aber du guckst dir deine Welt schön. Deine Idylle hier. Die leider schon lange nicht mehr existiert!«

Marlis schüttelte den Kopf, stumm und verächtlich. Dann verbarg sie ihr Gesicht in den Händen.

Nora wurde plötzlich ganz ruhig, obwohl sie nicht verstand, woher diese Ruhe kam. Alles schien ihr auf einmal so klar zu sein. Sie alle mochten sich. Sie und Marlis waren Freundinnen. Und sie beide brauchten sich gegenseitig. Nora, weil ihre Ehe kaputtging. Und Marlis, weil sie einen Traum aufgeben musste, der sich nicht bewahrheiten würde: Livias Karriere als Schauspielerin. Auf einmal fühlte Nora Mitleid mit Marlis. Sie trat zu ihr und wollte den Arm um ihre Schultern legen. Doch Marlis machte eine abwehrende Bewegung. »Lass mich.«

»Marlis. Verzeih, was ich gesagt habe. Können wir nicht aufhören, uns gegenseitig anzugreifen?«

Marlis ließ die Hände sinken und sah sie an. »Glaubst du, mir macht das Spaß?«

»Sorg dafür, dass Livia neu anfangen kann. Lass sie nicht

allein in dieser Situation. Rede mit ihr. Was will sie jetzt machen? Gib ihr erst mal Geld für eine eigene Wohnung. Vielleicht in Berlin?«

»Hauptsache, du bist sie los?«

Nora atmete durch. »Nein, nicht deswegen. In erster Linie geht es um Livia. Aber auch um uns alle. Solange sie da ist, gibt es nur Streit und Eifersucht.«

»Es geht immer um dich, Nora. Du musst im Mittelpunkt stehen. Die sensible und hochnervöse Nora. Passt auf, was ihr sagt, sonst wird sie wieder depressiv. Fasst sie mit Samthandschuhen an! Wir haben Rücksicht auf dich genommen. Aber Livia ist das egal. Sie ist noch egozentrischer als du.« Sie rieb sich über die Augen. »Eine Wohnung in Berlin? Selbst wenn ich es wollte, ich könnte es nicht bezahlen. Ich hab kein Geld.«

Nora hatte beschlossen, gar nichts mehr zu sagen, aber es rutschte ihr heraus: »Du hast dir gerade ein Pferd gekauft.«

Marlis' Lippen wurden schmal. »Ich habe Schulden gemacht. Es ist viel. Keine Ahnung, wie ich es abzahlen soll.« Sie stand auf. »Ich muss weiternähen. In der nächsten Zeit kann ich nicht einen einzigen Markt auslassen. Und das Pferd muss bei Dierks bleiben, weil ich mir eine höhere Stallmiete woanders nicht leisten kann. Dumm gelaufen. Und nun denk von mir, was du willst.« Sie ging zur Werkstatt, wandte sich noch einmal um. »Danke für den Kaffee.«

Nora fuhr über die Dörfer zur Autobahn. Sie hielt es nicht mehr aus: Die Geräusche von Dierks' Hof, die Alten im Dorf, die Augen hinter den Gardinen, wenn sie den Müll rausbrachte, Hanna, die nur darauf wartete, dass sie sich zeigte, um ihr hinterherzulaufen. Nora sehnte sich nach Anonymität, nach fremden Menschen, denen sie egal war, nach irgendeiner

Ablenkung. Da sein, ohne gesehen zu werden, einfach stehen bleiben vor irgendeinem Schaufenster, allein sein. Fast musste sie lächeln. Zieht man nicht genau dafür aufs Land? Um der Masse zu entfliehen? Um den Lärm und die Enge hinter sich zu lassen? Doch je weniger Menschen um einen herum waren, desto bedrohlicher wurden sie.

Der Himmel hatte sich zugezogen, es war drückend warm. Im Nachbardorf fuhr Nora an Schrebergärten vorbei, sie lagen links an der Straße, sahen ärmlich, ungepflegt aus. Das Grün war ausgedörrt, als würde hier nicht gegossen. Die Straße war menschenleer. Eines der Gartentore war mit weißen Schleifen geschmückt. Sie leuchteten festlich, stachen heraus aus dem schäbigen Gesamteindruck der Umgebung. Nora fuhr langsamer und sah neugierig hinein. Ein paar Luftballons in knalligen Farben hingen seitlich in den Büschen. Am Ende des handtuchschmalen Gartens, auf einem Holztisch, saß ein kleines Mädchen in einem hellen Kleid. Sie hatte die Hände aufgestützt und baumelte mit den Beinen, die aus einer Wolke aus weißem Tüll hervorschauten. Auch in ihrem blonden Haar leuchteten Schleifen. Sie war allein. Worauf wartete sie? Auf ihr Fest, das bald beginnen würde?

Das Bild traf Nora wie ein Stich ins Herz. Die Zeit, in der sie selbst glücklich gewesen war, würde nicht wiederkehren.

Sie hielt an der rechten Straßenseite im Halteverbot. Jemand fuhr vorbei, drückte wütend auf die Hupe.

Sie gehörte nicht hierher. Nicht nach Seesendorf, nicht zu Marlis und Johannes und nun auch nicht mehr zu Alexander. Und auch nicht zu Diana, mit der sie gern befreundet gewesen wäre, aber die ihre Freundschaft nicht brauchte.

Es dauerte mehrere Minuten, bis sie die Kraft fand weiterzufahren. Nachdem sie endlich Berlin erreicht und in einer Nebenstraße geparkt hatte, lief sie zum Ku'damm und bummelte dort ein Stück an den Läden entlang. Dann zog es sie weiter nach Norden, Sie wollte sich einfach treiben lassen.

Als sie in die Uhlandstraße einbog, konnte sie sich nicht länger vormachen, dass die Richtung reiner Zufall war. Sie war eindeutig auf dem Weg zur Galerie. Schon von Weitem sah sie den Aufsteller, auf dem immer ein Plakat der aktuellen Ausstellung angebracht war. Darauf stand ihr eigener Name. Galerie Nora Bernsdorf.

Nora konnte ohne Sorge direkt am Haus vorbeigehen, denn die Ausstellungsräume lagen im zweiten Stock, in einer herrschaftlichen Charlottenburger Altbau-Etage. Wenn Gisa nicht gerade zufällig aus dem Fenster sah, würde sie Nora nicht entdecken.

Und wenn sie einfach hinaufging? Sich die Bilder ansah, einen Kaffee mit Gisa trank? Doch Nora mochte nichts von ihrem neuen Leben erzählen, für Lügen fehlte ihr die Kraft, und Gisa lebte nur für die Galerie. Jede Frage, die Nora ihr stellen würde, käme bei ihr an wie eine Einmischung oder Kontrolle.

Nora betrachtete noch einmal das Plakat. Es gefiel ihr nicht. Sie ging weiter und wechselte die Straßenseite. Vor ihr lagen einige Restaurants, in denen Mittagstisch angeboten wurde. Früher war sie hier oft mit Gisa eingekehrt. Sie hatten Ziegenkäse mit Oliven und frischem Baguette gegessen, dazu einen kühlen Chablis getrunken. Ein leichter Snack, bevor es wieder an die Arbeit ging, oft bis in den späten Abend.

Nora sah schon von Weitem Gisas rotes Haar leuchten. Sie saß an einem der Außentische mit einem Mann. Nora blieb stehen. Wie merkwürdig. Es war Johannes.

Nora kehrte um in die Richtung, aus der sie gekommen war. Woher kannten sich Gisa und er? Sein Büro war nicht weit entfernt. Hatten sie sich durch Zufall kennengelernt, weil sie dasselbe Stammlokal besuchten?

Nora ging weiter, ohne sich über ein Ziel Gedanken zu machen. Laufen, ohne beobachtet zu werden. Nachdenken ohne die engen Hofmauern um sie herum.

Früher hatte sie auch manchmal Alexander zum Mittagessen getroffen. Sie sprudelte dann nur so über von dem, was sie an dem Tag erlebt hatte, er hatte ihr zugehört mit diesem amüsierten Ausdruck in den Augen. Immer war viel zu erzählen gewesen, und dabei hatte sie nie die Uhr aus den Augen gelassen. So viel zu tun. Damals hatte sie sich gewünscht, mehr Zeit zu haben. Ihre ganzen Pläne … das Fotografieren, private Reisen, Yoga, Ausschlafen … All das konnte sie jetzt haben. Sie war frei. Aber es hatte seinen Reiz verloren. Sie hätte die Zeit damals, so knapp sie war, mehr genießen müssen. Sie kam ihr nun vor wie das Paradies.

Nach weiteren zwei Stunden, als Nora die Füße so wehtaten, dass sie nicht mehr laufen konnte, fuhr sie zurück nach Seesendorf.

Als sie am Gemeindehaus vorbeikam, waren die Vorhänge an den Fenstern zugezogen. Sie hielt und stieg aus. Stimmen drangen nach draußen. Probten sie noch? Sie hörte Lukas. Er war wieder nicht in der Schule gewesen. Das würde auch bald Probleme geben. Er konnte sich nicht dauernd krankmelden, nur um den lieben langen Tag Livia anhimmeln zu können. Er verpasste den Unterrichtsstoff, und so wie Nora ihn kannte, arbeitete er ihn auch nicht nach.

Aus dem Gebäude drangen keine Geräusche mehr.

Sie wollte wieder ins Auto steigen, als Livia eilig herauskam und die Tür zuknallte. Sie hatte geweint, ihre Augen waren rot und verquollen. Sie entdeckte Nora und blieb stehen. Nora lehnte sich ans Auto. Was war los? Livia schien unentschlossen, ob sie wieder hineingehen sollte, sie wandte sich zur Eingangstür, drehte dann um und kam auf Nora zu.

»Ich höre auf mit diesem Mist.« Ihre Tränen waren versiegt, jetzt sah sie eher wütend aus. »Ich schmeiß die Rolle hin.«

»Habt ihr nicht bald die Aufführung?«

»Mir doch egal.«

Nora wartete, doch mehr kam nicht von ihr. Nora hob die Schultern, öffnete die Wagentür. »Na, du musst es wissen.«

»Kann ich mit dir darüber reden?«

»Wenn du willst, gehen wir ein Stück.«

Livia lief los, vom Gemeindehaus weg, schlug den Weg zum See ein. Nora beeilte sich, um mit ihr Schritt zu halten. Innerlich zögerte sie. Es war nicht klug, sich Livias Probleme anzuhören. Aber Nora war neugierig, was in ihrem Kopf vorging. Vielleicht schmiss Livia die Rolle ja wirklich hin und reiste ab. *Träum weiter!*, höhnte eine Stimme in Noras Kopf. Livia hatte sich eingenistet wie einer von Alexanders Parasiten. Sie blieb. So lange, bis sie eine Perspektive für sich gefunden hatte. Aber es sah nicht so aus, als wenn irgendjemand sie dabei unterstützen würde.

Am See setzten sie sich auf einen umgestürzten Baumstamm.

»Warum bist du denn so wütend?«

»Sie arbeitet einfach nicht mit mir!«

»Diana?«

»›Das wird schon, das wird schon!‹ Mehr fällt ihr nicht ein. Sie hilft mir nicht. Weil sie es nicht *kann*. Ich hätte mich nie auf dieses Laientheater einlassen dürfen.«

Nora wusste nicht, was sie dazu sagen sollte, sie hatte noch nie eine Theaterprobe miterlebt. »Was würde dir denn helfen?«, fragte sie.

»Sie muss mir sagen, wie ich das spielen soll. Boris und Lukas gibt sie zu jedem Halbsatz eine Regieanweisung, und bei mir: kein Wort.«

»Vielleicht machst du es einfach gut und …«

»Nein! Ich bin nicht gut. Ich bin schlecht, so schlecht wie noch nie in meinem Leben.«

Nora seufzte. »Ich weiß nicht. Ich kann das nicht beurteilen.«

»Nein. Wie auch.« Livia drückte die Wirbelsäule durch und warf das Haar nach hinten. »Soll sie sehen, wer die Iphigenie spielt. Ich nicht.«

»Ich habe mit deinem Lehrer telefoniert. Mit Rafael.«

Livia fuhr herum. »Du hast … was? Wie kommst du dazu?«

»Er hat mir erzählt, wie es wirklich war.«

»Das geht dich überhaupt nichts an.«

»Du weißt, dass mich das sehr wohl etwas angeht.«

Livia warf ihr einen flackernden, unsicheren Blick zu. »Ihr wollt mich alle nur los sein.«

»Ich kann nur für mich sprechen«, sagte Nora ruhig. »Du hast recht, ich wünsche mir, dass du den Hof verlässt.«

Livia verbarg das Gesicht in den Händen. »Aber ich weiß nicht, wohin. Was soll ich denn jetzt machen? Ohne die Schule?«

»Du musst eine Entscheidung treffen. Es ist dein Leben. Nicht das deiner Mutter. Weder sie noch Diana noch Rafael sind verantwortlich für deine Situation, sondern du selbst. Hör auf, dich zu belügen.«

Livia blickte mit düsterer Miene vor sich auf den Boden. Sie schwieg. Schließlich stand sie auf und ging zum Ufer. Wellen schwappten über den Sand und umzüngelten ein paar Steine, einige von der Größe eines Kopfes, andere nur faustgroß. »Ich hab mir was vorgemacht mit der Schauspielerei. Ich bin unbegabt, ich bringe es einfach nicht. Ich habe alle enttäuscht.«

Nora ging zu ihr. »Du kannst dich noch ein Weilchen selbst bemitleiden, aber das bringt dich keinen Schritt weiter.« Sie seufzte. »Ich bin sehr direkt zu dir, aber ich denke, es ist besser, wenn wir ehrlich miteinander reden.«

Livia sah sie an. »Ich würde alles dafür geben, wenn ich so sein könnte wie du. So klug und selbstsicher. Du hast bestimmt noch nie an dir zweifeln müssen.«

Nora musste gegen ihren Willen lächeln. Es war so absurd, dass dieses Mädchen glaubte, sie wäre stabil, während sie selbst spürte, wie das Leben ihr mehr und mehr entglitt.

»Du bist doch ganz anders als ich«, sagte sie. »Leb dein Leben, nicht meines.«

Livia hob einen der Steine auf und schleuderte ihn ins Wasser, ein Klatschen in der Abendstille. Ein Schwarm grauer Vögel stob aus den Büschen.

»Ich weiß, dass Marlis gerade knapp bei Kasse ist, aber wenn es dir hilft, könnte ich dir Geld für eine Wohnung leihen.«

Livia streifte ihre Sandaletten ab und betrachtete ihre lavendelfarben lackierten Fußnägel. »Das ist wirklich nett von dir.«

»Es ist ein Angebot. Und so wie ich das sehe, das einzige, das du hast.«

Livia zog mit den Zehen kleine Halbkreise in den Sand. Dann sah sie auf, direkt in Noras Augen. »Ich weiß, dass du recht hast, aber ich bin noch nicht so weit. Wenn ich jetzt allein sein müsste, in irgendeiner möblierten Wohnung, würde ich durchdrehen.«

Als Nora mit Livia zurückkam, hackte Johannes Holz im Hof. Die Scheite, schon halb gespalten von der Axt, krachten auf den Baumstumpf, den Alex und er irgendwann gemeinsam in den Hof geschleppt hatten. Normalerweise stellte Marlis eine Schale mit Blumen darauf, doch jetzt nutzte Jo ihn für seine eigentliche Bestimmung.

Er arbeitete schnell und kraftvoll, fast verbissen, als müsste er sich abreagieren. Sein Oberkörper war nackt, und Schweiß lief ihm über Brust, Rücken und Stirn. Nora sah ihn im Geiste vor sich, adrett in Polohemd und Jackett, mit seiner trendigen, dunkel umrandeten Brille, wie er am Mittag mit Gisa in dem Restaurant gesessen hatte. Er hatte sich in den letzten Wochen verändert, so kam es Nora zumindest vor. Er war schlanker und muskulöser geworden, und er hielt sich aufrechter. Sie stellte sich vor, wie er neben Alex im See schwamm. Ihn unter Wasser drückte.

Er hielt inne, als er sie durchs Tor kommen sah, und wischte sich über die Augen. Während Nora stehen blieb, ging Livia weiter, nachdem sie ein gleichgültiges »Hi« gemurmelt hatte.

Johannes blickte ihr nach.

»Sie ist frustriert«, sagte Nora.

»Ich weiß.« Er rieb sich über die Stirn.

Nora sah ihn an. »Alex sagt, du hast ihn fast ertränkt.«

Johannes wich ihrem Blick aus. »Ach was. Das war nur ein dummer Spaß. Es tut mir leid, wenn er das ernst genommen hat.«

»Warum, Jo?«

Er schwieg, schlug die Axt in ein weiteres Holzscheit. Es barst in zwei Teile.

»Du warst wütend auf ihn, oder?«

»Nora, was willst du hören? Es war blöd, es war überflüssig, aber es war nicht böse gemeint.« Er bückte sich nach einem neuen Holzstück.

Nora trat zu ihm. »Du lügst.«

Johannes hatte sich aufgerichtet, sah sie erschrocken an. »Nora, bitte glaub mir.«

»Das würde ich gern! Aber dann sag mir die Wahrheit. Was war los zwischen euch?«

Er hockte sich mit gebeugtem Rücken auf den Baumstumpf.

»Es war wegen Livia. Sie hat es nicht leicht im Moment. Marlis sagt, sie sei von der Schule geflogen. Ich kenne sie, sie weiß nicht mehr ein noch aus. Sie sucht Halt. Anerkennung und Unterstützung. Einen Vater, wenn du so willst. Und es macht mich wütend, wie Alex mit ihr umgeht.«

»Wie geht er mit ihr um?«

Johannes seufzte.

Nora setzte sich neben ihn auf den Stumpf, es kam ihr vor, als spürte sie die Hitze seines Körpers.

»Sie waren in deinem Apartment?«

Er zog die Brauen zusammen und nickte.

»Was genau weißt du darüber?«

Er schüttelte leicht den Kopf. »Er behauptet, Livia habe ihn verführt. Er ist natürlich nicht schuld, nicht das Geringste will er von ihr, er ist ja ein verheirateter Mann, aber sie, das kleine Biest, tanzt wie ein schillerndes Fischlein vor ihm herum, bis der Hai eben zuschnappt. Und dann will er noch gute Ratschläge von mir!«

»Was ist beim Schwimmen passiert?«

Johannes' Schultern sanken herab. Dann holte er Luft, richtete sich auf. »Ich will mich nicht rechtfertigen. Mir ist die Sicherung durchgebrannt. Ich habe mich sofort bei Alex entschuldigt.«

»Was hat er gemacht?«

»Mich provoziert.« Johannes nahm ein Holzscheit und schleuderte es gegen die Schuppenwand. »Trotzdem. Ich hätte mich beherrschen müssen. Jetzt hab ich den Schwarzen Peter.« Er lächelte zynisch.

Nora hatte Jo immer für besonnen gehalten. Aber nun zeigte sich, dass er noch eine andere Seite besaß, eine, die außer Kontrolle geraten konnte.

Johannes sah sie an. »Trenn dich von ihm, Nora. Das meine

ich ernst. Ich kenne ihn seit zwanzig Jahren, er ändert sich nicht. Ich könnte dir Geschichten von früher erzählen.«

Nora blickte über die Mauer in den Himmel. »Mir reichen die von heute.«

»Ich mach mir Sorgen um dich. Dir geht es von Tag zu Tag hier draußen schlechter. Du willst nicht, dass wir es merken, aber ich sehe es dir an.«

Nora lachte auf. »Dabei habe ich heute eine Werbung gesehen. ›Mach hinter jeden Tag ein Plus‹.«

»Dann geh weg von ihm!«

Nora hatte oft genug daran gedacht, Alexander zu verlassen, aber es war ihr Leben und ihre Entscheidung. Es von jemand anderem zu hören, löste Trotz in ihr aus. Und ausgerechnet von Johannes … Gab es diese Freundschaft zwischen ihm und Alexander, die ihr von Anfang an merkwürdig angespannt vorgekommen war, überhaupt? Sie hatte immer gedacht, Johannes würde Alex bewundern. Doch die Wut und Frustration, die bei Jo hervorgebrochen waren, wie lange hatte er die unterdrückt? Es machte ihr Angst. Die Idee zusammenzuziehen war von Jo ausgegangen. Bisher hatte sie gedacht, er wäre derjenige, der die Hofgemeinschaft zusammenhielt, immer besorgt um alle, immer ausgleichend. Aber nun war sie auf einmal misstrauisch. Was wusste sie eigentlich von ihm?

»Woher kennst du Gisa?«, fragte sie. »Ich hab euch zusammen gesehen, in dem Restaurant, heute Mittag.«

Johannes blickte sie erstaunt an. »Du warst in der Stadt? Warum bist du nicht zu uns an den Tisch gekommen?«

Als sie nicht antwortete, fuhr er fort: »Ich treffe Gisa ab und zu, vielleicht ein- oder zweimal im Monat. Irgendwann bin ich in der Mittagspause in der Galerie vorbeigegangen. Ich war einfach neugierig auf deine Partnerin, du wolltest nie von ihr erzählen. Gisa hatte an dem Tag einen wichtigen Kunden da, dem sie Bilder zeigen musste, und gleichzeitig kam der Klempner, um einen Abfluss zu reparieren. Ich hab ihr unter die Arme gegriffen und mich um den Handwerker gekümmert.« Er lächelte kurz bei der Erinnerung. »Danach, als beide weg waren, hat sie mich zum Dank auf ein Glas eingeladen. Wir gehen gern zu diesem Italiener neben der Galerie. Wir sprechen oft von dir. Sie schätzt dich sehr und hofft, dass du bald zurückkommst.« Er rieb sich über die Arme, zog sich dann sein T-Shirt über, offenbar fror er nun. »Warum siehst du mich so an? Ich bin dort gewesen, weil ich mir Gedanken über dich gemacht habe.«

Nora stand auf, und auch er erhob sich. Er legte den Arm um sie, zog sie kurz an sich. »Keiner ist perfekt. Auch ich nicht. Aber glaub mir, ich bin für dich da, wenn du mich brauchst.«

»Ich danke dir.«

»Denk an das ›Plus‹ heute«, sagte er und ging.

Nora entdeckte Alexanders SMS erst, als sie ihr Handy im Schlafzimmer fand und nachschaute, ob der Akku geladen werden musste. Er bat sie, sich schick zu machen und ins Estragon zu kommen. In dieser Woche sei ein besonderes Datum gewesen, er habe es nicht vergessen. Er würde gern mit ihr feiern.

Sie sah, dass Alex' Nachricht schon vor einer Stunde eingetroffen war. Vorgestern war ihr Hochzeitstag gewesen. Vorgestern Abend hatte er mit Livia in dem Apartment verbracht.

Sie schrieb: *Da du das Jubiläum ja bereits auf sehr spezielle Weise »gefeiert« hast, sehe ich keine Notwendigkeit mehr, dass wir es gemeinsam begehen.*

Sie machte das Handy aus, warf es aufs Bett und lief aus der Wohnung über den Hof. Sie trug nur ein T-Shirt und eine Shorts. Die Luft war auf einmal feucht, es hatte zu regnen begonnen, aber die Tropfen waren so fein, dass sie sich wie ein grauer, kühler Schleier auf die nackte Haut an ihren Armen und Beinen legten.

Vielleicht sollte sie zu ihm in die Stadt fahren. Es gäbe eine laute, hässliche Szene, und selbst wenn sie die Stimmen senkten, sich anzischten, würde das ganze Restaurant die Ohren spitzen. Alexander machte so etwas nichts aus, sie kannte ihn, er genoss es *immer*, im Mittelpunkt zu stehen. Und ein Mann im besten Alter, der fremdging, sah nicht schlecht aus in den Augen der anderen Männer. Die Einzige, die dumm aussah, war sie, die eifersüchtige Ehefrau. Der man eine Jüngere vorzog und die damit nicht zurechtkam. Schon die Vorstellung war erniedrigend.

Sie war fast gerannt, jetzt blieb sie stehen und bemerkte erstaunt, dass sie vom See in den Wald gelaufen war. Sie setzte sich auf den Boden. Nicht, weil sie es wollte, sondern weil sie keine Kraft mehr hatte. Aber es gab keinen Ort für sie, um sich auszuruhen. Der Wald war eine Bedrohung, das Dorf eine Festung und der Hof ein Gefängnis.

Das Moos glitzerte nass. Sie strich über das weiche Kissen, bis es auf ihrem Handrücken kribbelte. Eine Spinne lief darüber, Nora schüttelte ihre Hand, schleuderte das dünne, langbeinige Tier weg. Erst jetzt betrachtete sie den Boden genauer. Überall krabbelte es. Es waren Ameisen, hellbraun und winzig klein.

Alexander hatte ihr von Ameisen erzählt, die sich von parasitären Pilzen ernähren. Kaum hatte der Parasit die Kontrolle über das Insekt übernommen, färbte er dessen Hinterleib von Schwarz zu einem leuchtenden Knallrot um. Die Ameisen sahen dann einer bestimmten Beerenart zum Verwechseln ähnlich, und statt sich vor ihren Feinden zu verbergen, setzten sie sich zwischen diese Beeren und streckten ihr Hinterteil hoch.

Vögel fraßen sie, und über ihren Kot verteilten sich die Sporen des Pilzes im gesamten Ökosystem. Alexander bewunderte solche funktionierenden Systeme von Manipulation und Kontrolle.

Nora wollte kein willenloser Zombie mehr sein, sie wollte aus dem System ausbrechen, nur wie? Livia war der Pilz, den sie aufgenommen hatten, und sie war dabei, die Macht zu übernehmen.

Auch auf Noras Beinen waren die Ameisen. Sie sprang auf, überall kribbelte es, auf ihrer Haut wimmelte es von Tieren, sie war von Kopf bis Fuß von ihnen und ihren Pilzsporen verseucht. Sie versteckten sich unter ihrer Kleidung, damit sie sie nicht abschütteln konnte, bissen sie in die Haut und übertrugen Parasiten auf ihren Körper. Stocksteif vor Ekel und Entsetzen stand sie da. Wie von einem tödlichen Gift infiziert.

Plötzlich hörte sie ein Keuchen, dann regelmäßige, heftige Atemstöße. Jemand lief auf sie zu. Eine neue Gefahr? Doch dann erkannte sie Boris. Er näherte sich, in Jogginghose und einem zu engen T-Shirt.

Sie konnte sich nicht bewegen.

»Nora. Was machst du hier?«

»Da sind Ameisen. Überall auf mir.«

Er blickte an ihr herab. »Ich seh keine.«

»Da!« Nora streckte die Arme vor und zeigte dann auf ihre Beine. Doch da war nichts. Er hatte recht. Es war keine einzige Ameise zu sehen. Trotzdem fühlte Nora sie auf ihrem Körper kribbeln. Ihr wurde fast schwindlig vor Ekel.

»Nicht erschrecken!« Boris trat zu ihr und rieb mit seinen Händen fest über ihre Schultern, an den Armen abwärts, über ihren Rücken. »Entschuldige.« Er rieb mit festem Druck über ihre Hüften, den Po und die Beine hinab bis zu den Füßen, Nora fühlte die Wärme durch ihre Haut nach innen dringen.

Er richtete sich auf. »Besser?«

Nora konnte es kaum fassen, das Kribbeln war weg. »Es hat aufgehört. Woher wusstest du …«

Boris kratzte sich im Nacken. »Ich weiß gar nichts. Aber ich dachte, eine Abreibung würde dir guttun.«

Sie lachten beide. Nora war verlegen.

»Ich mache mich auf den Heimweg. Willst du mitkommen? Ich könnte dich nach Hause bringen.«

»Nein, es geht schon wieder. Du wolltest doch joggen.«

Er lachte. »Ich bin sowieso aus der Puste. Ehrlich gesagt hasse ich Joggen. Eine Ausrede käme mir ganz gelegen.«

Sie sah ihn nur an, ein Scherz oder wenigstens eine amüsante Bemerkung wollte ihr einfach nicht einfallen.

Eine Weile liefen sie schweigend nebeneinander her. Es regnete nicht mehr. Der Wald war schön, nicht bedrohlich. Sie hörte auf die Vogellaute aus den Wipfeln der Kiefern. Lichtstrahlen, in denen winzige Partikel flirrten. Sie nahm sie mit jedem Atemzug in sich auf. Sie atmete Licht, tankte neue Kraft. Sie hätte noch ewig so weiterlaufen können. Doch der Wald endete schon, zwischen den Baumstämmen glänzte der See.

»Eigentlich sollte heute Probe sein«, sagte Boris unvermittelt. »Aber Livia ist nicht gekommen.«

Livia. Schon wieder drehte sich alles um sie.

Als Nora schwieg, fuhr er fort: »Diana meint, wir kriegen das hin mit der Aufführung. Ich hoffe, sie hat recht. Schließlich hat sie das ganze Dorf eingeladen, und ich will mich ungern blamieren.«

»Du lebst nur vorübergehend hier, oder? Entschuldige meine Neugier. Die Postbotin hat das Marlis erzählt. Dass du das Haus eines Freundes hütest?«

»Hier wird viel getratscht.« Er lächelte. »Aber es stimmt. Das

Haus gehört einem Freund, der zu einer Frau nach Frankreich gezogen ist. Testweise. Es läuft nur so lala mit den beiden. Ich glaube, er wird zurückkommen.«

»Und was machst du dann?«

Er hob die Schultern. »Suche mir was anderes. Vielleicht geh ich zurück nach Berlin. Aber eigentlich fühle ich mich wohl hier draußen.« Er zögerte. »Du nicht, oder?«

Nora sah ihn erstaunt an. War ihre Unzufriedenheit selbst für einen Fremden so deutlich zu spüren?

»Sei mir nicht böse. Du musst nicht antworten. Ich beobachte gern Leute und mach mir so meine Gedanken.«

»Du bist Schriftsteller, habe ich gehört? Das ist ein schöner Beruf.«

Er zögerte. »Ja … ja, das ist wahr.«

»Was schreibst du?«

»Zurzeit ist alles recht unkonkret. Ich arbeite an etwas Längerem. Ich möchte ein bestimmtes Erlebnis aufarbeiten, aber … obwohl es schon einige Zeit zurückliegt, sind die Wunden wohl noch zu frisch.«

Nora versuchte sich vorzustellen, dass Boris von einer Frau verlassen wurde und sich mit gebrochenem Herzen in dieses Dorf zurückgezogen hatte. Aber das passte nicht zu ihm.

Der See lag nun vor ihnen. Die Abendsonne brach durch die Wolken.

»Eine Runde schwimmen?«, fragte er. »Ameisen abspülen?«

Nora lachte, schüttelte aber den Kopf. Auch wenn es nur Einbildung sein konnte, spürte sie noch die Wärme seiner Hände auf ihrer Haut, als wäre sie so von einer schützenden Aura umgeben. »Aber ich warte gern auf dich.«

Sie setzte sich auf die Holzbank und schaute weiter aufs Wasser. Am Rande ihres Blickfelds sah sie seine ruhigen, konzentrierten Bewegungen, mit denen er sich auszog, bis er nackt war. Auch das hatte nichts Peinliches. Gleichzeitig beobachtete sie sich selbst, als wäre sie Teil einer Filmszene. Eine Frau betrachtet einen fast fremden Mann, wie er seine Kleider ablegt, sie findet es normal, und auch er stört sich nicht daran, sie weiß nicht mal, ob er es bemerkt.

Boris' Arme und Beine waren kurz und kräftig, sein Rumpf ein wenig zu lang geraten, die Schultern breit. Er lief zum Wasser, drehte sich kurz um, winkte ihr zu, tauchte ein und schwamm hinaus, in die Mitte des Sees, ohne zurückzuschauen.

Es war merkwürdig still, kein Vogel rief, das Dorf schien fern und wie ausgestorben, nur ganz leise bewegte sich das Wasser, teilte sich für Boris' Körper.

Als Nora nach Hause kam, stand Alexanders Wagen vor dem Hof.

Boris und sie hatten sich an der ersten Weggabelung im Dorf verabschiedet. Auf einmal war er fast förmlich gewesen, gab ihr ein wenig steif die Hand, die nach dem Schwimmen ihre Wärme verloren hatte.

Nora öffnete das Hoftor. Alexander saß unter der Buche, eine Zeitung lag ausgebreitet auf dem Tisch, er hatte ein Bier in der Hand, das er mit einem Knall abstellte, als er sie entdeckte.

»Wo warst du?«, fragte er. »Warum antwortest du nicht auf meine Nachrichten?«

»Ich habe dir geantwortet«, sagte Nora.

»Aber nur auf die erste SMS. Danach nicht mehr. Ich hab immer wieder angerufen. Dein Handy war aus. Dann hab ich mir Sorgen gemacht. Bin nach Hause gerast.« Sein vorwurfsvoller Blick zwang sie zu einer Antwort.

»Mir war nicht danach, unser Jubiläum zu feiern. Und auch nicht, SMS hin- und herzuschicken. Ich war spazieren. Es gab keinen Empfang im Wald.«

Alexander hielt Noras Handy in die Höhe. »Es lag oben im Schlafzimmer. Abgeschaltet.«

»Dann hab ich wohl vergessen, es einzustecken«, sagte sie und ging in die Wohnung. Sie fühlte sich wie nach einem Marathonlauf. Ausgelaugt.

Alexander kam ihr nach, am liebsten wäre sie weitergelaufen, nach oben ins Schlafzimmer, aber sie wartete auf ihn in der Küche. Sie hatte ihn noch nie so wütend gesehen.

»Warum hast du mich da sitzen lassen in dem Restaurant? Ich hab über eine Stunde gewartet. Es war peinlich und erniedrigend.«

»Alexander … Ich möchte, dass wir uns trennen.« Nora hörte sich selbst den Satz sagen, wie in Zeitlupe, mit einem leichten Schwanken in der Stimme.

Jetzt gab es kein Zurück mehr. Sie musste neu beginnen. Aber wie sollte sie das schaffen, so kraftlos und erschöpft, wie sie war?

»Immer dein Schweigen. Wenigstens antworten könntest du mir!«

Nora wandte sich zu ihm um. Hatte er sie nicht gehört? Sein Gesicht zeigte noch denselben beleidigt-wütenden Ausdruck wie zuvor. Keine Spur von Überraschung, geschweige denn von Entsetzen. Hatte sie den letzten Satz nur gedacht und gar nicht laut ausgesprochen?

»Nora? Nora!«

Die Wände drehten sich um sie, immer schneller, sie suchte Halt, ihre Hand schlug hart gegen die Kante des Kühlschranks. Sie fiel.

Am nächsten Morgen konnte Nora sich nur dunkel daran erinnern, wie sie mit Alexanders Hilfe ins Bett gekommen war. Hatten sie noch weitergeredet? Sie wusste es nicht mehr. Irgendwann war sie in tiefen Schlaf gefallen, der aber nur kurze Zeit währte. Danach hatte sie wach gelegen und Alexander beim Atmen zugehört. Gegen Morgen musste sie noch einmal eingenickt sein, denn als sie die Augen wieder aufschlug, war er bereits weg.

Nun sah sie durchs Wohnzimmerfenster, wie Marlis über den Hof kam und eine Brötchentüte auf die Schwelle legte. Ein Friedensangebot?

Schnell lief Nora zur Tür und öffnete. Marlis, die schon auf dem Rückweg war, fuhr herum. »Mann, hast du mich erschreckt!«

»Das wollte ich nicht. Danke für die Brötchen.«

»Gern, es sind vier, ich hoffe, das reicht euch.«

»Ich bin allein, Alex ist schon los zum Flughafen, er fährt auf eine Fachtagung in München.«

»Aber morgen Abend ist er doch zurück? Zum Theater?«

Nora zögerte. »Ja, ganz bestimmt.« Sie war sich da keineswegs sicher.

Marlis musterte sie. »Ist alles in Ordnung mit dir? Du siehst, ehrlich gesagt, furchtbar aus.«

»Ich hab nur mal wieder miserabel geschlafen.« Nora griff nach den Brötchen und zwang sich zu einem optimistischen Lächeln. »Aber jetzt frühstücke ich erst mal richtig.«

»Okay.« Marlis sah sie zweifelnd an. »Ich bin zwar echt unter Zeitdruck, aber nachher könnte ich noch einen Kaffee mit dir trinken.«

»Nein, lass nur. Mir geht's wirklich gut.«

Nora wartete, bis Marlis in der Werkstatt verschwunden war, dann schloss sie die Tür. Etwas schwindlig war ihr immer noch, und ihr Magen krampfte sich zusammen. Sie musste sich setzen. Sie verstaute die Brötchen in der Brotbox und ging ins Wohnzimmer.

Langsam gelang es ihr, zu rekonstruieren, was gestern Abend zwischen ihr und Alexander abgelaufen war. Nachdem sie zusammengeklappt war, hatte er sie nach oben ins Bett gebracht. Von ferne hatte sie Lukas' Stimme gehört. Er sprach auf den Anrufbeantworter, er wolle bei einem Klassenkameraden übernachten und von dort aus direkt zur Schule. Er flüchtete vor seinem Zuhause, wann immer er konnte.

Alexander hatte sich dann vor den Fernseher gesetzt, irgendein Actionfilm lief, die aufgeregten Stimmen der Schauspieler und andere Geräusche wie Schüsse, Martinshörner oder quietschende Reifen drangen noch lange zu ihr nach oben.

Weit nach Mitternacht war er ins Schlafzimmer gekommen, sie hatte sich zur Wand gedreht und sich schlafend gestellt.

In der Morgendämmerung rief ein Vogel… Ein einsamer Gesang, bis er endlich Antwort bekam. Weitere Vögel stimmten nacheinander ein, als gäbe ein Dirigent die Einsätze.

Nora ging in die Küche zurück und sah auf die Uhr. Jetzt war es Viertel nach acht, Alexander saß im Flieger und entfernte sich mit jeder Sekunde weiter von ihr.

Sie war inzwischen sicher, den entscheidenden Satz nicht gesagt zu haben, und sie war froh darüber. Im Licht des neuen Tages wusste sie nicht mehr, ob sie eine Trennung wirklich wollte. Sie musste alles gut überlegen. Wie würde Lukas darauf reagieren? Er zog sich immer mehr von Alexander zurück, aber er hing an seinem Vater, und er brauchte ihn. Eine geschiedene Ehe, eine zerbrochene Familie… Wenn Nora sich das vorstellte, krampfte sich ihr Herz zusammen. Doch so wie es jetzt war, ging es auch auf keinen Fall weiter.

Bevor sie Alexander etwas sagen konnte, brauchte sie einen Plan. Sonst würde sie nur im Chaos ihrer Gefühle und Ängste versinken. Alexander war willensstark, er wollte mit ihr zusammenbleiben, das hatte er bei ihrer letzten großen Krise sehr deutlich gemacht. Er war so überzeugend gewesen.

Wenn sie sich wirklich trennen wollte, brauchte sie absolute Klarheit. Dann musste sie stärker sein als er. Und vor allem besser auf sich aufpassen, das hatte sie aus den gestrigen Erlebnissen gelernt. Vielleicht lag es daran, dass sie wirklich seit Tagen so gut wie nichts gegessen hatte. Der Zusammenbruch am Abend zuvor musste damit zusammenhängen. Das durfte nicht wieder passieren.

Sie nahm die Brötchen, schnitt eines auf, verschmierte ein dickes Stück Butter darauf und belegte es mit Käse. Doch sie schaffte es nicht hineinzubeißen, ihren Widerwillen zu überwinden. Sie wusch eine Gurke ab und schnitt sie in akkurate dünne Scheiben. Sie dekorierte den Tellerrand damit. Ihr Magen fühlte sich an wie eine Felswand. Sie saß eine Viertelstunde vor der Brötchenhälfte, dann gab sie es auf, packte sie in Zellophan. Sie würde sie eben spater essen, es war ja noch früh.

In einer Ecke, da, wo die Wand in die Decke überging, war ein dunklerer Fleck. Sie stellte sich auf einen Küchenstuhl, um ihn aus der Nähe sehen zu können. Es waren grau-schwarze kleine Punkte auf einer Stelle von etwa zehn Zentimetern. Sie reckte den Arm und kam, wenn sie sich auf Zehenspitzen stellte, gerade so heran. Die Pünktchen fühlten sich feucht und krümelig an. Das war Schimmelpilz. Sie zog die Hand zurück. An ihrem Finger, sogar auf dem Handrücken, hafteten Sporen. Sie lief die Treppe hinauf und wusch sich die Hände mit heißem Wasser, doch sie wurde das Gefühl nicht los, dass sich der Schimmel längst überall im Haus ausgebreitet hatte.

Livia

Sie lag auf der mittleren Saunabank auf einem flauschigen Handtuch. Der Sternenhimmel blinkte über ihr, die Entspannungsmusik war zu laut eingestellt, aber sie war zu faul, um aufzustehen und das zu regulieren.

Ihr ging die gestrige Begegnung mit Alexander durch den Kopf. Sie hatte sich leise über den Flur seinem Büro genähert, die Tür war offen, ihn beobachtet, wie er in seinem schweren Ledersessel saß, von ihr abgewandt.

Er tippte etwas in den Computer. In einem Regal, das die gesamte seitliche Wand einnahm, standen ordentlich beschriftete Aktenordner. Sein Schreibtisch war aufgeräumt. Papiere waren sorgfältig zu kleinen Stapeln geschichtet, der riesige Computerbildschirm leuchtete grün.

Sie wartete eine Weile, dann trommelte sie mit den Fingernägeln gegen den Türrahmen, ein Geräusch wie ein Platzregen.

Alexander fuhr herum, entdeckte sie. »Was machst du denn hier?«

»Gibt es vielleicht einen Schluck zu trinken, Herr Professor?«

»Wie bist du in diesen Gebäudetrakt reingekommen?«

»Es war nicht so schwer, den Zahlencode zu knacken. Für jedes Mathegenie ein Kinderspiel. Oder man fragt einen Doktoranden und sagt, dass man eine neue Studentin ist und den Code vergessen hat.«

Er zog die Augenbrauen zusammen, und sie musste aufpassen, dass ihre coole Fassade nicht zu bröckeln begann.

»Freust du dich nicht, dass ich da bin?«

Im Hintergrund fiel eine Tür ins Schloss. Eine Frau in weißem Kittel blickte herein, wünschte einen schönen Feierabend.

Als sie weg war, kam es Livia sehr still vor. Vielleicht war außer ihnen niemand mehr im Institut.

Alexander stand auf. Er trug ein meerblaues Polohemd und eine lässige schwarze Jeans.

»Du hättest besser angerufen. Ich muss gleich weg. Ich bin zum Essen verabredet.«

Livia lächelte. Er sollte ihre Enttäuschung nicht sehen. »Selbst schuld. Warum lauf ich dir auch nach.«

Er kam zu ihr, griff nach ihrem Arm, zog sie zu sich heran, umfasste ihren Po und drückte sie gegen seinen Unterleib. Sie ließ sich von ihm küssen, hielt sich aber bewusst zurück. Sie wollte es ihm nicht zu leicht machen. Er sollte sie begehren. Er, er, er … *Aber was willst du selbst eigentlich?* Noras Frage schoss ihr durch den Kopf.

»Wonach riecht das hier?«, wich sie aus und ging ein wenig auf Abstand.

Er blickte sie spöttisch an. »Nach meinem Rasierwasser?«

»Nein, so … chemisch. Kommt das aus den Laborräumen?«

»Du bist kompliziert, weißt du das?«

Livia senkte den Kopf. »Ja, das weiß ich. Treffen wir uns später? Im Apartment?«

»Und langweilig auch noch. Alles, was du sagst und tust, ist so vorhersehbar. Von der Femme fatale zum bettelnden Hündchen.«

Alexander umfasste ihr Kinn und zog es nach oben, bis sie

ihm in die Augen sah. »Ich meine das nicht böse, das weißt du doch?« Er sah auf die Uhr.

»Was machst du nach dem Essen? Das wird doch nicht den ganzen Abend dauern.«

Als er schwieg und sie an seinen Augen sah, dass er in Gedanken wegdriftete, fragte sie: »Mit wem triffst du dich?«

Alexander nahm sein Jackett vom Haken an der Tür. »Mit meiner Frau.«

»Livia!« Die Stimme ihrer Mutter holte sie aus ihren Gedanken. Marlis blickte durch das kleine Glasfenster in der Saunatür, riss sie auf. »Hier bist du! Ich hab dich überall gesucht!«

Livia streckte die Arme über den Kopf und dehnte sich. »Mach zu, es wird kalt hier drin.«

»Diana ist oben in der Küche. Was soll das? Was denkst du dir dabei?«

»Wonach sieht's denn aus?«

Marlis' Gesichtsfarbe wechselte ins Rötliche. »Es ist halb acht, und es sind schon massig Leute da. Also mach, dass du in dein Kostüm kommst.«

»Ich trete nicht auf.« Livia drehte sich auf die Seite, mit dem Blick zur Wand. Etwas traf sie am Rücken. Heiß! Sie verbrühte sich! Sie schrie auf. Erst im nächsten Augenblick merkte sie, dass es kaltes Wasser war, der Inhalt aus dem Aufgusseimer. Sie schnellte hoch. »Sag mal, spinnst du?«

»Raus hier, Livia, sofort!«

»Schrei mich nicht an! Du kannst mich zu gar nichts zwingen.«

»Und ob ich das kann. Du hast Premiere. Alle warten auf dich. Also los, mein Fräulein.«

»Geh raus. Mach die Tür zu.«

Marlis knallte die Holztür zu.

Ein Schalter klackte leise. Noch einmal. Klack-klack. Die Musik stoppte, der Sternenhimmel erlosch, es war stockdunkel. Livia stürzte zur Tür. Auch das Licht im Vorraum der Sauna war ausgeschaltet. Mit ausgestreckten Händen tastete sie sich vor bis zur Duschkabine. Ihre Mutter musste noch hier sein, sonst hätte Livia die Kellertür gehört.

»Das wirst du bereuen«, sagte sie laut.

Ein Schlag traf sie ins Gesicht, die Wange brannte. Marlis hatte sie geschlagen!

»So nicht, Livia! Nicht mit mir.« Ein Feuerzeug flammte auf, ihre Mutter stand direkt vor ihr. »*Du* wirst diesen Abend bereuen, wenn du nicht auf die Bühne gehst. Du stellst mich nicht bloß vor dem ganzen Dorf, vor Diana, vor allen Leuten.«

»Ist das nicht merkwürdig, dass dich alle Menschen so brennend interessieren, nur deine eigene Tochter nicht? Was hab ich dir getan, dass ich dir komplett gleichgültig bin?«

Marlis stieß schnaubend die Luft aus. »Das meinst du nicht ernst, oder? Ohne mich wärst du ein Niemand. Mit deinen ständigen Selbstzweifeln. Ohne mich hättest du keinen Gesangs- und Tanzunterricht gehabt, und du wärst auch niemals in einer Kindershow im Fernsehen aufgetreten. Ich habe dafür gesorgt, dass du deine Talente nicht verschleuderst.«

»Was denn für Talente?« Livia wunderte sich selbst, wie beherrscht und kalt ihre Stimme klang. »Du hättest lieber auf meine Selbstzweifel hören sollen. Denn die waren mehr als berechtigt.«

»Deine Zweifel hast du nur eingesetzt, um immer wieder gesagt zu bekommen, wie toll du doch bist. Wie hübsch, wie begabt! Wehe, wenn dir jemand die Komplimente verweigert hat. Dann bist du innerlich zusammengebrochen. Und wer musste dich aufbauen? Ich!«

Das Feuerzeug flackerte, die Flamme erstarb, wurde von Marlis aber aufs Neue entfacht.

»Das alles hat nichts mit mir zu tun«, sagte Livia. »Damit, wie ich wirklich bin. Du siehst mich gar nicht. Wenn ich nicht so funktioniere, wie du dir das vorstellst, dann erpresst du mich. Mit meiner Liebe zu dir. Immer hab ich nachgegeben. Weil ich geliebt werden wollte. Aber das ist ab sofort vorbei.« Livia atmete durch, in ihr wuchs ein ungeheures Triumphgefühl. »Du hast dir eine Scheinwelt aufgebaut, aber die mach ich dir jetzt kaputt. Ich spiele nicht mehr mit. Und ich sorge dafür, dass du mein Kind nicht zu sehen bekommst.«

Livia sah nur Teile von Marlis' Gesicht im Licht flackern, doch der letzte Satz hatte gesessen. Ihre Mutter riss die Augen auf. »Was für ein Kind, was redest du da?«

»Mein Baby.« Livia legte eine Hand auf ihren Bauch. »Ich hoffe, es wird ein Mädchen. Ich werde es vor dir beschützen. Von Anfang an darf es selbst entscheiden, was es tun möchte und was nicht. Ich erziehe es zu einem selbstbewussten und unabhängigen Menschen.«

Marlis trat zu dem Kasten an der Tür und drückte einen Schalter. Das Deckenlicht leuchtete grell auf. Erst jetzt sah Livia das ganze Ausmaß des Erschreckens bei Marlis, ihre verzerrten Gesichtszüge.

»Von wem ist das Kind? Von diesem Lehrer?«, fragte Marlis fast tonlos.

»Das möchtest du nicht wissen.«

Mit zwei Schritten war Marlis bei ihr, packte sie an den Armen und schüttelte sie. »Livia! Von wem?«

»Lass mich zuerst los!« Livia wich zurück. »Wer hat mich angebaggert, seit ich auf den Hof gekommen bin? Überleg mal. Wem tropft seit Jahren der Speichel aus dem Mund, wenn er meine nackten Beine sieht, wer starrt mir dauernd auf den Busen?«

Marlis' Haut war bleich, ihr Mund halb geöffnet. »Wer?«

»Johannes natürlich. Sag jetzt nicht, es ist dir nicht aufgefallen.«

»Du spinnst. Jetzt weiß ich, dass du lügst. Das würde Jo niemals tun.«

Livia lockerte die Schultern. »Glaub, was du magst. Kannst du mich jetzt bitte durchlassen?«

Marlis trat zur Seite, wie in Trance.

Livia drehte sich in der Tür noch einmal um. »Er hat mir einfach leidgetan. So ausgehungert nach Zärtlichkeit. Ich hab mich darauf verlassen, dass er das Kondom auch benutzt, er wollte es auch, aber er kam so verdammt schnell …«

»Sei still!«, schrie Marlis.

»Ganz wie du willst, Mama.« Livias Stimme war nur noch ein kaltes Flüstern. Sie ließ Marlis dort stehen, starr vor Entsetzen.

Als Livia in die Küche kam, war Diana nicht mehr da. Livia nahm sich ein Bier und ging hoch ins Gästezimmer. Sie nahm den Joint, der schon fertiggedreht war, aus der Nachttischschublade und zündete ihn an. Feucht knisterte der Tabak, als sie daran sog. Es war ihr egal, ob Marlis oder sonst jemand es roch. Ihr Handy meldete eine Nachricht. Sie musste nicht nachsehen, es war Lukas. Wieso ließ er sie nicht endlich in Ruhe!

Livia nahm Noras blaues Kleid aus dem Schrank und zog es an. Dann begann sie mit ihrem Bühnen-Make-up. Sie spürte ihre Aufregung wachsen. Warum war ihr jetzt erst klar geworden, wie viel Macht sie besaß? Es fühlte sich an wie ein Rausch. Ein Joint war ein Witz dagegen.

Wenn sie die Premiere platzen ließ, wäre das furchtbar peinlich für ihre Mutter. Aber jetzt hatte sie noch einen viel besseren Plan, um Marlis zu bestrafen.

Nora

Sie ging allein zum Gemeindehaus, Alexander hatte eine Nachricht geschickt, sein Flug habe Verspätung. Wann er eintraf und ob er noch nachkommen würde, hatte er nicht geschrieben, aber Nora war froh um jede Stunde, die er wegblieb. Sie war noch immer weit entfernt von einer klaren Entscheidung.

Sie betrat den Vorraum und traf direkt auf Diana, die an der Tür stand. »Hast du Livia gesehen?«

Nora sah sie erstaunt an. »Ist sie noch nicht hier?«

Diana schüttelte den Kopf. »Ich hätte nicht gedacht, dass ich mich so täusche.«

»Wieso? Was meinst du?«

»Mach dir keine Gedanken. Geh erst mal rein und such dir einen Platz.«

Nora begrüßte weitere Leute aus dem Dorf, ein junges Paar aus ihrer Straße, die Bäckerin und ihre Tochter, die Postbotin, den Pächter des Gasthofs, seine Frau. Die grauen Stühle standen in fünf Reihen hintereinander, noch waren Plätze frei. Nora setzte sich auf einen Randplatz und sah sich die Bühne an. Es gab keinen Vorhang, aber einige mit schwarzem Stoff bespannte Stellwände. Sie verbargen die Seiten der Spielfläche. Dazwischen im Halbdunkel standen tönerne Farntöpfe.

Boris tauchte kurz auf, er trug ein bodenlanges, graues Gewand, war geschminkt und erschien Nora sehr fremd mit den dunkel umrandeten Augen. Er stellte einen Krug auf dem Boden ab. Er blickte zu den Zuschauerreihen, entdeckte Nora und nickte ihr zu, bevor er hinter einer Stellwand verschwand. Lukas musste sich auch irgendwo dort aufhalten, aber Nora sah nicht mal eine Schuhspitze von ihm. Vielleicht gab es aber auch ein Hinterzimmer.

Marlis kam herein, entdeckte Nora und ging auf sie zu. Etwas stimmte nicht mit ihr, das erkannte Nora sofort an ihrem Gesichtsausdruck. »Was ist los?«

»Ist Livia hier? Hast du sie gesehen?«

Nora roch Alkohol in ihrem Atem. »Bisher nicht.«

»Sie sagt, sie tritt nicht auf.« Marlis krampfte die Hände ineinander.

»Lampenfieber?«

Sie antwortete nicht.

»Bei Lukas war es auch extrem. Ich hab ihn so noch nie erlebt. Er tut ja sonst so cool, aber vorhin hat er nicht mal versucht, seine Nervosität zu überspielen. Jede Viertelstunde musste er aufs Klo, er war bleich und konnte nicht stillsitzen. Ich hab ihm dann einen Schnaps eingeflößt.« Nora lächelte, wurde aber ernst, als sie Marlis' starren Blick sah. »Sag mal, was ist denn?«

»Wir hatten Streit. Livia tritt meinetwegen nicht auf.«

Nora zögerte. »Das kann ich mir nicht vorstellen.«

»Sie hat es gesagt.«

»Bestimmt nur in der ersten Wut.«

»Nora, ich weiß, dass sie nicht kommt. Bitte ... kannst du es Diana sagen?«

Johannes tauchte auf der Bühne auf, er trug ein verwaschenes T-Shirt und eine Jeans mit Farbflecken. In der Hand trug er einen Akku-Schrauber. Er entdeckte Nora und Marlis und kam zu ihnen. »In meinem nächsten Leben werd ich Bühnenarbeiter, da wird man immerzu gebraucht«, meinte er mit einem Grinsen. »Verdammt, langsam muss ich mich auch mal umziehen.«

Marlis sah ihn nicht an, sie versteinerte neben Nora. Irgendwas war los zwischen den beiden.

»Ich geh nach Hause, ich ertrag das nicht.« Marlis wandte sich ab und ging.

»Was hat sie denn?«, fragte Johannes.

»Sie und Livia …« Nora brach mitten im Satz ab. Direkt neben ihr hatte die Postbotin Platz genommen. Ein Blick von Nora genügte, und Johannes verstand. Keine Interna. Was sie mithörte, würde das ganze Dorf erfahren.

»Ich rede mit Marlis«, meinte er knapp und ging zum Ausgang.

Marlis hatte den Raum noch nicht verlassen, da erschien Livia in der Tür. Ihr Gesicht war dramatisch geschminkt, und sie trug das eisblaue Kleid. Es sah aus, als versperrte sie ihrer Mutter den Weg. Fast alle im Saal bemerkten Livias Ankunft. Nora spürte die Spannung, die von ihr ausging.

»Komm mit.« Diana trat zu Livia und zog sie am Arm zurück in den Flur und von dort in das Hinterzimmer.

Livia

Sie atmete tief ein, dann trat sie in die Tür des Gemeindesaals. Alle waren versammelt, alle sahen sie an. Showtime.

Plötzlich stand Diana da und fasste ihren Arm.

»Lass mich los!« Livia versuchte, sich aus ihrem festen Griff zu winden, doch Diana zog sie in das Hinterzimmer und schloss die Tür. Lukas sprang auf, als er sie sah. Diana legte ihm beruhigend eine Hand auf die Schulter. Natürlich, ihr kleiner Liebling!

»Schön, dass du auch mal wieder vorbeikommst.« Boris' Stimme war kühl.

»Du hast mir gar nichts vorzuschreiben.«

»Hey«, Diana trat zwischen sie, »keinen Streit. Die Zuschauer warten. Reißt euch zusammen, wir ziehen das jetzt durch. Livia, mach dich fertig.«

»Ich bin fertig.«

Auf Dianas Stirn bildete sich eine Falte. »Zieh dein Kostüm an.«

»Ich spiele so, wie ich bin.«

Dianas Gesichtszüge verzerrten sich, sie war kurz davor, die Geduld zu verlieren. Sogar die ewig gelassene Diana konnte man also aus dem Gleichgewicht bringen.

»Ich hab wirklich die Nase voll, weißt du das?« Diana sprach so laut, dass man sie mit Sicherheit nebenan hörte, doch das schien ihr egal zu sein. »Du meinst, du bist ein Profi? Jeder Laie ist professioneller als du! Du kannst nicht ein modernes Kleid anhaben, und die Jungs tragen antike Gewänder. Wie soll das denn aussehen?«

»Entweder ich spiele in diesem Kleid oder gar nicht.«

Diana trat nah vor sie. Livia hielt ihrem Blick stand. Sie fühlte sich unbesiegbar. Jetzt diktierte sie die Bedingungen.

Diana schüttelte den Kopf. »Mach doch, was du willst!«

»Danke.« Livia strahlte sie an. »Das ist ein guter Rat.«

Diana wandte sich Lukas und Boris zu. »Wir schaffen das. Macht euch keine Sorgen.« Sie ging an Livia vorbei, ohne sie noch einmal anzusehen.

Boris starrte aus dem Fenster, während Lukas die ganze Zeit Livias Blick suchte. Ob er ihren Pupillen ansah, dass sie was geraucht hatte? Sie fühlte sich gut. Ihr Kopf war ein gläsernes Gefäß, in das jemand Ruhe und Klarheit gefüllt hatte. Sie lächelte Lukas versöhnlich an. »Na, nervös?«

»Ich bin echt froh, wenn es vorbei ist. Feiern wir nachher zusammen?«

»Mal sehen.«

Er beugte sich zu ihr und flüsterte, sodass Boris es nicht hören konnte: »Ich hab wieder was besorgt.«

Nora

Sie hörte die aufgebrachte Stimme aus dem Nebenraum heraus, doch als Diana vor das Publikum trat, schien sie ruhig und gelassen wie sonst.

»Schön, dass ihr da seid«, sagte sie laut. »Es geht in Kürze los. Wir spielen ohne Pause durch, hinterher bleibt bitte noch da, wir haben ein kleines Büfett vorbereitet. Und Wein und Bier ist auch da. Ich freu mich, wenn ihr einfach was in die Spendenbox werft. Okay, dann fangen wir an.« Sie löschte das Licht und setzte sich an ein kleines Pult in der hinteren Ecke, von dem aus sie die Technik steuerte.

Nora war so mit den Geschehnissen im Zuschauerraum beschäftigt gewesen, dass sie gar nicht bemerkt hatte, dass sich auf der Bühne längst jemand befand. Livia ging mit einem Tonkrug umher und goss die Farntöpfe. Das Kleid schimmerte im Halbdunkel. Nora konzentrierte sich auf den Glanz der Seide, der sich bei jeder von Livias Bewegung veränderte, als drehte man ein Kaleidoskop von Eisblumenmustern, blau, grau und silbern. So hatten andere früher Nora betrachtet, sie für ihre Eleganz bewundert.

Livia begann zu sprechen, und es wurde langsam heller. Ein Scheinwerfer war direkt auf sie gerichtet. Nora konnte ihren

Worten nur schwer folgen, sie sagte den Text, als hätte er keinerlei Bedeutung für sie, es waren Worthülsen, die fahl und leer in den Raum fielen. Spannung lag in der Luft. Nora spürte, dass gleich etwas geschehen würde.

Livia

Von draußen drang Dianas Stimme zu ihr. »Okay, dann fangen wir an.«

Livia nahm den Krug, den schon jemand mit Wasser gefüllt hatte, und betrat die Bühne. Noch waren die Scheinwerfer aus, aber sie konnte im Halbdunkel gut sehen. Sie goss die Farntöpfe. Dabei warf sie immer wieder unauffällige Blicke ins Publikum. Wo war er? Sie ging Reihe für Reihe durch. Er war nicht da. Die Enttäuschung traf sie wie ein Schlag in den Magen. Alle waren gekommen. Nur Alexander, ausgerechnet er, interessierte sich nicht dafür, was sie machte.

Das Licht über ihr erstrahlte, ihr Zeichen, mit dem Monolog zu beginnen. Da saß ihre Mutter, in der letzten Reihe. Sie litt schon jetzt, aber wie schlecht würde es ihr erst gehen, wenn das ganze Dorf darüber tuschelte, wie unbegabt ihre Tochter war.

Livia sagte die ersten Sätze auf wie ein Kind, das einen Schulaufsatz herunterleiert. Ihr Blick fiel auf Diana, und ein schlechtes Gewissen überkam sie. Diana hatte sich so viel Mühe mit allem gegeben. Nein, eben nicht mit allem. Nicht mit ihr. Ihre Wut kehrte zurück. Diana war selbst schuld. Sie hatte Livia hängenlassen, die Rolle nicht mit ihr erarbeitet. Nun bekam sie ihre Quittung.

Livia spulte den Monolog herunter. Auf sein Stichwort trat Boris auf. Seine Majestät, König Thoas. In den Proben hatte sie sich vor ihm verneigt. Tief und ehrfurchtsvoll. Diana hatte nie kommentiert, ob sie das gut fand. Nun ließ Livia die Demutsgeste weg. Den Rücken durchgedrückt, sah sie ihm entgegen. Boris konnte sie nicht leiden, das war ihr klar. Und dann sein geheimnisvolles Getue, nie wusste sie, was er dachte. Er schien sie zu durchschauen, und das hatte ihr immer Angst eingeflößt, aber heute war es ihr egal. Sie fühlte sich unverwundbar. Boris wollte als Star des Abends glänzen. Aber er war Laie. Er war unsicher, und er hatte keine Erfahrung. Diana hatte zwar jeden Satz, jeden Subtext, jede Geste minutiös mit ihm einstudiert. Eine lange Kette von sauber aufgestellten Dominosteinen. Aber was würde geschehen, wenn sie den ersten Stein kippen ließ? Armer Boris!

Nora

Boris betrat die Bühne. Nora war so gespannt, wie er spielen würde. Neben Livia in ihrem modernen Outfit wirkte er irgendwie lächerlich in seinem wallenden Gewand. Sie stellte den Krug ab, blickte ihm entgegen.

Er trat zu ihr. »›Wenn du nach Hause Rückkehr hoffen kannst, so sprech ich dich von aller Fordrung los.‹«

Livia rührte sich nicht, der Moment kam Nora vor wie eine Ewigkeit, und sie meinte schon, Unruhe unter den Zuschauern zu spüren. Dann drehte Livia den Kopf ins Publikum. Sie weinte!

Boris schien irritiert zu sein. Sie zischte etwas Unverständliches, er trat einen Schritt zurück. Dann umfasste er ihre Schultern, zog sie an sich. »›Doch ist der Weg auf ewig dir versperrt, so bist du mein, durch mehr als ein Gesetz.‹«

»Nimm deine Finger von mir!«, schrie Livia und stemmte sich mit beiden Armen von Boris weg. Sichtlich erschrocken ließ er sie los.

Was war da los? Das konnte nicht ihr Text sein. Es wirkte absurd komisch, und einige Leute lachten. Nora drehte sich unauffällig zu Diana und Marlis um, ihre Gesichter waren starr wie Masken. Was zog Livia da ab?

Livia

Sie dachte an Rafael, an den Moment, als er ihr gesagt hatte, dass sie die Schule verlassen musste. Vor allen anderen aus der Klasse. Eine Woge von Selbstmitleid stieg in ihr hoch. Sie blickte die Zuschauer an. Sie hasste das Publikum. Immer war sie diejenige, die sich entblößen, ihr Innerstes ausliefern sollte. Als ihr die Tränen kamen, ließ sie sie laufen. Ja, sie litt! Das sollten sie ruhig sehen. Boris war irritiert. Aber nicht irritiert genug. Was würde ihn richtig aus dem Konzept bringen? Es stand ihr frei, es auszuprobieren! Sie zischte ihm den nächsten Satz wie eine Schlange entgegen. Spucke sprühte. Boris wich zurück. Sonst hatte er sie an dieser Stelle festgehalten, ihre Schulter umklammert. Ein blöder Regieeinfall von Diana. Jetzt kam er doch näher, fasste sie, zog sie an sich. Diesmal wehrte sie sich mit aller Kraft. Aber er war stärker. »Nimm deine Finger von mir!« Sie schrie es. Na bitte, endlich kam Stimmung auf. Er ließ sie los.

Ein heller Fleck im Augenwinkel. Tageslicht fiel in den Raum, die Tür war aufgegangen. Jemand kam herein, doch es war ihr egal. In ihr waren wispernde Stimmen, die Anweisungen gaben. Sie waren immer da gewesen! Sie wollten ihr helfen. Doch sie brauchte sie ja gar nicht! *Was willst du selbst,*

Livia? Ich kann dir nicht sagen, was richtig oder falsch ist. Spiel! Spiel endlich! Die Stimmen von Rafael und Diana vermischten sich in ihrem Kopf, bis sie sie nicht mehr unterscheiden konnte. Sie schwollen an zu einem Chor von rasenden Erinnyen. Sie brauchte sie nicht! Das war *ihr* Theater. Sie verstand. Endlich verstand sie es. *Vernimm!*

Sie schrie es hinaus: »Vernimm! Vernimm!« Sie schleuderte ihre Haare wie ein Hippie in Ekstase. Sie lachte. Sie kreischte. Warum starrten alle sie so entsetzt an? Sie lachte Tränen. Sie war frei. Endlich, endlich hatte sie es begriffen.

Auf einmal war Thoas nicht mehr neben ihr. Sie stand allein auf der Bühne und blickte ins Publikum. Da entdeckte sie ihn. Alexander saß in der letzten Reihe. Er war gekommen. Er war da!

Nora

Sie bemerkte, dass die Saaltür geöffnet wurde, drehte sich um. Alexander kam herein. Er setzte sich auf einen Platz in die Nähe von Johannes.

»Vernimm!« Auf der Bühne schrie Livia. Immer wieder: »Vernimm! Vernimm!« Sie variierte es, lachend, weinend, wütend kreischend. Ihre Stimme überschlug sich, sie warf ihre Haare in die Luft. Das hatte Diana ganz sicher nicht so inszeniert. Es war unerträglich. Die Zuschauer wechselten Blicke, flüsterten. Nora ertrug es nicht länger: die hysterische Livia, die Ratlosigkeit im Publikum, Alexanders Blick, den sie im Rücken spürte.

Boris hatte Livia wieder an den Schultern gepackt, er schüttelte sie, doch sie schien ihn nicht wahrzunehmen. Ihre Stimme überschlug sich.

Boris gab auf. Er stand ratlos da. Lukas kam auf einmal hinter der Stellwand hervor und sagte ihm etwas ins Ohr. Boris nickte, resigniert und traurig, und sie gingen gemeinsam von der Bühne.

Livia schien jemanden im Publikum zu entdecken, sie wurde still, ihr Gesicht hellte sich auf. Alexander! Sie blickte genau zu ihm. In ihren Augen sah Nora ein merkwürdiges Flackern, triumphierend sah sie aus, glücklich. Sie verbeugte sich tief und ging von der Bühne.

Boris und Lukas spielten eine Szene, doch Nora konnte sich nicht darauf konzentrieren. Was war jetzt mit Livia? Die beiden gingen wieder ab, danach blieb die Bühne eine Weile leer. Auf einmal schaltete jemand die Saalbeleuchtung ein. Diana trat vor das Publikum. Sie entschuldigte sich, dass die Vorstellung an dieser Stelle abgebrochen werden müsse. Livia Werle sei krank geworden, sie könne nicht weiterspielen. Aber die Premiere werde sicher bald nachgeholt, alle bekämen rechtzeitig Bescheid.

Nora sah sich nach Marlis um. Sie saß wie versteinert da. Einen Moment später stand sie auf und lief hinaus.

Livia

Sie hörte aus dem Hinterzimmer, wie Diana zum Publikum sprach. »Da Livia Werle erkrankt ist…« Diana brach die Vorstellung ab!

Was hatte Livia erwartet? Sie fühlte sich ausgelaugt. Aber das Gefühl von Macht und Freiheit war noch immer da.

Sie öffnete die Tür einen Spalt und sah hinaus in den Flur. Im Augenblick war noch niemand zu sehen.

Sie lief zur Toilette, schloss sich in der Kabine ein und setzte sich auf den Klodeckel. Noch für einen Moment allein sein. Das Adrenalin tobte in ihrem Körper. Warum hatte sie nichts von dem Haschisch mitgenommen, jetzt wäre es noch wichtiger als vor der Aufführung.

Schritte draußen, jemand wartete, dass die Toilette frei wurde. Schließlich klopfte es an die Tür. »Hallo, ist da besetzt?«

Wie lange war sie schon hier drin? Livia hatte das Zeitgefühl verloren. Sie schloss auf, schob sich an der Frau, die sie neugierig anstarrte, vorbei. Sie spähte vom Flur aus in den Saal, wo längst das Büfett aufgebaut worden war. Viele Leute scharten sich um die Tische mit Essen und Getränken. Sie hätte einiges für ein Glas Wein gegeben, aber sie wollte nicht hineingehen. Da stand Diana, mit dem Bürgermeister und noch anderen

Gästen. Sie wirkte so souverän, obwohl ihr der Abbruch der Vorstellung doch sicher zu schaffen machte.

Irgendwann platzt der Knoten, Livia, dann verstehst du, was ich meine. Sie hatte recht behalten. Heute war es passiert. Aber was bedeutete das? Wo befand Livia sich? An einem Anfang? Oder am Ende ihrer Karriere?

Sie zog sich zurück in das Hinterzimmer. Vielleicht konnte sie sich ungesehen davonschleichen. Aber wohin? Zu Hause wartete ungeheurer Ärger auf sie. Ihre Mutter war bestimmt außer sich. Sie checkte ihr Handy. Fünf neue WhatsApp-Nachrichten. Sie löschte sie ungelesen.

Auf einmal stand Alexander in der Tür. »Na?« Er lächelte, wie immer spöttisch. »Was machst du noch hier? Ich denke, du bist *erkrankt*?«

»Kannst du mir einen Wein besorgen?«

»Da stehen zig Flaschen, auf dem Büfett.«

»Ja, aber ich …« Ihr fiel keine Ausrede ein, aber er würde so oder so merken, dass sie sich nicht in den Saal traute.

»Ich muss dringend was essen, ich bin gerade erst vom Flughafen gekommen.« Alexander drehte sich einfach um und ging zu dem Tisch mit den kalten Platten. Livia folgte ihm. Alle im Raum starrten sie an. Sie tat so, als merke sie es nicht. Es war nicht so schlimm, wie sie gedacht hatte, weil er in ihrer Nähe war.

Alex nahm sich ein mit Ei belegtes Schnittchen und aß es gierig. Er kümmerte sich nicht um die Eibröckchen, die auf den Boden fielen. Livia trat in dem Moment näher zu ihm, als er sich umdrehte. Er stieß mit dem Arm gegen Livias Schulter, die Berührung war wie ein Stromstoß. Sie goss sich ein Glas Rotwein ein. Voll bis zum Rand.

»Ich bleibe nicht lange, ich bin ziemlich müde«, sagte Alexander.

Sie trank den Wein schnell aus und goss sich nach. »Ich bin so aufgeregt. Ein Glas musst du noch mit mir trinken.«

Bevor er sich abwenden konnte, füllte sie seines wieder auf, hoffte, dass er sie hier nicht allein ließ. Endlich wirkte der Alkohol. Sie entspannte sich. »Seit ich klein war, habe ich vor Publikum oder vor der Kamera gestanden und nie begriffen, was ich dort soll. ›Livia, schau hierhin, schau dorthin, guck doch, wie ich es mache, lächle, sag deinen Text.‹ Eine Marionette. Aber heute habe ich verstanden, worum es geht. Ich muss zurück nach München, muss es meinem Lehrer sagen und den anderen aus meiner Klasse. Jetzt kann ich wirklich anfangen zu spielen.«

Alexander trank und schwieg mit gerunzelter Stirn. Vielleicht verstand er nicht, wovon sie sprach. Wie sollte er auch. Woher sollte er wissen, wie sie sich all die Jahre gefühlt hatte auf der Bühne. Und wie anders es heute gewesen war. Diese Freiheit, die sie gespürt hatte. Das Glücksgefühl stieg in ihr auf. Ab jetzt musste sie sich nie mehr so quälen. »Ich glaube, das ist der wichtigste Tag in meinem Leben.«

Alexander leerte sein Glas. »Das ist schön. Wirklich, es freut mich für dich. Aber ich mach mich auf den Weg. Bin um sechs aufgestanden. Der Kongress war anstrengend. Und dann diese ewige Warterei auf dem Flughafen. Kommst du mit nach Hause?«

Livia schluckte. Das war alles? Mehr hatte er nicht dazu zu sagen? Und wenn er jetzt ging … Was sollte sie dann machen, mit wem darüber sprechen?

Er nickte ihr zu, stellte sein Glas auf das Büfett und verließ den Raum.

Livia fühlte sich sofort unbehaglich. Ein paar Leute aus dem Dorf waren noch da, die sie nicht kannte. Zwei ältere, korpulente Frauen räumten auf dem Büfett herum. Lukas stand auf einmal neben ihr und nahm sich ein Bier. Von draußen hörte Livia Stimmen. Diana, Johannes und Boris kamen herein.

»Die Podeste kannst du ja morgen früh abbauen, die Gemeinderatssitzung ist erst um fünf«, sagte Diana zu Johannes. »Ich will nur schnell die Requisiten und Kostüme zu mir nach Hause bringen, die sollten hier nicht rumliegen, wenn der Hausmeister durchgeht. Vor allem die Pflanzen müssen raus.«

»Ich helf dir.« Boris zog einen Handkarren hinter sich her und hob den ersten Farntopf darauf. »Lukas, packst du mit an?«

»Klar, Boss.«

Livia verlagerte ihr Gewicht von einem Fuß auf den anderen. Sie war Luft für die anderen. Niemand sprach mit ihr.

»Ich helfe auch mit.« Sie ging auf die Bühne und fasste einen der Töpfe unter. Er ließ sich kaum bewegen.

Johannes kam dazu. »Lass, die sind zu schwer.«

»Diana? Kann ich kurz mit dir sprechen?«, fragte Livia.

Diana blickte sie abweisend an. Sie hatte die Kostüme über dem Arm. »Könnten wir das auf morgen verschieben? Es ist schon spät, und wir haben noch eine Menge zu tun.«

»Nein, bitte, es ist wichtig. Ich weiß nicht genau, was heute mit mir passiert ist. Aber ich glaube, endlich hab ich verstanden, was du gemeint hast. Es war richtig, dass du mir bei den Proben nicht geholfen hast. Es war brutal für mich, ich hab mich allein gelassen gefühlt, manchmal hab ich dich richtig gehasst dafür. Aber so hast du mich gezwungen, zu mir selbst zu finden. Der Knoten ist geplatzt.« Sie zögerte, dann umarmte sie Diana. »Danke. Für alles.«

Diana erwiderte ihre Umarmung nicht, allerdings hatte sie auch die Kostüme über dem Arm. »Ich hätte nicht gedacht, dass er ausgerechnet bei der Premiere platzt. Wir müssen auf jeden Fall umdisponieren, die nächsten Vorstellungen fallen aus. Wir besprechen morgen, wann und wie wir weiterproben können.«

»Vielleicht sollten wir es gut sein lassen.« Boris setzte einen Topf auf den Karren und drehte sich um. »So was wie heute mache ich nicht noch einmal mit. Entweder es gibt Absprachen oder nicht.«

Diana fuhr sich über die Augen. Sie sah müde aus. »Das meine ich auch. Wir müssen uns treffen und daran arbeiten.«

»Ich war schlecht. Sagt es ruhig.«

Keiner antwortete Livia. Diana wich ihrem Blick aus.

»Es tut mir leid. Ich wollte euch den Abend nicht verderben. Ich weiß selbst nicht, wie das passieren konnte. Zum ersten Mal war dieser Druck nicht mehr da. Funktionieren zu müssen …«

»Livia«, unterbrach Diana sie. »Lass uns auf der Probe darüber reden. Für heute reicht es.«

Livia nickte. »Gute Nacht. Und bitte, seid nicht böse auf mich. Ich mach es wieder gut, das verspreche ich.«

Ohne Boris noch mal anzusehen, ging sie hinaus, blieb in der kühlen Nachtluft stehen. Sofort fror sie in dem leichten Kleid. Nur nicht nach Hause, wo nur Stress auf sie wartete.

Sie überquerte die Straße, öffnete das rostige Türchen und betrat den kleinen Friedhof vor der Dorfkirche. Sie lief den Hauptweg entlang durch die Gräber, drückte die Klinke der schweren eisenbeschlagenen Kirchentür herunter. Sie war nicht abgeschlossen. Im Inneren schien es noch kälter zu sein. Livia kauerte sich in eine der Holzbänke, legte den Kopf auf die Hände und weinte.

Hinter ihr wurde die Tür geöffnet. Sie wandte sich um. Es war Lukas.

»Livia?« Er kam näher. »Mach dir nichts draus. Du warst nicht schlecht. Und du siehst toll aus in dem Kleid.«

»Danke.«

»Die haben doch alle keine Ahnung.« Er setzte sich neben sie. »Hast du meine Nachrichten nicht gekriegt?«

»Doch, ja.« Livia atmete durch.

»Und warum antwortest du nicht?«

Sie sah ihn an. »Weil du damit aufhören sollst. Glaubst du, ich will was von dir? Nur weil wir beide ab und zu was zusammen rauchen?«

»Aber …«

»Hör mal, du bist echt noch ein Küken.«

»Ich hatte schon eine Freundin.«

Sie seufzte. »Lass mich in Frieden, okay? Ich hab einen schweren Tag gehabt. Mir geht es nicht gut.«

»Es geht immer nur um dich, oder? Wie andere sich fühlen, interessiert dich null.«

Erst jetzt sah Livia, dass sein Gesicht rot vor Aufregung war.

»Was redest du denn da? Chill mal dein Leben.« Sie blickte nach vorn zum Altar, über dem ein schlichtes weißes Holzkreuz hing. Rechts und links verwelkten Sträuße mit Lilien und verströmten süßlichen Verwesungsgeruch. Bloß nicht auch noch einen Streit mit diesem Baby. Warum ließ er sie nicht in Ruhe?

Er blickte sie an wie ein bettelndes Hündchen. »Ich verstehe dich ja. Du wolltest es allen mal zeigen. Voll krass, wie du erst geheult hast und dann so irre gelacht. Echt cool.« Mit einer unbeholfenen Bewegung legte er seinen dünnen Teenagerarm um ihre Schulter und zog sie an sich, schob sein Gesicht vor, als wollte er sie küssen.

»Ey, was soll das.« Livia wand sich aus seinem Griff. Was bildete er sich ein? Von wegen, er verstand sie! »Du begreifst gar nichts.« Sie verzog den Mund, versuchte zu lächeln, aber das musste nun auch reichen. Er war zwar irgendwie ein lieber

Kerl, aber er nervte ohne Ende. »Geh nach Hause, ich komme gleich nach.«

Wieder rückte er näher, sein Körper dicht an sie geschmiegt, sein Gesicht so nah vor ihrem, dass sie seinen Atem roch. Er schloss die Augen. Jetzt ging er zu weit. Sie schob ihn weg. »Es reicht. Mach das nicht noch mal.«

Lukas stand auf und lief zur Tür. Sie sah sich nicht um, auch nicht, als seine Stimme zwischen den kahlen Mauern hallte: »Ich hab dich belogen. Du hast beschissen gespielt. Du bist keine Schauspielerin und wirst nie eine werden. Und ich weiß, dass du mit meinem Vater ins Bett gehst. Vielleicht lassen sie dich ja mal Pornos drehen.« Er stürzte hinaus. Mit einem lauten Schlag fiel die Tür hinter ihm zu.

Die Stille füllte jetzt eisig den Raum. Als wäre sie in einer Grabkammer eingeschlossen. Die Welt draußen existierte nicht mehr. Was jetzt? Auf keinen Fall zurück auf den Hof. Sie würde einfach nach Berlin fahren, sich von irgendwem Geld leihen und verschwinden. Endgültig. Wenn sie nur wüsste, wohin. Zu Yvonne? Nein, ihr dabei zusehen zu müssen, wie sie morgens begeistert in ihre Schauspielschule entschwebte und ihr spätnachts die Ohren vollquatschen würde, wie grandios sie alle zusammenspielten, wäre unerträglich. Sie kannte niemanden, der nichts mit Theater zu tun hatte.

Am liebsten wollte sie allein sein. Wenn sie erst mal in Johannes' Apartment bleiben könnte … Aber nach dem, was heute passiert war, konnte sie ihn schlecht darum bitten. Er war bestimmt extrem wütend auf sie. Wenn Marlis ihn wegen der Sache mit der Schwangerschaft zur Rede gestellt hatte, dann waren die Fetzen geflogen.

Alle hassten und verachteten sie. Und sie selbst hasste auch alle.

Vielleicht machte dieser Simon ja heute Nacht wieder

Nachtschicht und ließ sie in das Apartment, wenn sie an den Büros klingelte? Einen Versuch war es wert. Und morgen würde ihr etwas einfallen, wie sie endgültig wegkam.

Livia verließ die Kirche, rannte fast, vor allem wollte sie weg von der Dorfstraße. Sie machte einen Umweg, um nicht am Hof vorbeizumüssen. Sie bog in einen Feldweg ein. Sie wusste nicht genau, wohin er führte, aber die Richtung stimmte halbwegs. Doch dann verlief er in Kurven, und sie verlor die Orientierung. Es war weit zum Bahnhof. Sie hoffte, dass noch ein Zug fuhr. Sonst musste sie bis zum ersten Frühzug in der Wartehalle bleiben. Wenigstens wurde ihr wärmer beim Laufen. Unkraut überwucherte den schmalen Pfad, Brennnesseln streiften ihre nackten Beine, es juckte teuflisch, aber sie nahm sich nicht die Zeit, zu kratzen. In den Sandaletten hatte sie kaum Halt, oft knickte sie um. Sie stolperte über Wurzeln, ihre Füße taten weh. Trotzdem lief sie weiter. Doch dann sah sie den Mond als milchige Spiegelung. Vor ihr lag der See.

Nora

Sie kam in den Hof zurück und sah Marlis durchs Fenster in der Küche sitzen. Sie klopfte an, damit sie sich nicht erschrak, und ging hinein.

»Hey, alles in Ordnung?«

Marlis' Augen verschwammen zwischen geröteten Lidern. Sie trank aus einem dickwandigen Glas. Der Inhalt sah aus wie Wasser, war aber hochprozentig, wie Nora roch.

»Willst du auch?« Marlis hielt eine Flasche hoch. Wodka.

Nora schüttelte den Kopf. »Du solltest damit aufhören. Du hattest genug.«

»Dein eigenes Kind.« Marlis' Stimme vibrierte. »Du ziehst sie groß, du tust alles für sie. Und eines Tages kriegst du die Quittung. Sie macht dich eiskalt fertig.«

»Meinst du die Premiere?« Nora zögerte. »Sicher, das war ein Chaos auf der Bühne, aber du darfst das Ganze nicht überbewerten.«

»Vergiss es. Wen interessiert die Premiere?«

»Ich dachte, dich?«

Marlis stieß Luft durch die Nase. »Livia ist schwanger.«

»Was?« Nora forschte im Gesicht der Freundin, ob sie das ernst meinen konnte. »Von wem?«

Marlis' Blick war starr aufs Fenster gerichtet.

»Marlis! Von wem?«

»Von Johannes.«

Nora setzte sich auf einen Küchenstuhl. Wie betrunken musste Marlis sein, um so etwas Absurdes zu behaupten! Ein Bild schob sich unvermittelt vor ihr inneres Auge. Livia stand hinter Johannes und massierte seine Schultern. Marlis' Geburtstag. Später an dem Abend hatte sie auf der Sofalehne gesessen und sich, in die knisternde, blaue Seide gehüllt, an seinen Körper geschmiegt. War da mehr zwischen den beiden? Aber schwanger von ihm? Nein, das konnte nicht sein.

»Sie hat es mir ins Gesicht gesagt.«

»Sie lügt. Und das wohl nicht zum ersten Mal.«

Marlis stand auf, schwankte, hielt sich an der Anrichte fest. »Nein. Ich merk es schon die ganze Zeit, wie er sie anschaut. Er will auch keinen Sex mehr mit mir. Er nimmt mich gar nicht mehr wahr, seit sie da ist. Und sie spielt mit ihm. Um mich zu verletzen. Das ist der einzige Grund.«

Nora trat zu ihr und nahm sie in die Arme. Sie schluchzte, und ihre Schultern bebten, doch plötzlich sagte sie mit einem merkwürdigen aggressiven Unterton: »Lass mich, Nora. Du kannst mir nicht helfen. Ich will allein sein.« Ihr Blick wanderte zur Wodkaflasche.

Nora überlegte. Sollte sie Johannes holen? Aber er war vermutlich der Letzte, den sie jetzt an sich heranlassen würde.

»Komm, du legst dich jetzt nebenan aufs Sofa.«

Marlis brummte etwas Unverständliches, ließ sich aber von Nora ins Wohnzimmer bringen. Sie setzte sich, und Nora legte ein Kissen zurecht und hob Marlis' Beine aufs Sofa.

Marlis richtete sich wieder auf. »Ich hab Durst.«

»Warte.« Nora holte ihr ein Glas Wasser. Als sie zurückkam, hatte Marlis die Augen geschlossen. Sie schien zu schlafen.

Livia

Das Wasser vor ihr glitzerte kalt im Mondlicht. Sie musste falsch abgebogen sein. Wie sollte sie jetzt noch zum Bahnhof kommen? Tränen kamen, sie ließ sie einfach laufen.

Sie öffnete die Bändchen ihrer Sandaletten, die um ihre Fesseln geschlungen waren, und streifte die Schuhe ab. Sie kühlte die Füße und die brennenden Waden im Wasser. Sie hatte noch grob in Erinnerung, dass die Schlingpflanzen weiter rechts in der Bucht gewesen waren. Trotzdem war es gruselig, in dem undurchdringlich schwarzen See herumzuwaten. Am Ufer schimmerten etwas heller ein paar größere Steine. Einen davon hatte sie in den See geworfen, als sie mit Nora hier gewesen war.

Wie gemein Lukas war. Die Bemerkung, dass sie Pornos drehen solle. Mit welchem Recht mischte er sich in ihr Verhältnis zu Alexander ein? Auf diesem grässlichen Hof mischte sich ständig jemand in ihr Leben ein. Sie musste weg von hier, so schnell wie möglich.

Plötzlich sah sie ganz klar vor sich, wie es weiterging. Sie würde zurück nach München fahren. Mit Rafael sprechen, ihm erklären, dass jetzt alles anders war. Sie ihn nicht mehr enttäuschen würde. Er musste ihr noch eine Chance geben.

Später, wenn sie auf den großen Bühnen und Hauptrollen in Fernsehfilmen spielte, würden alle es bereuen, sie so vorschnell verstoßen zu haben.

»Livia?«

Sie fuhr herum. Jemand stand am Ufer. Von der Statur her ein Mann. Johannes? War das seine Stimme gewesen? Es war auf einmal so dunkel, eben noch hatte der Mond über dem See gestanden, jetzt hatte ihn eine Wolke verschluckt.

»Johannes?«

»Ich hab dich gesucht.«

Sie watete ans Ufer. Ihre Füße waren eiskalt, doch das merkte sie erst jetzt, sie war so sehr in Gedanken vertieft gewesen.

»Wie geht es dir?« Er war nun dicht bei ihr, und sie konnte sein Gesicht erkennen. Er sah nicht wütend aus, seine Stimme klang mitfühlend. Aber Marlis musste ihn doch längst zur Rede gestellt haben?

»Besser«, sagte sie vorsichtig, ließ ihn nicht aus dem Blick.

Johannes kam zögernd näher, dann schloss er sie in die Arme. Livia verkrampfte sich. Warum tat er das? Warum verbarg er seine Wut? Sie hörte nur seinen schnellen Atem.

»Was war los zwischen Marlis und dir? Warum hattet ihr Streit?«

Er wusste von nichts? Wie konnte das sein?

»Nicht so wichtig«, wich sie aus. »Ich will zurück nach München. Wenn ich nur wüsste, ob sie mir noch eine Chance geben. Sie müssen mich wieder aufnehmen. Jetzt, wo ich weiß, worauf es ankommt.«

»Du schaffst das, da bin ich sicher«, murmelte er und streichelte über ihr Haar, ein bisschen unbeholfen.

Er war so nett zu ihr. So verständnisvoll. Wie hatte sie ihn da nur reinziehen können mit ihrer Lüge? Morgen war sie schon weit weg, und er hatte die Konsequenzen zu tragen.

Sie sah ihn an. »Ich muss dir etwas sagen. Du wirst furchtbar wütend auf mich sein.«

Er hob den Kopf, abwartend.

»Ich habe Marlis belogen. Vor der Premiere. Ich wollte sie schockieren, ich hab ihr die gemeinsten Sachen gewünscht. Dass ihr euch trennt, dass sie dann allein dasitzt.«

»Wie meinst du das? Warum sollten wir uns trennen?«

Livia löste sich von ihm. »Bitte verzeih mir!«

»Livia, was …? *Was* soll ich dir verzeihen?«

Sie blickte zur Seite, das Wasser war schwarz, und ein Wort schoss in ihren Kopf. Vernimm! Vernimm, vernimm! »Ich habe ihr gesagt, ich wäre schwanger von dir.«

»Was? Bist du verrückt? Wie kommst du dazu?« Er ließ sie los und taumelte einen Schritt zurück, als hätte er einen Stoß bekommen.

»Ich weiß auch nicht. Ich wollte sie verletzen. Es war einfach das Gemeinste, was mir in dem Moment einfiel. Und du hast ja manchmal … na ja, du hast mich so angesehen, als ob du auf mich stehst.«

Johannes schüttelte den Kopf, er war fassungslos. »Also, das ist wirklich heftig. Das … muss ich erst mal verdauen.«

Livia wartete, dass er noch etwas sagte, doch er schwieg. »Jo, bitte. Sei mir nicht böse. Ich entschuldige mich, auch bei Marlis, das verspreche ich. Ich will nur nicht mehr auf den Hof zurück.«

»Du hast Mist gebaut, und jetzt willst du dich vor den Konsequenzen drücken.« Er spannte jeden Muskel an, sie sah es daran, wie er sich aufrichtete. »Du hast wirklich eine interessante Fantasie. Ich bin seit Jahren glücklich mit deiner Mutter zusammen. Ich würde niemals versuchen, was mit dir anzufangen. Ich fühle mich verantwortlich für dich, wie ein Vater.« Er lachte auf. »Und ich wette, ich wäre auch nicht dein Typ, vom Alter mal ganz abgesehen.«

Livia lachte mit. Sie war erleichtert, er schien es jetzt gut zu verkraften. »Nein, das wärst du nicht.« Sie lachte noch mehr. »Wirklich nicht.«

Er brach ab, umfasste ihr Handgelenk. Sein Griff war zu fest, es tat weh. »Aber Alexander schon? Auf ihn stehst du. Warum auf ihn?«

Was hatte er denn? Was ging ihn das an?

»Na, komm her.« Er zog sie wieder an sich. »Wenn ich auch nicht dein echter Vater bin, lass mich so was wie ein väterlicher Freund sein. Der immer auf dich aufpasst. Abgemacht?«

»Das wäre schön.« Sie lehnte sich wieder an, auch jetzt war ihr die Nähe unangenehm. Seine Hände strichen sanft über ihren Rücken. Livia versuchte, sich nicht allzu sehr zu verkrampfen, obwohl sie ihn am liebsten von sich weggeschoben hätte. Aber sie wollte ihn nicht vor den Kopf stoßen. Hatte sie nicht wieder ungeheures Glück gehabt? Johannes war zwar entsetzt gewesen, aber er verzieh ihr. Vielleicht konnte sie ihn bitten, dass er ihr den Schlüssel zum Apartment gab. Und ihr auch das Geld für die Fahrkarte lieh. Sie musste es nur vorsichtig formulieren. Er durfte sich auf keinen Fall auch noch ausgenutzt vorkommen. Wind kam auf und bewegte das Wasser. In gleichmäßigen Abständen rollten kleine Wellen auf den Strand und brachen sich an den Steinen.

»Jo, ich habe eine Bitte. Also, wenn ich nach München will …«

»Pssst«, machte er nah an ihrem Ohr. »Sag jetzt nichts, beruhige dich erst mal.« Seine Stimme klang merkwürdig rau, seine Hände tasteten über ihren Körper und fassten um ihre Hüften. Livia wollte von ihm abrücken, doch er hielt sie fest. »Schschsch …« Seine Finger wanderten über ihre Taille nach oben, legten sich auf ihre Brüste. »Du bist so schön«, flüsterte er.

Livia drückte ihn energisch von sich weg. »Lass mich los!«

»Livia, ich weiß, was dir fehlt. Du hast es mir gezeigt, an Marlis' Geburtstag. Als du dich auf dem Sofa an mich geschmiegt hast. Und wie du mich da angesehen hast!«

»Nein! Nein, Jo, das …«

Er presste seine Lippen an ihren Hals. »Wehr dich nicht dagegen. Es ist okay. Marlis ist mir egal, von mir aus kann sie es ruhig erfahren.«

»Nein! Hör auf! Ich hab das nur gesagt, um sie eifersüchtig zu machen. Ich wollte sie einfach nur quälen. Es tut mir leid! Bitte, glaub mir doch!«

Er ließ sie so plötzlich los, als hätte er sich an ihrer Haut verbrannt. »Verdammt«, murmelte er.

Sie war ein paar Schritte zurückgewichen.

»Livia. Du darfst nichts Falsches von mir denken. Ich weiß selbst nicht, was mit mir los ist. So was wird nicht mehr passieren. Nie wieder. Lass uns zurückgehen zum Hof. Livia!« Er kam näher.

»Fass mich nicht noch mal an!«

»Bitte, glaub mir, ich …«

»Geh weg!« Livia hielt die Hände vors Gesicht. Sie wollte ihn nicht mehr sehen.

Eins zwei drei vier Eckstein, alles muss versteckt sein! Als Kinder hatten sie das gespielt. *Geh weg!* Als sie wieder aufsah, war er verschwunden.

Der Mond verbarg sich noch immer hinter einer Wolkenwand, nur schemenhaft konnte sie den Waldrand erahnen. Sie fror, und sie hatte Angst hier allein, aber sie wollte sicher sein, dass Johannes weit genug entfernt war, bevor sie auf den Weg zurückging.

Sie hatte eine Idee. Dianas Fahrrad stand hinter ihrem Haus, es war nie abgeschlossen. Livia würde es ausleihen und damit zum Bahnhof fahren. Sie musste ihre Schuhe wieder anziehen. Schon beim Gedanken an die engen Riemen schmerzten ihre Füße. Da vorn, an den weiß-grau schimmernden Steinen, hatte sie sie ausgezogen.

Sie standen nicht mehr da. Sie suchte. Lief in einem größeren Kreis um die Steine herum und tastete über den Boden. Ihre Schuhe waren verschwunden.

Sie starrte in die Dunkelheit, alle Sinne geschärft vor Angst.

War sie gar nicht allein?

Nicht weit entfernt, da, wo sich der Wald wie eine schwarze Mauer erhob, knackte etwas. Es klang, als ob zarte, sehr trockene Zweige zerbrachen.

Für einen kurzen Moment erhellte der Mond das ansteigende Ufer und die Liegewiese bis zu der Stelle, von der die Geräusche gekommen waren. Zwischen den Stämmen bewegte sich etwas, ein leuchtend blauer Fleck, der so schnell wieder im Dunkeln verschwand, wie er aufgetaucht war.

Nora

Sie hoffte, dass Marlis einschlief, und zog leise die Tür zu. Drüben waren alle Zimmer dunkel. Die anderen waren also noch im Gemeindesaal.

Sie ging in ihre Wohnung und schaltete die Deckenlampe in der Küche ein. Auf dem Boden lag ein Häufchen kleiner, schwarzer Krümel. Sie bückte sich und tupfte eines der Klümpchen auf den Finger. Es war eine tote Ameise.

Sie blickte nach oben, zu dem Fleck. Der Schimmel war auch im künstlichen Licht gut zu sehen. Aber jetzt sah die Stelle verändert aus. Nora stieg wieder auf den Stuhl. Es hatte sich eine Beule in der Raufaser gebildet. Hatte sich dort Wasser gesammelt? Nora holte einen Kochlöffel und drückte mit dem Stil leicht gegen die Blase. Sie riss auf, und eine schwarze Wolke von Tieren wimmelte ins Zimmer. Nora schrie auf vor Ekel. Auch das waren Ameisen. Sie krabbelten über die Wand und die Decke, viele aber hatten Flügel und schwirrten umher, verfingen sich in Noras Strickjacke und in ihrem Haar. Andere wiederum waren tot und fielen als Leichenregen zu Boden.

Sie musste raus hier! Draußen zog sie die Jacke aus und warf sie in den Hof. Immer wieder fuhr sie mit den Fingern durch ihr Haar und schüttelte es aus. Nur langsam ließ das Gefühl des Wimmelns und Krabbelns auf ihrem Körper nach.

Sie lief zurück zum Gemeindehaus. Die meisten der Zuschauer waren gegangen. Weder Alexander noch Lukas oder Livia waren zu sehen. Wohin waren alle verschwunden?

Boris tauchte auf der Bühne auf. Er hielt eine halb leere Flasche Rotwein und ein Glas in der Hand. Er sah auf und entdeckte sie. Nora winkte ihm zu, doch er reagierte nicht. Sie wäre gern zu ihm gegangen, aber sein Blick und seine Körperhaltung hielten sie davon ab.

Johannes kam von der Straße herein. Sein Haar klebte feucht an der Stirn, und er hatte Schweißflecken unter den Achseln. Er sah sich um. »So, die Paletten hab ich erst mal zu uns in den Schuppen gebracht. Den Rest können wir morgen machen!«, rief er Boris zu.

Nora hörte einen merkwürdigen Laut in ihrem Rücken, eine Art Keuchen, und drehte sich um. Hanna tauchte in der Tür auf. In ihren Augen flackerte Unruhe. Sie hielt einen Maskenkopf in der Hand, ähnlich groß wie der Bärenkopf, den sie im Wald getragen hatte. Erst auf den zweiten Blick sah Nora, dass diese Maske zwei Gesichter hatte, eines war nach vorn und eines nach hinten gerichtet. Das vordere war rotgesichtig, mit großen, schwarz umrandeten Augenhöhlen und gebleckten Zähnen, das hintere bleich, mit geschlossenen Augenlidern, es wirkte wie eine Totenmaske.

Jetzt winkte Hanna. Nicht Johannes oder sonst jemandem, sie winkte Nora, da gab es keinen Zweifel. Nora wechselte einen Blick mit Johannes: Was wollte sie? Wieder stieß Hanna einen Laut aus, er klang nun drängender. Nora machte ein paar Schritte auf sie zu.

»Was hast du, Hanna?«, fragte sie. Sie sprach langsam und deutlich, als wäre das Mädchen dann in der Lage, ebenso zu antworten. Mit einer unerwarteten, schnellen Bewegung packte Hanna fest ihr Handgelenk und zog sie nach draußen.

»Hey, Moment!« Nora versuchte, sich aus ihrem Griff zu lösen. Johannes war ihr gefolgt.

»Nora, ignorier sie lieber. Geh nicht mit ihr mit«, sagte Johannes.

»Du bist witzig«, rief Nora. »Sie lässt mich ja nicht los.«

Als Johannes sich näherte, gab Hanna ihre Umklammerung auf. Sie stieß wieder Laute aus und gestikulierte wild.

»Verstehst du, was sie sagen will?«

Er schüttelte den Kopf, ging vorsichtig auf Hanna zu. »Hanna … komm. Ich bring dich nach Hause. Zu deinem Vater. Okay?« Er streckte langsam die Hand in ihre Richtung, wie jemand, der ein verängstigtes Tier besänftigen will, doch Hanna wich vor ihm zurück.

»Nooaa«, sagte sie. Es war deutlich zu verstehen, wen sie meinte. »Nooaa!« Sie schlug die Hände zusammen, als würde sie klatschen, drehte sich um und ging die Dorfstraße hinunter. Alle zwei Schritte wandte sie sich um, winkte und rief nach Nora.

»Ich versuche, sie nach Hause zu bringen.«

»Bist du sicher? Ich komme mit«, sagte Johannes.

»Nein, ist schon okay.« Nora drehte sich noch einmal zu Boris um. Wenn er ihr angeboten hätte, sie zu begleiten, wäre es ihr lieb gewesen, aber ihn schien es nicht zu interessieren, was an der Tür geschah. Er war ins Hinterzimmer gegangen.

Nachdem Hanna bemerkt hatte, dass Nora ihr folgte, wurde sie schneller. Sie lief an Noras Hof vorbei. Auch bei ihrem eigenen Hoftor machte sie nicht halt, sondern bog auf den Weg zum See ein.

Nora blieb bei Dierks' Hof stehen. »Nein!«, rief sie in die Dunkelheit, in die Hanna eingetaucht war. »Hanna! Bleib hier!«

Kein Laut, kein Geräusch, Hanna war verschwunden. Nora zögerte. Wo wollte sie denn bloß hin? Vielleicht würde sie sich verlaufen? Dierks musste sie zurückholen. Sie betrat seinen Hof. Alle Lichter waren aus. Ihr wurde bewusst, wie spät es schon sein musste. Vielleicht schlief er. Während seine verwirrte Tochter allein herumirrte.

Kein Geräusch war zu hören, nicht mal aus dem Stall. Die Stille erschien ihr unheimlich, und die Bilder des Traums drangen in ihren Kopf. Das Schwein, aus dessen Kehle das Blut schoss.

Sie drängte die Erinnerung daran zurück. Dierks hatte niemanden abgeschlachtet. Er war wunderlich und manchmal aggressiv, aber sie hatte ihn nie gewalttätig erlebt.

Da vorn war die Wohnungstür. Sie zwang sich hinzugehen. Sie klopfte. Die Tür ging auf, so schnell, als hätte er in der Nähe gewartet. Im Flur hing nur eine schwache Lampe, aber Nora erkannte, dass Dierks seine verbeulte Anzughose und einen Strickpullover trug. Sein Gesicht war bleich.

»Entschuldigung. Hanna läuft draußen herum. Sie ist Richtung See gegangen.«

Er starrte sie an, ohne etwas zu sagen.

»Ich dachte, das interessiert Sie.« Nora wartete auf eine Reaktion, während ihre Wut wuchs. Hatte er sie überhaupt gehört? Gleichzeitig hatte sie Angst vor ihm. »Wollen Sie sie nicht zurückholen?«

»Sie kennt sich aus«, sagte er müde. »Kommt von allein wieder.«

Nora nahm ihren ganzen Mut zusammen. »Ich wollte schon länger mit Ihnen reden. Hanna verhält sich … merkwürdig mir gegenüber. Sie starrt mich an. Manchmal läuft sie mir nach. Irgendwas will sie von mir. Ich … mir ist das unangenehm. Können Sie mit ihr sprechen?«

»Versteht sie nicht«, murmelte er.

»Was haben Sie gesagt?«

Er hob den Kopf und richtete sich gerade auf, plötzlich erschien er Nora viel größer und gar nicht mehr so schmächtig. Sie trat einen Schritt nach hinten. Vielleicht war er selbst verrückt.

»Kommen Sie rein.«

Nora wich weiter zurück.

»Ich zeig Ihnen was. In der Küche.«

»Nein, ich …« Um nichts in der Welt würde sie allein mit ihm dieses Haus betreten. Sie spähte hinter sich, bis zum Tor waren es zwanzig Meter. Wenn sie losrannte … Ein Schatten löste sich von der Mauer. Da war jemand. Am Tor. Noras Erleichterung dauerte nur einen kurzen Moment. Niemand, der ihr helfen würde. Es war Hanna, die Maske mit den zwei Gesichtern auf dem Kopf. Sie kam auf Nora zu mit ihren schlurfenden Schritten.

Nora sah wieder zu Dierks. Er lächelte und nickte. »Sehen Sie? Kommt immer zurück.«

»Warum läuft sie mit diesen Masken herum?«

»Sie beschützen sie. Halten die bösen Geister ab.« Sein Gesicht wirkte auf einmal verwandelt, freundlicher. »Haben Sie Angst reinzukommen? Ich will Ihnen nur ein Bild zeigen. Ein Foto. Dann verstehen Sie es.«

Er trat zurück in den Hausflur und gab den Eingang frei. Nora machte zögernd einen Schritt über die Schwelle. Er ging voraus, stieß die erste Tür auf der rechten Seite auf und schaltete das Deckenlicht ein, eine Neonröhre, die den Raum in grelles Licht tauchte. Die Küche. Noras Augen schmerzten. Ein Herd, darüber an Haken Töpfe und Pfannen. Ein Spüle, an der Wand ein Holztisch mit drei Stühlen. Darüber hingen weitere Masken. Der Bär, ein Storchenkopf mit einem Schnabel, spitz wie ein Dolch, und daneben ein gruseliges Gesicht, zusammengenäht aus groben Stücken von Leder oder Tierhaut.

Hanna nahm ihre Maske ab und gab sie Dierks.

»Die doppelte Person«, sagte er feierlich. Er hängte sie an einen freien Haken und fing an, mit tiefer, sonorer Stimmer zu sprechen:

»Das Jahr hebt seinen langen Schnabel
überm Fastnachtsdorf.
Geöffnet ist das Buch der Fabel:
Der Erbsstrohbär, den Pelz voll Winterschorf
tanzt ins Licht.
der Tote trägt den Lebenden
und spürt noch kein Gewicht.«

Hanna hing an den Lippen ihres Vaters und verzog den Mund zu einer Art Lachen.

Er brach ab. »Da.« Er wies auf eine gerahmte Fotografie an der Wand gegenüber. Nora erkannte einen viel jüngeren Dierks neben einer Frau, die Hanna an der Hand hielt. Die Frau hatte kurze braune Haare. Nora trat näher. Ihr Gesicht war eingefallen, sie wirkte krank. Aber die Augen … Jetzt erst sah sie es. Die Frau auf dem Bild sah ihr ähnlich. Sehr sogar.

Hanna gab einen gurgelnden Laut von sich. »Nooaa.«

Dierks nickte Nora zu und verschränkte die Arme vor der Brust.

Als Nora auf die Straße zurückkam, war der Wind aufgefrischt und fegte durch die Baumwipfel. Schon von Weitem hörte Nora Marlis' aufgebrachte Stimme. Sie stritt mit Johannes.

Nora konnte noch immer nicht glauben, dass er mit Livia geschlafen haben sollte. Es war unvorstellbar, wie eine Bombe, die einschlug und alles zersprengte, was Nora als ihr neues Leben betrachtete. Oder war das sowieso nur noch eine

Illusion? Hielten sie mühsam etwas zusammen, was längst auseinandergebrochen war? Ihre eigene Ehe, die Beziehung zwischen Marlis und Jo, ihr Zusammenleben zu viert? Wie hatte es Livia nur geschafft, in so kurzer Zeit alles zu zerstören? Oder hatte sie nur eine Zersetzung beschleunigt, die längst im Gange gewesen war? Und war nicht Livia selbst ein Opfer, auf der Suche nach Halt, den sie auf dem Hof nicht hatte finden können, eine Getriebene ohne Orientierung? Es war kein Wunder, dass sie sich in ihren Leben einnistete und sie aussaugte wie ein Parasit seine Wirte.

Es wäre einfach, zu sagen, Livia wäre schuld. Zu einfach.

Wo Alex nur steckte? War er doch schon zu Hause? Und Lukas?

Der Mond tauchte den Hof in ein gespenstisches Licht. Nora sah zu den Fenstern von Marlis' Wohnung. Wie ging es Livia wohl jetzt? Im Erdgeschoss brannte noch eine Lampe, im ersten Stock waren die Zimmer dunkel. Vielleicht war Livia oben und hörte zu, wie Marlis und Johannes sich ihretwegen anschrien.

Nora betrat ihre Wohnung, stieg leise die Treppe hinauf. Sie öffnete Lukas' Zimmer einen kleinen Spalt und blickte hinein. Seit er auf der Welt war, hatte sie jede Nacht vor dem Zubettgehen nach ihm gesehen, doch noch nie war sie so beruhigt gewesen wie jetzt, ihn dort liegen zu sehen. Er umschlang die zusammengerollte Bettdecke neben ihm, als hielte er einen Körper im Arm.

Auch Alexander schlief. Sein Atem ging ruhig. Nora legte sich neben ihn. Eine Müdigkeit überkam sie, die anders war als die Erschöpfung, die sie seit Monaten kannte, die so auszehrend und gleichzeitig flirrend gewesen war. Sie hatte nur in einen unruhigen Dämmerzustand geführt, der keine neue Kraft spendete. Diese Müdigkeit jetzt hüllte sie ein wie dichter

Schnee. Es war unmöglich, sich weiter zu bewegen. Nora sank ein, immer tiefer, in einen weißen, traumlosen Schlaf.

Ein Klopfen weckte sie. Es brach kurz ab und setzte wieder ein, lauter und drängender. Nora richtete sich im Bett auf. Sie fühlte sich benommen. Durchs Fenster fielen Sonnenstrahlen. War es schon Morgen? Alexander lag nicht mehr neben ihr. Als sie die Uhrzeit auf dem Wecker las, glaubte sie erst recht, noch zu träumen. Viertel nach zehn. Ein Wunder. Wie lange hatte sie nicht mehr so tief geschlafen? Sie konnte sich nicht mal an das Einschlafen erinnern, an irgendein quälendes Warten oder Herumwälzen, mit dem sie sich sonst Stunde um Stunde abmühte. In Sekundenschnelle musste sie abgetaucht sein in diesen Schlaf, aus dem sie die gesamte Nacht nicht ein einziges Mal hochgeschreckt war.

Das Klopfen hatte sich zu einem Hämmern gesteigert. Wer konnte das sein? Die Haustür war doch offen …

Nora stand auf, sie fühlte sich unsicher auf den Beinen, so, als versänke sie noch immer in einer weichen Schneedecke. Sie zog ihren Morgenmantel über und ging hinunter.

»Alex?«, rief sie laut. Nichts.

Vor der Küchentür stand Marlis. Nora sah ihr Gesicht durch die Glasscheibe und erschrak. Marlis' Augen waren rot und verquollen, die Haut grau, sie schien um Jahre gealtert.

Die Erinnerung an den letzten Abend spülte eine chaotische Flut von Bildern in Noras Kopf. Livia auf der Bühne, das Foto an Dierks' Wand, der Streit zwischen Marlis und Jo, die Flugameisen.

Nora drückte die Klinke herunter, jemand hatte wirklich zugesperrt, sie drehte den Schlüssel herum und öffnete.

»Warum schließt du dich ein? Ich hämmere hier seit Minuten an die Tür!« Marlis klang aufgebracht, blickte sie dann aber forschend an. »Ist alles in Ordnung mit dir?«

»Ja, ich … ich hab noch geschlafen.«

»Livia ist weg.«

»Wie bitte?«

»Sie ist nicht nach Hause gekommen.«

Marlis nestelte am Ausschnitt ihres Baumwollkleids herum. Auf ihrer Haut hatte sich ein rötlicher Ausschlag gebildet, der offenbar juckte. »Wir haben sie gesucht. Ich bin bis Michendorf gefahren. Jo war am See, ist stundenlang im Wald herumgelaufen. Sie ist spurlos verschwunden.«

»Ja, aber … warum habt ihr uns denn nicht Bescheid gesagt?«

Marlis hob müde die Schultern. »Ich habe geklopft, aber ihr habt nichts gehört. Wart wohl im Tiefschlaf.«

Nora überkam ein furchtbar schlechtes Gewissen. Ausgerechnet diesmal, nach Monaten von durchwachten Nächten, hatte sie geschlafen wie ein Stein.

»Willst du einen Kaffee?« Nora war noch immer nicht richtig wach, gleichzeitig fühlte sie sich schrecklich hilflos.

Marlis nickte. Sie wirkte, als hätte jemand alle Energie aus ihr herausgepresst.

»Setz dich doch.« Sie machte für Marlis einen Kaffee und stellte die Tasse vor sie auf den Tisch. »Was meinst du, wo sie ist? Kann sie nach Berlin gefahren sein?«

»Vielleicht.« Marlis zuckte die Achseln. »Aber warum meldet sie sich nicht? Sie muss doch wissen, dass wir uns Sorgen machen.«

»Hast du ihre Freunde angerufen?«

»Ich hab nur die Nummer von ihrer Freundin Yvonne. Die weiß von nichts.«

»Ich wette, Livia ist in der Stadt.« Nora war zu unruhig, um sich zu setzen. »Du hast ja gesagt, ihr hattet Streit. Vielleicht meldet sie sich deshalb nicht. Um dich zu bestrafen.« Sie trank einen Schluck Kaffee. »Hast du mit Jo geredet? Wegen der Sache mit der Schwangerschaft?«

Marlis richtete sich auf. »Er sagt, das sei totaler Schwachsinn. Er war unglaublich wütend. Wie ich so was auch nur annehmen könne! Livia sei für ihn wie eine Tochter.«

Nora atmete aus. »Ich hab es auch keine Sekunde geglaubt.«

Marlis kniff die Augen zusammen. »Vielleicht hat er nicht mit ihr geschlafen. Aber er denkt daran, sobald er sie sieht.«

Nora trat zu ihr. »Ich weiß, dass es kein Trost ist, aber in Wirklichkeit ging es ihr um Alex. Sie haben was miteinander. Sie war mit ihm in Jos Apartment zusammen.«

Marlis hob den Kopf. »Das sagst du so ruhig? Ist dir das egal?«

»Nein. Ich überlege, mich von ihm zu trennen.«

»Das wolltest du schon damals und hast es nicht geschafft.«

Nora nickte. »Ich weiß einfach nicht, was ich machen soll.« Sie gab sich einen Ruck. »Aber jetzt geht es um Livia. Was können wir tun? Wo sollen wir sie suchen?«

Als Marlis nur vor sich hin starrte, fuhr Nora fort: »Ich weiß nicht, wo Alex ist. Aber ich ruf ihn an, ob sie sich bei ihm gemeldet hat. Wo ist Jo?«

»Er wollte noch mal zu Diana und zu Boris. Und sich weiter im Dorf umhören, ob Livia vielleicht gesehen wurde.«

»Meinst du, wir sollten die Polizei einschalten?«

»Hab ich schon versucht. Die haben die Personalien aufgenommen und mich ansonsten abgewimmelt. Eine volljährige junge Frau, die für eine Nacht nicht nach Hause kommt! Und offiziell wohnt sie ja nicht hier. Es verschwänden andauernd Leute für kurze Zeit, ich hätte keine Vorstellung davon, wie viel Anrufe sie wegen so was kriegen. Es muss eine Gefahr für Leib und Leben erkennbar sein, sonst machen die gar nichts. Aber wenn sie sich bis heute Abend nicht meldet, ruf ich noch mal da an.«

Nora nickte. »Sag mir, wenn ich was tun kann.« Sie sah die Tränen in Marlis' Augen. Ihre Wut auf die Freundin, die sich über Wochen angestaut hatte, löste sich auf. Marlis bestand nur noch aus Erschöpfung und Angst. Nora ging noch einmal zu ihr und nahm sie fest in den Arm.

»Wir halten zusammen. Das hatten wir uns doch versprochen. Livia meldet sich bestimmt heute. Du wirst schon sehen.«

Nora erreichte Alexander auf dem Handy. »Wo bist du?«

»Im Büro.«

»Am Sonntag?«

Er war kurz angebunden, wie immer, wenn sie ihn im Institut anrief. Er müsse einen Artikel für eine Fachzeitschrift fertig schreiben. Von Livia wisse er nichts.

Sie schwiegen beide ins Telefon. Nora überwand sich weiterzufragen. »Meinst du, sie könnte in Jos Apartment sein?«

Nora war nie in den Räumen gewesen, aber sie stellte sich ein modern möbliertes Zimmer vor, ein großes, kahles Fenster. Alex und Livia nackt auf einem Bett, Livias makellose Haut, die sie auch im hellen Tageslicht nicht verstecken musste.

»Keine Ahnung. Einen Schlüssel hat sie, glaube ich, nicht. Habt ihr Jo gefragt?«

»Noch nicht.«

»Ich vermute eher, sie ist nach München gefahren. Sie hat mir nach der Premiere erzählt, dass sie zurückwill. Nach ihrem gestrigen inneren Durchbruch auf der Bühne, wie sie es betrachtet, will sie versuchen, wieder in der Schule aufgenommen zu werden. Wenn du mich fragst, ein sinnloses Unterfangen. Sie ist einfach unbegabt, das hat man ja nun deutlich gemerkt.«

Nora presste den Hörer ans Ohr. Er mochte Livia gar nicht, seine Stimme klang vollkommen kühl und unbeteiligt, wenn er von ihr sprach. Er könnte sich nicht so distanziert anhören, wenn er sie noch begehrte. Wenn er wüsste, dass sie im Apartment auf ihn wartete, zu einem Quickie in der Mittagspause. Oder wenn er dort war und sie gerade jetzt nackt neben ihm lag.

»Noch was?«, fragte er. »Ich muss hier weitermachen.«

»Nein, das wollte ich nur wissen.«

»Nora?« Er zögerte. »Es tut mir leid, dass ich dich angeschrien habe. Ich war einfach so wütend, weil du mich versetzt hast. Ich beeile mich. Wir können ja später in Ruhe über alles reden. Bis nachher.«

Nora legte das Telefon auf die Anrichte.

Sie sah in den Garten hinaus, sog die kräftigen Spätsommerfarben in sich auf. Die Stiele der Rosen bogen sich unter der Last der üppigen Blüten. Das Gras glitzerte feucht.

Der lange Schlaf hatte ihr neue Energie gegeben. Sie holte den Staubsauger und saugte die Ameisenleichen weg. Sie blickte an die Decke. Kein einziges Tier war jetzt zu sehen. Sie hatten sich zurückgezogen in ihr Loch. Lauerten sie dort, um sie zu überfallen, wenn sie nicht damit rechnete?

Sie hatte Appetit, auch das war ein fast schon fremdes Gefühl. Sie toastete zwei Scheiben Brot und schlug zwei Spiegeleier in die Pfanne. Es schmeckte ihr. Als Nachtisch aß sie eine große Schale von Lukas' Cornflakes mit Milch und viel Zucker. Wo war er überhaupt? Sie ging nach oben und sah in sein Zimmer. Er schlief noch.

Nora duschte. Vor dem offenen Fenster sang ein Vogel. Beinahe hätte sie vor sich hin gesummt. Wie gefühllos war sie eigentlich? Livia war verschwunden, Marlis krank vor Sorge. Nora setzte sich aufs Bett, nur ein Handtuch um den Oberkörper geschlungen.

Wenn Livia nicht zurückkommen würde …

Der Gedanke war wie eine Befreiung. Ja, sie hoffte, dass es so war. Und sie schämte sich sofort dafür. Natürlich wünschte sie ihr nichts Böses, nein, das nicht. Im Gegenteil, sie sollte zurück in ihre Schauspielklasse gehen, wenn das ihr Traum war. Weit weg, nach München. Alexander würde sie vergessen, wenn er nicht täglich ihren Flirtversuchen ausgesetzt war. *Und wenn dann die Nächste kommt?*, höhnte eine Stimme in ihr.

Sie stand auf, um sich anzuziehen, hielt inne und betrachtete sich im Spiegel. Sie war fast Mitte vierzig, und ihre Figur hatte sich über die Jahre nicht wesentlich verändert. Sie war knabenhaft schlank wie schon als Mädchen, mit kleinen Brüsten und schmalen Hüften. Trotzdem hatte sie nicht mehr den Körper einer jungen Frau. Alexander konnte junge Frauen haben, wenn er wollte. War das normal für einen Mann, dem Wunsch einfach nachzugeben, wenn er aufkam? Auch Marlis hatte erzählt, dass Johannes sie nicht mehr begehrte, und sie litt darunter. Alexander aber schlief mit Nora, nicht mehr so häufig, aber es schien ihm immer noch Spaß zu machen. Und oft war sie es, die nicht wollte, weil es ihr schlecht ging, weil sie zu müde war …

Sie zog sich an, eine beige Chinohose und ein schwarzes T-Shirt, dazu Turnschuhe. Alexander würde nicht vor dem Nachmittag zurück sein. Sie musste Marlis berichten, dass sich Livia nicht bei ihm gemeldet hatte, dann wollte sie draußen eine Runde drehen.

Sie lief über den Hof und die Treppe zu Marlis' Küche hinauf. Sie streckte den Kopf durch die Tür. »Marlis?«

Johannes kam aus dem Wohnzimmer, mit fahlem Gesicht

und dunklen Schatten unter den Augen. »Sie ist nicht hier.« Er lehnte sich in der Küche an den hölzernen Bauernschrank und atmete tief durch.

»Jo, wie geht es dir?«

Er schüttelte den Kopf. »Ich mach mir solche Sorgen.«

Nora trat näher zu ihm, drückte seinen Arm. »Livia meldet sich. Ganz bestimmt.«

Er sah auf. »Nicht um Livia. Wahrscheinlich sitzt sie irgendwo in einem Café in der Sonne und genießt es, dass wir ihretwegen in Panik verfallen. Sie nimmt keine Rücksicht auf die Gefühle anderer.« Er zog geräuschvoll die Nase hoch. »Nein, um Marlis mach ich mir Sorgen. Ich komm kaum noch an sie heran. Sie steigert sich da rein, dass ich mich in Livia verliebt hätte. Dass ich sie nicht mehr begehre. Das ist doch Blödsinn.«

»Im Moment kann sie nicht klar denken.«

»Richtig erkannt. Und weißt du, warum? Weil sie schon mittags anfängt zu trinken.«

Nora seufzte. Es stimmte, Marlis roch in letzter Zeit öfter tagsüber nach Alkohol. »Wo ist sie denn hin?«

Er wandte sich ab. »Ich weiß es nicht.«

»Ich bin so unruhig. Kommst du mit raus?«

»Wir haben verabredet, dass einer von uns immer hier ist. Falls Livia hier anruft. Oder zurückkommt.«

Nora lief durch das Dorf, blieb vor Boris' Haus stehen. Ob er da war? Durch die zugezogenen weißen Gardinen war nichts zu erkennen. Sie betrachtete das kleine, grau getünchte Haus. Das ganze Anwesen wirkte bescheiden, fast spießig, mit dem ordentlich gemähten Rasen im Vorgarten und den aufgereihten Blumentöpfen am Plattenweg zur Haustür.

Nora lief auf der Straße am Haus vorbei, spähte in den Garten dahinter. Auch dort war er nicht.

Boris war schwer einzuschätzen. Er schien so ausgeglichen und gefasst, als könnte nichts auf dieser Welt ihn aus der Ruhe bringen. Als wüsste er in jedem Moment, was zu tun war. Aber er schottete sich auch ab, es kam ihr vor, als umgäbe ihn eine dicke Mauer. Und er sprach nicht über sich.

Sie dachte an die Begegnung mit ihm im Wald. Er hatte sie einfach berührt und ihre Angst vertrieben. So selbstverständlich. Sie sah ihn vor sich, wie er im See schwamm, seine präzisen Bewegungen, wie er sich abtrocknete und anzog. Sie bog spontan in einen Feldweg ein, der sie von seinem Haus wegführte. Er war ein Fremder und ein ziemlich merkwürdiger Mensch dazu. Und auch gar nicht ihr Typ mit seinem eher gedrungenen Körper. Aber dann merkte sie, dass sie dem Weg zum See folgte. Und dass sie noch immer an ihn dachte. Sie setzte sich auf die Holzbank, genau wie an dem Abend, als sie ihm beim Baden zugesehen hatte.

Statt der fast märchenhaften Abendstimmung damals war die Atmosphäre jetzt fröhlich-belebt, das Ufer voller Sonntagsausflügler, und an der Stelle bei den hellen, großen Steinen, wo Boris' Anziehsachen gelegen hatten, liefen Kinder umher. Zwei Mädchen, das ältere vielleicht fünf, das andere jünger. Sie füllten Sand in Förmchen und spielten Eisverkäuferin.

»Ein Eis kostet einen Euro«, rief die Kleine. »Willst du Schoko und eine Kugel Zitrone?«

Nora sah ihnen eine Weile zu, genoss die Sonne auf ihrem Gesicht. Wasser und Himmel waren vom gleichen Blau, die Kleider der Mädchen und das Spielzeug leuchteten in buntem Durcheinander, rosa, grün, gelb und rot. Daneben lag etwas Schwarzes. Schuhe mit langen Riemchen, die man um die Fesseln schlang. Sie kannte diese Sandaletten.

Nora erhob sich und trat näher. Die Kinder blickten auf und

schauten sie neugierig an. Aus der Nähe gab es keinen Zweifel. Neben den bunten Förmchen und Plastikschaufeln lagen Livias Sandaletten.

Nora wurde fast schwindlig. Sie ging behutsam in die Hocke und zwang sich zu einem Lächeln. »Hallo, kann ich hier ein Eis kaufen?«

»Ein Euro«, krähte die Kleine.

»Du musst sie erst fragen, wie viele Kugeln sie möchte«, erklärte die Ältere streng.

»Zwei, bitte«, sagte Nora. »Erdbeer und Schoko.«

»Erdbeer haben wir nicht.« Die Große sah sie misstrauisch an.

Nora blickte sich um, ein Pärchen lag auf Handtüchern in der Nähe und sonnte sich, sicher die Eltern der Mädchen. Sie zeigte auf die Sandaletten. »Kann ich auch Schuhe bei euch kaufen? Woher habt ihr denn die?«

»Da«, die Kleine streckte den Finger in Richtung eines Gebüschs. »Da drin lagen die.«

Nora bemühte sich, ruhig zu bleiben. »Ich glaube nämlich, die gehören einer Freundin von mir. Sie hat sie verloren.«

Die Mädchen sahen sie verständnislos an.

»Magst du sie mir geben? Dann kann ich sie meiner Freundin zurückbringen.«

»Aber wir wollen die behalten«, sagte die Große. »Wir spielen Heidi Klum damit. Weil, siehst du? Die haben so hohe Absätze. Wie bei den Models im Fernsehen.«

»Okay, wartet mal.« Nora stand auf und ging zu dem Pärchen. »Entschuldigen Sie bitte.«

Sie blinzelten ins Licht, setzten sich dann auf, beide tätowiert, noch sehr jung. Jetzt sahen sie zu den Mädchen hinüber, und Nora bemerkte, wie sie sich kurz entspannten. Alles war in Ordnung.

»Die Kinder haben Sandaletten im Gebüsch gefunden. Die gehören einer Frau, die ich kenne.« Nora erzählte ihnen von ihrer Sorge um Livia. »Ich muss die Schuhe mitnehmen. Können Sie den Mädchen das bitte erklären?«

Die Frau nickte, sie wirkte erschrocken.

Kaum hatte Nora die Schuhe Marlis und Jo gezeigt, war Jo zum Telefon gestürzt und hatte die Polizei verständigt.

Ein Streifenwagen mit zwei Polizisten kam, Nora musste eine Aussage machen. Sie führte die Männer zu der Stelle am Ufer, die junge Familie packte gerade ihre Sachen zusammen, die Mädchen wurden befragt. Aber daraus ergab sich nichts Neues.

»Halten Sie es für denkbar, dass sich die junge Frau etwas angetan hat?«, fragte der Polizist.

Nora wurde es schlagartig kalt. Livia hatte ihre Schuhe ausgezogen, am Ufer versteckt. *Schuhe auf einer Brücke, bevor jemand sprang.* Sie dachten an Selbstmord.

»Das kann ich mir nicht vorstellen.«

Die Beamten begleiteten sie zurück zum Hof. Mehrere Mannschaftswagen der Polizei passierten die Dorfstraße, die Ausflügler wurden weggeschickt, der Parkplatz geräumt, das Seeufer abgesperrt. Ein Hubschrauber flog mit Wärmebildkamera über die Wasserfläche, er könne einen treibenden Körper aufspüren, erklärten ihr die Polizisten. Parallel suchten Taucher auf dem Grund, und ein Polizeiboot mit Leichenspürhunden fuhr den See systematisch ab. Auch das Gebiet rund um den See durchkämmten sie. Hundegebell hallte vom Wald herüber.

Nora blieb bei Marlis, doch viel mehr, als einfach da zu sein, sie in den Arm zu nehmen, konnte sie nicht tun.

»Soll ich einen Tee machen?«

»Ich brauch jetzt was Stärkeres.« Marlis holte die Flasche Wodka aus dem Wohnzimmerschrank und goss sich und Nora etwas ein.

»Ich möchte nicht. Wir sollten nüchtern bleiben.«

»Nur zur Beruhigung.« Marlis nahm einen kräftigen Schluck. »Livia hat sich nicht umgebracht.«

Es war bestimmt das dritte Mal, dass sie diesen Satz sagte, und Nora stimmte ihr jedes Mal zu, aber sie war sich längst nicht mehr sicher. Alexander hatte erzählt, dass Livia davon gesprochen hatte, zurück nach München zu gehen. Aber doch nicht, ohne jemandem Bescheid zu sagen? Ohne ihre Sachen zu packen? Und schon gar nicht ohne ihre Schuhe?

Die Dämmerung setzte ein, Nora machte Licht. Wo Jo und Alex nur blieben.

»Setz dich doch hin, Nora, es macht mich wahnsinnig, wenn du die ganze Zeit herumläufst.«

»Wenn man nur irgendwas wüsste!«

»Wenn du so unruhig bist, dann geh raus. Doch ich kann dir sagen, was los ist. Sie suchen noch. Aber sie werden sie nicht finden. Sie ist nicht mehr hier.«

»Was glaubst du, wo sie ist?«

»In Berlin. Oder in München.«

Nora setzte sich. Und stand wieder auf. »Okay, ich drehe draußen eine Runde. Wenn ich dich allein lassen kann?«

»Ja, geh nur.«

Nora verließ die Wohnung. Sie blickte zurück und sah durchs Fenster, wie Marlis, mit Glas und Flasche in der Hand, ins Wohnzimmer ging. Sie würde sich jetzt nachschenken.

Das Dorf hatte sich in sich selbst verkrochen. Es war die Stunde, in der die Hauswände schon lange Schatten auf die

Straße warfen, aber fast noch niemand Licht im Inneren machte. Was taten die Leute da hinter den blinden Fenstern? Saßen sie, wie Marlis, einfach da und warteten auf die Dunkelheit? Eine Ratte huschte vor Nora über die Straße und verschwand zwischen zwei Mülltonnen.

Von ferne brandete die Unruhe des Sucheinsatzes heran. Die Spürhunde bellten noch immer im Wald. Ein plötzlicher Windstoß trieb welke Blätter vor sich her, und gleich darauf stieg der Hubschrauber hinter den Bäumen auf. Sein Scheinwerfer streifte kurz durch die verlassenen Straßen, dann drehte der Hubschrauber ab und verschwand am Himmel.

In Boris' Haus, im Erdgeschoss, sah sie Licht hinter den Vorhängen. Nora pochte an die Haustür, da es keine Klingel gab. Sie wollte mit jemandem sprechen, der nicht auf dem Hof lebte und der nicht unmittelbar mit dem zu tun hatte, was passiert war. Sie klopfte noch einmal, lauter jetzt. Stille hinter den Mauern.

Sie ging um das Haus herum, an der Hecke entlang. Sie dachte an den Schatten, den sie in ihrem eigenen Garten gesehen hatte. Jemand war da gewesen und hatte sie beobachtet, aus dem Schutz der Dunkelheit heraus. Jetzt stand sie selbst hier, verdeckt von einem Busch. Die Balkontür war offen. Sie überlegte, ob sie Boris rufen sollte. Vielleicht war er mit einer Frau zusammen und öffnete nicht, weil er nicht gestört werden wollte.

Sie ging vorsichtig ein paar Schritte vor, um in das Wohnzimmer schauen zu können. Boris saß in einem Sessel, Kopfhörer auf den Ohren, sein Gesicht war verkrampft, die Augen starr auf einen Punkt im Raum gerichtet. Kein Ton drang nach draußen.

Nora stand da und sah ihn an. Da war er, ohne seine Schutzmauer. Ein ganz anderer, als sie gedacht hatte. Jemand, der bis ins Innerste von etwas gequält wurde.

Sie zog sich in den Schatten des Busches zurück. Sollte sie sich bemerkbar machen? Konnten sie reden, über die Situation auf dem Hof? Oder würde er etwas über sich erzählen? Nein, bestimmt nicht, wenn er wüsste, dass sie ihn gerade heimlich beobachtete. Sie würde einfach wieder gehen. Nicht auf dem Weg über die Granitplatten, sondern dicht an der Hecke entlang.

»Wer ist da?« Boris stand in der Balkontür, er musste sie entdeckt haben, aufgesprungen sein. Die Kopfhörer lagen mitten im Raum auf dem Boden.

»Ich bin es. Nora.« Sie trat ins Licht, das aus dem Zimmer fiel.

Er kam auf die Terrasse heraus. »Was machst du hier?«

»Ich hatte ein paarmal geklopft, doch du hast nichts gehört. Bitte entschuldige, ich wollte dich nicht stören.«

Er rieb sich kurz über die Augen. »Du störst nicht. Willst du reinkommen?«

»Ja, gern.«

Er schien sich zu freuen, dass sie da war. Sein Gesicht war offen, keine Spur von seinem Zustand gerade eben.

Sie trat zögernd ins Zimmer. »Ist alles okay?«

»Klar. Wieso fragst du?« Er lächelte.

Das Hundegebell schien näher zu kommen. Dann eine Männerstimme, ein knapper Befehl. Eine kurze Stille. Wieder Bellen. Boris' Lächeln erstarb, er fasste an seine Schläfen. Im ersten Augenblick hatte sie gedacht, er wolle sich die Ohren zuhalten.

»Bestimmt hören sie gleich auf. Es ist zu dunkel«, sagte er.

Hatte seine Unruhe mit der Suche nach Livia zu tun?

Boris war kein Unbeteiligter. Er war Livias Partner auf der Bühne gewesen. Sie hatte ihm die Premiere verdorben. Was dachte er über Livias Verschwinden? Wusste er etwas?

Nora fror, sie rieb sich über die nackten Arme.

»Setz dich doch.« Er kam zu ihr. »Es klingt vielleicht hart, aber ich bin nicht böse darum, wenn Livia zurück nach München ist oder sonst wohin.«

Nora blickte auf ihren Schoß. »Alex hat mit Livia geschlafen. Ich sehne mich auch nicht gerade nach ihr.«

Sehr nah erklang wieder Gebell, schrill und aufgeregt diesmal, es ging in eine Art Heulton über. Hatten sie etwas gefunden? Sie sah, wie Boris zusammenzuckte, seine Hände ineinanderkrampfte.

Was wusste er? Ahnte er etwas? Dass sie Livia finden würden?

Er hatte ihren Blick bemerkt. Er atmete heftig ein, hielt die Luft an. »Sprich deine Gedanken aus. Wofür hältst du mich?«

Sie schüttelte den Kopf. »Du willst nicht, dass sie Livia suchen. Warum?«

»Es hat nichts mit Livia zu tun. Es sind die Hunde ...«

Er sprach nicht weiter.

»Was meinst du damit?«

Er sah sie nicht mehr an. Sie spürte, wie er dichtmachte. Den Panzer um sich schloss.

Sie stand auf. »Wenn du mit mir reden willst, weißt du ja, wo ich bin.«

»Es hat nichts mit Livia zu tun«, wiederholte er, eindringlicher. Er streckte den Arm aus, als wollte er sie berühren. Ließ ihn dann sinken. »Geh, wenn du willst. Es ist besser so.«

Sie konnte sehen, dass er litt. War es Angst, Verzweiflung? Er würde ihr nicht sagen, was in ihm vorging.

»Das glaube ich auch.« Sie drehte sich um und lief durch den Garten nach Hause.

Die Wohnung war leer, Alex war nicht zurückgekommen. Nora setzte sich aufs Sofa, ohne Licht zu machen. Ihre Gedanken kreisten noch um Boris, um sein merkwürdiges Verhalten. Sie vertraute und misstraute ihm gleichzeitig.

Aber sie konnte nicht hier allein bleiben, sich einfach zurückziehen, die Tür zumachen. Sie musste zurück zu den anderen, fragen, ob es schon Neuigkeiten gab, Marlis und Jo beistehen.

Sie ging hinüber. Alex war ja doch schon da! Sie hatte das Auto nicht gesehen. Er saß bei Marlis und Jo. Die Männer tranken Bier, und Marlis hatte eine Flasche Rotwein vor sich.

»Gibt es etwas Neues?«, fragte Nora und dachte an das schrille Gebell, doch sie las die Antwort bereits in den Gesichtern.

Marlis schüttelte mit unendlich erschöpftem Blick den Kopf.

»Wo warst du?«, wollte Alex wissen.

»Ich bin im Dorf herumgelaufen. Hab kurz mit Boris gesprochen.«

»Mit Boris.« Alex' Blick war wachsam.

»Wo ist Lukas?«

»In seinem Zimmer, vermute ich.«

Nora blickte auf die Flaschen mit Alkohol. »Soll ich uns was zu essen machen? Ein paar Nudeln?«

Marlis reagierte nicht, Jo zuckte mit den Schultern. Nur Alex nickte. »Wäre vielleicht ganz gut.«

Nora ging in die Küche, setzte Wasser auf, kochte Spaghetti, dazu wärmte sie eine Tütensauce auf, die sie in Marlis' Schrank gefunden hatte. Erstaunlich, dass sie so was im Haus hatte, wo sie doch immer wieder betonte, wie wichtig es war, keine Fertigprodukte zu verwenden, sondern alles frisch zuzubereiten.

Nora war froh, sich beschäftigen zu können. Sie brachte Lukas eine Portion, deckte dann bei Marlis den Tisch. Alle setzten sich, doch niemand brachte mehr als ein paar Bissen hinunter, auch Nora nicht. Jo konnte trotz seiner körperlichen Erschöpfung kaum still sitzen. Er trank schneller als Alex, holte sich Nachschub. Nora war besorgt. Sie mussten – was auch immer noch geschehen würde – einen klaren Kopf behalten.

Jo und Alex hatten sich am Sucheinsatz im Wald nicht beteiligen dürfen, aber von Weitem gesehen, dass die Polizisten mit langen, dünnen Stangen unterwegs waren.

»Damit können sie lockere Stellen im Boden aufspüren«, sagte Alex.

Nora wollte nicht weiterdenken, was das zu bedeuten hatte. Sie sah die Suchtrupps vor ihrem inneren Auge, schwere Stiefel, die lautlos das weiche, federnde Moos niedertraten. Das Hecheln der Hunde. Die Polizisten suchten eine Leiche.

Nora wollte nicht daran denken.

Wie lange hatten sie nicht mehr zu viert zusammengesessen? Das letzte Mal bei Marlis' Geburtstagsfeier, ein Abend, der Nora nun vorkam wie eine Erinnerung an ein anderes Leben, in dem noch alles harmonisch und in Ordnung war. Doch auch das war ja ein Trugschluss. Am Tag zuvor hatte Livia die tote Ratte in ihrem Koffer gefunden. Sie hatte mit Marlis Streit wegen des Theaterprojekts gehabt. Dann ihr bühnenreifer Auftritt bei der Geburtstagsfeier in Noras blauem Kleid und ihr Flirt mit Johannes und Alex …

Niemand hatte die Energie, viel zu reden, sie saßen einfach da, mit vor Müdigkeit brennenden Augen, blickten zum Fernseher, der mit leise gestelltem Ton lief. Jemand, der zufällig ins Fenster hineinblickte, hätte denken können, dass sie den Tag gemeinsam bei einem Feierabendbier und ihrer Lieblingsserie ausklingen ließen. Irgendwann stand Jo auf und schaltete ab.

»Ihr habt sie von hier vertrieben«, sagte Marlis plötzlich in die Stille hinein. Ihre Stimme schlingerte. Ob vor Wut oder von dem Alkohol, konnte Nora nicht sagen. Auch Alex und Jo hoben den Kopf und sahen sie an.

»Es ging ihr die ganze Zeit nicht gut. Sie ist aus München gekommen, weil sie verzweifelt war. Konntet ihr sie nicht einfach in Ruhe lassen?«

»Marlis ...!«, sagte Jo warnend und bittend zugleich.

»Ihr habt euch an ihr aufgegeilt. Lukas auch. Er am allermeisten!«

»Marlis, das bringt doch nichts.« Nora warf ihr einen Blick zu.

»Tu doch nicht so, Nora. Es ist deine Masche, dich immer vornehm rauszuhalten. Aber du wolltest als Erste, dass Livia verschwindet. Weil du eifersüchtig warst.«

»Lass gut sein.« Alex legte seine Hand auf Noras Unterarm, bevor sie etwas entgegnen konnte. »Marlis hat schon recht. Livia hat hier alles durcheinandergewirbelt, und wir haben nicht hinterfragt, warum sie das tut. Wir hätten uns alle mehr um sie kümmern müssen. Aber in allererster Linie ist sie zu ihrer Mutter gekommen.« Seine Stimme klang ruhig und sehr vernünftig. »Natürlich kannst du uns Vorwürfe machen, Marlis. Aber du musst dich auch selbst fragen, ob du ihr zugehört hast. Oder ob es dir nicht wichtiger war, den Hof zu dekorieren oder dir ein Reitpferd zu kaufen.«

»Aber *du* hast ihr zugehört, nicht wahr?« Johannes stellte sein Bier mit einem Knall auf den Wohnzimmertisch. »Du hast den großen Zampano gegeben, der reiche und kulturell gebildete Herr Professor, Mann von Welt, der sie ins Theater und in teure Restaurants führt. Sie war geblendet, und deshalb war es auch ein Leichtes für dich, sie ...«

»Ach, ich bin schuld?« Alexander brach in Gelächter aus. »Das meinst du nicht ernst, Jo, oder? Sie ist mir nachgelaufen, vom ersten Tag an. Ich hab versucht, sie auf Abstand zu halten. Frag Nora. Ich wollte sie nicht mal mit dem Auto in die Stadt mitnehmen. Sie ist einfach bei mir im Institut aufgetaucht, sie hat Leute belogen, um an den Zahlencode zu kommen, sie stand auf einmal in meinem Büro. Natürlich hab ich sie nicht stehen lassen. Ich habe mit ihr geredet, über ihre Pläne, über Theater, mir geduldig ihre wirren und naiven Ansichten angehört. Ich habe versucht, ihr zu helfen, indem ich ehrlich zu ihr war.«

»Du warst mit ihr in meinem Apartment«, sagte Jo fast tonlos.

Alexander hob übertrieben theatralisch die Schultern. »Ja. Mein Gott! Ja! Tu bloß nicht so, als ob du nicht gern an meiner Stelle gewesen wärst.«

Johannes sah aus, als wollte er sich auf Alex stürzen, krampfhaft hielt er die Sofalehne umklammert.

Alex ging in die Küche, nahm sich ein weiteres Bier aus dem Kühlschrank, öffnete es und ließ sich wieder in seinen Sessel fallen. »Du erlaubst doch?« Er hob die Augenbrauen. »Was starrt ihr mich so an? Ich soll hier der Buhmann sein? Sie ist hübsch, sie ist sexy, sie hat sich bei mir auf den Schoß gesetzt und darum gebettelt. *Nimm mich!*« Er trank von dem Bier. »Du, Jo, hast einen Steifen gekriegt, wenn sie nur durch den Raum ging. Aber jetzt kannst du leicht so tun, als wärst du ein Heiliger. Weil du sie nicht kriegen konntest, ganz einfach.«

Johannes beugte sich vor, um sich seine Flasche zu angeln. Er schwankte, und sein Blick war glasig. »Sie ist wie eine Tochter für mich. Und eines sag ich dir, das bereust du noch, was du ihr angetan hast!«

»Hört auf!«, rief Nora.

Alexander schlug die Beine übereinander. »O nein, spitzt lieber mal die Ohren, was Papa uns erzählen will!« Er schüttelte amüsiert den Kopf. »Das war schon früher Jos Strategie, wenn es mit den Mädels nicht so lief, wie er wollte. Jo, der väterliche Freund. Hier ein bisschen in den Arm nehmen, da ein paar tröstende Worte säuseln und dabei den Blick fest in den Ausschnitt richten.« Er blickte jetzt nur Nora und Johannes an. »Ihr beide seid was Besseres. Gutmenschen, die sich um andere kümmern. Statt für euch selbst zu sorgen, seid ihr ständig mit euren Mitmenschen beschäftigt. Nora hat ihre Karriere für diesen Versager weggeschmissen, diesen Kronos, und jetzt versauert sie hier auf dem Land als wandelnder Vorwurf.« Alexander verstellte weinerlich die Stimme. »*Ich fühle mich so leer, ich kann nicht mehr schlafen, nicht mehr essen. Aber ändern will ich nichts daran, ich jammere lieber weiter.* Und stehe moralisch haushoch über meinem bösen Ehemann, der fremdgeht. Der was aus seinem Leben macht. Der es wagt, Erfolg zu haben. Im Job. Bei Frauen. Der so unverschämt ist, sein Leben ab und zu mal zu genießen.«

Nora stand auf. Er war betrunken, und sie wollte ihm nicht länger zuhören. »Lass uns nach Hause gehen.«

Er ignorierte sie. »Marlis und ich, wir sind schlicht gestrickt. Wir kümmern uns um uns selbst, andere Menschen interessieren uns nur am Rande. Wir tun erst gar nicht so, als ob. Ehrliche Egomonster, das sind wir, und dazu stehen wir. Nicht wahr? Prost, Marlis.« Er hob die Flasche in ihre Richtung.

Sie sah ihn hasserfüllt an.

Alex zuckte die Schultern. »Es tut mir leid. Die Wahrheit ist nie schön zu hören.«

Jo richtete sich auf. »Ja, wenn du deine eigene Wahrheit auch so gut verkraften könntest.«

Alex machte eine auffordernde Geste, wedelte mit den Fingern. *Nur zu, schieß los!*

»Du benutzt Menschen wie Taschentücher, schnäuzt einmal rein, zerknüllst sie und wirfst sie dann weg. Deine Freundinnen früher … Ich weiß nicht, warum sie auf dich standen, ich hab es nie nachvollziehen können. Es war so sonnenklar für mich, dass dir an keiner Einzigen was lag. Du hast dich in ihrer Bewunderung gesonnt, ganz kurz waren sie neu und interessant, und schon hast du dich gelangweilt, sie abserviert und dich aus dem Staub gemacht. Genauso hast du es mit Livia gemacht. Väterlicher Freund? Ja, mach dich ruhig lustig darüber. Aber wenigstens bin ich ein menschliches Wesen mit Gefühlen, das erkennt, wenn andere leiden.« Er wischte mit beiden Händen über seine Hose, als wollte er Dreck abstreifen. »Ich weiß noch, als ich dich das erste Mal mit Nora sah, da dachte ich: Womit hat er so eine Frau verdient? Eine so besondere, sensible Frau. Und wie wird sie leiden unter ihm!«

Alex verzog spöttisch den Mund. »Mir kommen gleich die Tränen vor Rührung.«

Jo sprang auf, es ging so schnell, dass Nora vollkommen überrascht wurde. Er schlug mit der Flasche gegen das metallene Tischbein, sie zersplitterte. Er zielte mit dem geborstenen Flaschenhals auf Alex' Kehle.

»Jo! Lass ihn!« Noras Stimme überschlug sich. Sie packte seinen Arm und versuchte, ihn von Alex wegzuziehen.

Alex umklammerte Jos Handgelenke, schaffte es, ihn auf Abstand zu halten, aber nah vor seinem Hals zuckte die messerscharfe Kante der Flasche hin und her. Beide keuchten vor Anstrengung.

»Hör auf! Jo!« Nora schrie ihn an, zerrte an seiner Schulter, aber Jo reagierte nicht auf sie.

Jemand läutete an der Haustür zur Straße. Jo schien auch das nicht zu hören, er kämpfte wie von Sinnen mit Alex. Nora rannte zur Tür und riss sie auf. Boris.

»Verzeih mir, Nora, ich kann dir erklären, warum ich …«

»Schnell! Komm! Jo bringt Alex um!«

Nora zeigte in die Wohnung, und Boris stürmte an ihr vorbei ins Wohnzimmer. Er schlug Jo mit der Handkante in den Nacken, packte seinen Arm mit der Flasche und bog ihn nach hinten. Jo stöhnte vor Schmerz laut auf, Boris hielt ihn im Schwitzkastengriff fest.

»Okay? Schluss?«, fragte er, vor Anstrengung schwer atmend. »Johannes!«

Als Jo nicht antwortete, verdrehte er Jos Arm mit einem Ruck weiter nach hinten. Jo keuchte.

»Lass die Flasche fallen, sonst kugel ich dir deinen verdammten Arm aus!«, schrie Boris.

»Okay!« Jo spreizte die Finger, und der Flaschenhals fiel neben Alexander auf die Sofakante und von dort klirrend zu Boden.

Boris ließ Jo langsam los, der fiel auf die Knie, krümmte sich zusammen, klemmte seinen Arm vor die Brust und rieb darüber.

»Bist du verletzt?« Boris beugte sich über Alex und untersuchte seinen Hals. Doch nur Alex' Hände waren blutig, er hatte Schnittwunden, da, wo ihn Jo mit der Scherbe erwischt hatte.

»Hol mir warmes Wasser. Ein sauberes Tuch. Verbandszeug. Schnell«, sagte Boris zu Nora.

Sie wusste nicht, wo Marlis dieses Sachen aufbewahrte. »Marlis!«

»Im Badezimmerschrank«, sagte sie schleppend.

Nora lief die Treppe hinauf, fand Mullbinden und Jod. Als sie zurückkam, war Jo nicht mehr im Wohnzimmer. Sie holte eine Schüssel Wasser und ein sauberes Geschirrtuch aus der Küche. Dort saß er, am Tisch, den Kopf aufgestützt. Sie lief zurück zu Boris, machte das Tuch nass, wrang es aus und reichte es ihm. Er wusch das Blut von Alex' Händen. Während Noras Finger zitterten, arbeitete er schnell und konzentriert, desinfizierte die Wunden, verband die tieferen Schnitte mit dem Mull. Wieder klingelte es. Marlis rührte sich nicht. Also ging Nora zur Tür.

Ein älterer Polizist stand dort. »Frau Werle?«

»Nein, ich bin die Nachbarin. Frau Werle ist …« Nora zögerte. Marlis war betrunken, Jo außer sich in der Küche, Alex blutend im Wohnzimmer. Sie zwang sich zu einem höflichen Lächeln. »Warten Sie doch bitte hier, ich hole sie.«

Nora ging zurück. »Marlis. Ein Polizist. Er will dich sprechen.«

»Komm.« Boris fasste Marlis' Arm und half ihr auf. Nora hatte Sorge, dass sie vor Angst und Erschöpfung einfach umkippen würde. Boris führte sie behutsam nach draußen.

Alex rieb sich über die Stirn, auf der noch Blut verschmiert war. »Irgendwann musste das passieren.«

»Die Polizei ist im Haus«, sagte Nora. »Jo hat dich angegriffen. Du kannst ihn anzeigen.«

Alex schüttelte müde den Kopf. »Er ist seit über zwanzig Jahren mein Freund. Eigentlich mein einziger.«

»Du hast ihn provoziert«, sagte Nora.

Alexander lächelte. »Es hätte mich auch gewundert, wenn ich mal nicht der Schuldige wäre. Wo ist Jo hingegangen?«

Nora zögerte mit der Antwort. Wollte er Jo weiter reizen?

Die Tür ging auf, Boris und Marlis kamen zurück. Marlis Gesicht war nass von Tränen. Sie hielt sich an einer Sessellehne fest, Boris stützte sie.

Noras Herz setzte aus. Lag Livias Leiche da draußen?

»Nichts«, sagte Boris. »Sie haben nichts gefunden. Sie machen morgen bei Sonnenaufgang weiter.«

Plötzlich stand Jo in der geöffneten Küchentür. Seine Stirn glänzte vor Schweiß, sein Atem ging schnell. »Sie hören auf? Das können sie doch nicht machen!«

»Es ist dunkel, Jo«, sagte Nora.

»Wollt ihr hier sitzen und nichts tun? Das kann ich nicht! Ich suche weiter!« Er drehte sich um und lief hinaus.

Boris atmete tief durch. Er nahm seine Jacke. »Ich geh besser mit ihm.«

»Warte mal.« Alex lief durch die Küche über den Hof. Kurz darauf kam er mit einer Taschenlampe zurück, die sie im Schuppen aufbewahrten. Er gab sie Boris.

»Pass bitte auf Jo auf. Er ist heute … nicht ganz zurechnungsfähig.«

Boris

Als er auf die Straße trat, war Johannes nicht mehr zu sehen, doch Boris war sicher, dass er den Weg zum See nehmen würde. Dorthin, wo auch die Polizei Livia gesucht hatte.

Er erreichte den See und rief, keine Spur von Johannes. Boris folgte dem Weg in den Wald, das Mondlicht drang kaum durch das Dach der Baumkronen. Er knipste die Taschenlampe an. »Johannes!« Boris leuchtete einmal im Kreis in die Ferne. »Jo!«

Er hielt inne. Lauschte. Nichts. Kein Laut. Er richtete den Schein auf den Boden. Das Moos erschien giftiggrün im grellen Licht. Verdammt, wo war Johannes? Wieder rief er ihn. Alle paar Sekunden. Auf diesen Typen musste man ganz entschieden aufpassen. Er wäre fähig gewesen, Alexander die Kehle durchzuschneiden. Trotzdem hatte der gerade so besorgt geklungen. Was für eine merkwürdige Freundschaft war das nur?

Ein Geräusch. Boris blieb stehen. Kleine Äste knackten. Lief da jemand entlang? Er leuchtete umher. »Johannes? Bist du das?«

Da war jemand, schemenhaft, der Schein reichte nicht weit genug. Warum gab Johannes sich nicht zu erkennen? Boris ärgerte sich über ihn.

»Jo! Verdammt!« Nun brüllte er. Die Gestalt rührte sich nicht. Wer war das?

Angst überkam ihn, er griff in seine Hosentasche und holte sein Multitool hervor. Das Messer schnappte heraus, rastete ein. Er ging näher heran. Die Person war in etwas Blaues gehüllt. Es sah aus wie Plastik. Der Kopf war überdimensional groß. Er näherte sich vorsichtig weiter, die Gestalt verharrte. Da erkannte er die Maske. Dierks hatte sie beim Fasching mit in die Kneipe gebracht, sie besaß zwei Gesichter. »Der Tote trägt den Lebenden«, so hatte er sie genannt.

»Hanna? Hanna!«

Sie hatte sich in einen blauen Müllsack gewickelt. Als er stehen blieb, nur noch wenige Meter von ihr entfernt, nahm sie die Maske ab, das Weiß ihrer Augen leuchtete. Sie gurgelte einen Laut. Dabei zeigte sie tiefer in den Wald. Es war unfassbar, dass Dierks das Mädchen nachts allein herumlaufen ließ. Boris nahm sich vor, ein ernstes Wort mit dem Bauern zu reden. Oder er würde gleich die Behörden einschalten.

Hanna lief los in die Richtung, in die sie gezeigt hatte. Er blieb stehen. Ob sie wusste, wohin Jo gegangen war? Boris zögerte. Er hatte keinerlei Bedürfnis, sich ausgerechnet Hannas Führung anzuvertrauen. Ungeduldig rief sie ihn, mit kehligen, unverständlichen Lauten.

»Nein. Hanna. Komm mit mir, ich bringe dich nach Hause.« Er winkte ihr zu, wandte sich ab. Hanna stieß nun abgehackte Schreie aus, sie stampfte dazu mit den Gummistiefeln auf den Boden.

»Du kommst jetzt mit!«

Sie gehorchte nicht, aber Boris lief entschlossen los, in Richtung des Dorfs. Dann drehte er sich wieder um. Das ging nicht. Er musste sie mitnehmen.

Doch Hanna war weg, in der Nacht verschwunden.

Nora

Hatte sie schon wieder durchgeschlafen, die ganze Nacht? Nora rieb sich verwundert die Augen. Sie blickte auf den Wecker, halb sieben. Draußen war es noch dämmrig. Alexander schien fest zu schlafen. Seine Hände lagen auf der Decke, an manchen Stellen war Blut durch die Verbände gesickert.

Der Abend war ein Albtraum gewesen. Sie hatten sich Wunden zugefügt, die nie wieder heilen würden.

Sie zog sich eine warme Hose und ein Sweatshirt über, ging in die Küche, machte Licht. Auf dem Küchenboden lagen neue verkrümmte tote Ameisen. Über Noras Kopf, im Schutz des durchweichten Fetzens Raufaser, krochen sie herum, fütterten ihre Königin, starben und fielen zu Boden. Sie setzte sich, blickte in den Garten hinaus. Wie viele Abstufungen von Grau es gab. Sogar die Rosen wirkten grau in dem kalten Morgenlicht.

Draußen, zwischen den Rosenstöcken, bewegte sich etwas. Ein Schatten. Was war das? Nora starrte angestrengt hinaus. Diesmal gab es keinen Zweifel. Da war jemand. Livia? Kam Livia zurück?

Die Gestalt im Garten näherte sich. Sie trug etwas Blaues, leuchtend blau. Hanna. Sie hatte sich einen Müllsack übergeworfen, oben ein Loch für den Kopf eingerissen. Nora öffnete die Terrassentür.

»Nooaa! Nooaa!« Hanna rief sie wieder auf ihre eigene Art. Sie winkte aufgeregt. Was hatte sie? Sie wollte ihr etwas zeigen. Nora zögerte. Hannas Augen waren geweitet, sie fürchtete sich. Nora wollte sie nicht allein lassen.

»Warte.« Sie holte eine Taschenlampe aus der Küche, zog ihre Gartenschuhe an und ging hinaus.

Hanna lief aus dem Garten, hinter dem Hof ihres Vaters vorbei, auf den Weg zum See. Der Plastiksack leuchtete blau vor Nora im Schein der Taschenlampe.

Nora folgte ihr mit etwas Abstand, achtete aber darauf, dass Hanna sie gut sehen konnte. Das Mädchen bog ab in den Wald. Sie schnaufte laut, ihre zu großen Gummistiefel schlurften über den Boden. Auf einmal trampelte sie ungeduldig mit den Füßen, Nora war zu weit zurückgeblieben.

»Ich bin ja hier!«

Als Hanna endlich stehen blieb, näherte sich Nora vorsichtig. Sie wollte sie nicht reizen.

Sie konnten nicht weit vom See entfernt sein. Der Wald öffnete sich zu einer Lichtung. Nora leuchtete die Umgebung ab. Der Strahl traf auf bleiche Birkenstämme, auf einen Baumstumpf, mit schwefelgelben Pilzen wie kleine Dachziegel bewachsen. Dornengestrüpp. Hier war sie schon einmal gewesen. Es gab ein Foto von diesem gruseligen Wald auf ihrer Kamera! Schon am helllichten Tag hatte die Umgebung ihr Angst eingejagt. Jetzt, im Dunkeln, wagte sie kaum zu atmen.

Hanna zeigte auf den Boden. Auf einer Stelle von einem halben Meter mal etwa zwei Metern lag das Gestrüpp lose auf dem bleichen Grund. Die Wurzeln griffen nicht mehr in die Erde. Zuerst dachte Nora an Tiere, die es ausgerissen haben mussten, aber warum lag es so gleichmäßig aufgeschichtet?

Was bedeutete das? Nora wollte es nicht wissen. *Zurückgehen. Weglaufen.* Doch sie konnte sich nicht rühren.

Hanna zischte, fuchtelte mit den Händen.

»Was ist da, Hanna?« Nora ging in die Hocke, entfernte vorsichtig die Dornen. Sie blickte zu Hanna hoch, die stand gebeugt und hielt sich die Augen zu. Nora hob die sandige Erde weg, grub mit bloßen Händen. Da tauchte etwas auf, etwas Weißes, Längliches. Sie leuchtete direkt darauf. Sie fiel nach vorn auf die Knie, ließ die Lampe los, und die Übelkeit schwappte in ihr hoch wie eine Welle. Aus der Erde ragte ein Finger. Sie zwang sich hinzusehen. Daneben reckten sich weitere Finger empor.

Nora richtete sich auf, ihr war schwindlig, fast wäre sie nach hinten gekippt. Da lag eine Leiche. Dann wie ein gellender Schrei in ihrem Kopf: Livia! War das Livia da in der Erde?

Nora stolperte ein paar Schritte weg. Hanna? Da lag der blaue Müllsack wie ein abgeworfener Kokon. Sie war verschwunden.

Nora rannte, ihre Füße sanken ein in das weiche Moos. Wenn das Livias Leiche war, hatte jemand sie getötet. Und vergraben.

Nora lief nicht zum Hof. Sie konnte es ihnen nicht sagen.

DRITTER TEIL

Boris

Es war ein merkwürdiges Gefühl, die Notrufnummer zu wählen wie ein normaler Bürger. Er machte alle Angaben knapp, präzise und in der richtigen Reihenfolge. Nora saß mit einer Wolldecke um den Körper auf seinem Sofa. Ihr Blick war nach innen gewandt, sicher kämpfte sie mit den Bildern in ihrem Kopf. Sie hatte sie ihm beschrieben. Finger, die sich ihr aus der Erde entgegenreckten. Bleiche, tote Haut, um die Käfer und Maden herumkrochen. Er wusste nur zu genau, was sie jetzt durchmachte.

In der Küche pfiff der Wasserkocher. Er füllte eine Wärmflasche mit heißem Wasser, legte sie in Noras Schoß, unter die Decke. Er nahm ein Wasserglas aus dem Schrank, goss Cognac hinein, ging zu ihr und drückte ihr das Glas in die Hand. Sie starrte darauf.

»Trink das, trink es am besten aus.« Sie gehorchte. »Leg dich hin.« Er schob ihr ein Kissen unter den Kopf, zog die Wolldecke über ihre Beine. »Sie werden bald hier sein. Ruh dich solange aus. Schlaf.« Er streichelte ihren Unterarm. Es war erst das zweite Mal, dass er sie berührte. Sie sah ihn an, doch ihr Blick ging durch ihn hindurch. »Nora. Es ist vorbei. Du hast es überstanden.«

Was redete er da! Die Sätze katapultierten ihn in sein altes Leben, ohne Vorwarnung. *Ruh dich aus. Schlaf. Es ist vorbei.*

Lügen. Nichts war vorbei. Es ging gerade erst los!

Er trat aus dem Haus, stellte sich an die Straße, sah auf die Uhr. Sie trafen nach etwa fünfzehn Minuten ein, in einem unauffälligen grauen Opel Astra, Potsdamer Kennzeichen, ein hagerer Typ Ende dreißig mit Igelfrisur und eine mollige Frau, vielleicht Mitte fünfzig. Sie ließen ihn hinten einsteigen. Die Vorstellung fiel knapp aus. Kriminalpolizei Potsdam, er hieß Mike Wöhringer, seine Kollegin Christa Brandt.

»Schmidt«, sagt Boris.

»Wir haben von den Kollegen erfahren, dass hier in der Gegend eine Personenfahndung läuft«, sagte Wöhringer. »Nach einer jungen Frau.«

Boris nickte. »Und nun gibt es eine Leiche. Ich bringe Sie hin.«

Mike Wöhringer fuhr, Christa Brandt steckte sich eine Zigarette an. Ihr Kollege warf ihr einen Seitenblick zu, den sie ignorierte. Er ließ sein Fenster runterfahren. Der Rauch und die kalte Luft zogen zu Boris auf die Rückbank.

Sie verließen die Hauptstraße. Es ging ein Stück um den See herum, bis zum Abzweig in den Wald. Dort hielten sie auf dem Parkplatz einer Gaststätte. Bodennebel schwebte im Morgenlicht.

»Finden die das nicht, oder was ist jetzt los?«, sagte Christa Brandt nach einer kurzen Weile unfreundlich. Sie steckte sich eine neue Zigarette an. »Willst du vielleicht mal nachfragen?«

Mike Wöhringer atmete langsam aus. »Sie wissen Bescheid, dass wir an der Anglerkneipe warten.«

Zwischen den beiden herrschte eine Spannung, die sich auf Boris übertrug. Er selbst hatte das Rauchen vor mehr als einem Jahr aufgegeben und kam gut damit klar, doch jetzt war der Drang nach Nikotin fast übermächtig.

Mike Wöhringer stieg aus und lief nervös neben dem Auto auf und ab.

Als der Bus der Spurensicherung auftauchte, winkte er nur kurz dem Fahrer und stieg wieder ein. Sie drangen gemeinsam in das Waldstück vor, bis der Weg für die Wagen unpassierbar wurde. Boris führte das Team an. Nora hatte ihm nicht viel erklären müssen. »Die Stelle bei den Birken, an der du mich gefunden hast.« Ein merkwürdiger Zufall, dass genau dort eine Leiche liegen sollte, wo Nora in Panik wegen der Ameisen geraten war. Doch Boris glaubte nicht an Zufälle.

Die Männer hatten Schaufeln und eine Trage dabei. Während sie den Körper vollständig ausgruben, stand Boris abseits. Sie hoben die Leiche auf die Trage. Jetzt zwang er sich hinzusehen. Es war Livia. Sie trug noch das blaue Kleid, mit dem sie auf der Bühne gestanden hatte. Die Premiere … War das erst vorgestern gewesen? Ihre Augen waren offen, doch das intensive Grün war verschwunden, sie wirkten viel dunkler, fast schwarz. Jemand aus dem Polizeiteam schloss ihre Lider und bedeckte ihren Körper mit einem Tuch.

Boris wartete. Gleich kamen sie und stellten ihm Fragen. Brandt und Wöhringer. Hatte er die Tote gekannt? Ja, er hat mit ihr Theater gespielt, sie war die Iphigenie, er der Thoas. Die Menschenfreundin und der Barbar. Er stellte sich ihre unwilligen Blicke vor. Menschenfreundin, Barbar, Theater? *Bleiben wir bei den Fakten.* Wer war sie? Wo wohnte sie? In welcher Beziehung standen Sie zu ihr? *Wer sind Sie?*

Boris konnte sie erst mal hinhalten, er hütete das Haus eines Freundes, war aus der Stadt in die Abgeschiedenheit gezogen, um zu schreiben. Das, was alle im Dorf dachten. Sie würden ein paar Tage brauchen, bis sie seine Identität entdeckten, vorausgesetzt, sie interessierten sich überhaupt für ihn. Zum Glück hatte er einen Allerweltsnamen.

Wöhringer und seine Kollegin kamen auf ihn zu. »Ist sie das?«

»Ja. Livia Werle. Sie können die Personenfahndung abblasen.«

»Stammt sie von hier?«

»Nein, sie wohnte nur vorübergehend bei ihrer Mutter, Marlis Werle, und deren Lebensgefährten, Johannes Hentschel. Auf einem Hof hier in Seesendorf. Dort lebt auch eine weitere Familie. Die Frau, Nora Bernsdorf, hat Livia gefunden. Ich kann Sie hinbringen.«

Er wusste, wie die Antwort lauten würde. Gut so, denn es verschaffte Nora noch etwas Ruhe.

»Danke, Herr … Schmidt.«, sagte Christa Brandt mit ihrer vom Nikotin tiefen Stimme. »Wir informieren zuerst die Angehörigen. Bitte halten Sie sich zu unserer Verfügung.«

Nora

Im Hof war alles still. Wie ertrug Marlis die Nachricht? Vorhin, als Nora von Boris nach Hause gebracht wurde, hatte sie bei Marlis geklopft. Alles war still geblieben, und Nora hatte nicht einfach hineingehen wollen. Sie beruhigte sich damit, dass Marlis ja nicht allein war.

Sie waren alle bereits kurz befragt worden, sollten sich aber für eine ausführliche Vernehmung im Polizeipräsidium in Potsdam bereithalten. Lukas war jetzt dort, Diana hatte ihn mit in die Stadt genommen. Alex saß oben in seinem Arbeitszimmer.

Nora trank allein eine Tasse Tee, zwang sich, einen Zwieback zu essen. Ihr Handy klingelte. Das musste Lukas sein. Sie war erstaunt, als sich eine Frau meldete.

»Christa Brandt, Kripo Potsdam, Sie können Ihren Sohn jetzt abholen.« Warum rief Lukas nicht selbst bei ihr an? Nora überlegte kurz, ob sie Alex Bescheid sagen sollte, aber dann fuhr sie einfach los.

Lukas stand schon vor dem klotzigen grauen Präsidium. Sie parkte. Als er sich näherte, war sein Gesicht maskenhaft starr, sie erkannte, dass er sich nur mit Mühe beherrschte. Er stieg ein.

»Was ist passiert?«

»Fahr los. Erst mal weg hier!« Er drehte den Kopf zum Fenster, starrte hinaus.

Nora wendete und fuhr zurück zum Dorf. Sie ließ ihm etwas Zeit, dann fragte sie erneut. »Wie ist es gelaufen?«

Verstocktes Schweigen. Nora fuhr rechts ran und hielt in einer Wegmündung der Landstraße. Sie legte einen Arm um seine Schultern. »Lukas, bitte!«

»Die haben mich über eine Stunde lang verhört. Und jetzt verdächtigen sie mich, Livia umgebracht zu haben.«

»Das kann nicht sein. Wie kommst du darauf?«

»Ich hab denen alles erzählt. Ich musste!«

»Was ›alles‹?

»Von dem Streit nach der Premiere. Livia hatte sich in der Kapelle verkrochen. Ich wollte sie nur trösten. Doch sie hat mich …« Seine Finger krampften sich um den Gurt seiner Tasche. »Sie war gemein zu mir. Richtig gemein. Und ich dann auch zu ihr.«

Nora stellte den Motor ab. »Erzähl es mir.«

Er schüttelte den Kopf.

»Du warst in sie verliebt, oder?«

Er reagierte nicht.

»Und sie hat dir klargemacht, dass sie nichts von dir will?«

Die Antwort war ein Schluchzer. Nora legte eine Hand auf seinen Rücken.

Er hob den Kopf, seine Augen waren geweitet. »Ich hätte das der Polizei nie erzählen dürfen, aber die haben mich echt fertiggemacht. ›Livia war ein paar Nummern zu groß für dich, oder, Lukas?‹« Er verstellte höhnisch die Stimme. »›Du bist noch so ein Milchbubi, hast du überhaupt schon Bartwuchs?‹ Sie waren richtig gehässig. Irgendwann bin ich ausgerastet und hab denen gesagt, was für eine blöde, arrogante Tussi Livia war und wie schlecht sie Theater gespielt hat.«

»Hast du ihr das auch gesagt?«

Er biss auf seiner Unterlippe herum. »Noch schlimmer. Dass sie froh sein kann, wenn man sie Pornos drehen lässt. Ich hab sie angeschrien. Und dann bin ich rausgelaufen. Ich hab sie aber danach nicht mehr gesehen. Mit dem Mord habe ich nichts zu tun!«

»Und nun glaubst du, sie verdächtigen dich, weil ihr diesen Streit hattet.«

Er schwieg wieder. Noras Gedanken rasten. Wann hatte sie Livia das letzte Mal gesehen? Im Gemeindehaus. Wann war Lukas mit ihr in der Kirche gewesen? Sie selbst hatte sich zwischendurch zu Hause aufgehalten, nach Marlis gesehen. Nicht auf die Uhr geschaut.

Er atmete heftig ein und aus.

»Du bist nicht der Einzige, der Streit mit Livia hatte«, sagte Nora, um ihn zu beruhigen.

Er fingerte eine Zigarette aus einer Packung, öffnete die Beifahrertür und zündete sie an.

»Seit wann rauchst du denn wieder?«

Er verzog den Mund. »Ich rauch nicht wieder. Nur jetzt.«

»Aber das ist eine halb leere Schachtel.«

»Na und?« Er stieg aus und knallte die Autotür zu.

Auch Nora verließ den Wagen. Sie ging zu ihm. »Lukas. Ist da noch etwas gewesen? Verschweigst du mir irgendwas?«

Er stieß den Rauch durch die Nase aus.

»Wir müssen Bescheid wissen, Papa und ich. Sonst können wir dir nicht helfen.«

»Das könnt ihr sowieso nicht. Und Papa hängt da ja wohl selber mit drin.«

»Wie meinst du das?«

»Das war doch nicht zu übersehen. Ich hab Livia geschrieben, sie soll ihn in Ruhe lassen, sonst …«

»Sonst?«

»… würde ich dir davon erzählen.«

»Du hast ihr damit gedroht?«

Er zuckte die Schultern. »Nicht direkt.«

»Hast *du* Livia die Ratte in den Koffer gelegt?«

»Nein! Spinnst du?«

»Doch, du warst es«, sagte Nora.

Er zog an dem Zigarettenstummel und warf ihn auf den Boden. »Es sollte nur eine Warnung sein. Aber sie hat sie nicht verstanden.«

Als Nora und Lukas den Hof betraten, saß Alex am Holztisch unter der Buche, eine Zeitung vor sich.

»Wie war es?«, fragte er Lukas, doch der ging ohne einen Blick an ihm vorbei ins Haus.

»Was ist los?«

Nora erzählte Alexander von Lukas' Vernehmung, dem Streit mit Livia und seiner Befürchtung, der Hauptverdächtige der Kripo zu sein.

»Hoffentlich hat er mich da rausgehalten. Er redet nicht mal mehr mit mir, steigert sich da seit Wochen rein.«

Nora musste wider Willen lächeln. Es war unfassbar, wie Alexander es schaffte, dass sich die Dinge ausschließlich um ihn drehten.

Er presste die Lippen zusammen. »Was ist? Warum siehst du mich so an?«

»Der Ort, wo Livia vergraben wurde … Ich war da, als ich mich verlaufen hatte. An der Lichtung. Die toten Birken und das Dornengestrüpp. Dort ist mir Hanna begegnet. Und ich hab damals von der Stelle ein Foto gemacht.«

»Ja, und? Was heißt das jetzt?«

Nora hob die Schultern. »Ich weiß es nicht. Das kann doch

kein Zufall sein. Dass sie genau dort liegt. Ich sollte es der Polizei sagen.«

»Wieso kann das kein Zufall sein? Was redest du dir da ein?« Alexander warf einen Blick zu Marlis' und Johannes' Wohnung, dämpfte die Stimme. »Lass uns erst mal reingehen.« In der Küche setzte er sich an den Tisch.

Nora blieb stehen. »Ich kann das doch nicht verschweigen. Es muss etwas zu bedeuten haben.«

»Nora. Das Einzige, was du damit erreichst, ist, dich verdächtig zu machen. Was glaubst du denn, was die denken? Die werden dich durch die Mangel drehen.« Er ging zum Kühlschrank und nahm einen Joghurt heraus. Wie konnte er jetzt bloß etwas essen?

Während er löffelte, betrachtete er Nora wie ein Forschungsobjekt. »Du hast ein starkes Motiv. Eifersucht. Ist dieses Foto noch auf deiner Kamera?«

Etwas wirbelte durch die Luft. Graue Ameisen mit durchscheinenden Flügeln. Nora wich zur Tür zurück. Es waren nur einige wenige, die den Unterschlupf verlassen hatten. Eine flog in Alex' halb vollen Joghurt, verklebte sich die Flügel, versuchte, sich aus dem milchigen Sumpf zu befreien, schaffte es nicht. Alex betrachtete den Überlebenskampf, öffnete dann den Mülleimer und warf den Becher hinein.

Nora fixierte die Beule an der Decke. »Bald sind die überall. In jedem Raum in diesem verdammten Haus. Sie tragen die Sporen herum, der Schimmel kriecht in alle Wände. Ich kann hier kaum noch atmen. Riechst du das nicht?«

Alexander kam zu ihr und umfasste ihre Schultern. »Wir gehen weg von hier. Du und ich und Lukas. Wir suchen eine Wohnung.«

Als sie nicht antwortete, verzog er das Gesicht zu einem gequälten Lächeln. »Du drehst hier durch, mein Sohn kifft,

Marlis säuft, und mein sogenannter bester Freund versucht wahlweise, mich zu ertränken oder mir die Kehle durchzuschneiden. Eine richtig heimelige Wohngemeinschaft!«

»Du hast mir gegenüber so getan, als wäre Jo ein guter Freund aus Studententagen. Die Wirklichkeit sieht ja wohl anders aus. Du hättest mir von euren Konflikten erzählen müssen.«

Alexander hob die Schultern. »Ich hatte nie ein Problem mit Jo. Er ist derjenige, bei dem sich da was angestaut hat. Er fühlt sich mir unterlegen. Immer schon. Aber er will sich krampfhaft beweisen, dass er mithalten kann.« Alex' Gesicht wurde plötzlich bleich, er legte eine Hand auf seine Brust, und sein Atem ging stoßweise.

»Was hast du?«

Er zögerte. »Ich weiß nicht. Mir tut heute alles weh. Hier vorn, aber auch hinten, im Nacken. Vermutlich Verspannungen.« Auf seiner Stirn stand Schweiß.

»Brauchst du irgendwas?«

»Nein, es geht schon.« Er lächelte spöttisch. »Ich hab mich selbst gewundert, dass Jo den Kontakt auf einmal wiederaufnehmen wollte. Und dann die Idee, hier zusammenzuwohnen … Aber weißt du, was ich denke? Er hatte Oberwasser, weil er diesen Architekturpreis bekommen hatte. Er fühlte sich stark und erfolgreich. Er wollte es noch mal wissen.« Er verlagerte das Gewicht auf ein Bein und wippte mit dem anderen auf und ab. »Mich hat das von Anfang an gewundert. Jo und ein genialer Entwurf? Und natürlich hatte ich recht. Er hat einen jungen Architekten im Team, der dahintersteckt. Ich hab ihn kennengelernt. Sich mit fremden Lorbeeren schmücken. Das ist typisch Jo!«

Nora betrachtete ihn wie einen Fremden. Wie er über diese Freundschaft redete. Über das, was *sie* dafür gehalten hatte.

»Du sagst der Polizei kein Wort von diesem Foto. Das Mädchen von nebenan hat dich in den Wald zu dieser Stelle geführt und Schluss. Und rede keinen Blödsinn über Schimmel und Ameisen. Die halten dich nur für verrückt!« Er wusch sich die Hände in der Spüle, trocknete sich mit dem Geschirrtuch ab. Er strahlte Nervosität aus, Unruhe, Tatendrang.

»Nora? Hast du mich verstanden? Ist alles in Ordnung mit dir?«

Nora schüttelte langsam den Kopf. »Was soll denn in Ordnung sein.«

Sein Blick war plötzlich alarmiert. »Oder … steckt da noch mehr dahinter? Dann musst du es mir sagen. Hast du gewusst, dass Livia da liegt?«

»Nein, natürlich nicht!« Was redete er da? Traute er ihr zu, dass sie etwas mit Livias Tod zu tun hatte?

»Du bist ganz sicher nicht nach der Premiere da draußen gewesen?«

»Nein!«

»Du warst zwischendurch lange weg.«

»Ja, bei Marlis, und ganz kurz zu Hause. Und du? Wo warst du denn die ganze Zeit? Als ich zurück in den Gemeindesaal kam, wart ihr alle wie vom Erdboden verschluckt.«

Alexander schlug die Beine übereinander. »Ich bin bald nach Ende dieser missglückten Veranstaltung ins Bett marschiert, ich war nämlich fix und fertig von der Tagung. Ich hab aber nicht auf die Uhr geschaut.«

Noras Gedanken schwirrten wild durcheinander. Warum hatte sie nicht darauf geachtet, was zu welcher Zeit geschehen war? Warum hatte sie zwischendurch keinen Blick auf ihre Uhr geworfen? Weil niemand ahnen konnte, dass gerade etwas Furchtbares geschah.

Als hätte Alexander ihre Gedanken gelesen, fixierte er sie

mit einem bohrenden Blick. »Aber du kannst dich genau an alles erinnern, was an dem Abend passiert ist?«

»Ja. Natürlich. Was soll diese Frage?«

»Schon gut, schon gut! Unter Stress funktioniert unser Gedächtnis manchmal nicht zuverlässig. Du wirkst in der letzten Zeit sehr angegriffen. Du lässt alles, was hier geschieht, zu nah an dich heran. Deine Krankheit ist noch nicht ausgestanden. Dazu der ständige Schlafmangel.«

Nora schüttelte den Kopf. »Und? Willst du mir unterstellen, geistig verwirrt zu sein?«

Alexander hob beschwichtigend die Hände. »Überhaupt nicht. Warum bist du denn so aggressiv? Hirnchemie ist etwas Rätselhaftes. Die Forschung steckt noch in den Kinderschuhen. Wir glauben, wir handeln nach eigenem Willen. Doch können wir sicher sein, dass ausschließlich wir selbst unser Verhalten steuern? Ich jedenfalls bin es nicht. Ich erforsche die Überlebensstrategien von Parasiten. Und ich weiß, dass auch ich sie in mir trage. Sie manipulieren meine Entscheidungen, meine Handlungen. Ich weiß es und verdränge es, denn machen kann ich sowieso nichts dagegen.«

Nora spürte erneut das Kribbeln an Armen und Beinen, Panik stieg in ihr hoch. Die Vorstellung, nicht die Macht über ihre eigenen Gedanken oder Taten zu haben, ausgeliefert zu sein, fremdgesteuert. Sie hatte sich mehr als einmal gewünscht, dass Livia verschwand. Hatte sie aktiv etwas dazu beigetragen, an das sie sich nicht erinnerte? Nein, das konnte nicht sein. Das wüsste sie doch!

Sie setzte sich und massierte sich die Schläfen. Legte Alex es darauf an, sie zu verängstigen? Wollte er erreichen, dass sie an ihrer Wahrnehmung zweifelte?

Nora hatte sich davor gefürchtet, allein zu sein, den ganzen Tag ihren Ängsten ausgesetzt, doch wenn ihr Verdacht stimmte, dann war es gefährlicher, mit Alex zusammen zu sein, als die Einsamkeit es je sein konnte. Dann musste sie sich schützen, auch vor ihm.

»Nora.« Alexander kam zu ihr. »Vergiss, was ich gesagt habe. Ich wünsche mir einfach nur, dass du die Vernehmung gut überstehst. Und das wirst du auch. Wenn du klar bleibst und dich an die Fakten hältst. Keine Vermutungen, Ängste, obskure Fotos. Nichts, was den Bereich der Spekulation oder Fantasie auch nur streift.« Er breitete die Arme aus. »Komm her.«

Sie wich zurück. »Lass mich.«

»Wie du willst.« Er seufzte. »Ich setz mich rüber in mein Arbeitszimmer. Ich muss einen Artikel fertig schreiben.«

»Du veränderst dich immer mehr. Du bist so kalt. Wie kannst du in dieser Situation einfach zur Tagesordnung übergehen?«

»Du hast keine Ahnung, was in mir vorgeht. Nur weil ich nicht weine, herumjammere oder in Panik verfalle, bin ich noch lange nicht gefühllos.«

»Was hat Livia dir eigentlich bedeutet?«

»Schwer zu beschreiben. Ohne dass du mich für ein Monster hältst.« Er zögerte. »Ich war jedenfalls nicht in sie verliebt.«

Als Nora schwieg, fuhr er fort: »Sie wünschte sich etwas anderes von mir, als sie bekommen hat. Im Grunde wollte sie nicht flirten. Auch keinen Sex. Sie hat nur gedacht, dass es der einzige Weg ist, um sich mir nähern zu können. Und so hat sie das ausprobiert, womit sie sich vermeintlich auskennt. Verführen. Mich hat sie damit nur gelangweilt, ihr ganzes Verhalten war so vorhersehbar.«

»Und was war es, das sie eigentlich wollte?«

»Schutz, Halt, Orientierung. Sie hätte dringend jemanden gebraucht, der ihr hilft, einen Weg aus ihrem Dilemma mit der Schauspielerei zu finden und sich aus Marlis' Diktatur zu befreien. So was wie einen Vater vielleicht.«

»Ach, wirklich? Und wenn du das alles durchschaut hast, wieso hast du ihr dann nicht geholfen? Warum bist du stattdessen mit ihr ins Bett gegangen?«

Alexander fuhr sich über die Stirn. Er sah noch immer blass und sehr müde aus. »Ich bin nicht der Richtige, um junge Frauen zu therapieren oder Ersatzvater zu spielen. Ich bin ein leidlich guter Beobachter. Mehr nicht.«

Nora musste sich überwinden, erneut bei Marlis und Jo zu klopfen. Sie sah Jo vor sich, wie er die Bierflasche zerschlug und damit auf Alex losging. Jo, dem sie immer vertraut hatte. Wie wenig sie über ihn wusste. Was wollte er von Alex? Wünschte er sich, von ihm akzeptiert zu werden? Oder wollte er ihn zerstören?

Wieder blieb alles still in der Wohnung. Diesmal betrat sie die Küche. Es roch würzig, nach gekochtem Fleisch und Ingwer. Ein riesiger Topf stand auf dem Herd. Die Fensterscheibe war beschlagen.

»Marlis?« Nora rief ins Wohnzimmer. Stille. Sie durchquerte es, ging die Treppe hinauf. Die Tür zu Marlis' Schlafzimmer war angelehnt. Nora schob sie ein Stück auf und trat ein. Marlis lag reglos im Bett, ihr Gesicht war fahl, die Haare klebten an ihrer Stirn. Nora erschrak. Atmete sie?

»Ich hab ihr ein Medikament gegeben.«

Nora fuhr herum.

Johannes stand in der Tür. »Sie wird noch eine ganze Weile schlafen.«

Nora streckte den Arm aus und berührte Marlis' Hand. Sie fühlte sich warm und verschwitzt an. Sie zog schnell ihre Finger zurück. Was dachte Johannes jetzt? Dass sie überprüfen wollte, ob Marlis noch lebte?

»Komm, lassen wir sie«, flüsterte er.

Nora folgte ihm nach unten. Er ging voraus in die Küche. »Willst du was essen? Ich hab Suppe gemacht, im Eis war noch ein Suppenhuhn, ich musste mich irgendwie beschäftigen. Und ich dachte, was Kräftiges tut uns allen gut.«

»Danke, aber ich fürchte, ich kriege nichts runter.«

»Meinst du, Alex will vielleicht? Du könntest ihn fragen.«

Er glaubte doch nicht ernsthaft, dass Alex von ihm einen Teller Suppe entgegennahm, als wäre nichts geschehen. Sie schüttelte den Kopf. »Er arbeitet an einem Artikel.«

Jo sah sie mit verzweifeltem Blick an. »Ist er schon vernommen worden?« Er setzte sich. »Nein, bestimmt nicht, sonst hätte mich die Polizei längst angerufen. Er wird aussagen, dass ich ihn angegriffen habe.« Er sackte auf dem Stuhl zusammen. »Hat Alex noch was gesagt? Zu dem Streit gestern?«

»Nicht viel.« Sie zögerte.

»Wir hätten dieses ganze Gespräch nicht führen dürfen. Nicht in dieser Situation! Man kann sich gegenseitig Vorwürfe machen, sich zerfleischen wie Figuren aus einem Stück von Strindberg, aber doch nicht, während die Suche nach Livia noch läuft und jeden Moment jemand hereinkommen kann, der sagt, dass sie tot ist.« Er wischte sich über die Augen, und Nora sah, dass er mit den Tränen kämpfte. »Es war einfach zu viel für mich. Wir hätten zusammenhalten sollen, uns gegenseitig Hoffnung geben. Aber Alex … er muss immer provozieren. Er spürt nie, wann es reicht. Und ich hab zu viel getrunken. Viel zu viel. Ich wollte einfach nur, dass er aufhört.« Er kratzte sich mit den Fingernägeln über die Handrücken. Nora sah, dass die Haut dort schon wund war. »Sag doch was. Was denkst du? Über mich? Verachtest du mich jetzt?«

Nora blickte zur Hoftür. Sie wollte raus aus der überhitzten Küche, weg von ihm.

Er hatte ihren Blick gesehen, verzog gequält den Mund. »Oder hast du Angst vor mir? Glaubst du, ich gehe dauernd auf Leute los?«

»Nein. Ich weiß, dass du das nicht tust. Ich will nur nach Lukas sehen. Er ist vernommen worden, und es ging ihm vorhin gar nicht gut.«

»Wieso? Was war los?«

Nora ärgerte sich über sich selbst, nun hatte sie davon angefangen, hatte Lukas als Ausrede benutzt, aber sie wollte Jo nichts über den Ablauf der Vernehmung erzählen. Er brauchte nicht zu wissen, dass sie Lukas verdächtigten. Sie musste vorsichtig sein. Am besten, sie vertraute niemandem mehr.

»Hast du der Kripo von Livias Lüge erzählt? Ihre Behauptung, von mir schwanger zu sein?«, fragte Johannes.

Nora entschied sich, ehrlich zu ihm zu sein. »Sie wussten schon davon. Sie haben mich konkret darauf angesprochen, und da habe ich bestätigt, was Marlis mir erzählt hat.«

»Bei der Obduktion werden sie ja feststellen, dass es erfunden war.« Er atmete tief durch. »Ich hab es der Polizei selbst gesagt, heute früh, gleich bei dieser ersten Befragung. Damit sie es nicht von jemand anderem hören und denken, ich hätte was zu vertuschen.«

»Jo, ich muss los.«

Er ignorierte ihre Worte. »Das alles hat sie nur gemacht, um sich an Marlis zu rächen. Mit mir hat das nicht das Geringste zu tun.« Er sah auf. »Hast du ihnen auch gesagt, dass Alex mit Livia geschlafen hat?«

»Nein.«

»Du schützt ihn? Immer noch?«

Nora verschränkte die Arme. »Jo … das ist unsere Sache.«

Johannes' Augen wurden schmal. »Na klar. Mach, was du für richtig hältst.«

Es läutete. Er ging wortlos hinaus. Nora wartete in der Küche, bis er zurückkam.

»Das sind die Kripoleute. Sie suchen Lukas. Am besten gehst du mal hin.«

Nora nickte und lief zur Haustür. Der Polizist hatte einen durchsichtigen Beutel in der Hand, darin befand sich ein Handy, das aussah wie das von Lukas. Er wollte gerade etwas sagen, doch die ältere Kollegin kam ihm zuvor.

»Frau Bernsdorf, wir müssen Ihren Sohn noch einmal sprechen. Wo ist er?«

»Drüben, bei uns. Kommen Sie bitte mit.«

Nora führte die Polizisten in ihre Wohnung, rief nach Lukas, doch er meldete sich nicht. Sie bat die beiden zu warten, und sah oben nach. Er war nicht da. Sie klopfte an der Tür zu Alex' Arbeitszimmer, er saß vor dem Computer, hatte nichts mitbekommen. Nora überlegte. Dass Lukas einfach so draußen herumlief, konnte sie sich nicht vorstellen. Und wenn er nach Berlin gefahren wäre, hätte er ihr Bescheid gesagt.

Nora klingelte bei Diana. Sie öffnete, blickte erstaunt auf die Polizisten, die hinter Nora standen. »Sie haben mich doch heute schon vernommen.«

»Sie suchen Lukas«, sagte Nora. »Ist er hier?«

Sie nickte erstaunt. »Er hat gesagt, du weißt, dass er bei mir ist. Er ist eingeschlafen, auf dem Sofa im Wohnzimmer.«

Nora weckte ihn, dann führte Diana die Polizisten hinein. Sie wollten mit ihm allein sprechen.

Diana wartete mit Nora in der Küche, sie machte Kaffee, musterte Nora. »Du siehst so verändert aus.«

»Verändert?«

»Ja, richtig erholt. Als wärst du im Urlaub gewesen. Entschuldige, das passt jetzt gar nicht, so etwas zu sagen. Es ist so schrecklich, was mit Livia passiert ist. Trotzdem ist es mir gleich aufgefallen.«

»Es ist verrückt, aber … ich kann nachts wieder schlafen.«

»Das hattest du auch bitter nötig.«

»Ich verstehe es nur nicht. Wieso ausgerechnet jetzt? Ich hab ein richtig schlechtes Gewissen deswegen.«

Diana betrachtete sie mit unergründlichem Blick. Nora hätte einiges darum gegeben, ihre Gedanken lesen zu können. Hielt sie sie für gefühllos? Glaubte Diana etwa, sie wäre froh, dass Livia tot war?

»Das ist wirklich merkwürdig«, sagte sie nachdenklich. »Oder aber eine absurde Art von Bestätigung. Vielleicht hast du gespürt, dass etwas passieren wird. Das hat dich in Unruhe versetzt. Und als deine Ahnung eingetreten war, hast du aufgehört zu warten.«

Die Tür ging auf. Christa Brandt streckte den Kopf herein.

»Frau Bernsdorf, kommen Sie bitte kurz dazu?«

Nora ging ins Wohnzimmer, sah Lukas mit verkrampftem Gesicht auf dem Sofa sitzen.

»Auf dem Smartphone Ihres Sohnes haben wir unzählige Nachrichten an Livia Werle gefunden«, sagte Christa Brandt. »Es waren Liebesbotschaften. Aber auch Drohungen. Lukas hat darauf angespielt, dass Ihr Mann eine Affäre mit Livia hatte.« Sie sah Nora an. »Wussten Sie davon?«

Nora nickte. »Ich habe es vermutet.«

»Wo ist Ihr Mann jetzt?«

»Zu Hause. In seinem Arbeitszimmer.«

Nora sah aus dem Fenster im Schlafzimmer. Es war ein so strahlender Tag, ein Abschiedsgruß des Spätsommers. Über dem Wald, am tiefblauen Himmel, zog ein Raubvogel seine Kreise. Durch winzige, für Menschen nicht sichtbare Veränderungen der Flügelstellung korrigierte er seine Flugbahn. Wie gern würde auch sie ihrem Leben eine neue Richtung geben. Dieses Verharren und Warten war eine Qual. Doch vielleicht war der Stillstand noch das bessere Los, verglichen mit dem, was sie erwartete. Nichts konnte mehr so sein wie zuvor. Die Freundschaft, die Nähe, an die sie geglaubt hatte, war zerstört von Misstrauen und Angst. Der Gedanke war fast unerträglich, doch wer immer Livia getötet hatte, befand sich vermutlich hier auf dem Hof.

Unten saß Alex mit den Polizisten. Nora hörte die Stimmen aus dem Wohnzimmer, konnte aber nichts verstehen. Alex klang kühl und gelassen wie immer.

Lukas war noch bei Diana geblieben, er wollte nicht auf den Hof, mied die Begegnung mit seinem Vater.

»Nora?« Das war Alex. Sie ging aus dem Zimmer und trat ans Treppengeländer. Erstaunt sah sie, dass die Polizisten auf dem Weg nach oben waren. »Frau Bernsdorf? Wir möchten uns Ihren Computer näher ansehen.«

»Aber …«, setzte Nora an.

Christa Brandt verschränkte die Hände. »Wir haben noch keinen Durchsuchungsbeschluss, das sage ich gleich vorweg. Den zu bekommen, ist aber reine Formsache. Entweder Sie lassen uns freiwillig ran, oder wir besorgen uns den Beschluss. Dann kommt jemand das Gerät abholen.«

»Nein, ich habe nichts dagegen«, sagte Nora und trat zu ihrem Schreibtisch.

»Darf ich?« Wöhringer kam näher, nahm auf dem Stuhl davor Platz. Nora schaltete den Computer ein, wartete, während er hochfuhr.

»Ihr Fotoarchiv?«, fragte Wöhringer.

Nora zeigte es ihm, er öffnete es und scrollte nach unten zu den aktuelleren Aufnahmen.

Christa Brandt trat näher, sah ihm über die Schulter. »Da ist es.«

Er klickte, und Nora wusste, welches Foto sich nun in voller Bildschirmgröße öffnete. Es waren die toten Birken.

»Wann haben Sie das aufgenommen?«, fragte Christa Brandt.

»Ich weiß es nicht genau. Vor etwa drei Wochen vielleicht?«

Mike Wöhringer warf seiner Kollegin einen Blick zu. »Hier, unter ›Bildinformation‹ steht doch das Datum, sogar die Uhrzeit. Sonntag, einunddreißigster August, vierzehn Uhr fünfundvierzig.«

»Was haben Sie an dieser Stelle im Wald gemacht? Warum haben Sie das fotografiert?«, fragte sie.

Noras Gedanken rasten. Wer hatte den beiden gesagt, dass sie dieses Foto geschossen hatte? Alexander? Er selbst hatte sie doch davor gewarnt, mit der Polizei darüber zu sprechen. *Das Einzige, was du damit erreichst, ist, dich verdächtig zu machen.* Er würde doch nicht … Nein, sie verbot sich diesen Gedanken.

»Frau Bernsdorf?«, riss Christa Brandt sie aus ihren Überlegungen.

»Es war ein Zufall«, sagte Nora. »Ich hatte mich verlaufen und stand auf einmal auf dieser kleinen Lichtung. Ich dachte, ich wäre weit vom Dorf entfernt. Und überall sonst ist ja Kiefernwald. Diese toten Birken wirkten so merkwürdig auf mich. Und da ich die Kamera dabeihatte …« Sie brach ab.

»Fotografieren ist Ihr Hobby?«, fragte die Kommissarin.

»Ich habe beruflich viel mit Fotos dokumentiert. Und als wir hier raus in die Natur zogen, wollte ich ein Hobby daraus machen.«

»Geben Sie mir bitte die Kamera.»

Nora nahm sie aus dem Sekretär und reichte sie Christa

Brandt, die die Speicherkarte herausnahm. »Danke für Ihre Kooperation.»

Mike Wöhringer hatte inzwischen das nächste Foto geöffnet, das letzte im Archiv. »Was ist das denn?»

»Der Unterleib einer Wespe.« Vor ihrem geistigen Auge sah Nora das Insekt im Todeskampf zucken.

Mike Wöhringer wandte sich wortlos zu ihr um, die Augenbrauen gehoben.

»Sie hatten also die Vermutung, dass Ihr Mann eine Affäre mit der Toten hatte«, sagte Christa Brandt. »Gab es Streit deswegen?«

Was hatte Alexander den beiden erzählt? Wussten sie von den Problemen, die es in ihrer Ehe gab?

»Ja, es gab Konflikte, aber es war auch nicht das erste Mal, dass so etwas passiert ist.«

»Und? Weiter?««

»Natürlich hat es mich verletzt.«

Mike Wöhringer verschränkte die Arme. »Sie haben ja einiges unternommen, um Livia Werle wieder loszuwerden. Verständlicherweise. Sie waren eifersüchtig. Sie haben unter dem Namen ihrer Mutter bei Livias Schauspielschule angerufen. Sie hatten dauernd Konflikte mit ihr. Sie waren es, die Livias Schuhe am See gefunden hat. Nun das Foto vom Fundort in Ihrem Archiv. Wenn das Zufälle sind, treten sie wohl ein bisschen gehäuft auf, finden Sie nicht?« Er beugte sich vor. »Wo waren Sie gestern Abend zwischen halb zehn und zehn?«

Nora konnte die Abläufe noch immer nicht genau zeitlich rekonstruieren, obwohl sie es wieder und wieder versucht hatte. Nach dem Abbruch der Premiere war sie Marlis gefolgt, die ihr dann, schon ziemlich angetrunken, von Livias angeblicher Schwangerschaft erzählt hatte. Nora hatte sie dann allein gelassen und war nach Hause gegangen. Für diese Zeitspanne hatte sie kein Alibi. Kam das hin mit halb zehn? Alex musste da schon im Bett gelegen haben. Wenn er die Wahrheit gesagt hatte. Ein Alibi hatte auch er nicht. Ob die Polizisten das ebenfalls wussten?

»Ich war auf dem Hof, zuerst bei Marlis Werle in ihrer Wohnung, dann hier zu Hause. Wann das genau war, kann ich nicht sagen. Ich hab nicht auf die Uhr gesehen.«

Mike Wöhringer stand auf. »Wissen Sie, was ich glaube? Sie haben Livia Werle zur Rede gestellt. Sie waren eifersüchtig. Wütend. Sie hatten Streit. Dabei haben Sie die Kontrolle über sich verloren.«

Beide Polizisten ließen Nora nicht eine Sekunde aus den Augen.

»Warum sollte ich so dumm sein und die Leiche an den Ort bringen, den ich fotografiert habe? Wieso hätte ich das Foto auf meinem Computer lassen sollen?«

Mike Wöhringer pustete Luft durch die Nase. »Sie waren zu aufgewühlt, um strategisch zu denken. Sie wurden uns als psychisch labil beschrieben, mit dem Hang zu Hysterie und Angstzuständen. Das Gefühl der Erniedrigung durch Ihren Mann, der sich mit einer dreißig Jahre jüngeren und dazu noch sehr attraktiven Frau trifft, das hat Sie restlos aus der Fassung gebracht.«

Psychisch labil. Hysterie. Angstzustände. Wer hatte sie so beschrieben?

»Mike.« Christa Brandt stand auf. »Ruf die Staatsanwältin an und sag, dass wir einen Durchsuchungsbeschluss brauchen. Und dass wir hier darauf warten. Dann kannst du den Computer gleich ins Präsidium bringen.«

»Aber …«

»Das ist eine Anweisung.«

Mike Wöhringer warf ihr einen wütenden Blick zu, zückte sein Handy und ging aus dem Zimmer.

Nora atmete durch, sie durfte nicht panisch werden, sonst machte sie sich nur noch verdächtiger. »Und wenn jemand anderes Livia genau deshalb dort vergraben hat? Weil ich dieses Foto in meinem Archiv habe?«

»Ein interessanter Gedanke«, sagte Christa Brandt. Ihr Gesichtsausdruck war vollkommen neutral. »Wer wusste von dem Bild?«

Mit Alex hatte Nora selbst darüber gesprochen. Auch Johannes gegenüber hatte sie erwähnt, dass sie bei dem merkwürdigen Birkenwald gewesen war. Aber hatte sie von dem Foto gesprochen? Sie konnte sich nicht genau erinnern. Johannes' letzter Versuch, das WLAN in Gang zu bringen … war der vor oder nach diesem Tag gewesen?

Theoretisch kamen alle auf dem Hof infrage. Die Wohnung war nicht abgeschlossen. Alle hätten ihren Computer einschalten können. Aber weder Alex noch Jo würden den Verdacht auf sie lenken. Alex wollte mit Nora ein neues Leben anfangen. Und Jo hatte sich immer um sie gesorgt. Und Marlis? Oder Lukas? Nein. Das war absurd. Niemand hatte einen Grund dazu. Nora schluckte. Niemand. Außer dem Menschen, der Livia getötet hatte.

Boris

Braun und verfault bedeckten die Blätter der Kastanie den Rasen neben dem Haus. Boris blickte nach oben. In der Krone meinte er noch immer die weißen Miniermotten umherschwirren zu sehen, die dem Baum schon seit Ende Juli zum Verhängnis wurden. Er harkte die Blätter zu Haufen zusammen und ging ins Haus, um eine Rolle Müllsäcke zu holen.

Als er zurückkam, stand Mike Wöhringer vor dem Gartenzaun. An der Straße parkte der Wagen der Kripo. Der Polizist kam durch das rostige Eisentürchen herein.

»Ein Dreckszeug«, meinte Boris mit einem Blick auf die Blätter. »Und zehn Säcke voll hängen noch da oben.«

Wöhringer betrachtete ihn mit dieser Mischung aus Faszination und Sensationslust, die Boris nur allzu gut kannte. Er hatte es also herausgefunden.

»Warum haben Sie uns verschwiegen, wer Sie sind?«

Boris riss eine Mülltüte ab. »Ich habe Ihnen meinen Namen genannt und Sie zu der Leiche geführt. Nach meinem Lebenslauf hat keiner gefragt.«

»Bei mir hat gleich was geklingelt, aber ich kam nicht drauf.« Wöhringer blinzelte triumphierend. »Mann, wenn ich geahnt hätte, dass Sie *der* Boris Schmidt sind.«

»Was dann?«

Wöhringer hob die Achseln. »Na, hören Sie mal. Jeder Kollege kennt Sie. Die Geschichte mit dem Baby. Das hätte keiner von uns erleben wollen.«

Boris öffnete den Müllsack.

»Haben Sie gesehen? Genau so einer lag auch bei der Leiche«, sagte Wöhringer.

»Die benutzt hier fast jeder.«

»Geben Sie her, ich halte ihn.« Wöhringer nahm den Sack.

»Danke.« Boris stopfte Blätter hinein.

»Sie waren ja in allen Zeitungen. Aber ich konnte mir nie so richtig vorstellen, wie das genau war. Wie Ihr Kollege den Schuss ...«

»Ich möchte nicht darüber reden.«

»Wie hieß der noch gleich? Berthold? Nein. Jetzt hab ich's. Bernd, nicht wahr? Und wie weiter?«

Boris hielt inne, warf ihm einen warnenden Blick zu. »Lassen Sie es gut sein, okay?«

»Entschuldigung. Sagen Sie doch Mike zu mir.«

Boris atmete durch. »Von mir aus. Boris.« Er blickte zum Wagen hinüber. »Wo ist eigentlich Ihre ... deine Kollegin?«

Mike rollte mit den Augen. »Christa Brandt ist frisch gebackene Oma. Sie hat sich von ihrer Tochter abholen lassen und passt jetzt auf das Kind auf.«

Boris lächelte kumpelhaft. »Ziemlich zeitiger Feierabend, oder?«

»Was die sich rausnimmt ...« Mike verknotete den Plastiksack, der voll war.

Boris riss einen neuen von der Rolle ab. »Solange sie dir die gleichen Freiheiten lässt, ist es ja okay.«

Mike prustete. »Im Leben nicht! Du hast sie ja erlebt. Sie sagt, wo es langgeht, ich mach die Drecksarbeit. Ich darf jetzt noch ins Präsidium fahren und die Kollegen überreden, dass sie sofort Nora Bernsdorfs Computer unter die Lupe nehmen.«

Boris hielt kurz inne, dann bückte er sich wieder zu dem faulenden Blätterberg und packte zwei Hände voll in den Sack. »Bei uns in Berlin waren die Computerspezialisten grundsätzlich notorisch überlastet. Wenn du da was Dringendes wolltest, hieß es immer nur: ›Dann stell dich mal ganz hinten an der Schlange an.‹«

»Bei uns dasselbe Spiel. Aber diesmal eilt es wirklich.«

»Was ist denn auf dem Computer?«

Mike sah auf die Uhr. »Mist, ich sollte besser los.«

»Na, dann los. Ich schaff das hier auch allein«, sagte Boris leichthin.

Mike zögerte. »Du kennst doch die Leute von dem Hof, oder?«

Boris nickte. »Wieso?«

»Diese Nora Bernsdorf … Was weißt du über die?«

Boris tat so, als müsste er über Mikes Frage erst mal nachdenken. »Sie wirkt etwas überspannt, finde ich. Ich könnte dir ein paar Sachen erzählen.« Er blickte in den Himmel, wo eine Schar Wildgänse vorbeischnatterte.

»Du kennst sie näher?«

»Nein, das kann man nun auch nicht sagen.« Boris packte weitere Blätter in den Sack.

»Bei der passt alles zusammen, Motiv, Mittel, Gelegenheit. Wenn es nach mir ginge, hätte ich die Bernsdorf gleich ins Präsidium gebracht und in die Mangel genommen. Und das werde ich auch noch machen.«

»Wäre cool, wenn du den Fall lösen würdest, während Christa Brandt babysittet, oder?«

»Das kannst du laut sagen.« Mike kniff die Augen zusammen. »Aber ich brauche mehr Informationen.«

»Habt ihr mit Alexander Bernsdorf schon gesprochen?«

»Klar. Mit dem Sohn auch.«

Boris harkte die Reste der Blätter zu einem kleinen Haufen. »Ich glaube, beide hatten was mit Livia.«

»Zuerst hat der Junge gelogen, dass sich die Balken biegen, aber Christa musste ihn nur ein bisschen anpiksen, und er hat ausgepackt. So was hat sie wirklich drauf.« Er schüttelte den Kopf. »Lukas ist ein verliebter Spätpubertierender. Er war eifersüchtig, weil die Kleine was mit seinem Vater hatte. Aber einen Mord traue ich ihm nicht zu. Dazu ist er …« Er unterbrach sich. »Ich rede hier mit dir wie mit einem Kollegen.«

Boris sah ihn ruhig an. »Wenn es nötig ist.«

»Außerdem bist du ja ein Kollege.«

War er das wirklich noch? Es gab Tage, die guten Tage, an denen Boris dachte, er würde es schaffen, in den Dienst zurückzukehren. An den schlechten wusste er, dass er nie wieder der Alte sein konnte. Heute aber war ein guter Tag.

»Wäre Nora Bernsdorf rein körperlich in der Lage gewesen, Livia zu töten?«, fragte er. »Und sie in den Wald zu bringen? Sie ist nicht sehr kräftig.«

Boris dachte an Livias Schuhe in dem Gebüsch am See. Es war ein Schuss ins Blaue, eine reine Vermutung, dass der Fundort nicht der Tatort gewesen war.

»Stimmt, aber wir gehen davon aus, dass Livia auf den Müllsack gelegt und in den Wald geschleift wurde. Der Sack lag halb unter ihr in der Erde, und die Risse und Spuren an dem Plastik weisen daraufhin. Sie war nicht schwer, vielleicht fünfzig Kilo. Das könnte eine Frau wie die Bernsdorf schon schaffen.«

»Dann ist Livia am See getötet worden?«

Mike warf ihm einen Blick zu. »Das darf ich dir wirklich nicht sagen.«

»Kein Thema.« Boris griff sich zwei Säcke und trug sie zu seinem Auto vor der Garage. Er wuchtete sie in den Kofferraum. Aus dem Augenwinkel beobachtete er Mike, er schien in Gedanken versunken.

»Mal theoretisch. Wenn ich das trotzdem kurz mit dir durchsprechen würde ...«, sagte er, als Boris zurückkam, »ich meine, könnte das unter uns bleiben?«

Boris sah ihn skeptisch an. »Ich sollte mich da besser raushalten.«

»Mit Christa kann man nicht reden. Die zieht ihr Ding allein durch. Bei der bin ich nur der Handlanger. Das ist echt blöd, wenn du so eine Vorgesetzte hast.«

Boris ließ ihn noch einen Moment zappeln. Dann sagte er: »Wie du meinst, aber gehen wir besser rein.«

Als Boris eine halbe Stunde später zum Hof kam, war das Tor abgeschlossen. Er drückte auf den Klingelknopf, aber es rührte sich nichts. Er wollte es nach drei Versuchen gerade aufgeben, als jemand öffnete. Alexander stand vor ihm. Er sah krank aus, hatte dunkle Schatten unter den Augen. »Boris. Was gibt's?«

»Ich möchte mit Nora sprechen. Ist sie da?«

Alexander musterte ihn kühl. »Nein. Worum geht es? Kann ich ihr was ausrichten?«

»Danke. Wo ist sie denn?«

»Ich weiß weder, wo sie ist, noch, wann sie zurückkommt.«

»Kein Problem, ist nicht dringend. Bis dann«, sagte Boris, schon im Weggehen. Er wartete, bis Alexander das Tor verschlossen hatte, schlug dann die entgegengesetzte Richtung ein, an Dierks' Hof vorbei.

Er war unruhig. Nach dem, was Mike ihm von der Vernehmung erzählt hatte, musste Nora verzweifelt sein. Ob sie doch zu Hause war und Alexander ihn nur abgewimmelt hatte? Ihr Auto stand jedenfalls an der Straße.

Boris bog hinter der verwahrlosten Scheune auf einen Trampelpfad ab. Es war nicht klug, sich einzumischen. Er selbst war kein Unbeteiligter, er hatte mit Livia zu tun gehabt. Und mit Nora … Auch wenn er es sich bisher nicht eingestehen wollte, sie interessierte ihn schon, seit sie sich bei Marlis' Geburtstagsfeier kennengelernt hatten. Er war ein guter Beobachter, und ihm war nicht entgangen, wie entsetzt sie an dem Abend über die Show gewesen war, die Livia in ihrem Kleid abgezogen hatte. Auch die Blicke der Männer waren ihm aufgefallen. Und die Verunsicherung darüber bei Nora und Marlis. Nichts weiter als die Ängste älterer Frauen, wenn sie neben einer Jungen, Schönen nicht mehr wahrgenommen werden? Nora hatte das nicht nötig, sie war in seinen Augen viel begehrenswerter als Livia. Sinnlicher. Livia war ganz sicher die attraktivste Frau, der er je begegnet war, aber sie hatte eine glatte, vordergründige Schönheit besessen. Was dahinter lag, ihr Wesen, konnte er nicht spüren. Deshalb hatte sie ihn nicht berührt.

Nora wirkte manchmal selbstbewusst, manchmal aber auch unsicher und ängstlich. Noch war sie unergründlich für ihn. Aber eben das faszinierte ihn so. Als sie ihm zugesehen hatte, wie er nackt im See schwimmen ging, hatte er sich zum ersten Mal seit Langem lebendig gefühlt. Nach diesem ganzen Jahr, in dem er sich selbst kaum gespürt hatte. Nora hatte diese Leere in ihm ausgefüllt.

Mike Wöhringer verdächtigte sie also. Es war so leicht gewesen, ihn zu manipulieren, herauszubekommen, was sie bisher wussten. Doch nach dem Gespräch war Boris nicht mehr sicher, ob es eine gute Idee war, ihn auszuhorchen. Denn leider war das, was er über Nora erzählt hatte, nicht so schnell von der Hand zu weisen.

Das Ergebnis der Obduktion war interessant. Livia hatte einen Schlag auf den Hinterkopf bekommen, mit einem größeren Stein, den Taucher in Ufernähe identifizieren konnten. Aber das war nicht die Todesursache gewesen. Livias Lungen waren mit Wasser gefüllt. Sie war im See gestorben. Ertrinken, ein lautloser Tod. Aber vorher hatte ein Kampf stattgefunden, das bewiesen die Spuren am Ufer und an der Leiche. Es gehörte Einiges an Kraft dazu, jemanden zu ertränken, der um sein Leben kämpfte. Doch nur weil er Nora das nicht zutraute, hieß das nicht, dass sie es nicht gewesen sein konnte. Was war, wenn sie Alexander noch liebte und ihre Ehe retten wollte?

Jemand vom Hof hatte Livia getötet, davon war Boris überzeugt. Und Nora hatte ein starkes Motiv.

Nora

Sie lehnte sich gegen das Gatter an der Koppel und betrachtete das Pferd. Circe stand schon eine Weile reglos und mit hochgerecktem Kopf mitten auf der Weide. Sie schien auf etwas zu lauschen. Ihre Mähne bewegte sich im leichten Wind. Vielleicht hörte sie das Schnauben der Ponys in der Nähe des Sees. Ob ein Pferd sich auch einsam fühlen konnte?

In Noras Rücken, auf der kleinen Mauer an Dierks' Scheune, saß Hanna. Nora musste sich nicht mehr umsehen, sie spürte, dass das Mädchen noch da war und sie beobachtete. Also war sie nicht so einsam, wie sie dachte. Sie hatte ihren lebendigen Schatten.

Nora versuchte nicht daran zu denken, dass gerade fremde Menschen ihren Computer durchsuchten, ihre privaten Mails lasen, ihre Fotos anschauten, über sie sprachen. Eine Verdächtige in einem Mordfall.

Sie konnte Lukas gut verstehen, auch er hielt es auf dem Hof nicht mehr aus. Er schottete sich ab, vor allem gegen Alex. Auch Nora wollte nur noch hier weg, aber wohin? In ein neues Leben mit den beiden, wieder in einer eleganten Berliner Altbauwohnung? Das erschien ihr unvorstellbar.

Marlis schlief vermutlich noch immer, und wenn sie erwachte, würde ihr Albtraum erst richtig beginnen. Ob Jo und Marlis noch eine gemeinsame Zukunft hatten? Auch das kam ihr ausgeschlossen vor.

Als Hanna einen Laut von sich gab, wandte Nora sich um.

Da war Boris. Er kam auf sie zu. Als er an Hanna vorbeigegangen war, sprang diese von der Mauer und verschwand im Hof ihres Vaters. Boris war der einzige Mensch, den Nora um sich haben wollte. Doch als sie sein angespanntes Gesicht sah, spürte sie Unruhe statt Freude.

»Ich hab dich schon gesucht«, sagte er. »Wie geht es dir?«

»Nicht so besonders.«

»Du bist vernommen worden?«

Sie nickte.

»Möchtest du darüber sprechen?«

Nora zögerte. Was dachte er über sie? Wie würde er reagieren, wenn sie ihm von dem Verdacht der Kripoleute, dem beschlagnahmten Computer, dem Foto erzählte?

Er wartete auf ihre Antwort, ohne sie anzusehen, die Hände in den Hosentaschen, betrachtete das Pferd, das ruhig graste.

Boris war der Einzige, mit dem sie reden konnte. Sie wollte ihm nicht misstrauen. »Sie verdächtigen mich«, sagte sie. »Besonders dieser jüngere Kripobeamte. Vermutlich war es in solchen Fällen immer die eifersüchtige Ehefrau.«

Er lächelte, doch sein Gesicht blieb verschlossen.

»Was meinst du? Traust du mir das zu?«, fragte sie.

Boris sah sie an. »Als ich dich im Wald getroffen habe, bei den Birken, hast du an der Stelle gestanden, wo Livia jetzt vergraben lag. Wie kann das sein?«

Die Frage verletzte sie wie ein scharfer Schnitt. Boris tat es nicht als einen Zufall ab wie Alex. Traute ihr also zu, etwas mit dem Mord zu tun zu haben. Und ihr wurde noch etwas klar: Auch Boris hätte theoretisch aussagen können, dass Nora diese Lichtung gekannt hatte. Dass er sie dort angetroffen hatte, in ziemlich verwirrtem Zustand. Wusste die Kripo es von ihm?

Er sah sie noch immer an, wartete auf eine Antwort. Und sie wusste, je länger sie zögerte, desto größer wurde der Abgrund aus Zweifeln zwischen ihnen.

»Warum sollte ich Livia an einer Stelle töten, die auf mich als Täterin hinweist? Der Wald ist ja wohl groß genug.« Wie zynisch ihre eigene Stimme klang!

Auf seiner Stirn stand eine tiefe, senkrechte Falte. »Genauso sehe ich das auch. Trotzdem muss es doch einen Grund haben.«

»Glaub, was du glauben willst. Ich kann ihn dir nicht sagen.« Sie wollte gehen.

»Nora, bleib hier. «

Aber sie wandte sich ab, als sie spürte, dass ihr die Tränen kamen. Auf keinen Fall wollte sie Mitleid von ihm.

Nora zwang sich weiterzugehen, obwohl sie es schon bereute. Sie wünschte sich so sehr, dass Boris ihr glaubte. Verdeckt von Dierks' Scheune sah sie sich noch einmal um. Er stand mit dem Rücken zu ihr auf das Gatter gestützt. Ein Schwarm grauschwarzer Krähen landete hinter ihm auf der Weide. Circe erschrak und trabte davon.

Auf einmal wusste Nora, was sie tun wollte. Sie hatte die Entscheidung längst getroffen, es war ihr nur noch nicht bewusst gewesen. Sie würde das Dorf verlassen. Sie würde sich von Alexander trennen und mit Lukas zurück nach Berlin gehen. Auch für ihn war das am besten so.

Kurz bevor sie auf die Dorfstraße einbog, wischte sie ihre Augen trocken. Es tat gut, einen Plan zu haben. Ein Ziel. Eine

Wohnung suchen, den Umzug organisieren. Doch vorher musste sie mit Alex, Marlis und Jo reden. Daran wollte sie am liebsten noch nicht denken.

Sie trat auf die Straße und blieb erstaunt stehen. Ein Rettungswagen fuhr gerade los, direkt vor ihrem Hof, blaue Lichter am Dach blinkten, die Bremsen quietschten, als er an der Kirche um die Kurve raste. Das Martinshorn dröhnte los. Das Geräusch verlor sich in der Ferne, während Nora auf den Hof zurannte. Marlis! Ihre fahle Haut und die feuchten Haarsträhnen im Gesicht. Sie hatte gewusst, dass mit Marlis etwas nicht stimmte!

Durch das offene Tor sah sie Diana und Johannes.

»Was hat sie?«, rief Nora ihnen entgegen. »Was ist los?«

Johannes wirkte merkwürdig abwesend. Er blickte durch Nora hindurch, schien ihre Frage gar nicht zu hören.

Diana sah besorgt aus. »Ich vermute, er hatte einen Herzinfarkt. Ich konnte hier nichts tun, aber der Notarzt war schnell zur Stelle. Ich hoffe …«

»*Er?*«

»Alexander hatte einen Herzinfarkt.«

»Was?!« Nora atmete mehrmals hastig ein und aus, hatte aber das Gefühl, dass kein Sauerstoff in ihre Lungen drang. Ihr Brustkorb hob und senkte sich hektisch. Doch je mehr sie nach Luft schnappte, desto stärker wurde die Beklemmung. Sie erstickte!

»Du musst ruhig atmen. Nora! Atme ganz langsam aus!« Diana stand direkt vor ihr, Nora hörte ihre Stimme, doch sie hatte keine Kontrolle über das, was ihr Körper tat. Ihr Gesicht und ihre Arme kribbelten. Um ihren Brustkorb hatte sich ein eiserner Ring gelegt, der von Sekunde zu Sekunde enger wurde.

»Sie hyperventiliert! Jo, hol eine Tüte, schnell!«

Nora nahm jetzt nur noch ein lautes Rauschen in ihren Ohren wahr. Sie stand gekrümmt, ihre Lungen schrien nach Luft.

Auf einmal hörte der Druck auf. Noras Panik verschwand. Sie hatte eine Papiertüte vor dem Mund, die sich mit ihren Atemzügen knisternd aufblähte und wieder zusammenfiel. Diana hielt die Tüte und stützte Nora.

»So ist es gut. Langsam. Jo, hol ihr einen Stuhl.«

Johannes ging zum Tisch. Er bewegte sich wie ein alter, gebrechlicher Mann. Er kam mit einem Stuhl zurück, und Diana drückte Nora auf den Sitz.

Nora stand wieder auf. »Wo bringen sie Alex hin? In welches Krankenhaus?«

»Setz dich!«, befahl Diana.

»Aber wenn Alex …«

»Du kannst jetzt nichts tun. Er kommt auf die Intensivstation, wird behandelt und noch genauer untersucht. Aus meiner Sicht war es kein schwerer Infarkt.«

»Ich fahre hin.«

»Nicht in deinem Zustand«, sagte Jo. Seine Stimme klang anders als sonst. Schleppend. »Ich bringe dich.«

Nora sah ihn an. Er machte nicht den Eindruck, als wäre er in der Lage, Auto zu fahren. »Nein, Jo, ich kann selbst …«

»Stopp.« Diana atmete tief durch. »Johannes, du bleibst hier bei Marlis. Sie braucht dich, wenn sie aufwacht. Ich fahre dich, Nora.«

Sie saßen im Wartebereich auf der Station, Nora hatte den Kopf gegen die Wand gelehnt, Diana hielt ihre Hand in ihrer. Ein Arzt hatte sie nach ihrer Ankunft beruhigt, Alex war nicht in Lebensgefahr. Aber Nora musste Geduld haben, sie konnte noch nicht zu ihm.

»Versuch dich zu entspannen«, sagte Diana. »Er hat schon im Rettungswagen ein gerinnungshemmendes Mittel bekommen. Jetzt geben sie ihm zusätzlich hoch dosierten Sauerstoff über die Nase. Deshalb dauert es sicher noch, bis du zu ihm hineindarfst.«

»Wie ist das denn eigentlich passiert? Hat er dich angerufen?«

»Nein, ich kam auf den Hof, weil ich Lukas versprochen hatte, seine Kopfhörer zu holen. Und ich wollte auch mal nach Marlis sehen. Ob ich irgendwas für sie tun kann.« Sie rutschte auf dem harten Plastikstuhl in eine bequemere Position. »Ich hab zuerst bei euch geklopft und bin dann rein, weil ich dachte, es ist niemand da. Alex muss vorher eingeschlafen sein, auf dem Sofa in seinem Arbeitszimmer. Als er aufwachte, hatte er Schmerzen und Atemnot, alle typischen Symptome. So hab ich ihn gefunden. Und die 112 angerufen.«

Nora dachte an das Gespräch mit ihm in der Küche, bei dem er sich auch schon krank gefühlt hatte. »Was haben wir für ein Glück gehabt, dass du da warst. Ich danke dir.«

Alex lag mitten im Raum im Bett, umgeben von blinkenden Apparaturen mit Drähten und Schläuchen, eine Kanüle steckte in seinem Arm. Er sah bleich und schmal aus, schaute ihr mit erschöpftem Blick entgegen. Nora hatte ihn noch nie hilflos erlebt, das wurde ihr in diesem Moment bewusst. Seit sie ihn kannte, war er souverän gewesen, mit kühlem Kopf abschätzend, scheinbar unbeeindruckt von allem, was ihm begegnete. Oft hatte sie sich dann mit ihren Ängsten allein gefühlt. Konnte ihn denn nichts erschüttern? Aber er hatte ihr auch immer das Gefühl gegeben, beschützt zu sein.

Sie ging zu ihm, es gab keinen Stuhl, so blieb sie neben ihm stehen. »Wie geht es dir?«

Er versuchte zu grinsen, was misslang. Er schien Schmerzen zu haben. »Das Bett ist erstaunlich bequem. Und sie geben mir allerhand leckeres Zeug. Nitrate und Heparin und so was. Vielleicht krieg ich einen Stent. Wusstest du, dass die Dinger von einem Zahnarzt erfunden wurden?« Er legte kleine Pausen zwischen den Wörtern ein, das Sprechen strengte ihn an.

Nora schwieg.

»Was hast du?«, fragte er matt. Ohne den spöttischen Zug um den Mund, ohne ein amüsiertes Funkeln in den Augen. Er hatte Angst.

Nora dachte an ihre Entscheidung. Die Trennung. Ihr Plan. Endlich wieder handeln, ihr Leben selbst bestimmen. Sie konnte es ihm nicht sagen. Nicht jetzt. Und es fühlte sich auch anders an. Die Klarheit und die Leichtigkeit waren verflogen. Sie musste für ihn da sein. Warten, ausharren. Und auch wenn es sich anfühlte, als drückten bleierne Gewichte auf ihre Brust, war es richtig so.

»Nichts, ich mach mir nur Sorgen um dich«, sagte sie. Ihre Blicke trafen sich.

»Danke«, flüsterte er.

Es war bereits Abend und dämmerte schon, als das Taxi vor dem Hof hielt. Nora zahlte und stieg aus. Das Tor war geschlossen. Nora ging darauf zu, der Bewegungsmelder schien kaputt zu sein, die Lampe sprang nicht an. Sie fuhr zusammen, als sich dicht neben ihr etwas bewegte. Hanna stand im Vorgarten, nicht mal einen Meter von Nora entfernt.

»Hast du mich erschreckt!« Nora legte eine Hand auf die Brust. »Das darfst du nicht machen, Hanna.« Es kam keine Reaktion. Nora konnte das Gesicht des Mädchens nur schemenhaft erkennen. »Was tust du denn hier? Geh besser nach Hause.«

Hanna kam einen Schritt näher, zeigte auf das Tor und schwenkte heftig den Kopf hin und her.

»Was ist denn schon wieder.«, sagte Nora, mehr zu sich selbst, eine Antwort würde sie sowieso nicht bekommen. Sie wollte hineingehen.

Hanna stieß Laute aus, verschluckte sich an ihrem atemlosen Gurgeln und Keuchen. Nora fehlte die Kraft, sie wegzuschicken. Sie war so erschöpft. Sollte Hanna eben mitkommen, ihr war alles recht, Hauptsache, sie kam nach Hause.

Aus Marlis' Küche fiel Licht auf den Hof. Johannes hockte auf den Treppenstufen vor der Tür. Hanna blieb stehen und starrte ihn an.

Er stand auf. »Geh endlich, Hanna. Hau ab.« Er wandte sich an Nora. »Sie schleicht hier seit Stunden herum. Sag ihr, dass sie verschwinden soll. Auf dich hört sie doch!«

Nora schüttelte den Kopf. »Ich hab es schon versucht. Lass sie doch, Jo.«

»Was ist los mit Alex?«, fragte er.

»Er ist außer Gefahr. Es war ein leichter Infarkt.«

»Das freut mich für ihn.«

»Wie geht es Marlis?«

Als er aufstand, erfasste der Lichtschein aus der Küche sein Gesicht. Nora erschrak. Seine Augen waren von roten Äderchen durchzogen und wie von heftigem Weinen verquollen, die Haut aschfahl. »Ihr geht es gut.«

Was redete er da? Wie konnte es Marlis denn gut gehen?

»Ist sie aufgewacht?«

»Ja, aber nur kurz. Jetzt schläft sie wieder.« Er stützte die Arme auf das Geländer und presste Luft durch seine leicht geöffneten Lippen. Ein fast tonloses Pfeifen, wie ein Lied ohne Melodie.

»Soll ich mal nach ihr sehen?«, fragte Nora.

Er antwortete nicht. Hatte er sie überhaupt gehört? Nora

lief an ihm vorbei, durch die Küche und das Wohnzimmer nach oben. Marlis lag so da wie zuvor, mit geschlossenen Augen. Nora griff nach ihrer Hand, berührte ihre Stirn. Die Haut fühlte sich kalt an. »Marlis!« Nora versuchte, einen klaren Gedanken zu fassen. Einen Notarzt rufen. Sie holte ihr Handy aus der Tasche. Diana! Diana war in der Nähe!

»Tu das nicht.«

Nora fuhr herum. Jo stand in der Tür. Nora konzentrierte sich darauf, Dianas Nummer im Adressverzeichnis zu finden.

»Sie hat sich umgebracht.« Er kam zu ihr und griff nach dem Handy. Nora umklammerte es.

»Jo! Ich will Diana anrufen. Sie muss …«

»Nein. Du rufst die Polizei.«

Er entwand ihr das Gerät und steckte es in die Hosentasche. Im selben Moment begann es zu klingeln. Er ignorierte es.

»Jo! Wir müssen Hilfe holen!«

»Das ist zu spät. Sieh doch hin.« Ein Schluchzen schüttelte ihn, er presste die Hände gegen die Schläfen.

»Was ist passiert?«

»Sie wollte was zu trinken. Was Starkes. Aber das Schlafmittel … Sie hatte auch neue Tabletten genommen, ich hab sie ihr aufgelöst in warmem Wasser. Und dann der Alkohol. Sie hat Sachen gesagt, mich angeschrien. Sie hat immer mehr getrunken. Hat nicht auf mich gehört. Das konnte sie doch gar nicht vertragen.« Er schlang die Arme um seinen Oberkörper und starrte Marlis an, dann Nora. »Du musst mir glauben, Nora. Sie ist kollabiert. Ich konnte nichts mehr für sie tun.«

Nora machte einen entschiedenen Schritt Richtung Tür. »Ich hole Diana.«

Er trat ihr in den Weg. »Du musst mir glauben! Bitte, Nora!«

Nora hatte keine Chance, aus dem Zimmer zu kommen, wenn er sie nicht ließ. »Ich glaube dir ja. Aber lass mich raus.«

Von unten drang ein krachendes Geräusch zu ihnen. Jo wandte sich um. Nora nutzte den Moment der Ablenkung, stieß ihn zur Seite und rannte aus dem Zimmer. Er folgte ihr über die Treppe, durch die Küche. Nora schaffte es bis in den Hof. Dann holte er sie ein. Er umklammerte sie. Nora wehrte sich, schlug nach ihm. Hanna tauchte hinter Jo auf, sie hatte eine Holzlatte in der Hand, aus der Nägel herausstanden, sie hob sie in die Luft. Der Schlag traf Johannes von hinten auf den Kopf. Er schrie auf, taumelte zur Seite, fasste sich an die Stirn. Aus seinen Haaren lief Blut über sein Gesicht.

Zum Tor. Wegrennen und Hilfe holen. Aber was passierte mit Hanna? Nora zögerte zu lange. Jo packte sie erneut, schob sie vor sich her die Kellertreppe hinunter, riss die Tür auf und stieß sie ins Dunkel. Die Tür knallte zu. Nora prallte mit der Schulter gegen etwas Hartes, schrie auf. Einen Augenblick lang war sie wie betäubt, doch dann kam der Schmerz mit ungeheurer Wucht. Sie hörte schwere Schritte, die verhallten, das Quietschen des Tors. Dann Stille. Hanna! War sie weggerannt, und er verfolgte sie?

Nora richtete sich mühsam auf. Es waren nur zwei Schritte bis zur Tür. Sie drückte die Klinke herunter. Verriegelt. Panisch rüttelte sie noch mal. Sie war eingesperrt.

Ihre Augen gewöhnten sich an das Dunkel. Sie war im Vorraum der Sauna. Schemenhaft erkannte sie die Liegen, rechts musste die Dusche sein. Nora sah auch das winzige, fast ebenerdige Fenster. Sie schleppte sich hin, bei jeder Bewegung stach der Schmerz wie ein Messer in ihre Schulter. Sie blickte auf den Hof, konnte aber kaum etwas erkennen. Was war mit Hanna?

Plötzlich glaubte sie, draußen eine Bewegung wahrzunehmen. Kam da jemand auf den Keller zu? Jemand, der ihr half? Gerade wollte sie rufen, da hörte sie den merkwürdig pfeifenden Atem. Jo näherte sich der Tür.

Nora tastete sich fast blind tiefer in den Keller hinein. Sie stolperte über eine der Liegen, hielt sich an etwas fest, es war irgendein Stoff an der Wand, sie riss ihn herunter. Weiter. Hier war ein Durchgang. Das musste der Flur vor der Saunakabine sein. Nora streckte beide Hände aus, fühlte eine hölzerne Wand, einen Griff. Da war der Eingang.

Hinter ihr ging die Kellertür auf.

Nora machte einen Schritt ins Innere der Kabine und zog die Tür zu. Hier war es vollkommen dunkel. Sie bückte sich, legte sich auf den Bauch, kroch unter die Sitzbank und presste sich eng an die hölzerne Wand. Sie spürte ihr Herz schlagen, so heftig, als müsste man es außerhalb ihres Körpers hören. Aber draußen war alles still. Wo war Jo? War er nun im Keller? Nichts … Kein Geräusch von ihm. Vielleicht war er gegangen. Sie wagte kaum zu atmen.

Jetzt klackte etwas. Von oben fiel ein matter roter Lichtschein durch die Ritzen in den Bänken. Sie hörte immer noch keinen Laut von Jo. Das Licht wechselte in ein fahles Gelb, dann in kaltes Blau. Die Tür ging auf.

»Nora?«

Sie atmete ganz flach. Es raschelte am Boden. Einfach stillliegen, er konnte nicht wissen, wo sie sich versteckte. Gleich würde er die Tür wieder zudrücken und gehen.

Eine Hand krallte sich um ihr Fußgelenk. Verzweifelt trat sie danach.

»Verdammt!« Jo zog die Hand zurück. Er schob seinen Körper zu ihr unter die Bank. »Komm raus.«

In dem schwachen, jetzt weißen Licht sah Nora sein blutverschmiertes Gesicht. Er zerrte wieder an ihrem Bein, sie wehrte sich, doch nun bekam er ihren Arm zu fassen, zog fest daran, kugelte ihn fast aus. Ihr wurde schwindlig, so weh tat es. *Geh weg! Lass mich in Ruhe!*

Jo schleifte sie unter der Bank hervor. Er würde nicht gehen.

Sie wimmerte, spürte nur noch die Schulter, der Rest ihres Körpers war taub. Sie lag jetzt mit dem Oberkörper in Jos Schoß, er hielt ihre Arme fest. »Es tut mir leid. Ruh dich aus …«, flüsterte er.

Auch er schien am Ende seiner Kräfte zu sein, er lehnte den Kopf an die Holzwand. Die sanften Farben der Sterne machten seine Gesichtszüge weich. Rot … Rotgelb … Gelb … Gelbweiß … Weiß … Weißblau … Blau … Blaurot …

»Nora …«

Sie schluchzte nur.

»Was muss ich tun, damit du mir glaubst?«

»Hol Hilfe. Meine Schulter. Ich glaub, sie ist ausgekugelt.« Sie erkannte ihre eigene Stimme kaum, sie klang fremd. Hohl, krächzend und viel zu leise.

Er hielt sie mit beiden Armen, während er auf die Knie kam, und legte sie behutsam auf dem Boden ab. »Vorsichtig. Geht es so?« Auf seiner Stirn zog sich die tiefe, besorgte Falte durch das angetrocknete Blut. »Warte.« Er stand auf, lief hinaus und kam mit einem gefalteten Handtuch zurück, das er vorsichtig unter ihren Kopf schob. »Ist das besser?«

»Hol Diana, bitte.«

»Ich muss mit dir reden.«

»Jo …«

»Hör du mir zu, bitte. Marlis hat nicht zugehört, sie wollte die Polizei rufen.«

»Warum?« Der Schmerz überrollte sie erneut wie eine Flutwelle. Sie stöhnte.

»Sie hatte Angst.« Er lachte auf, setzte sich auf die unterste Stufe. »Ach was, Blödsinn, wahrscheinlich war sie viel zu betrunken, um Angst zu haben.«

»Warum dann?«

»Wegen Livia. Weil ich mit ihr am See war. In der Nacht. Weil ich sie getröstet habe. Livia hat mir gebeichtet, dass sie Marlis belogen hat. Ich hätte sie geschwängert. Marlis hat das geglaubt. Das musst du dir mal vorstellen! Sie traut mir alles zu! Livia tat ihre Lüge so leid. Sie hat mich um Verzeihung gebeten. Aber es war doch nicht schlimm. Ich war gar nicht böse. Manchmal braucht Marlis … Sie erdrückt einen, und dann muss man sich wehren.« Er verstummte, und sein Blick verlor sich irgendwo.

»Was war mit Livia?«

»Hm?« Er blickte sie an, als hätte er vergessen, dass sie da war.

»Du hast sie getröstet.«

»Ja, das hat ihr gutgetan. Nach dieser fürchterlichen Premiere. Sie war total durcheinander.«

»Und dann?«

»Alles war gut. Ich habe sie umarmt. Sie war erleichtert, hat sich an mich geschmiegt, ganz eng. Ich habe noch einen Scherz gemacht. Dass ich ja vermutlich nicht ihr Typ sei. Sie hat gelacht. Natürlich nicht! Aber Alexander. Mit ihm wollte sie ins Bett.« Er begann zu lachen, leise zuerst, dann immer lauter. Er verschluckte sich, dann weinte er. »Ich war nicht böse. Ich wollte es nur verstehen. Aber statt es mir zu erklären, wurde sie hysterisch. Sie hat nach mir geschlagen, ich durfte sie nicht mehr anfassen. Warum denn nicht? Warum hat sie nicht aufgehört zu schreien? Ich wollte es nur verstehen.« Jo kniete sich auf den Boden neben Nora, nahm ihre Hand. »Zuerst wollte ich gehen. Aber ich konnte es nicht. Und als ich zurückkam, war sie noch da, am Ufer. Sie suchte ihre Schuhe, sie hat mich gar nicht bemerkt. Und dann hat sie mich gesehen, und ihre Augen waren … Es war schrecklich, ihre Augen waren voller Angst, verstehst du? Sie war außer sich.« Er streichelte über Noras Haar, mechanisch und ohne Zärtlichkeit. »Es war schwer, sie zu beruhigen.« Er stockte. »Ihre Augen im Wasser. Sie waren auf einmal schwarz. Wie dunkle Krater.« Er begann wieder, leise zu pfeifen.

Nora war fast ohnmächtig vor Schmerz und Panik. Albtraumhafte Bilder drängten in ihren Kopf: Livia und Johannes. Was hatte er getan? Livias weiße Finger, die aus der Erde ragten, die Birken stumme, tote Zeugen. Er wusste von der Stelle. Es war kein Zufall, dass Livia dort begraben lag. Johannes nahm es in Kauf, dass Nora für diesen Mord verdächtigt wurde. Es war seine Absicht gewesen, die Tat ihr in die Schuhe zu schieben.

Der Schweiß auf ihrer Stirn fühlte sich kalt an. Sie musste bei Verstand bleiben, irgendwas sagen, ihn ablenken, bevor er begriff, was sie nun wusste.

Sie nahm alle Kraft zusammen: »Erinnerst du dich an unseren ersten Abend, Jo? In diesem Restaurant?«

»Natürlich.«

Sie bildete sich ein, dass er lächelte.

»Weißt du, was ich gedacht habe, Nora, als ich dich das erste Mal gesehen habe, neben Alex in diesem Restaurant?«

Sie hörte ein Geräusch. War das die Kellertür gewesen? Kam jemand? Sollte sie um Hilfe schreien? Sie wagte es nicht. »Nein, was?«, flüsterte sie.

»Nora ist etwas Besonderes, hab ich gedacht. Klüger als die anderen, die er geblendet hat mit seinem weltmännischen Getue, seinem nicht zu erschütternden Selbstbewusstsein. Er denkt, er ist unverwundbar. Aber das ist niemand, auch er nicht.« Er sah sie an. »Hab ich mich wirklich so in dir getäuscht? Du musst ihn endlich verlassen. Ich bin ja da. Ich helfe dir.« Er beugte sich über sie, vergrub den Kopf in ihrer Halsbeuge und presste sie an sich. Nora stöhnte laut auf, der Schmerz bohrte sich wie Hunderte Pfeile in ihre Schulter.

Über sich sah sie Hannas Gesicht, dunkel vor dem roten Licht der Sterne. Hanna hatte etwas in der Hand, sie hob den Arm über Johannes' Rücken. Es war der schwere Holzeimer für das Aufgusswasser. Er sauste auf Jo herunter. Ein hässliches Geräusch. Jo stöhnte auf, er brach über Nora zusammen. Der Eimer polterte auf den Boden.

»Hallo? Ist da jemand?« Schritte näherten sich, jemand rannte durch den Keller.

Hanna stieß Laute aus, bis Boris zur Tür hereinstürzte. Er packte Jo von hinten, versuchte, ihn von Nora herunterzuziehen. »Lass sie los!«

»Ich kann nicht.« Jos Stimme klang schwach und schleppend, er hing schwer über ihr.

Boris keuchte vor Anstrengung. Es gelang ihm, Jo auf die Seite zu rollen.

»Nora! Bist du verletzt? Kannst du mich hören?«

Nora hob den Kopf. Nickte nur. *Boris war bei ihr.* Hinter ihm stand Hanna, reglos.

Boris zog sein Handy heraus, wählte, sprach knappe Befehle hinein.

»Sie sind gleich da«, sagte er zu Nora. Er hielt ihre Hand, ließ Jo nicht aus den Augen, der liegen blieb und leise vor sich hin stöhnte.

Nora hörte sie nicht kommen, aber plötzlich war der Keller voller Menschen, Sanitäter, die sie auf eine Trage hoben, Polizisten, die Johannes mitnahmen.

Sechs Wochen später

Nora

Das Haus duftete nach dem warmen Apfelstrudel, den Diana auf den Esstisch stellte.

»Es kann losgehen.« Sie goss Kaffee ein, und Nora wechselte von der Sitzecke zum Tisch. »Kommst du, Lukas?«

»Moment noch.« Er saß auf dem Sofa, vertieft in irgendetwas auf seinem Smartphone.

Nora setzte sich. »Das riecht so wunderbar. Danke für die Einladung, Diana.«

Diana schob ihr ein Stück Strudel auf den Teller. »Erzähl mir alles. Wie geht es Hanna? Seit wann ist sie in der Wohngemeinschaft?«

»Erst seit einer Woche. Sie scheint sich wohlzufühlen. Was man schon daran merkt, dass sie freiwillig dort bleibt und nicht versucht, allein draußen herumzulaufen. Aber es ist noch zu früh, um etwas zu sagen.«

»Auf jeden Fall ist es großartig, dass du den Platz für sie gefunden hast. Dierks hat mich übrigens darauf angesprochen, auch ganz freiwillig.« Diana grinste. »Er ist dir sehr dankbar.«

»Die Betreuerin hat mir erzählt, dass er schon da war, um Hanna zu besuchen. Es ist wichtig, dass er regelmäßig kommt. Sie braucht den Kontakt zu ihm. Und feste Abläufe, an denen sie sich orientieren kann. Die neue Umgebung und die fremden Menschen, das ist schon hart für sie. Ich hoffe, sie fasst langsam Vertrauen. Ich werde jede Woche hingehen.«

Diana blickte auf. »Es fühlt sich so merkwürdig an, dass ihr nicht mehr da seid. Ich hab mich noch nicht daran gewöhnt.«

»Bekommst du denn was mit von den neuen Eigentümern?«

»Klar. Das scheinen ganz nette Leute zu sein. Die beiden Familien kannten sich vorher nicht. Im Haupthaus war ich schon auf einen Wein eingeladen. Die Kinder sind ziemlich laut und wild. Ein Junge und ein Mädchen. Und die in eurer Wohnung haben noch einen Jungen.« Sie lächelte. »Die sind in dem Alter, wo es Spaß macht, auf dem Land zu leben. Und wenn erst der Frühling und der Sommer kommen, werden sie es so richtig genießen.«

Es fiel Nora schwer, sich den Hof mit neuen Bewohnern vorzustellen. Wie schnell alles gegangen war. Kaum hatte die Cousine, die Marlis beerbt hatte, den Hof zum Verkauf angeboten, meldeten sich Interessenten bei der Immobilienvermittlung, trotz der Berichte in den Zeitungen über Livias und Marlis' Tod.

Nora suchte für sich und Lukas eine Wohnung in Charlottenburg, Alex wohnte übergangsweise im Gästehaus der Universität, zuvor hatte er einige Wochen in einer Rehaklinik verbracht. Er hatte sich durch den Infarkt verändert. Auf die Trennung hatte er entsetzt reagiert, aber nicht versucht, Nora umzustimmen, sie in irgendeiner Weise zu manipulieren. Er schien einfach zu trauern.

Auf erstaunlich behutsame Weise versuchte er, den Kontakt zu Lukas wiederaufzubauen. Er lud ihn ab und zu zum Essen ein. Wie diese Treffen abliefen, wusste Nora nicht, denn Lukas erzählte nicht viel. Aber sie bemerkte, dass sich sein Verhältnis zu Alex entspannte. Das war für den Anfang schon viel.

Und Nora spürte, dass sie eine gute Entscheidung getroffen hatte. Sie und Alex trafen sich nicht, und das fühlte sich richtig an. Sie brauchte Zeit.

»Ich muss dir noch was erzählen«, sagte sie zu Diana. »Ich habe mich mit Gisa getroffen. So wie es aussieht, steige ich wieder ein.«

»Du übernimmst die Galerie wieder?«

»Ich habe Gisa angeboten, sie zur gleichberechtigten Teilhaberin zu machen. Mir ist klar geworden, dass es nicht nur einen einzigen, richtigen Weg gibt, die Geschäfte zu führen, sondern dass wir uns ergänzen. Und die Dinge, die ich als Niederlagen erlebt habe, als schlimme Demütigungen, sind es nur so lange, wie ich sie als solche betrachte. Ich kann auch selbstbewusst damit umgehen, sie als Erfahrung nutzen. Ich hab dir ja von Kronos erzählt.«

Diana nickte.

»Für jemanden mit seiner Begabung würde ich immer wieder dasselbe tun. Niemand trägt irgendeine Schuld. Wir machen alle unseren Job, so gut wir können. Du als Ärztin, ich als Galeristin, Kronos als Künstler … und niemand ist perfekt.«

»Bravo.« Diana lächelte.

Nora stand auf. »Ich glaube, ich drehe draußen noch eine Runde, bevor wir zurückfahren.«

»Willst du bei ihm vorbeigehen?«

Nora musste lächeln, Diana sagte immer geradeheraus, was ihr durch den Kopf schoss, und sie traf meist ins Schwarze. »Nein, das bringt nichts. Das Thema ist vom Tisch.« Das war gelogen. An Boris zu denken, tat immer noch weh.

»Komm mal her.« Diana nahm sie in die Arme und drückte sie fest an sich. »Wenn ich etwas tun kann …? «

»Nein. Es ist okay so. Ich geh nur ein bisschen frische Landluft tanken.«

Sie zog ihren Steppmantel an, trat aus der Tür und überlegte, welche Richtung sie einschlagen sollte. Schräg gegenüber lag der Hof. Die Fenster im Haupthaus waren dunkel, doch das Tor stand offen. Sie überquerte die Straße und blickte hinein. In den Ästen der Buche hing eine neue Lichterkette, mit goldenen Monden und Sternen, die einen Hauch von warmem Glanz auf die Mauern warf. Der Tisch war noch umringt von den bunten Stühlen, die Nora einfach dort gelassen hatte. In der Zinkwanne, die Marlis bepflanzt hatte, blühten jetzt rosa Erika und weiße Christrosen. Wenn Nora an Marlis dachte, sah sie die Farben vor sich, die Marlis geliebt hatte, ihr karamellfarbenes Kleid, das sie auf der Grillparty getragen hatte, das Lila des Lavendels, das Blutrot ihrer Rosen. Sie fehlte Nora, trotz allem, was geschehen war. Sie vermisste das Gefühl von Wärme, das Marlis ihr bei ihrem allerersten Treffen vermittelt hatte.

Niemand war im Hof zu sehen. Sie machte ein paar Schritte hinein. In ihrer Wohnung brannte Licht, sie blickte in die Küche, auf dem Tisch standen eine Kerze und ein Glas Rotwein. An Lukas' Fenster hingen blaue Vorhänge, sie waren zugezogen. Etwas krampfte sich in ihrer Brust zusammen. Es gab nicht nur einen Abschied, sie durchlebte ihn immer wieder neu und unterschiedlich schmerzhaft.

Sie wandte sich zum Gehen. Rechts war die Treppe zu Marlis' Küche, daneben im Schatten der Eingang zum Keller. Nora sah schnell weg, bevor die Bilder kamen. Johannes saß in Untersuchungshaft, es dauerte noch bis zu seinem Prozess wegen »Mordes mit Verdeckungsabsicht«, wie es im Fachterminus der Staatsanwaltschaft hieß. Den Schlag mit dem Stein hatte er im Affekt ausgeführt, aber zum Mörder wurde er, als er sah, dass Livia noch lebte, und er sie im See ertränkte, um seine Tat zu vertuschen.

Was wäre geschehen, wenn Hanna ihn nicht dabei beobachtet hätte, wie er Livias Leiche verschwinden ließ? Wenn sie Nora nicht zu der Stelle im Wald hätte führen können? Ob Hanna den Mord selbst auch mit ansehen musste, wusste niemand. Sie konnte ja nicht darüber sprechen.

Eine Mitschuld an Marlis' Tod konnte man Johannes nicht nachweisen. Nora versuchte, nicht an ihn zu denken. Sie fror, der Atem war weißer Nebelhauch. Sie musste sich bewegen, weiterlaufen, dann würde ihr wieder warm werden.

Die Dorfstraße lag verlassen vor ihr, im Gasthof schien nicht viel los zu sein. Ein Stück weiter sah sie Boris' Haus. Auch dort war alles dunkel. Nora fror jetzt stärker, doch sie lief die Straße hinunter, an seinem Vorgarten vorbei, warf nur einen kurzen Blick zum Haus. Er war ganz sicher nicht da. Es war auch besser so. Er wollte keinen Kontakt, und das musste sie akzeptieren.

Hinter sich hörte sie ein Hecheln. War doch noch eine Menschenseele in diesem Dorf unterwegs? Hoffentlich niemand, den sie kannte. Sie wollte nicht über die Katastrophe auf dem Hof reden. Sich ausfragen lassen. Den Versuch machen, es zu erklären. Das Hecheln wurde zu einem Jaulen und Fiepen, kam immer näher. Widerwillig drehte sie sich um. Boris kam auf sie zu, einen Hund neben sich. Es war ein junger Schäferhund, er zerrte an der Leine, wollte auf Nora zustürmen. Als Boris bei ihr war, hielt er ihn am Halsband zurück.

»Dusty! Sitz!« Der Hund gehorchte, aber er winselte vor Aufregung.

»Gut erzogen«, sagte Nora.

»Eigentlich nicht. Er hat die Prüfung zum Polizeihund verpatzt. Als ›nicht geeignet‹ entlassen. Zu wenig Disziplin. Aber er ist noch jung. Wir werden schon klarkommen.«

Er sah sie prüfend an, zögerte. »Diana hat mir gesagt, dass du heute zu Besuch kommst.«

Nora wusste nicht, ob sie sich über Dianas Einmischung freuen oder ärgern sollte.

»Willst du vielleicht reinkommen?«

Sie nestelte an ihren Mantelknöpfen herum, steckte dann die Hände in die Taschen. Er sollte nicht merken, wie nervös sie plötzlich war. »Ich kann nur kurz, Lukas wartet auf mich.«

Boris ließ das Halsband los und gab dem Hund einen Schubs in Richtung Haus. »Lauf!« Dusty spurtete los und bellte die Haustür an.

Drinnen war es kalt, die Luft roch abgestanden. Boris befahl dem Hund, sich in einer Ecke auf eine Decke zu legen.

»Zieh doch den Mantel aus, es wird gleich wärmer.« Boris drehte die Heizung voll auf. »Die Mauern sind leider richtig durchgekühlt. Ich war eine Woche in Frankreich. Musste mal raus aus dem Dorf. Vorgestern hab ich einen Anruf bekommen, dass ich den Hund bekommen kann, und da bin ich zurückgefahren.«

»Warst du bei deinem Freund, dem das Haus gehört?«

»Genau. Er kommt im Januar zurück. Das mit der großen Liebe hat sich zerschlagen.«

»Das hattest du ja schon befürchtet.« Nora hängte ihren Mantel auf. Sie drehte sich um und trat einen Schritt zurück, um ihn in dem engen Flur vorbeizulassen. »Was hast du dann vor?«

»Was Neues suchen.« Er blieb stehen, sehr nah bei ihr. »Verzeih mir, dass ich mich nicht gemeldet habe.«

»Das ist okay. Du musst nichts erklären.«

»Doch, ich möchte es. An dem Abend mit Johannes in dem Keller … Hanna war so in Panik, und ich habe geahnt, dass etwas mit dir ist. Ich hatte Angst um dich. Dann warst du im Krankenhaus. Ich konnte gar nicht mehr klar denken.« Er fuhr sich über die Stirn. »Als du danach angerufen hast, auf den AB gesprochen hast, immer wieder, und mir schließlich den Brief eingeworfen hast, da war ich … es war mir zu viel, zu intensiv. So ist das mit mir. Ich vegetiere lieber weiter vor mich hin, als mich auf irgendwas einzulassen. Und als du dich nicht mehr gemeldet hast, hab ich gedacht, dann ist es wohl besser so. Aber das stimmt nicht.«

Er nahm sie in die Arme. Nora fühlte sich zuerst wie erstarrt, es kam zu überraschend, doch dann lehnte sie sich an ihn, schloss die Augen. Der Hund schlängelte sich an ihnen vorbei in die Küche, und Nora hörte, wie er Wasser schleckte.

Nicht reden. Einfach nur die Wärme von Boris' Körper spüren. Aber dann sagte sie es doch. »Auch wenn du keinen Kontakt willst und ich gleich gehe, bleibt es so, dass du mir wichtig bist.« Sie löste sich von ihm und sah ihn an. »Ich möchte einfach nur, dass du das weißt.«

»Geh noch nicht.« Er nahm ihre Hand und führte sie ins Wohnzimmer. Sie setzten sich aufs Sofa. Dusty kam und schnupperte an Noras Hand. Sie streichelte seinen Kopf und dachte an Boris' Reaktion auf das Bellen der Spürhunde, die nach Livia gesucht hatten. »Und ich hab geglaubt, du magst Hunde nicht.«

»Ich habe sie ausgebildet. Ich war bei der Hundestaffel.«

»Du bist Polizist?«

»Zumindest war ich es.« Er stand auf, ging zu einem Schrank und nahm den Cognac und zwei Schwenker heraus. »Ich will es dir erzählen, aber vorher brauche ich einen Schluck. Trinkst du mit mir?«

Nora nickte. Er goss ein, und sie tranken. »Bei einem Einsatz ist etwas schiefgegangen. Es war ein Zugriff auf eine Wohnung in Lichtenberg, sehr früh am Morgen. Ein Informant hatte uns einen Tipp gegeben. Zwei Drogendealer sollten sich mit Ware dort aufhalten. Wir waren zu zweit, mein Partner Bernd und ich, und unsere Hunde. Wir brachen die Tür auf. Da war aber nur *ein* Typ, er stand, daneben saß eine Frau an einem Tisch. Wo war der zweite? Und wieso eine Frau? Warum hatten wir das nicht erfahren? Vor der Frau liegt ein Baby. Die Hand des Mannes zuckt in Richtung seiner Westentasche, der hat eine Waffe, denke ich. Ich hetze meinen Hund auf ihn, Barras fasst den Arm, der die Pistole ziehen will, verbeißt sich in ihm. Der Dealer schreit vor Schmerz, lässt die Waffe fallen. Zeitgleich stürmen wir den Raum. Plötzlich löst sich ein Schuss, tötet Barras. Es ist die Frau! Sie zielt jetzt auf uns, drückt ab. Bernd geht getroffen zu Boden, hält sich das Bein, auch er schreit, sein Hund Arco bellt wie verrückt. Ich brülle: ›Waffe runter!‹, sie richtet den Lauf auf mich. Ich reiße den Arm hoch, will abdrücken, doch da ist das Baby.« Er stockte und rieb mit einer Hand über den Mund. Dann holte er Luft. »Sie hält das Baby vor sich. Verstehst du, wie einen Schutzpanzer. Es hat die Augen geschlossen, seine Haut ist blass. Bernd brüllt, dass ich schießen soll, doch ich kann nicht, ich bin wie gelähmt. Der ganze Lärm. Das Bellen, die Schreie. Bernd drückt ab. Die Kugel erwischt das Kind, geht durch und trifft die Frau.«

Nora sah Boris fassungslos an. Sie hatte in der Zeitung über den Fall gelesen. Damals hatte sie versucht, sich vorzustellen, wie man so ein Erlebnis verarbeiten konnte.

»Bernd hat uns das Leben gerettet. Die Frau hätte einen von uns getötet. Trotzdem, ich hätte nicht schießen können. Ein fremdes Leben gegen das eigene aufwiegen? Ein Kind?« Sein Blick war starr, voller Schmerz. »Das Bild geht nicht weg. Das Gesicht des Babys, so weiß und friedlich. Dieser zarte Körper, den die Kugel durchlöchert. Und dazu der Lärm.« Er schüttelte den Kopf, als wollte er die Erinnerung vertreiben. »Wie sich dann später rausstellte, war das Baby bereits tot, als wir kamen. Es wies Prellungen am ganzen Körper auf und war an einer inneren Blutung gestorben.«

Er richtete sich auf. »Na ja, wie auch immer. Ich hab es nicht auf die Reihe bekommen. Ich wurde krankgeschrieben. Hab das volle Programm durchlaufen. Psychologen. Traumatherapie. Aber auch die hat noch nicht den Durchbruch gebracht. Ich versuche, meine Gefühle aufzuschreiben. Aber meist endet das damit, dass ich mich betrinke.«

Es war nun fast dunkel im Zimmer, Boris' Gesicht lag im Schatten.

»Es tut mir so leid.«

Er machte eine abwehrende Handbewegung. »Es ist nicht so, dass ich es dir nicht erzählen wollte, aber sobald Leute hören, dass ich mit dieser Sache zu tun hatte, ist jede normale Begegnung gleich zum Scheitern verurteilt. Natürlich wusste auch jeder Kollege Bescheid. Es wurden unzählige Varianten der Geschichte erzählt, jeder posaunte seine persönliche Meinung herum, wer nun wie genau schuld gewesen war. Viele kamen auch und wollten mir helfen. Ernsthaft helfen. Aber gegen das, was in deinen Albträumen passiert, gegen die Bilder, die dich immer wieder überfallen, kann dich niemand schützen.«

Wie still es war. Dusty hatte sich auf den Teppich zu Boris' Füßen gelegt und war offenbar eingeschlafen. Nora fuhr zusammen, als ihr Handy klingelte. Es war Diana.

»Wo bist du? Wir machen uns Sorgen.«

»Bei Boris.«

Diana zögerte. »Lukas möchte ganz gern zurückfahren. Er sagt, er muss noch was für die Schule tun.«

»Ja, gut, ich …« Nora spürte Boris' Blick. Sie wandte sich zu ihm um.

»Bleib bitte hier«, sagte er.

»Nora?«, fragte Diana, dann nach ein paar Sekunden: »Warte mal kurz.« Nora hörte, wie sie im Hintergrund etwas mit

Lukas besprach. »Pass auf, er sagt, er hat ja seinen Schlüssel. Ich könnte ihn zum Bahnhof fahren, und du kommst einfach später nach?«

»Ja, das ist gut.… Ich danke dir.« Nora ließ das Handy auf den Tisch gleiten. Diana las ihre Gedanken, spürte, was ihr guttat. Sie war ihre Freundin geworden, und das würde von nun an so bleiben.

Boris legte den Arm um Nora und zog sie an sich. Von draußen kroch die Dunkelheit ins Zimmer, doch sie saßen noch lange schweigend da, bevor sie Licht machten.

Dank

Seesendorf bei Berlin… Geben Sie den Ortsnamen besser nicht in Ihr Navi ein. Sie würden nicht dort ankommen, denn er ist frei erfunden, genau wie die Handlung und die Figuren des Romans.

Inspiriert haben mich die Dörfer in der wunderbaren Landschaft des Naturparks Nuthe-Nieplitz. In den alten Ortskernen finden sich liebevoll restaurierte historische Höfe, die bei mir das Kopfkino anspringen ließen. Wie musste es sich anfühlen, dort zu leben? Und schon bald keimten die Samen einer Geschichte…

Nun ist der Roman bei Ihnen angekommen, liebe Leserinnen und Leser, und ich möchte denjenigen von Herzen danken, die mich bei seiner Entstehung unterstützt und inspiriert haben.

Wie immer war Guido Adler an meiner Seite, wenn es um polizeiliche Ermittlungen, und diesmal sogar um eine groß angelegte Suchaktion mit Spürhunden ging.

In die erstaunliche Welt der Parasiten führte mich Jana Janssen ein. Sie gewährte mir Einblick in den Alltag eines Professors für Parasitologie und nahm mich mit in den Hörsaal und hinter die Kulissen ihres Instituts.

Christine Kugler beschrieb mir die Abläufe in Schauspielschulen, und wir diskutierten über die Seelenlage junger Schülerinnen im Probehalbjahr.

Florian Grotmann zeigte mir historische Höfe und schärfte meinen Blick für die baulichen Details.

Irgendwann war die erste Romanfassung fertig, und meine bewährten Testleserinnen fütterten Zuckerbrot und schwangen die Peitsche. Heike König machte mir Mut durch spontanes Lob. Anja Feldhorst (immer meine allererste Sparringspartnerin, was Plot und Spannungsbögen angeht), Katrin Deibert (die den Finger zielsicher und dennoch zartfühlend in die Wunden des Textes legte) und Bea Kemer (gnadenlos genau, ehrlich und beharrlich) – sie alle trugen dazu bei, dass der Roman reifen und wachsen konnte.

Großer Dank gilt auch meiner Agentin Andrea Wildgruber, die über mich wacht – und meinem wunderbaren Team bei carl's books, allen voran meiner Lektorin Maren Arzt, die den Text in ihre erfahrenen Hände nahm und mir half, ihn weiter zum Funkeln zu bringen.

Danke an meinen Ehemann Kurt für die nie nachlassende Unterstützung, Großzügigkeit und Toleranz, wie sie nur aus Liebe erwachsen kann.

Susanne Kliem

Lesen Sie auch >>

LESEPROBE

»Ein spannender Thriller!«
The Huffington Post

Carla Brendel wird seit Monaten von einem Stalker verfolgt, der ihr Fotos mit bedrohlichen Motiven schickt. Als ihre Halbschwester Ellen sie einlädt, in deren hochmodernes luxuriöses Wohnhaus nach Berlin zu kommen, hofft Carla, ihren Alltagssorgen dadurch zu entkommen. Doch sie ahnt nicht, was sie mit ihrem Besuch in Gang setzt …

1

Die Häuser der alten Stadt duckten sich zusammen in der Kälte. Ihre Farben verschwanden mit jeder Stunde mehr, das Braun der Backsteinfassaden, das Rot der Dachpfannen, die bunten Tupfer der Autodächer. Der Schneesturm hatte am frühen Morgen eingesetzt, er trieb die Flocken in fast waagerechten Strichen durch die Straßen und fing sie ein im Hafenbecken am Fischmarkt.

Carlas Bauernhaus stand allein, seine jahrhundertealten Holzbalken stemmten sich den Windstärken entgegen, und die niedrige, blau-weiß lackierte Holztür versteckte sich unter dem Reetdach. In der Küche brannte Licht, ein gelb leuchtendes Rechteck im eisigen Grau.

Drinnen roch es nach Zimt und Koriander, Carlas orientalisches Stew aus Kichererbsen köchelte auf dem Herd.

Sie sah hinaus. Die Scheibe war leicht beschlagen und das Schneetreiben so stark, dass sie kaum etwas im Garten erkannte. Nur einzelne Spitzen des Holzzaunes, den sie im Sommer grün gestrichen hatte, lugten hervor. Im Sommer … als ihr Leben noch in Ordnung gewesen war.

Sie nahm eine Limette, rieb die Schale in eine Glasschüssel und sog den Geruch mit geschlossenen Augen ein. Ein Motorgeräusch wurde lauter, zweimal kurzes Hupen, dann stapften Schritte auf der anderen Seite des Hauses, die Klappe am Briefkasten schepperte. Die Limette rutschte Carla aus der Hand, rollte über die Kante der Arbeitsfläche, fiel auf den Boden. Sie hob sie mit zittrigen Fingern auf, ging durch den Flur, öffnete die Haustür.

»Moin, Carla!« Der Briefträger stieg schon wieder in den Wagen.

»Moin, Ole! Und danke!«

Ihre Stimme hatte fest und munter geklungen. Ole hatte keine Ahnung davon, wie viel Überwindung es sie immer noch kostete, die Post aus dem Kasten zu holen. Ein ganzer Stapel heute. Sie entdeckte einen hellbraunen Umschlag, er war dicker und größer als die anderen. Mit klammen Fingern drehte sie ihn um. Dabei ließ sie die übrigen Briefe fallen. Und atmete ihre Erleichterung in eine weiße Atemwolke. Der Großbrief kam von ihrer Krankenkasse, nur eine Infobroschüre.

Er schreibt nicht mehr. Er hat es aufgegeben.

Carla fischte die anderen Umschläge aus dem Schnee, die Kanten waren schon durchweicht. Sie entdeckte den Briefkopf des Dachdeckers. Die nächste Rechnung. Sie seufzte und sah nach oben zum frisch reparierten Reetdach, das jetzt von Schnee bedeckt war. *Resthof, zum Verkauf, renovierungsbedürftig*, so lautete damals die Annonce. Sie hatte das letzte Wort verdrängt, denn sie war längst verliebt in die Idee, in einem alten Bauernhaus zu wohnen, vor den Toren von Stade, ihrer Heimatstadt. Ein Groschengrab, wie schon der erste Handwerker warnend bemerkte.

Die Wärme des Ofens umarmte sie im Inneren. Sie schloss die Tür ab. Vier Wochen war es nun her, seit der Fremde ihr zum letzten Mal geschrieben hatte. Dann war er aus ihrem

Leben verschwunden. Seine letzten Briefe hatte gar nicht Ole gebracht. *Er* musste sie selbst eingeworfen haben. In allen Fällen war sie zu Hause gewesen, hatte aber kein Auto gehört. Also war er zu Fuß gekommen. Hatte er sie von der Straße aus belauert? In ihr Schlafzimmer gesehen?

Angefangen hatten seine Nachstellungen mit einer Freundschaftsanfrage auf Facebook. Er hatte sich Sven Petersen genannt, ein norddeutsch und irgendwie vertraut klingender Name, sie fand auch ein winziges Foto von ihm, auf dem aber wenig zu erkennen war. Ein großer, schlanker Mann in Regenkleidung vor einem Segelboot. Seine Profilseite gab auch nicht viel her. Immerhin, als Heimatort hatte er Stade angegeben, nach seinem Geburtsjahr musste er vierunddreißig sein.

»Na, endlich mal ein Verehrer! Du hast es gut«, hatte Carlas Freundin Jule damals gewitzelt. »Vielleicht kannst du ihn bald mal treffen?«

»Merkwürdig, wenn der ungefähr in unserem Alter ist, müssten wir ihn doch längst mal hier gesehen haben, so groß ist Stade doch nicht!«, hatte Carla entgegnet. Das war der Anfang gewesen.

Sven Petersen schien immer online zu sein, und sobald Carla sich meldete oder einen Schnappschuss postete, kommentierte er, charmant und humorvoll. Sie sah kein Problem darin, ihm zu erzählen, wo sie wohnte und ihm ihre persönliche E-Mail-Adresse zu geben. Natürlich war sie auch neugierig, was er ihr so dringend zusenden wollte.

Er schickte ein Foto. Carla erkannte nicht, was darauf abgebildet war, es schien einfach eine beige, leicht fleckige Oberfläche zu sein. Als sie ihn fragen wollte, gab es Svens Profil nicht mehr. Er war von Facebook verschwunden. E-Mails an ihn kamen zurück, die Adresse war ungültig.

Und im Stader Telefonverzeichnis gab es keinen Mann mit

diesem Namen, deutschlandweit dafür unzählige. Carla war zuerst beunruhigt, doch er meldete sich nicht noch einmal bei ihr. Etwa zwei Wochen später, als sie gerade aufgehört hatte, an den Vorfall zu denken, kam das nächste Foto per E-Mail. Dasselbe rätselhafte Motiv. Dazu nur ein Gruß, *Dein Sven*. Am selben Abend ein Anruf, bei dem sich niemand zu erkennen gab.

Carla ging zur Polizei, und was die Techniker herausfanden, machte ihr Angst. Die Fotos zeigten menschliche Haut. Stark vergrößert und deshalb fast nicht erkennbar. Carla änderte ihre E-Mail-Adresse, löschte ihr Facebook-Profil, beantragte eine geheime Telefonnummer, die sie nur ihrer Familie und engsten Freunden mitteilte. Danach war Ruhe. Genau so lange, bis sie sich wieder sicher fühlte. Dann kam der erste Brief per Post an. *Gruß, Sven. Dein Verehrer.*

Eines Morgens riss Carla einen neuen Umschlag auf und stieß auf das Foto, das ihren Atem zum Stocken brachte. Wieder Haut. Aber diesmal klaffte eine Schnittwunde darin, und ein dünnes Rinnsal Blut lief heraus. Nach diesem Vorfall kam Jule fast täglich vorbei, um die Post für sie zu öffnen. Sie verschwieg Carla, was auf den Fotos zu sehen war, ließ sie einfach verschwinden. Aber Carla fand sie, in Jules Wohnung versteckt. Sie musste Bescheid darüber wissen, was der Fremde trieb. Sie sah, dass die Schnitte größer und tiefer wurden, dass das Blut längst kein dünnes Rinnsal mehr bildete, und ihre Angst wuchs immer mehr. Wessen Haut war das auf den Bildern? Hatte er jemanden in seiner Gewalt, den er quälte? Vielleicht sogar zu Tode folterte? Oder waren das seine Fantasien, das, was er mit ihr machen wollte? Der Horror steigerte sich weiter. Mit einem Brief, der mehr als den üblichen knappen Gruß enthielt: *Alles geht irgendwann zu Ende. Auch meine große Liebe. Bald ist mein Herz frei für dich.* Die Worte hatten sich in ihr Gedächtnis eingebrannt. Und sein letztes Foto. Wieder ein

Stück Haut. Eine klaffende Wunde, in der ein Messer steckte. Blut lief heraus.

Das Telefon läutete, und Carla schreckte aus ihren Gedanken auf. Sie lief in den Flur und sah auf das Display. Eine Berliner Vorwahl. »Brendel?«

»Carla, bist du das?« Eine Frauenstimme, die ihr bekannt vorkam. Sehr vertraut sogar … »Ja?«

»Ich bin es, Ellen! Deine Mutter hat mir deine neue Nummer gegeben.«

Wie lange war das her, dass ihre Halbschwester und sie telefoniert hatten? Mindestens ein Jahr … »Wie schön, dass du dich meldest. Wie geht es dir?«

»Gut. Danke. Richtig gut. Und dir?« Ellens Stimme klang merkwürdig, nach aufgesetzter Munterkeit. Sie antwortete im selben Plauderton, alles sei prima bei ihr.

»Bist du noch bei deinem Schwager im Restaurant?«, fragte Ellen.

»Na klar, wo sollte ich sonst sein?«

»Wie geht es Hauke denn?« Sie zögerte. »Es tat mir so leid, dass ich nicht zu Monis Beerdigung kommen konnte. Was machen die Kinder?«

»Sie halten sich tapfer. Und auch Hauke kommt ganz gut zurecht. Stürzt sich halt in die Arbeit, das Restaurant läuft wieder super, wir sind immer Wochen im Voraus ausgebucht.«

»Das freut mich!«

Carla hatte nicht verstanden, warum Ellen sich so zurückgezogen hatte. Ausgerechnet in dieser schweren Zeit, als Carlas leibliche Schwester ganz unerwartet die Diagnose Krebs erfuhr und zwei Jahre später den Kampf endgültig verlor. Sie waren alle eng zusammengerückt, die ganze Familie, aber offenbar fühlte sich Ellen nicht als Teil davon. Carla räusperte sich. Sie musste es einmal aussprechen, es war ein Vorwurf, den sie schon lange mit sich herumtrug.

»Anderthalb Jahre ist Monis Tod nun her. Wir haben gedacht, du kommst mal vorbei.«

»Ach, Carla, du hast ja recht … Ich war so viel im Ausland in letzter Zeit. Sogar in Abu Dhabi, stell dir vor. Aber ich würde so gern mal wieder bei euch in der Küche sitzen und deine berühmten Muscheln essen.«

»Kein Problem, die Muscheln stehen auf der Karte«, sagte Carla kühl.

»Im Moment tobt hier der Wahnsinn, ich bin an drei Bauprojekten gleichzeitig dran. Es läuft bombastisch.«

Wenn Carla das Wort »prima« benutzte, musste es bei Ellen natürlich »bombastisch« laufen. Die coole Ellen, die Überfliegerin, die immer besser gewesen war als sie und Moni. Ellen, die schon mit fünfzehn wusste, dass sie eine berühmte Architektin werden wollte. Das Mathegenie. Niemand hielt dem Vergleich mit ihr stand. Ihr Vater hatte sie Carla oft als leuchtendes Beispiel vorgehalten: Seht euch Ellen an!

»Wie schön für dich«, sagte Carla. Als Ellen schwieg, setzte sie nach: »Warum rufst du an?«

»Ich hatte mir überlegt – du warst doch lange nicht in Berlin, oder?« Ellen zögerte wieder. »Und ich bin ja schon vor einiger Zeit in dieses tolle Wohnhaus in Mitte gezogen, *Safe Haven* heißt das Gebäude. Ich dachte, vielleicht hast du Lust, mich hier mal zu besuchen?«

Carla nahm den Hörer ans andere Ohr und ging in die Küche. Das Stew hatte lange genug geköchelt, sie drehte das Gas ab. »Klar, das wäre schön, aber ich hab jetzt keinen Urlaub.

Vielleicht mal im Frühjahr … Was meinst du?«

»Nein, es … also, es wäre recht dringend, ich muss etwas mit dir besprechen.«

»Sag doch, worum es geht. Wir können jetzt darüber reden, ich habe Zeit.«

»Nicht am Telefon. Und ich kann auch leider nicht zu dir kommen.«

Wie stellte sie sich das vor? Dass Carla alles stehen und liegen ließ und den nächsten Zug nahm? Und was war mit dem Restaurant?

»Ich würde dich nicht fragen, wenn es eine andere Möglichkeit gäbe. Bitte glaub mir.«

Carla spürte nun deutlich Ellens Angst, und ihre Abwehr verwandelte sich in Beunruhigung. Was konnte da nur los sein? »Ich muss das erst mit Hauke besprechen«, ich sag dir später Bescheid.«

Schon die Vorstellung, spontan auf diese Reise zu gehen, durch Bahnhöfe zu laufen, massenhaft fremde Menschen um sich zu haben, legte sich wie ein Gewicht auf ihre Brust. Aber all das konnte und sollte Ellen nicht wissen.

»Heute noch? Bitte, Carla.«

»Okay. Ich kläre das so schnell wie möglich«, versprach Carla.

* * *

Der Zeiger der Standuhr rückte vor auf die Vier, die melodischen Schläge hallten durchs Haus.

Carla schob den Anruf bei Hauke vor sich her, das gestand sie sich nun ein. Weil es sehr gut sein konnte, dass Hauke sie sogar ermuntern würde zu fahren. Er machte sich Sorgen um sie, schimpfte mit ihr, dass sie sich nur noch in ihrem Haus vergrub, außer zur Arbeit ins Restaurant nirgendwo mehr hinging. Carla spürte, wie die Ungeduld ihrer Freunde langsam wuchs. Der Fremde war und blieb verschwunden! Er war

Vergangenheit. Warum fand Carla nicht wieder in ihr normales Leben zurück?

Die Stunden an diesen Winternachmittagen quälten Carla wie schon lange nichts mehr. Die Welt draußen wurde früh von der Dämmerung verschluckt. Carla vermied es noch immer, die Lampen einzuschalten, ließ im Erdgeschoss die Rollläden herunter, im ersten Stock zog sie die Vorhänge zu. Wenn sie oben Licht machte, zeigte sie ihm, wo sie war, auch wenn er nur Schemen von ihr sehen konnte. Sie hörte Jules Stimme in ihrem Kopf: *Er ist nicht mehr da. Hör auf damit, Carla!* Doch es nützte nichts.

An anderen Tagen, wenn sie die Dunkelheit nicht ertrug, schaltete sie alle Lampen gleichzeitig an, vom Keller bis zum Dachboden. Dann fühlte sie sich wie ein Versuchstier in einem grell beleuchteten Labor. Eine Maus in einem Käfig, der man Krankheitserreger eingespritzt hatte, um zu sehen, wie lange sie damit überlebte.

Sie setzte sich in den Sessel im Wohnzimmer und grübelte über Ellens Worte am Telefon. Was war es, das ihr Angst einjagte? Und wieso sollte ausgerechnet Carla ihr helfen können?

Als sich die Haustür knarzend öffnete, fuhr sie zusammen. Sie war so in Gedanken versunken, hatte Jules Auto gar nicht gehört!

Seit der Sache mit dem Stalker hatte Jule einen Schlüssel zum Haus, er schepperte nun in der Schale auf dem Schuhschrank.

Sie tauchte im Türrahmen auf. »Na?« Was hast du da auf dem Herd? Das riecht unglaublich lecker.«

»Ein Stew aus Kichererbsen mit Koriander, etwas Zimt und Couscous. Und zum Dessert ein Parfait von Limetten und Papaya.«

»Das hört sich traumhaft an.«

Wenig später saßen sie am Esstisch in der Küche. Carla freute sich, mit welchem Genuss Jule aß.

»Heute Vormittag hat Ellen angerufen.«

Jule sah sie überrascht an. »Die gibt es auch noch? Was wollte sie?«

»Dass ich nach Berlin komme. Sie muss mit mir reden. Und sie klang irgendwie verzweifelt.«

Jule hob die Augenbrauen: »Aber Madame hat's nicht nötig herzukommen, wenn *hier* jemand Probleme hat.«

Carla zuckte mit den Schultern. »Ich bin ja auch nicht begeistert. Aber Sorgen mach ich mir schon. Ich dachte, ich rede mal mit Hauke.«

Jule betrachtete sie aufmerksam, nahm sich noch eine Portion von dem Stew. »Aber du hast Angst, stimmt's?«

Carla nickte zögernd. »Ich kann mich nicht absichern. Im Bahnhof, im Zug. Woher weiß ich, dass …«

»Dass *er* dich nicht verfolgt?« Jule verzog den Mund. »Mal gesetzt den Fall, es gibt *ihn* überhaupt noch … also, selbst wenn, dann kann er doch nicht wissen, dass du wegfährst, und schon gar nicht, wohin. Berlin ist riesig und total anonym.«

Da war sie wieder, die Ungeduld in Jules Blick.

»Vielleicht hast du recht mit Berlin.«

Jule sah sie an. »Fahr hin. Kümmer dich um Ellen. Und mach es auch für dich selbst.«

Carla nickte. Es war Anfang Januar, und das Jahr begann so gut und hoffnungsvoll. Es war wirklich Zeit für einen Neuanfang in ihrem Leben.

2

Es war am Nachmittag des nächsten Tages, als ein Taxi Carla durch eine Straße mit klassischen Berliner Bürgerhäusern fuhr und vor einem imposanten Glasbau hielt. Riesige Panoramafenster, silbern schimmernde Stahlträger, strenge Geometrie. Dennoch wirkte das Gebäude luftig und leicht. Carla hatte keine Ahnung von Architektur, aber hier hatte Ellen eindeutig einen guten Job gemacht.

Sie trat zur Haustür. Ein Kameraauge war auf sie gerichtet. Fünf Klingeln mit Nummern, aber keine Namensschilder. Wie besprochen, schickte sie Ellen eine WhatsApp.

Kurz darauf öffnete sich die Tür, und ihre Halbschwester stand vor ihr. Sie umarmten sich. Verändert hatte sich Ellen in den eineinhalb Jahren kaum. Sie trug einen Hosenanzug und Stiefel mit hohen Absätzen, die ihre große schlanke Figur betonten. Das dunkelbraune, kräftige Haar, das sie beide von ihrem Vater geerbt hatten, fiel auch bei ihr noch immer bis auf die Schultern. Ellens Haut schimmerte makellos unter einem perfekten Make-up.

»Danke, dass du so schnell gekommen bist.« Sie wirkte souverän, von der Panik am Telefon spürte Carla nichts. Ellen führte sie in die Eingangshalle, einen hohen Raum aus grauem

Waschbeton, kühl, minimalistisch und elegant. Sie blieb aber nach ein paar Schritten stehen. »Weißt du was, ich überlege gerade … wir sollten vielleicht direkt etwas essen gehen. Ich würde gern so schnell es geht mit dir reden.« Nachher zeige ich dir hier alles in Ruhe.« Ellen rang sich ein Lächeln ab. »Ich lade dich in ein besonders gutes Restaurant ein, okay?«

Carla hob nur die Schultern. »Gut, wenn du meinst.«

Ellen nahm ihr den Rollkoffer ab, hielt ihr Smartphone in die Nähe eines runden schwarzen Feldes und drückte einen Button auf dem Display. Carla hörte, wie sich der Aufzug in Bewegung setzte.

»Wie funktioniert denn das?«

»Das Handy sendet per Funk einen Code an ein Terminal. Das sicherste Einlasssystem, das es derzeit gibt. Auch alle Türen hier lassen sich so öffnen und verschließen. Und der Aufzug weiß sogar, in welche Etage du möchtest. Es ist so wie in modernen Hotels, dasselbe Prinzip. Du musst dir nur die App runterladen, und ich schicke dir deinen persönlichen Zugangscode aufs Handy. Bin gleich zurück!«

Die Kabine öffnete sich. Ellen fuhr nach oben. Während Carla wartete, blickte sie sich in der Halle um. Über ihr, in der hohen Decke waren unzählige Strahler eingelassen, es wirkte wie ein Sternenhimmel.

Etwas fehlt, dachte Carla unwillkürlich. Geräusche. Wie konnte ein bewohntes Haus so still sein? Dann plötzlich wusste sie, was sie noch merkwürdiger fand: Es fehlten auch Gerüche. Das Haus roch nicht neu, nicht alt, nicht nach den Menschen, die hier wohnten.

Carla dachte an ihr Reethaus, das nach feuchtem Holz roch, nach dem Essen, das sie gerade kochte, manchmal auch nach frisch gewaschener Wäsche oder nach kalter Asche im Kamin.

Ellen führte sie in ein japanisches Restaurant mit grasgrün

gestrichenen Wänden, einem Boden aus schwarzen Steinplatten und dunklen, edlen Holztischen.

Es war fast jeder Platz besetzt. Das Publikum war jung und leger gekleidet. Eine Kellnerin führte sie an einen winzigen Zweiertisch, nebenan unterhielt sich eine größere Gruppe lautstark auf Spanisch. Alle Geräusche hallten von den kahlen Wänden und dem nackten Boden wider.

Warum hatte Ellen dieses Restaurant ausgesucht? Carla fand es extrem ungemütlich.

Ellen nahm sofort einen Platz mit Blick auf die Tür, hängte ihren Mantel über die Stuhllehne. Ihre Nervosität überstrahlte alles, sie behielt immer den Eingang im Auge. Sie ließ Carla aus der Speisekarte aussuchen. Als die Kellnerin kam, orderte sie selbst nur einen Weißwein.

»Du isst gar nichts?«

»Ich … nein, vielleicht später.«

»Ellen, ich hab mich dir zuliebe sofort in den Zug gesetzt. Warum wolltest du, dass ich komme? Worüber willst du mit mir reden?«

Ellen sah sie an, und Carla erkannte die Angst in ihren Augen. »Wir sind nicht zufällig hier. Ich muss sicher sein, dass wir nicht … dass ich ungestört mit dir reden kann.«

»Was meinst du? Denkst du, dass uns jemand belauschen könnte?« Der Einwand war bei dem Lärmpegel geradezu lächerlich.

»Ich habe etwas rausgefunden über jemanden. Derjenige weiß nicht, dass ich sein Geheimnis kenne. Sonst würde er mich umbringen.«

»Was?« Carla sah sie erschrocken an. »Bist du schon zur Polizei gegangen?«

»Sie könnten mich nicht schützen. Ich habe keine Beweise. Das ist ja das Furchtbare.«

Carla versuchte, Ellens Worte zu verarbeiten, doch sie klangen wirr und verrückt für sie. »Aber … wie kann ich dir denn helfen?«

Sie schüttelte den Kopf. »Wenn ich das wüsste. Ich muss einfach mit jemandem sprechen, dem ich vertrauen kann. Aber wenn ich dich da hineinziehe, kann es gefährlich für dich werden.« Carla schwankte zwischen ihrer Sorge um Ellen und ihrer eigenen, aufkeimenden Angst. Aber sie ertrug es nicht, Ellen so leiden zu sehen.

»Du kannst mir vertrauen. Erzähl es mir.«

»Carla …« Sie senkte die Stimme, sodass Carla sich anstrengen musste, sie überhaupt zu verstehen. »Falls mir etwas zustoßen sollte, dann glaub nicht, dass es ein Unfall war. Kümmere dich um das Haus. Sprich mit den anderen im Safe Haven. Aber pass auf mit …« Ihr Handy meldete sich mit einem schrillen Ton, Ellen kramte in ihrer Hand tasche, fand es nicht. Ein Brief fiel heraus auf den Boden. Carla hob ihn auf. In einer schönen geschwungenen Handschrift waren die Initialen C. B. darauf geschrieben.

»Gib mir den.« Ellen schnappte Carla den Umschlag weg und stopfte ihn in die Tasche zurück, und endlich fand sie dort das Handy. Als sie auf das Display blickte, entspannten sich ihre Gesichtszüge. Fast schien sie zu lächeln.

»Da muss ich drangehen.« Ellen meldete sich und lauschte dann mit konzentriertem Gesichtsausdruck. Sie sagte etwas ins Telefon, das wie »Warte mal!« klang, stand auf, hängte sich die Tasche über die Schulter.

»Bitte entschuldige. Ist zu laut hier«, sagte sie zu Carla und sah sich suchend um. Sie lief ein paar Schritte, blickte durch ein Fenster nach draußen, kam zurück, nahm ihren Mantel von der Stuhllehne und öffnete dann eine Tür, die auf einen Innenhof hinausführte. Es schneite. Carla sah gerade noch, wie

Ellen sich den Mantel über die Schultern warf und die Arme vor der Brust kreuzte, um sich vor der eisigen Luft draußen zu schützen.

Carla nippte an ihrem Wein, schob das Glas dann aber weg. Was sie nun vor allem brauchte, war einen klaren Kopf. Hatte Ellen sie vor jemandem warnen wollen? Vor jemandem, der im Safe Haven lebte?

Die Kellnerin brachte die Sushis, die Farben waren eine Pracht: Weiß, Grün und Orange. Carla wollte auf Ellen warten, vielleicht hatte sie ja nun doch Appetit. Wann kam sie endlich zurück?

Carla blickte immer wieder zur Tür in den Innenhof. Ellen hielt es schon sehr lange in der Kälte aus. Carla sah auf die Uhr. Seit wann war sie eigentlich weg? Sie stand auf und schaute durch ein Fenster nach draußen, konnte jedoch kaum etwas erkennen. Der Schnee war noch dichter geworden. Sie machte die Tür auf und sah hinaus. Leer.

Carla lief ein paar Schritte in den wirbelnden Schnee. Ringsum Mauern, kein Ausgang. Da war niemand im Hof. Keine Ellen.